완벽한
요괴를
만나는 방법

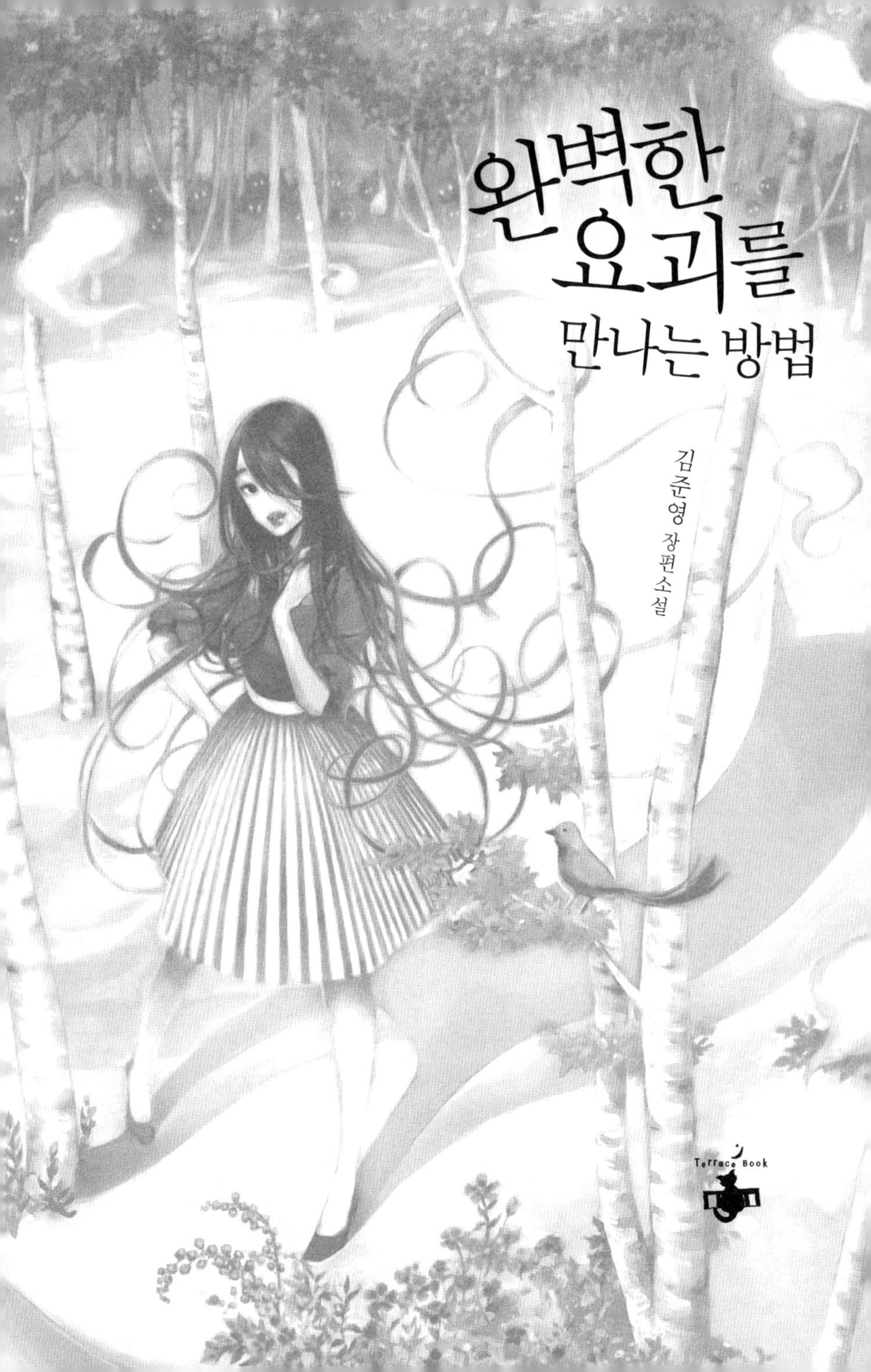

완벽한 요괴를 만나는 방법

김준영 장편소설

Terrace Book

Contents

Prologue

4년 전의 이야기

어디선가 밀려든 한기에 여자는 걸음을 멈추었다.

또각또각, 뚝! 골목에 울리던 하이힐 소리도 함께 멈추었다.

어디선가 한 줄기 바람이 밀려와 여인네의 흑단 같은 머릿결을 쓸어 넘기듯 스치고 지나갔다.

뒤를 돌아보았지만 시야에 들어온 건 텅 빈 골목길뿐이었다. 여인은 재킷을 여미며 어깨를 움츠렸다. 오늘따라 밤은 유난히 어둡고 조용했다. 오밀조밀 늘어선 주택 사이로 간간이 불 켜진 창문들 외엔 인적마저 드물어 스산한 분위기를 풍기고 있었다. 가로등 빛마저 들지 않는 어두운 그늘, 그 안에 무언가 숨어 있을 것만 같았다.

그렇게 뒤에 남겨진 어둠 속을 한참 동안 지켜보던 여인은 이내 허탈한 웃음과 함께 돌아서 가던 길을 재촉했다.

마침내 자신의 집 앞에 도착한 여자는 바삐 열쇠를 꺼내 문을 열었다. 불이 꺼진 어두운 집 안엔 커튼 사이로 새어 든 가로등 불빛만이 비쳐 오히려 바깥보다 더 어둡게 느껴졌다.

등 뒤로 문을 닫고 신발을 벗은 채 집 안으로 들어서던 여인은 다시금 동작을 멈추고 말았다.

빛 하나 없이 컴컴한 안방 침대 위에 무언가 시커먼 것이 앉아 있었다.

사람을 닮은 거대한 그림자는 조용히, 하지만 분명하게 몸을 들썩였다. 그것은 숨을 쉬고 있었다. 정적이 내려앉은 집 안, 여자는 호흡을 멈추고 귀를 기울였다.

"그르르……."

맹수가 목구멍을 긁어댈 때 날 법한 소리가 낮게 집 안에 울려 퍼졌다. 짐승의 소리는 곧 사람의 목소리로 변했다.

"이 집 주인인가?"

사람의 것이라기엔 너무나 굵고 낮으며 거친 기괴한 음성이었다.

"당신, 누구야?"

긴장으로 딱딱하게 굳어버린 목소리로 여자가 물었다. 그러자 큭큭거리며 일어서는 그림자는 풍선처럼 점점 부풀어 오르더니 이내 팔 척은 될 법한 거구를 드러냈다. 보통 사람의 두 배는 됨 직한 몸집은 윤곽만으로도 위압적이었다.

다음 순간, 그림자는 여자 앞으로 다가왔다. 덩치에 어울리지 않게 빠르고 조용한 움직임이었다. 제대로 저항도 해보기 전에 거대한 손이 여자의 가녀린 목을 와락 쥐어 잡았다.

"흡!"

긴장으로 숨을 집어 삼키면서도 여자는 두 눈을 부릅뜬 채 상대를 노려보고 있었다.

"겁이 없군. 아니면 나 같은 모습이 익숙한 것인가?"

순간 창밖 골목길로 자동차가 지나가며 벌어진 커튼 사이로 강렬한 헤드라이트 불빛이 들어와 침입자의 몸을 훑었다. 거대한 몸집, 무성하게 뻗은 털가죽, 부리부리한 눈에 날카로운 엄니. 분명 그것은 인간의 모습이 아니었다.

"말해봐. 요괴를 본 적이 있나? 아니면……."

여인을 살피던 눈이 반짝 빛을 발했다.

"너에게도 요괴의 피가 흐르고 있는 건가?"

코앞까지 흉측한 얼굴을 들이대고 그르릉거리는 괴물을 노려보며, 여자는 목을 그러쥔 괴물의 손을 떼어내려는 듯 양손으로 움켜쥔 채 말했다.

"그런 걸 왜 묻지? 대체 넌 정체가 뭐야."

침입자는 여자의 목덜미에 얼굴을 묻은 채 크게 숨을 들이켜며 한껏 체취를 마셨다. 그러더니 이내 몸을 뒤로 젖히며 인상을 찡그렸다. 흉측한 얼굴이 더욱 기괴하게 일그러졌다.

"이건! 그 아이가 아니군. 너야말로 정체가 뭐냐?"

그러자 도리어 목을 잡힌 쪽의 표정이 돌변했다. 희미한 미소와 함께 여유를 부리며 여자가 말했다.

"궁금하면 알아내 보시든가."

순간 여자는 자신을 옥죄고 있던 침입자의 투박한 손아귀를 잡아 힘으로 떼어냈다. 그 기세에 당황한 괴물은 자세가 흐트러지더니 몇 걸음인가 뒤로 물러섰다. 문득, 여자의 옷 안쪽에서 작은 종잇조각이 환하게 빛을 발했다.

"부적? 속임수였구나."

침입자는 커다란 눈을 부라리며 그르렁거렸다. 전셋집의 거주인은 고개를 숙인 채 재킷을 벗어던졌다.

옷 아래 드러난 하얀 피부는 이내 울룩불룩 파충류의 가죽처럼 변했다. 손톱은 길고 날카롭게 벼려지고 머리카락은 살아 있는 것처럼 넘실거렸다.

다시 고개를 든 여인이 녹색의 안광을 뿌리며 세로로 긴 눈동자로 적을 노려보았다.

여자의 입술 사이로 '쉬이익' 뱀과 같은 소리가 새어 나왔다. 거구의 침입자는 자세를 가다듬고는 다시 여자에게 달려들었다. 그러자 이번엔 '슈욱' 소리와 함께 벌어진 여자의 입에서 녹색 연무가 뿜어져 나왔다.

"크아악!"

연무를 얼굴에 정통으로 얻어맞은 침입자가 비명과 함께 앞으로 고꾸라졌다. 얼굴을 부여잡고 괴로운 듯 몸을 뒤트는 상대에게 조소를 뿌리며 여자는 밖으로 뛰쳐나갔다. 집 앞 골목에서 어느새 인간의 형상으로 되돌아온 여인이 부풀어 오른 머리를 정리하며 걸어 나왔다.

여자는 품에서 도장처럼 보이는 작은 나무 조각을 꺼냈다. 끄트머리를 라이터 켜듯 엄지로 튕기자 푸른 불꽃이 일었다. 이내 나무 조각은 전체가 노란 불꽃에 뒤덮여 하나의 불덩어리로 변했다.

그것을 열린 현관문으로 던져 넣자 폭발음과 함께 집 안에서 시뻘건 불길이 치솟았다. 여인은 골목길 그림자로 숨어들며 핸드폰을 꺼내 발신 버튼을 눌렀다.

"미끼를 제대로 문 것 같군."

통화 종료 버튼을 누르며 젊은 사내가 낮게 읊조렸다.

20대 중·후반 정도로 보이는 사내는 갈색 머리에 훤칠한 키, 넓은 어깨와 곧고 길게 뻗은 팔다리까지, 모델을 해도 좋을 만한 신체 조건을 가지고 있었다.

핸드폰을 안주머니에 도로 집어넣고 청년은 코에 걸친 안경을 밀어 올렸다. 렌즈 너머 갈색 눈동자는 차분하게 정면을 응시하고 있었다.

"다행이군요."

청년의 옆에 선 초로의 사내가 반백의 머리를 쓰다듬으며 말했다. 옆 사람과 달리 얼굴에 깊게 팬 주름과 탁한 낯빛은 곧 쉰을 바라보는 그의 나이보다 십 년은 더 늙어 보이게 만들었다. 그럼에도 청년 쪽이 중년의 사내에게 하대하는 말투로 말을 이었다.

"이걸로 당분간은 저들의 주위를 흐트러뜨릴 수 있을 걸세."

"감사합니다. 이 은혜를 어찌 갚아야 할지."

"나로선 당연한 책임을 다할 뿐. 은혜라니, 당치 않네. 그보단 자네 일이나 걱정하게. 정말 이대로 괜찮은 건가?"

"저보다 더 잘 아시지 않습니까. 이 몸은 이미 늦어버렸다는 것을. 이렇게 하는 것이 저에게나 딸아이에게나 최선입니다."

얼핏 보기에도 십수 년 이상 어려 보이는 청년에게 꼬박꼬박 극존칭을 쓰는 중년 사내, 그리고 그것이 당연한 듯 대꾸하는 젊은이의 모습은 모르는 이가 본다면 확실히 괴상해 보일 광경이었다. 중년의 사내는 무언가 떠올리곤 소중한 물건처럼 품에 안고 있던 가방에서 종이 뭉치를 주섬주섬 꺼내어 상대에게 건넸다.

"여기, 계약서입니다. 처리는 다 해두었으니까 편하신 때에 입주하시면 됩니다."

젊은이가 펼쳐 든 종이는 흔한 전세 계약서였다. 그는 계약서에 적힌 부동산 소재지 주소를 찬찬히 손끝으로 더듬어보았다.

손으로 꾹꾹 눌러쓴 글씨는 작성자의 건강 상태를 비추듯 군데군데 불안하게 흔들리고 있었다. 길게 이어진 주소를 따라가던 손끝은 종이 끄트머리의 '강신 빌라 202호'란 글자 아래에 가서 멈추어 선 채 한동안 움직일 생각을 않고 있었다.

"정말 괜찮으시겠습니까?"

그 모습을 바라보던 중년 사내가 힘없는 목소리로 물었다.

"내가 원해서 하는 일일세. 쓸데없는 걱정 말고 남은 시간을 어찌 보낼지 궁리하시게나. 아이 이름이 뭐라고 했었지?"

"유나입니다. 최유나."

중년 사내의 답에 청년은 고개를 끄덕였다. 그렇게 두 남자는 자신들 앞에 있는 4층짜리 건물의 입구 위에 자그마하게 걸린 석판에 적힌 '강신 빌라'라는 글자를 말없이 올려다보았다.

쿠르릉, 낮고 무거운 천둥소리가 아득하게 들려왔다. 어둡게 내려앉은 하늘 저편으로 시커먼 비구름이 몰려들고 있었다.

건물 옥상 난간 위, 세 명의 사내가 위태롭게 선 채로 쏟아지는 비를 맞으며 아래를 내려다보고 있었다.

좁은 골목길 가운데 구급차 한 대가 꽁지를 위로 열어젖힌 채 서 있었다. 그 주변으로 몰려든 우산들 아래로 웅성거리는 사람들의 목소리가 들려왔다.

"간밤에 불이 났다며? 그래도 크게 안 번져서 다행이네."

"다행은 무슨. 사람이 죽었다는데."

시커멓게 그을음이 번진 건물 입구로 구급대원들이 들것 위에 무언가를 올린 채 빠져나오고 있었다. 비닐로 덮인 것은 거구의 시신이었다.

바람에 날린 비닐 아래로 시커멓게 변한 채 형체조차 알아보기 힘든 소사체(燒死體)가 드러나자 여기저기서 작은 비명들이 터졌다. 옥상의 사내들도 마찬가지 반응이었다.

"우리 애가 맞습니다."

셋 중 왼편에 선 장발의 말에, 가운데 건장한 체구의 사내가 고개를 주억거리며 말했다.

"미끼였군. 그렇다는 건 소문의 아이는 애초에 여기 없었다는 건가?"

"역시 헛소문이 아닐까요? 아이가 살아 있을지도 모른다는 얘기."

이번엔 오른편의 앳된 얼굴의 사내가 고개를 갸웃하며 말했다. 무리의 우두머리로 보이는 중앙의 남자는 좌우로 머리를 내저었다.

"아니야. 그런 거라면 애초에 이런 함정을 파놓지도 않았겠지. 윗 대가리들 짓이라기엔 너무 복잡하고. 아마 아이의 소재를 알고 있는 놈이 모두를 헷갈리게 만들려고 수작을 부린 걸 거야."

"속임수라니, 대체 뭘 위해서요?"

"시간을 벌려는 거겠지. 추적을 피해서 다시 숨어버릴 시간을."

중앙의 사내는 자근자근 말을 씹어뱉더니 바드득 이를 갈았다.

사내의 얼굴이 순간 기이하게 일그러지면서 귀수(鬼獸)의 형상으로 변했다. 형형한 안광을 내뿜으며 사내는 긴 한숨을 내뱉었다.

그르르르, 짐승의 소리가 빗방울 사이로 음험하게 퍼져나갔다.

Chapter 1
운수 나쁜 날

"여기예요. 들어와서 한번 보셔요."

최유나는 영업용 미소와 함께 힘찬 팔 동작까지 해 보이며 303호 안으로 손님을 들였다. 병원 코디네이터로 일하고 있다는 30대 초반의 세입자 후보는 뒤따라 들어오더니 찬찬히 집 안을 둘러보았다.

창문 밖을 내다보거나 화장실 수압을 확인하고 거실 겸 주방 가운데 서서 집 구조나 환기 상태를 확인해보는 모양은 여성 특유의 섬세함을 넘어 방 알아보는 일에 이력이 난 사람임을 짐작케 했다.

부동산 백 씨와 나란히 입구에 서서 유나는 자신의 입술에 촉촉하게 침을 발랐다.

"건물이 보기보다는 오래되지 않았어요. 하수도도 재작년에 싹 공사해서 냄새 올라오는 일도 없고. 벽도 두꺼운 편이라 프라이버시도 오케이! 아시죠?"

손으로 'OK' 문자를 그려 보이며 유나는 의미심장한 미소를 지어 보였다. 30대 독신 여성이 혼자 사는 집을 구할 적엔 그런 부분도 어느 정도 염두에 둔다는 것을 건물주 생활 4년을 통해서 익히 알고 있었다.

"교통도 좋다니깐, 지하철도 가깝고 버스 정거장도 요 앞이고. 요즘 이 가격에 이만한 물건 구하기 어려운 거 손님이 더 잘 알죠?"

백 씨는 10년째 부동산 영업을 해온 터줏대감답게 믿음이 뚝뚝 떨어지는 것 같은 목소리로 설명을 덧붙였다. 전세를 알아보러 온 여자도 그 말에 마음이 기우는 듯 보였다.

"일단 아까 말씀하신 집까지 보고 결정할게요."

유나는 상대가 거의 넘어왔다는 것을 직감했다. 이대로라면 4개월째 나가지 않고 비어 있는 303호에도 드디어 사람을 들일 수 있겠구나 생각하며 그녀는 생글생글 미소를 지어 보였다.

그녀가 세를 놓고 있는 4층짜리 다세대 주택 '강신 빌라'의 구조는 심플했다. 모두 4개 층 중에서 3층까지 한 층에 세 집씩 도합 9세대가 있었다. 현재는 3층 구석 집인 이곳 303호를 제외하곤 모든 집이 차 있는 상태였다. 그리고 꼭대기 4층은 공간을 전부 터서 한 개 세대로 만들어 주인인 유나가 홀로 사용하고 있었다.

"그럼 보시고 마음 정하시면 연락 주세요. 기다리고 있을게요."

함께 2층으로 내려가며 유나는 한 번 더 멘트를 날렸다. 이사 수요가 줄어드는 여름이 본격적으로 시작되기 전에 사람을 들일 수 있겠다 생각하며 내려가는데, 2층 계단 참에서 누군가 그들의 앞을 가로막고 섰다.

"어, 안녕하신가, 휘강 씨."

부동산 백 씨가 먼저 인사를 건넨 상대는 빌라 202호에 살고 있는 입주자였다. 멀끔한 외모에 훤칠한 키, 안경 너머로 보이는 눈동자는 머리카락과 같은 연갈색이었다.

말없이 보기엔 더없이 좋은 피조물이지만 유나에겐 왠지 상대하기 꺼려지는 세입자이기도 했다. 언제나 냉랭한 표정에 말수도 적고 오다가다 마주칠 때마다 아는 척을 해도 언제나 뚱하게 반응했던 것이다.

"여기 사시는 분이세요?"

후보자 아가씨가 미소를 지으며 그에게 말을 걸었다. 순간 유나는 이유 모를 불안을 느꼈다.

"예, 집 보러 오셨나 봐요. 303호?"

휘강은 계단 위 3층 쪽을 흘끔 올려다보며 물었다. 여자가 그렇다고 고개를 끄덕이더니 여기가 살기에 어떠냐는 질문을 던졌다. 유나의 불안 지수는 이내 조금 더 상승했다. 대체 이 불안이 어디서 오는 것인가 머리를 굴려보았지만, 떠오르는 건 없었다.

"살기 괜찮죠. 조용하고, 교통도 편하고, 근처에 없는 거 빼곤 다 있기도 하고."

빌라에 대해 좋은 이야기를 늘어놓는 사내의 모습에 그녀는 그제야 안도의 한숨을 내쉬었다. 괜한 걱정을 했던 것인가 생각하는 찰나, 휘강의 입에서 또 다른 이야기가 새어 나왔다.

"그런데 303호는 좀 그렇지 않나? 아가씨 혼자 쓰기엔."

덜컹, 유나는 커다란 추 하나가 가슴속에서 자유낙하하는 기분을 느꼈다. 옆에서 듣고 있던 백 씨가 낭패라는 표정으로 시선을 피했다. 집을 보러 온 아가씨는 백 씨의 반응에 뭔가를 직감했는지 다시 휘강에게 물었다.

"왜요? 뭐, 문제라도 있나요?"

휘강은 별일 아니라는 듯 건조하고 퉁명스러운 어투로 답변했다.

"그게, 문제라면 문제랄까. 앞에 303호 살던 사람이 집에서 대마를 키우다 걸려서 잡혀갔거든요. 얼마 전에. 아무래도 좀 꺼림칙하잖아요. 그런 일이 있었는데."

맙소사, 그제야 유나는 불안의 실체를 감 잡았다. 휘강의 이야기는 사실이었다. 하지만 살인이나 강도, 아니면 변태 스토커가 있었던 것도 아니다. 그저 집에서 불법 약용 작물을 쪼끔 재배하다 잡혀간 찌질이 사건이었다.

설마하니 4개월이 지난 시점에 환각 성분이 남아 있을 리도 없고, 이미 다 끝난 사건을 굳이 꺼낼 필요도 없었다. 그 정도 말하지 않고 넘어간다고 거래에 있어 신의 성실 원칙을 어기는 것도 아니었다. 하지만 휘강이란 인간은 몇 마디 말로 그것을 엄청난 흠결로 과장시키고 있었다.

"대마……면, 마약이요?"

제대로 약발, 아니 말발이 먹힌 아가씨는 심상치 않은 표정이 되었다. 자신이 저지른 일을 알긴 하는지 휘강은 얄궂은 태도로 그렇다는 듯 고개를 끄덕이고는 유유히 빌라를 빠져나가 어디론가 가버렸다.

유나는 미심쩍게 자신을 바라보는 아가씨에게 어색한 미소를 지어 보이며 애써 변명을 해봤지만 이미 엎질러진 물이었다. 백 씨와 함께 골목 저편으로 사라져가는 여자를 배웅하며 유나는 바드득 이를 갈았다. 그동안 집주인인 그녀와도 거의 대화가 없었던 202호 입주자 은휘강이 정식으로 짜증 나는 인간 리스트에 오르는 순간이었다.

홀로 남아 건물 앞에 선 유나는 착잡한 표정으로 지은 지 10년이 다 되어가는 4층 건물 입구 위에 자그맣게 걸린 '강신 빌라' 팻말을 올려다보았다.

올해로 스물다섯, 꺾인 이십대를 맞이한 그녀였다. 청년 실업과 무한 경쟁의 취업난이 문제라고들 떠드는 와중에 자기 소유의 건물을 관리하며 임대 수입으로 사는 20대 여성의 삶은 얼핏 부러워 보일 수도 있었다. 그러나 실상은 그리 녹록지 않았다.

특히 5월은 그녀에게 마냥 잔인한 한 달일 뿐이었다. 빌라 주인으로선 종합소득세 신고를 위한 준비를 해야 했고, 날이 더 더워지기 전에 세대별로 에어컨과 하수구 상태를 점검해야 했다.

게다가 달력 곳곳에 표시된 근로자의 날, 어린이날, 어버이날 따위는 그녀와는 전혀 상관없는 딴 세상 얘기였다. 유나는 근로자도 아니었고, 어린이도 아니었다. 결혼을 한 적도 없으니 당연히 어버이도 아니었고, 더군다나 어버이날을 챙겨드릴 부모님조차 안 계셨다.

유나는 자신의 조부가 해방 이후 제조업 공장을 운영하며 상당한 부를 축적했었다고 들었다. 서울에만 건물이 십수 채였고 은행 제도가 불안했던 시절, 집 안에 쟁여둔 현금이 넘쳐나 말 그대로 돈방석을 깔고 살았다나 어쨌다나.

그러나 몇 차례 정권이 바뀌는 사이 세상도 바뀌었고 변화에 미처 적응하지 못한 할아버지의 사업은 말년에 폭삭 망해버렸다.

하지만 부자가 망해도 3대가 간다고 했던가. 사업 실패에도 불구하고 여전히 가세는 창창했고 지역 유지로서 제법 권세도 누리던 할아버지 아래서 유나의 부친은 유복한 유년기를 보냈다. 대학 졸업 후 대기업에 취직했고, 얼마 후 결혼을 하면서 퇴사, 할아버지에게 돈을 빌려 사업을 시작했지만 수완이 없었는지 결국 망하고 말았다.

사업에 실패한 그해, 홀아비로 적적하게 사시던 할아버지가 조용히 숨을 거두셨고, 유나의 모친까지 홀쩍 집을 나가버렸다고 한다. 덕분에 아버지와 유나, 둘만의 부녀 가정이 꾸려졌다. 그리고 그런 아버지마저 강신 빌라 한 채만을 그녀 앞에 덜렁 남긴 채 돌아가신 게 4년 전이었다.

결국 유나가 옛 속담의 바로 그 3대째가 된 것이다. 그녀가 꼬꼬마이던 시절에 지어진 빌라에서 나오는 수익은 각종 세금들과 건물 유지비를 제하고 나면 그럭저럭 그녀 홀로 살아갈 정도는 되었다.

그 점은 돌아가신 아버지에게 고마워해야 할 일이지만 건물 관리까지 도맡은 탓에 지박령처럼 빌라에 매인 삶이 되어버린 건 반가운 일이 아니었다.

—유나야, 강신 빌라를 잘 간수해라. 그게 네가 살 길이야.

4년 전 5월, 병상에 누워 오늘내일 하던 아버지는 참으로 멋없고 세속에 찌든 한마디를 남긴 채 허망하게 불귀의 객이 되었다. 때문에 그녀에게 5월은 여러 가지로 반갑지 않은 시기였다.

지이잉, 주머니 속에서 핸드폰이 진동했다. 받아보니 부동산 백 씨의 전화였다.

"유나 씨, 미안해. 그 아가씨가 다른 집으로 계약하겠다고 그러네. 내일 또 한 사람 보러 오겠다고 예약했으니까 그때 다시 찾아갈게. 점심때쯤 시간 괜찮지?"

"아, 내일은 제가 일이 있어서 나가봐야 하는데. 303호 문 안 잠글 테니까 부탁 좀 드릴게요."

"알겠어. 하긴 토요일이라 유나 양도 바쁘겠지. 그나저나 휘강 총각도 참, 사람이 어찌 그리 눈치가 없는지."

"사람이 아니무니다, 인가 보죠."

철 지난 유행어로 휘강을 비꼬며 유나는 일부러 쾌활하게 웃었다. 잘못도 없는 부동산 사람과 괜한 불편함을 만들 필요는 없었다.

그래야 나중에라도 사람을 끌어와 줄 테니. 오늘은 인터넷에 올린 전월세 정보를 다시 한 번 업데이트해야겠다고 생각하던 참에 길 저쪽에서 빌라로 되돌아오는 휘강의 모습이 보였다. 호랑이인지 강아지인지 제 말을 하면 나타나는 것일까? 유나는 눈을 치켜뜨고 휘강을 똑바로 바라보며 그에게로 다가갔다.

"저기요, 은휘강 씨. 저한테 섭섭한 거 있으세요?"

갑자기 무슨 생뚱맞은 질문이냐는 표정으로 사내는 유나를 쳐다보았다.

"무슨 소립니까? 딱히 섭섭한 일은 없는데요."

"그럼, 아까 그건 뭔가요?"

"아까?"

"그래요, 아까! 집 보러 온 사람한테 굳이 그런 이야기를 해야겠냐고요."

무슨 이야긴지 모르겠다는 듯 천진한 얼굴로 바라보는 휘강의 모습에 열이 오른 유나의 목소리가 날이 섰다. 하지만 상대는 여전히 목석처럼 덤덤한 목소리로 자신의 의견을 피력했다.

"제가 없는 말 한 것도 아니잖습니까. 303호 일 때문에 경찰들 드나들고 유나 씨도 조사받고 그랬다던데. 아닌가요? 안 마주쳤다면 모를까, 나한테 직접 물어보는데 아는 대로 얘기해주는 게 딱히 나쁜 일도 아니고."

말이 통하지 않는 인간이구나 생각하며 유나는 이마에 손을 얹은 채 질끈 눈을 감았다.

"알았어요. 그쪽 말이 맞네요. 그렇죠, 사실대로 얘기해야겠죠. 진실이 통하는 세상 아니겠어요. 서로가 믿고 의지하는 그런 해피한 대한민국."

"좋네요. 그런 세상을 만들어 가야죠. 그럼 전 바빠서 이만."

유나의 비아냥거리는 말에도 모른 척 맞장구치며 구렁이 담 넘어가듯 하는 휘강이었다. 자기 할 말이 끝나자 휑하니 2층으로 올라가는 그의 뒷모습을 보며 허탈한 웃음을 짓는 유나의 입에선 '대박'이란 짧은 한마디만 툭 튀어 나올 뿐이었다.

집으로 올라온 유나는 컴퓨터로 빌라 정보를 올린 인터넷 페이지들이 제대로 검색이 되는지 확인해 보았다. 별다른 변동이 없음을 확인하곤 이메일 서버로 접속해 얼마 전에 수신한 메일 한 통을 열어보았다.

〈청첩장〉
신현수, 이정임의 행복한 시간에
소중한 당신을 초대합니다.

대학 시절 알고 지내던 3학번 위의 선배로부터 온 전자 청첩장이었다. 메일을 열자 플래시로 구현된 엽서 모양의 페이지와 함께 신랑, 신부가 행복하게 웃는 사진, 그리고 결혼식에 초대한다는 문구에 이은 정보들이 떠올랐다.

식장은 차로 3시간 거리의 지방 도시였다. 신랑인 현수 선배의 고향이 그쪽이었다는 이야기를 얼핏 들은 기억이 있었다. 사진 속 신랑의 모습을 바라보며 유나는 생각에 잠겼다. 졸업 후 학교 사람들과는 연락을 끊은 채 1년 넘게 지내온 터였다. 때문에 갑작스러운 청첩장에 유나 자신도 놀랐었다.

그녀의 이름을 직접 지칭하며 꼭 와서 축하해 달라는 이메일 내용은 흔한 단체 메일은 아니었다. 그녀를 지정해 특별히 보낸 현수 선배의 초대였다. 결혼식 시간은 내일 오전이었다. 유나는 복잡한 심경으로 괜히 마우스를 움직이며 청첩장 문구들을 긁었다가 풀기를 반복했다.

'역시 안 가는 쪽이 좋을까?'

친했던 선배의 결혼식이었다. 게다가 캠퍼스 커플이었던 신부는 유나의 동기였다. 가지 않을 이유가 없어 보이는 초대였지만 자꾸 망설이게 되는 사정은 여러 가지였다.

대학 시절 아버지가 갑자기 돌아가시고 강신 빌라의 관리를 맡게 된 데다 한때 유나 자신의 건강도 나빠지자 휴학을 하면서 학교에서는 겉돌게 되었다. 빡빡하게 학점을 채워 듣고 여름 학기까지 들어가며 한 학기 먼저 서둘러 코스모스 졸업을 한 이유도 그 때문이었다.

그런 와중에 그나마 친하게 지냈던 것이 현수 선배였다. 그때도 신부인 유나의 동기 정임과 현수 선배는 이미 연인 사이였다. 하지만 유나와 그가 가까워진 때는 마침 정임이 해외로 어학연수를 나가 있던 참이었다.

주위의 오해를 살 정도로 둘은 붙어 다녔고, 선배의 마음은 어땠는지 몰라도 유나는 살짝 흔들리기도 했던 게 사실이었다. 여전히 아련하게 남아 있는 그때의 감정이 결혼식 참석을 망설이게 하는 이유였다. 더불어 강신 빌라 역시 발목을 잡았다.

당장 집을 보러 오겠다는 사람이 있는 등, 주말에 관계없이 항시 일이 생길 가능성이 있는 것이 직접 건물을 관리하는 임대 사업자의 애환이었다.

더군다나 한창 힘들었던 대학 시절을 넘겼던 곳이라서 그런지, 아니면 아빠의 유언이 남긴 유일한 물건이라서 그런지 유나는 강신 빌라에 정신적으로 매여 있는 기분이었다. 집을 벗어나면 불안했고, 조금 오래 떨어져 있기라도 하면 감정적 동요는 실질적인 신체적 증상으로 나타나기도 했다. 때문에 집을 멀리 떠나야 하는 여행을 포기하고 산 지도 3년 차에 접어들고 있었다.

컴퓨터를 끈 유나는 거실로 나가 창을 열고 밖을 내다보았다. 해 저문 저녁, 창밖으로 보이는 건물들 저편으로 유독 밝게 빛나는 구역이 보였다. 최근 각광을 받으며 젊은 세대 취향의 가게들이 우후죽순 들어서며 번화하기 시작한 거리의 불빛이었다.

걸어서 30분이면 갈 곳이었지만 좀처럼 발길이 가닿지 않는 곳이기도 했다. 최근 들어선 방콕 생활에 점점 길들여져 밖에 나가는 일조차 귀찮아졌다. 한창 활기차야 할 나이임에도 자신은 자꾸만 말라가고 강신 빌라란 공간에 박제되어가는 것만 같다는 생각이 들었다. 순간 가슴이 먹먹해오며 갑갑함에 숨이 턱 막혀왔다.

창문에서 떨어져 냉장고로 향한 그녀는 시원한 냉수 한 잔을 벌 컥벌컥 깨끗이 비웠다.

"까짓것, 가보지 뭐. 다들 기억이나 하겠어? 선배 얼굴만 보고 오 는 거야."

유나는 결심한 듯 혼잣말을 하며 옷장 문을 열고 미리 생각해둔 원피스를 꺼냈다. 내일 시간에 맞춰 식장에 도착하려면 미리 준비 를 해두고 오늘은 일찍 잠자리에 들어야 했다.

❀ ❀ ❀

토요일 오후, 도청 소재지인 도시에서 가장 크다는 호텔 웨딩홀은 각지에서 몰려든 하객들로 성황이었다. 세 개의 식장과 연결된 홀은 각각의 손님들이 한꺼번에 몰리는 탓에 많은 인파로 바글거렸다.

때문에 사람들은 저마다 낯익은 얼굴들을 찾아 여기저기 무리를 이루어 뭉쳐 있었다.

사람들 틈바구니에서 갈 곳을 못 찾고 서성이던 유나는 예식장 입구 한편에 역시나 무리 지어 서 있는 A대학 경영학부 출신들을 발견하곤 조심스럽게 다가갔다.

군데군데 낯익은 얼굴들이 보였지만 저쪽은 유나를 못 알아보는 눈치였다. 한 발짝 물러선 채 귀를 기울이니 저마다 근황들을 주고 받고 있었다.

여전히 학교를 다니는 중인 친구, 졸업하고 취직을 하거나 시험에 합격했다는 녀석, 공부를 더 하겠다며 유학을 가거나 대학원을 진학했다는 등의 소식들을 듣고 있자니 저마다 열심히 살고 있구나 하는 생각이 들었다.

그때 누군가 갑자기 자신을 부르는 목소리에 놀라 유나는 뒤를 돌아보았다.

"유나, 너 유나 맞지?"

졸업 후 2년 만에 만난 동기는 반가움과 신기함이 반씩 섞인 표정으로 다가오더니 덥석 유나의 손을 잡았다.

깡마른 몸에 신경질적으로 치켜 올라간 눈매, 두툼한 입술까지 예전과 전혀 변함없는 모습 덕에 유나는 금세 기억 속 동기의 이름을 떠올릴 수 있었다.

"응. 반가워, 정화야."

"그래, 정말 반갑다. 그렇지 않아도 졸업 후에 너랑은 연락이 끊겨서 궁금하던 차였는데. 여긴 또 어떻게 왔네?"

얼핏 비꼬는 것처럼 들리는 말에도 유나는 그러려니 웃어넘겼다. 듣는 사람 배려는 않고 생각나는 대로 떠들어대는 게 예전부터 그녀의 캐릭터였다는 것도 기억이 났기 때문이었다.

또한 유나 자신이 졸업 후에 동기들과 연락을 끊다시피 하고 살았던 것도 사실이었다. 이런저런 사정으로 유나가 친하게 지냈던 동기는 애초에 거의 없었으니까.

"응, 이메일로 청첩장을 받았어. 선배한테서."

"그랬구나. 유나 너, 요즘도 그 빌라에서 사는 거야?"

"응, 그렇지 뭐. 너도 잘 지내지?"

설렁설렁 답하며 유나는 무심코 고개를 돌려 옆에 놓인 팻말을 보았다.

신랑과 신부의 이름이 나란히 적힌 팻말이 낯설었다. 그 옆으로 오늘의 주인공들이 미리 촬영한 웨딩 사진이 담긴 액자가 이젤 위에 비스듬히 걸려 있었다. 촬영용 화장에 포샵까지 거쳤을 사진 속 인물들은 인형처럼 번들번들 광이 나긴 했지만 기억 속 모습이 고스란히 남아 있었다.

붙임성 좋고 애교가 많았던 동기 정임, 그리고 자상하면서도 강단이 있었던 믿음직한 남자, 현수 선배. 이렇게 보니 역시 잘 어울리는 커플이었다.

"야, 누가 뭐래도 진정한 위너는 유나 아니겠니?"

문득 들려오는 정화의 목소리에 유나는 고개를 돌렸다. 난처하게도 모두의 이목이 유나와 정화 쪽으로 집중되고 있었다.

"위너는 무슨. 그냥 평범한 백수한테."

당황스러운 목소리로 항변하는 유나였지만 정화의 수다는 계속 이어졌다.

"백수라니. 건물주 되어서 세놓고 사는 거야말로 요즘 청춘들이 제일 바라는 노후 계획인데. 넌 이미 그러고 살고 있잖아."

역시나 틀린 말은 아니었다. 유산으로 받은 빌라 한 채를 세놓으며 거기서 나온 돈을 주요 수입원으로 살고 있으니까. 하지만 지금 이야기를 듣고 부러운 눈으로 자신을 바라보는 동문들의 생각과 현실은 천양지차였다.

"그냥 물려받은 건물 관리하면서 사는 것뿐이야."

자신에게 쏠리는 관심이 부담되어 손을 내저으며 변호를 해봤지만 오히려 정화의 무신경 오지랖에 시동을 걸어준 격이었다.

"맞아, 그거 유산이라고 그랬지? 너희들, 기억나? 우리 2학년 때 유나 얘가 소리 소문 없이 휴학했었잖아. 그래서 막 이상한 소문도 돌았고."

정화의 얘기를 듣고 있던 남자 동기 하나가 고개를 끄덕이며 맞장구를 쳤다.

"맞다. 기억난다. 나중에 알고 보니까 아버지가 위독하셔서 병간호하느라 휴학했던 거였지."

딱히 떠올리고 싶지 않은 4년 전의 기억에 유나는 살짝 인상을 찌푸려 보였지만 이미 폭주하기 시작한 동기의 입담을 막는 데는 역부족이었다.

"그때 아버님 돌아가셨던 거잖아. 그치? 그러고 나서 2학기에 복학했고. 복학하고 나서도 한동안 워낙 있는 듯 없는 듯 '아싸'로 지내는 바람에 학교에서 별별 이야기가 다 돌았던 거, 유나 너 아니?"

그제야 수군수군 모여든 아이들 사이로 눈치와 코치가 오가기 시작했다. 휴학을 마치고 캠퍼스로 돌아왔던 그 무렵, 남 말하기 좋아하던 애들 중심으로 자신에 대한 무수한 루머들이 무슨 놀이처럼 퍼졌던 것을 유나는 알고 있었다.

유나에 대한 기억이 희미했던 이들도 '소문의 그녀'에 대해선 생생하게 기억하고 있었던 것이다. 나중의 일이긴 하지만 그 당시에 돌았던 자신에 대한 소문의 구체적인 내용을 유나 자신도 일부분 전해 들었었다.

휴학을 한 사이 중절 수술을 받고 왔다거나, 폭력 조직에 얽혀서 외국으로 도피를 다녀왔다거나 하는, 말인지 방귀인지 모를 얘기들이 대부분이었다. 복학 후엔 한동안 건강이 좋지 않아서 학교에선 수업만 듣고 곧바로 귀가하는 사이에 학적부에 없는 가짜 학생이라거나, 매년 졸업 사진에 같은 얼굴이 실리는 유령이라거나 하는 얘기도 돌았다.

그쯤 되자 정화의 수다와는 관계없이 모인 사람들 사이에 묘한 기류가 흐르기 시작했다. 소문이란 것이 늘 그러하듯 유나가 알고 있는 것 외에도 입에 담기 힘든 해괴하고 험악한 이야기들이 떠돌았었고 그런 기억이 새삼 그네들 뇌리에 떠올랐기 때문일 것이다. 하지만 집 나간 지 오래인 듯 보이는 정화의 눈치는 여전히 돌아올 생각을 않고 있었다.

"그러고 보니까 나중엔 너한테 귀신 붙었다는 소문도 있었지. 막 도깨비불이 따라다니고, 점도 보고 그랬다면서. 요즘도 그러니?"

이쯤 되면 아무리 눈치 없고 막말이 일상인 그녀라 해도 더 이상 참고 있을 수 없었다. 남의 집 경사에서 난동 부리지 않으려 온순하고 조용한 처자 코스프레 하고 있다가 살포시 떠날 생각이었건만, 참는 데도 한계가 있었다.

"야, 강정화. 너, 진짜⋯⋯."

그러나 그녀가 채 말을 꺼내기도 전에 식장 앞에 서 있던 직원이 홀에 모인 사람들에게 예식이 곧 시작된다는 것을 소리쳐 알리기 시작했다. 사람들이 동시에 우르르 식장 안으로 몰려 들어가는 왁

자지껄 시장통 같은 분위기 속에서 유나의 분노는 채 피어오르기도 전에 푸시시 잦아들고 말았다.

그런 그녀의 기분과 별개로 정화는 여전히 순진무구, 희희낙락한 표정으로 또 다른 동기에게 들러붙은 채 좋은 자리를 차지하겠다며 부랴부랴 식장 안으로 사라졌다.

"내가 참자. 여기서 깽판 쳐봤자 나만 미친년 되는 거지."

오랜만에 모인 자리에서 또 다른 전설을 만들고 싶은 마음은 없었다. 심호흡으로 맘을 다스리며 유나는 사람들 눈에 띄지 않을 구석진 곳을 찾아 자리를 잡고 앉았다.

속전속결로 치러지는 요즘 예식답게 유나가 잠시 헤매는 사이, 신랑은 이미 단상 앞에 자리를 잡고 서서 하객들 쪽을 바라보고 서 있었다. 긴장된 얼굴로 신부가 들어올 입구를 응시하고 있는 선배의 모습은 여전했다.

짙은 눈썹, 살짝 아래로 처져 선량해 보이는 눈매, 오뚝한 콧날에 다부진 턱까지. 미남형은 아니지만 어디 내어놓아도 손색없는 호인의 얼굴은 다정다감하면서 믿음직한 성격을 그대로 드러내고 있었다.

이어서 신부 입장을 알리는 '신부들의 합창'이 장내에 울려 퍼졌다. 하객들의 시선은 일제히 입구 쪽을 향했다. 순백의 웨딩드레스를 입은 신부가 아버지의 손을 잡고 들어서자 여기저기에서 박수가 터져 나왔다.

식장에 늦게 도착한 유나는 처음으로 보는 신부의 모습이었다. 원래도 아름다운 아이였지만 행복한 정임의 모습은 더더욱 아름답고 빛이 나 보였다.

입 끝이 귀에 가서 걸린 선배는 그런 신부를 넋이라도 나간 사람처럼 바라보며 함박웃음만 짓고 있다 딸의 손을 건네는 장인의 존재마저 잠시 잊는 바람에 하객들을 폭소하게 만들었다.

마침내 손을 마주 잡고 사랑으로 충만한 시선을 교환하는 두 사람의 모습, 그리고 거기에 환호를 보내는 동창들을 바라보던 유나는 그제야 새삼 여기 온 것이 후회되었다.

급하게 졸업하고 떠나온 2년 전 캠퍼스에서의 상황과 조금도 다를 게 없는 현재였다. 자신은 무리에 속하지도, 선배를 똑바로 바라보지도, 그리고 원하는 것을 잡지도 못한 채 겉돌기만 하는 아웃사이더였다. 웨딩드레스를 차려 입은 동기는 모두의 축복 속에서 선배의 손을 잡고 있었다. 그런 그녀를 축복해주는 친구들이 있었고, 아쉬움에 눈물 닦는 부모님이 있었다.

유나는 한동안 잊고 살던 감정이 왈칵 밀려오는 것을 느꼈다. 자신의 눈앞에 펼쳐지고 있는 그 일상적이고 현실적인 행복을 자신은 끝내 잡지 못할 것만 같은 두려움이었다.

단순히 짝사랑하던 선배를 떠나보내는 아쉬움과는 차원이 다른 기이한 아픔이었고, 막연한 공포였다. 결국 유나는 식을 마저 보지도 못하고 식장을 빠져나오고 말았다.

"후우……"

유나는 장탄식을 내뱉고 말았다. 꿈꾸지 못할 일상에 대한 동경과 아픔 때문에 뛰쳐나온 그녀였지만 1층 로비로 내려오니 다시금 현실이란 덩어리를 마주하고 말았다. 유나는 조금 전 축의금을 전달하고 받은 식권을 손에 든 채 예식장 입구에 마련된 답례품 교환대를 바라보았다.

50년 경력 간잽이의 손길로 빚은 안동 간고등어

허접한 현수막에 박힌 문구는 그녀에게 일말의 소유욕도 불러일으키지 않았다. 고등어를 좋아하지도 않을 뿐더러 집에서 혼자 온 집 안에 비린내 풍기면서 생선을 구워먹을 일도 없었다.

"비누나 수건 같은 거면 무난하잖아. 굳이 먹을 걸로 하고 싶으면 케이크로 하던지. 고등어가 뭐니 고등어가."

처음으로 현수 선배의 센스에 실망하며 유나는 손에 쥔 식권을 꼭 움켜쥔 채 식당 쪽으로 발길을 돌렸다.

'확실히 음식 맛은 이 동네가 월등하네!'

소고기 잡채를 입 안 가득 집어넣으며 유나는 뷔페답지 않게 정갈하고 맛난 음식에 감탄했다. 결혼식 장소를 인터넷에 검색하던 와중에 얼핏 보았던 4성급 호텔 출신 주방장의 손맛 어쩌고 하는 홍보 문구가 거짓은 아닌 모양이었다. 정화 때문에 쌓인 스트레스를 기름진 음식으로 해소하려 열심히 배를 채우던 그녀의 손이 멈춘 것은 식당 입구로 들어서는 남자를 발견하면서였다.

'어, 저 인간이 왜 여기 있어?'

의외의 장소에서 불쑥 나타난 사내는 콧등에 걸린 안경을 손으로 밀어 올리며 뷔페 음식들을 슬쩍 살펴보고 있었다. 바로 강신 빌라 202호 거주자인 눈치 없는 인간 은휘강이었다. 칼처럼 핏을 맞춘 정장 슈트는 무난한 다크 네이비 컬러에 투 버튼 재킷이었고, 붉은색 슬림 타이로 포인트를 주었다. 180센티미터를 훌쩍 넘는 키에 잘빠진 몸매와 궁합을 맞춘 옷차림이 제법 그럴듯한 그림을 만들어내고 있었다. 하지만 딱 거기까지. 얼핏 지적으로 보일 수도 있을 샤프한 외모 뒤에 싹퉁머리 없는 시건방이 숨어 있음을 경험을 통해 익히 알고 있는 그녀였다.

'결혼식 참석인가? 별일이네. 이렇게 먼 곳에서, 하필 같은 식장이라니.'

뭔가 찜찜한 우연이었지만 충분히 있을 수 있는 일이었기에 애써 그의 존재를 무시하며 음식 쪽으로 관심을 돌렸다. 그리고 접시 위 음식들을 채 반도 비우기 전, 무의식중에 들려온 뒷자리의 대화에 귀를 기울이게 된 것은 '정화 선배'란 단어 때문이었다.

"정화 선배한테 그 얘기 들었어? 09학번 유령 선배, 오늘 여기 왔대."

"정말? 대박. 그 사람이 실존 인물이었던 거야?"

나란히 앉아 재잘거리는 두 명의 여자는 아마도 유나의 바로 아래 학번 후배들인 모양이었다. 2학년 1학기 개강 직전에 휴학을 해야 했고, 다음 학기에 복학하고 나서는 단체 활동 자리에 거의 나가지 않았기에 그녀들에겐 유나의 실체가 붕 떠 있을 터였다. 당연히 유나의 얼굴을 알고 있을 가능성도 적었다. 오로지 소문 속에만 존재하는 선배였던 것이다.

"정말 그 선배 임신해서 휴학했던 건가?"

"맞을걸? 그것도 공대 교수랑 불륜이었다던데."

유나는 들고 있던 수저를 내려놓고 말았다. 오늘 날이라도 잡았는지 의외의 자리에서 또 다른 지뢰를 밟은 것이다. 예상대로 소문은 사람들의 입을 거치며 황당한 형태로 부풀어 있었다. 임신이라니, 여태 수절 아닌 수절을 해온 유나 입장에선 여러 가지 의미로 억울하고 갑갑할 노릇이었다.

하지만 여기서 버럭 한들 얻을 건 아무것도 없었다. 애초에 자기가 누군지 저들에게 인식시키는 것 자체가 민망하고 어려운 일이었다. 얼른 자리를 떠야겠다 생각하는데 연이어 강펀치가 날아왔다.

"그러고 보니 현수 선배하고도 그렇고 그랬다며. 정임 선배가 어학연수 간 사이에 유령 선배가 꼬리 쳤다던데."

"어머, 웬일이니. 하긴 현수 선배가 그때 한창 날리긴 했지. 그러고 보니 나도 얼핏 본 거 같아, 그 선배. 그때 현수 선배 옆에 껌딱지처럼 붙어 다니던 여자 있었거든."

유나는 머리가 지끈거리며 묵직한 통증이 밀려오는 것을 느꼈다. 눈시울이 붉어지는가 싶더니 심지어 어지럼증까지 느껴졌다. 이대로는 위험했다. 어디론가 피해서 숨을 돌리고 싶었지만 일어서서 제대로 걸어갈 자신마저 없었다.

눈을 질끈 감고 머리를 옥죄는 두통이 사라지기만을 기다리는데 핸드백에 넣어둔 전화기가 요란하게 울리기 시작했다. 식장을 나오면서 습관적으로 매너 모드를 풀었던 것이다. 행여 뒷자리 여자들의 시선이 날아올까 유나는 다급히 핸드폰을 꺼내 들었다.

"여보세요."

욱신거리는 이마 위에 손을 얹은 채 유나는 작게 속삭이듯 말했다. 전화 저편에선 익숙하지만 지금 상황에선 딱히 듣고 싶지 않은 목소리가 들려왔다.

[아, 저기 나 102혼데요. 아까 문자 온 거 때문에 그러는데.]

전화를 건 사람은 강신 빌라 102호에 홀로 사는 노총각이었다. 유명 게임 회사 프로그래머로 일한다는 사내는 마흔을 넘긴 나이였지만 결혼은커녕 사귀는 여자도 없는 것이 분명했다. 반쯤 벗겨진 머리, 설치류를 연상시키는 외모에 매사에 짜증부터 내고 보는 성격을 생각하면 당연한 결과였다.

조금 전 보았던 은휘강이 '얼굴이라도 잘생겼다' 스타일이라면 이쪽은 '얼굴마저 못생겼다' 쪽이랄까? 유나는 그가 언급한 아까 보낸 문자의 정체를 고민했다. 곧, 아침에 집을 나서기 전 그동안 밀린 관리비를 넣어달라는 독촉 문자를 보냈던 일이 생각났다.

"예, 그런데요."

점점 심해지는 두통에 질끈 눈을 감은 채 유나는 가능한 짧게 답을 했다.

"관리비는 내가 분명히 꼬박꼬박 이체를 하고 있거든요. 다시 한 번 확인해봐요."

"확인이야 여러 번 했죠. 지난달, 이번 달 합쳐서 두 달치 밀리셨거든요."

"에헤이, 그럼 내가 거짓말이라도 한다는 거요? 내가 돈 문제는 항상 깔끔하고 정확하게 처리하는 사람인데 미납이라니. 난 절대 그런 삶을 사는 사람이 아니라니까."

"그러시니까 그런 삶을 살지 않도록 어서 부쳐주세요."

"그 전에 먼저 확인부터 해봐요. 그리고 아가씨가 아직 어려서 그러나 본데 이런 문제로 아침부터 그렇게 문자 하나 덜렁 보내고 그러는 게 아니지."

유나는 깊은 한숨을 내쉬며 얼굴 전체를 손바닥으로 가리고 말았다. 자기보다 어린 집주인이 고까운지 걸핏하면 '어려서 그러나 본데,'란 말부터 꺼내고 보는 그의 레퍼토리가 시작된 것이다. 순간 짜증이 밀려왔지만 여기서 전화기 붙잡고 싸울 수도 없는 노릇이었다.

"알겠어요, 제가 다시 확인하고 연락드릴 테니 이만 전화 끊을게요. 지금 길게 통화할 수가 없어서."

상대가 답을 하기도 전에 그대로 통화를 끊어버린 유나는 다시 무음 모드로 바꾼 전화를 마구잡이로 핸드백에 우겨 넣었다.

그리고 역시나 짜증 가득한 동작으로 접시 위의 음식을 마저 입에 우겨 넣기 시작했다. 싸가지 동기부터 막무가내 입주자까지 오늘 단단히 마가 낀 모양이었다.

여전히 머리를 쑤셔대는 감각에 뒷자리의 뒷담화 콤비의 존재도 더 이상 안중에 없었다. 그저 눈앞의 음식을 처치하고 이 자리를 떠야겠다는 막연한 일념뿐이었다. 순간 누군가가 그런 유나의 어깨를 톡톡 두드렸다.

"왜요?"

입 안에 음식을 머금은 채 신경질적으로 날카롭게 소리치며 돌아본 유나는 그대로 얼어붙었다.

"유나…… 맞지?"

선배였다. 현수 선배였다. 오늘 결혼한 새신랑 현수 선배였다. 그녀가 한때 짝사랑했고 이제는 동기 여자애의 남편이 된 현수 선배였다. 그사이 식을 마치고 옷을 갈아입은 부부는 식당을 돌며 하객들에게 인사를 전하고 있었던 것이다. 아득하게 멀어져가는 정신줄을 어떻게든 잡아보려 애를 써보았지만 소용이 없었다.

"어머, 그 사람이야. 아까 말한……."

등 뒤에서 후배 여자애의 목소리가 들려왔다. 딴에는 안 들리게 속삭이는 모양이었지만 애초에 성량이 풍부한 아가씨였다. 유나는 어떻게든 이 상황을 수습해야 한다고 생각했다.

일단은 입 안을 채운 음식이 급선무였다. 입을 다물고 억지로 음식을 삼켜보려 했다. 하지만 이내 사레가 들고 말았다. 터져 나오는 기침을 참으며 황급히 냅킨으로 입을 가려보았지만 소용없었다. 픕, 소리와 함께 터져 나온 기침과 함께 음식물 파편들이 튀어 나왔다.

그런 유나를 걱정하듯 챙기는 선배의 한복 자락에 커다란 당근 조각이 붙어 있는 게 보였다. 조금 전까지만 해도 그녀의 상악 제이 소구치와 하악 제일 대구치 사이에서 저작 중이던 당근이었다. 고개를 숙인 채 이대로 사라져버리고 싶다는 생각을 하는 순간 어디선가 요란한 파열음이 들려왔다.

와장창—!

그것은 얼음 조각이 만들어낸 소리였다. 찬 음식 코너 가운데 장식을 위해 세워진 1미터 높이의 얼음 조각이 무슨 이유에서인지 바닥으로 떨어져 박살이 나면서 낸 소리였던 것이다.

행여 얼음 파편에 다친 손님은 없을까 예식장 직원들이 호들갑을 떨며 달려가기 시작했다. 일순간 장중의 시선이 그쪽으로 옮겨갔다. 유나는 기회를 놓치지 않고 황급하게 식당을 빠져나갔다.

등 뒤에서 그녀를 부르는 선배의 목소리가 얼핏 들린 듯도 했지만 그와의 인연은 오늘로서 깔끔하게 끝을 맺어야 했다. 아마도 선배의 그녀에 대한 마지막 기억은 옷자락에 붙은 당근 조각으로 남게 되겠지만.

유나는 예식장 밖으로 뛰쳐나오며 자신의 인생에 남을 최악의 순간을 어떻게든 빠져나왔음에 안도의 한숨을 내쉬었다. 기침은 가라앉았고 들고 나온 냅킨으로 입 주변을 닦아낼 수 있었다. 하지만 사남기 짝이 없는 오늘의 일진은 그 순간조차 놓치지 않고 작은 이벤트를 던져주었다.

얼음 조각이 박살 나며 모두의 눈길이 그곳으로 향한 그 순간, 오직 한 사람만이 얼음 조각이 아닌 유나를 바라보고 있었던 것이다. 그것은 뒷자리 후배도, 싸가지 정화도, 이젠 안녕을 고해야 할 선배도 아니었다. 바로 부서진 얼음 조각 파편 옆에서 접시를 들고 서 있던 남자였다. 빌라 임차인 은휘강, 그 인간의 시선이 똑바로 유나를 향한 채 모든 광경을 지켜보고 있었던 것이다.

"오늘은 뭘 해도 안 되는 날이구나."

유나는 중얼거리며 도로변에 선 채 택시를 불러 세웠다. 혼주 측이 준비한 대절 버스가 대기하고 있었지만 타고 싶은 마음은 한 치도 없었다. 오늘 상태로 봐선 조금 전 식당에 있었던 동기들 중 하나가 옆자리에 앉을 가능성이 8할은 넘어 보였기 때문이다.

기차역으로 가달라고 행선지를 말한 유나는 택시 좌석에 몸을 묻은 채 관자놀이를 꾹꾹 눌렀다. 허둥지둥하는 사이 통증은 많이 가라앉았지만 여전히 지끈거리며 신경을 거슬렀다. 그러고 보면 비단 스트레스의 문제만은 아니었다.

몇 년 전부터 여행이든 볼일이든 어딘가 멀리 떠나면 반복되었던 증상이다. 빌라를 멀리, 그리고 오래 떠나 있으면 이렇게 온몸이 아파오곤 했던 것이다. 어쩌면 흔히 말하는 히키코모리 초기 증상은 아닌가 싶어 괜한 걱정이 들기도 했지만, 그렇다고 선뜻 정신과 같은 곳을 찾아갈 용기도 나지 않았다.

유나는 기차역에서 집으로 돌아가는 완행 열차표를 끊었다. 역마다 모조리 서는 모양인지 버스보다도 훨씬 시간이 걸리는 여정이었지만 그다지 신경 쓰이진 않았다.

어차피 반백수 생활에 급할 것도 없었다. 출발 시간 직전까지 역 주변을 서성이던 유나는 편의점에 들러 잡지 한 권과 주전부리들, 그리고 두통을 가라앉혀줄 차가운 맥주 두 캔을 사들고 기차에 올랐다. 주말임에도 객차 안은 듬성듬성 자리가 비어 한산했다.

아마도 버스를 타는 편이 더 빠르기 때문은 아닐까 막연히 생각하며 창가 쪽에 자리를 잡고 앉았다. 맥주 캔 하나를 따서 벌컥벌컥 들이켠 유나는 오징어포를 안주 삼아 질겅질겅 씹으며 어디론가 전화를 걸었다.

[유나, 마이 러브. 어디야?]

그녀의 전화를 정겹게 받아주는 목소리에 오늘 처음으로 유나는 평화와 안식을 느꼈다.

"기차 안이야, 규림아."

진규림은 그녀가 가장 가깝게 지내며 또한 아끼는 동갑내기 친구였다. 유나의 빌라를 지척에 두고 자취를 하는 그녀는 제법 이름이 알려진 판타지 소설 작가였다.

둘은 고교 시절 처음 알게 된 이래로 지금껏 계속 우정을 이어온 사이였다. 때문에 오늘 같은 날이면 유나가 가장 먼저 떠올리는 사람이기도 했다.

"갑자기 웬 기차? 그리고 뭐야, 목소리가 안 좋은데? 뭔 일 있어?"

십년지기 친구인 만큼 규림은 역시나 유나의 미묘한 변화를 잽싸게 알아챘다. 유나는 머리를 쓸어 넘기며 한숨을 푹푹 내쉬었다.

"나 실은, 지금 결혼식 다녀오는 길이야."

"현수 선배?"

선배와의 관계도 알 만큼 아는 그녀였기에 긴 설명은 필요 없었다. 유나는 짧은 하루 동안 벌어진 버라이어티한 사건들을 주저리주저리 늘어놓았고 규림은 맞장구와 탄식과 약간의 웃음으로 응대하며 사연을 들어주었다. 얘기 끝에 다시 훌쩍거리는 유나에게 친구는 짧고 굵직한 정리를 해주었다.

"액땜했다 생각해. 이걸로 1년 치 망신살은 전부 소진한 거야. 근데 두통은 이제 좀 괜찮아?"

"그냥 두통인데 뭐. 야, 잠깐 전화 좀 끊을게. 지금 머리 아픈 게 문제가 아니네."

통화를 마친 유나는 전화기를 재킷 주머니에 꽂고선 자세를 고쳐 앉으며 깔끔히 비워버린 맥주 캔을 흘겨보았다. 예식장 뷔페에서 급하게 집어 먹은 기름진 음식과 차가운 맥주의 조합 때문일까. 조금 전부터 뱃속에서 심상치 않은 기운이 느껴지기 시작했다.

잔잔한 파문 같던 기운은 빠르게 몸집을 키우더니 어느새 집채만 한 파도가 되어 있었다. 유나는 황급히 일어서서 객차 사이 화장실로 향했다. 규림의 말처럼 오늘 치 불행은 끝이 났는지 마침 화장실은 비어 있었다. 심지어 안은 깨끗하게 청소가 되어 있었고 두루마리 휴지도 넉넉하게 걸려 있었다.

"그래, 액땜했다 생각하자."

친구의 말을 곱씹으며 유나는 덜컹거리는 객차의 리듬에 몸을 실은 채, 복통 완화를 위한 원활한 내장 활동을 응원하기 시작했다. 마침내 우렁찬 신호와 함께 대업이 성사되려는 순간, 불길함을 담은 거센 타격 음이 들려오기 시작했다.

쿵, 쿵, 쿵, 쿵.

격하게 문을 두드리는 소리에 유나도 '똑, 똑, 똑' 노크로 자신의 존재를 바깥에 알렸다. 그러자 다시금 문이 흔들리며 우렁찬 여자의 목소리가 들려왔다.

"내사 급해서 그라는디 빨리 좀 나오소."

드센 억양의 사투리에 탁음이 섞인 것이 아마도 중년 여성인 모양이었다. 유나는 살짝 미간을 찌푸리면서도 가능한 상대의 신경을 건드리지 않게끔 조용히 "네."라고 답했다. 그리고 다시금 본업에 신경을 쏟으려는데 채 삼십 초도 지나지 않아 다시금 문 두드리는 소리가 들렸다.

"아따! 나 당장 싸지르게 생겼다고. 급한 거 아님 잠깐 나왔다 들어가요."

왜 슬픈 예감은 틀린 적이 없을까, 유나는 고개를 숙인 채 장탄식을 내뱉었다. 그러곤 조금 전과 달리 감정을 가득 실은 목소리로 강하게 소리쳤다.

"나도 급해서 들어왔거든요. 그러니까 좀만 참아주실래요. 자꾸 그러니까 될 일도 안 되잖아요!"

"뭐라카노, 아이고야. 누군 똥 싸는 게 벼슬인갑다. 뭔 유세가 저리 심하노."

상대는 강적이었다. 그 와중에도 연신 문을 두드려대는 것이 본격적으로 해보겠다는 심사였다. 당장 급해 죽겠다는 사람이 꼬박꼬박 대꾸는 잘도 한다는 생각도 들었다. 그렇게 둘 사이에 몇 차례 공방이 오가는 사이, 유나의 장은 완전히 전의를 상실하고 말았다. 더부룩한 불쾌감을 머금은 채 유나는 패잔병이 된 기분으로 화장실 문을 열 수밖에 없었다.

"진짜 너무하시네요."

밖으로 나오며 불만을 토로하는 그녀를 무시한 채 투실투실한 중년 여자는 유나를 옆으로 홱 밀치며 화장실 안으로 몸을 밀어 넣었다. 그러곤 표독스럽게 생긴 눈으로 그녀를 흘끔 쳐다보더니 손으로 코를 틀어쥐며 한마디를 더 했다.

"아유, 냄새. 지독하기도."

"이 아줌마가 진짜, 나 싸지도 않았거든요. 냄새는 무슨 냄……."

그러나 유나의 반박은 매정하게 닫힌 화장실 문 앞에서 힘을 잃고 말았다.

아무리 운수 사나운 날이라 하더라도 이렇게까지 나쁠 수 있을까. 이젠 어이가 없어 허탈한 기분까지 들었다.

그렇게 터벅터벅 객차로 돌아가려던 유나는 거기서 끝이 아님을 알았다.

[우리 열차 현재, 상X역, 상X역에 도착하고 있습니다.]

자글거리는 잡음 섞인 방송과 함께 열차가 감속하기 시작했다. 관성의 법칙은 유나의 몸을 열차 진행 방향으로 스윽 잡아끌었다. 그 바람에 균형을 잃고 쓰러지려는 그녀의 몸을 출입문 계단 아래에 서 있던 사내가 팔을 뻗어 잡아주었다. 맙소사! 은휘강이었다.

'이 인간이 왜 여기 있지? 어째서 여기 있는 거야? 결혼식 끝나고 돌아가는 길인가? 하긴 나랑 같은 데 사니까 같은 열차를 탈 수도 있겠지. 그런데 왜 하필 이 객차야? 애초에 왜 버스를 안 타고? 거긴 대절 버스가 없었나? 아니, 그보다, 그럼 아까부터 여기 있었던 거야? 그럼 다 보고, 다 듣고, 다 맡았다는 거네. 아니야, 중간에 나

왔을지도 모르지. 그럼 뭐해. 제일 망신살 뻗치는 얘긴 뒤에 다 몰려 있었는데.'

순식간에 떠오르는 여러 가지 상념으로 머릿속이 뒤죽박죽되어 버린 유나가 아무런 말도 못 하고 멍하니 바라보는 사이, 사내는 '흠흠' 헛기침과 함께 터벅터벅 객실 문을 열고는 안으로 들어갔다. 그녀와 같은 차량이었다. 아마도 역에선 뒤편 문으로 들어와 미처 보지 못했던 모양이다.

치이익―.

김 빠지는 것 같은 소리와 함께 완전히 멈춰 선 열차의 출입문이 바깥으로 열렸다. 유나는 더 이상 아무런 생각이 나지 않았다.

두뇌가 완전히 정지한 채 더 이상 기능하기를 포기한 것 같은 느낌이었다.

닫힌 객실 문과 열린 출입문을 번갈아 바라보던 그녀는 열차 출발을 알리는 신호음이 들리기 직전, 충동적으로 문 밖을 향해 몸을 내던졌다.

그녀를 포함해 십여 명의 승객을 떨군 기차는 천천히 가속하며 플랫폼을 빠져나가기 시작했다.

유나 앞을 지나치는 차량의 창문 안에서 평소와 달리 눈을 둥그렇게 뜬 채 당황스러운 감정을 드러낸 휘강의 얼굴이 보였다.

점차 멀어지는 창문을 한참 바라보고 있으려니 서서히 정지했던 유나의 뇌 기능이 다시금 활성화되기 시작했다.

가장 먼저, 어째서인지 그 시점 그 자리에 서 있었던 휘강이란 존재에 대한 짜증이 치밀었다. 그리고 충동적으로 열차에서 내린 것이 잘한 짓인지 판단하기 위한 연산을 잠시 거친 끝에 다음 기차를 타기 위한 표를 사야 한다는 결론을 내렸다.

현금과 카드가 든 핸드백을 자기 자리에 놔둔 채로 기차에서 내렸음을 그녀가 깨달은 것은 그다음의 일이었다.

어렵사리 집으로 돌아온 유나는 냉동실에 쟁여둔 초코 아이스크림 통과 얼린 보드카를 꺼내 들고 거실 소파에 자리를 잡고 앉았다. IPTV의 다시 보기 서비스로 밀린 드라마를 틀어놓고 유나는 스푼과 컵을 세팅했다.

아이스크림 큰 스푼에 샷글라스 반 잔의 보드카.

우울하거나 복잡한 마음을 정리하기 위한 그녀만의 비밀 처방이었다.

샷글라스가 네 번째로 채워질 즈음, 그리고 68분짜리 드라마 한 편이 끝나갈 즈음엔 몸이 풀어지고 노곤하게 졸음이 밀려오면서 편안한 기분이 들었다.

이대로 자버릴까 생각하며 스르륵 눈을 감는데 초인종 소리가 들려왔다.

창밖은 이미 어두워져 있었다. 벽에 걸린 시계 바늘은 저녁 8시 근처를 가리키고 있었다.

'누구지?'

이 시간에 딱히 찾아올 사람은 떠오르지 않았다. 유나는 피로와 두통, 그리고 종일 이어진 정신적 데미지로 천근만근인 몸을 힘겹게 일으켜 현관으로 향했다.

"누구세요?"

"2층 사람입니다."

목소리만으로도 금방 누군지 알 수 있었다. 차갑고 도도하면서 어딘지 거만하게 느껴지는 음성…… 은휘강이었다.

기차에서의 일이 다시금 떠올랐다. 설마하니 그걸 가지고 놀려 먹으러 올라온 건 아니겠지 하는 엉뚱한 생각을 하면서 유나는 문을 열었다.

"무슨 일이세요?"

묻는 유나의 눈앞에 휘강은 핸드백 하나를 들어 보였다.

"그쪽 거죠?"

유나가 기차에 두고 내린 핸드백이었다. 집에 오자마자 철도청에 전화를 걸어 유실물로 들어온 핸드백이 없는지 확인했을 때, 해당 열차에서 핸드백은 발견되지 않았다는 답변은 사실이었다. 그가 들고 내렸으니 당연히 없었던 것이다. 술기운과 함께 다시금 뜨거운 열기가 뒷덜미를 타고 올라왔다.

"맞네요. 그런데 왜 아저씨가 갖고 있어요?"

"당연한 거 아닙니까. 갑자기 차에서 내려서 이상하다는 생각이 들어서 앉았던 자리를 봤더니 이게 있더군요. 마침 여기 사는 것도 알겠다, 직접 가져다주면 되겠구나, 했죠."

대수롭지 않다는 듯 설명하는 그의 이야기를 듣고 있자니 유나는 점점 화가 끓어올랐다.

"핸드백 놓고 내려서 얼마나 고생한 줄 알아요? 생전 처음 가본 시골 역에 다음 열차가 막차라 그러는데 가진 돈은 없고. 결국 콜택시 불러 타고 여기까지 장거리 뛰었잖아요. 덕분에 택시비만 십팔만 원이 나왔어, 십팔만 원."

액수를 강조하려 숫자에 강세를 먹이며 유나는 그를 노려봤다. 하지만 태연한 눈빛으로 유나를 내려다보던 휘강은 픽 코웃음을 칠 뿐이었다.

역시나 재수 없는 자식이란 생각과 함께 유나는 그의 손에 들린 핸드백을 홱 가로챘다. 그러곤 보란 듯이 휘강의 눈앞에서 내용물을 확인하며 꿍얼거리기 시작했다.

"그리고 사람이 말이야, 핸드백 주웠음 연락 먼저 해주면 좀 좋아. 주인집 연락처 모르는 것도 아니고. 그랬으면 속이라도 편했을 거 아니야."

다행인지 불행인지 딱히 없어진 물건은 없었다. 사라진 건 쓸 필요도 없었던 십팔만 원과 하루 온종일 날려먹은 체면뿐이었다. 하지만 휘강은 당당한 태도로 그녀의 군말을 꼬집었다.

"전화 미리 하지 못한 건 미안하게 됐네요. 마침 전화기를 집에 두고 나갔거든요."

"아니, 요즘 세상에 장거리 가면서 전화기를 빼먹고 다니는 사람이 어딨대?"

그녀의 면박에도 휘강은 여유롭게 응대했다.

"핸드백 버려두고, 엉뚱한 역에서 내리는 사람은 있더군요."

빠직, 머릿속 어딘가 팽팽하게 당겨진 줄이 끊어지는 것만 같은 기분이 들었다.

"아니 이 사람이, 그것도 따지고 보면 그쪽 때문이잖아요. 그렇잖아도 민망한데 불쑥불쑥, 그쪽만 아니었어도 그렇게 뛰쳐나가진 않았다고요. 십팔만 원 날리지도 않았을 거고."

"전화기는 가지고 있었다면서요."

그의 물음에 유나는 말없이 고개만 끄덕거렸다.

"스마트폰이겠죠?"

"그럼요, 당연하지. 내가 얼마나 스마트한 사람인데요."

그렇게 말하며 손에 든 자신의 전화기를 들어 보이는 유나의 손이 휘청거렸다.

"그럼 그걸로 기차표도 구매할 수 있었겠네요. 그렇게 스마트한 분이면."

순간 유나는 아무 대꾸도 할 수 없었다. 확실히 예전에 호기심에 철도 예매 어플을 깔아서 직접 차표를 구입한 경험이 있었다. 그 후로는 한 번도 사용해본 적이 없지만.

"그것 말고도 방법은 많잖아요. 친구한테 연락해서 표를 끊어달라고 하던가. 일단 기차에 무임승차하고 사정 설명한 다음에 벌금을 물었어도 택시비보다는 덜 나왔을 것 같고. 애초에 그쪽 역에 얘기했으면 어떻게든 다른 방법이 있었을 테고요."

조목조목 논리적으로 설명하는 상대의 태도에 유나의 맘속에서 끊어져버린 이성의 줄은 비 오는 날 미친 아가씨처럼 사방으로 팔락거리고 있었다.

거기에 알딸딸하게 오르는 술기운까지 더한 탓일까? 유나는 결국 평소 같으면 생각도 못 할 대꾸를 하고 말았다.

"좋겠수, 그렇게 잘나셔서!"

버럭 큰소리를 지르고선 '쾅' 소리가 나게 문을 닫은 그녀는 씩씩거리며 거실로 돌아가 털썩 소파에 몸을 던지더니 핸드폰을 꺼내 들고 어디론가 전화를 걸었다.

"야, 진규림. 내가 방금 무슨 일이 있었는 줄 아니? 아냐, 술 쪼금밖에 안 마셨어. 그보다 말이야 좀 전에, 응? 뭐라고? 야, 지금 마감이 그렇게 중요하냐."

그녀의 기세에 전화기 너머 친구는 결국 작업 중이던 문서를 저장하고선 유나의 이야기를 들어줄 수밖에 없었다.

그리고 방금 전, 2층 세입자가 했던 이야기와 대동소이한 내용으로 규림이 다시 유나를 타박하기까지는 채 십 분도 걸리지 않았다.

Chapter 2
카페 판타즘

유나는 터덜터덜 빌라 계단을 내려가고 있었다. 4층에서 2층으로, 모두 24개의 계단을 유나는 슬리퍼 신은 발로 하나하나 확인이라도 하듯 콕콕 짚어봤다. 계단참마다 뚫린 창문 너머로는 어둑한 밤하늘만 보일 뿐이었다.

수요일 오후 8시 25분, 어느 계절이든 대한민국 땅이라면 해가 졌을 즈음이었다. 직장인이라면 느지막이 퇴근해 목욕재계하고 컴퓨터 앞에 앉거나 TV 리모컨을 손에 들고 드러누웠을 시각이기도 하다. 또한 102호에 사는 올해 마흔 살 반 대머리 아저씨에게 성가신 불행이 들이닥친 때이기도 했다.

102호 남자는 오늘 평소보다 일찍 퇴근을 했다. 그리고 아마도 트레이닝 바지에 늘어난 러닝셔츠 차림으로 저녁의 노곤함을 즐기려 자세를 잡았을 것이다.

그 순간 사내의 머리 위로 느닷없이 물방울이 떨어지기 시작했다.

고개를 들어보니 천장에 커다랗게 물 얼룩이 졌고 불룩하게 부푼 벽지 사이로 방울방울 물이 떨어져 내리고 있었다. 그는 곧장 핸드폰을 집어 들었고 얼마 전 관리비 때문에 입씨름을 했던 집주인 전화번호로 통화를 시도했다.

따르릉…… 아니다, 빌리 홀리데이의 「I'm a fool to want you」가 컬러링으로 흘러 나왔고 '달카닥' 소리와 함께 건물주가 전화를 받았다. 남자는 고뇌 2, 짜증 5, 인고 3 비율로 배합되었을 목소리를 느릿느릿 흘리며 상대에게 상황을 전했다.

[여기요, 102호인데요. 천장에서 물이 새네요. 네, 심각해요. 이거 좀 있으면 완전 쏟아질 기세인데요. 빨리 조치 좀 취해주세요. 그러라고 꼬박꼬박 관리비 받아가는 거 아닙니까.]

"예, 알겠습니다. 확인해볼게요."

답을 하고선 유나가 전화를 끊은 것이 2분 전의 일이었고, 그것이 지금 터벅터벅 계단을 내려가는 이유였다.

땡동―.

2층에 다다른 유나는 202호 문 앞에 서서 초인종을 눌렀다. 먼저 102호에 들러 피해 상황을 확인하는 게 순서겠지만 천장에서 물이 샌다면 결국 바로 윗집인 202호의 문제일 가능성이 높았기 때문이었다.

"누구세요?"

문 너머, 저음의 남자 목소리가 들려왔다. 마침 202호 총각도 집에 있었다. 유나는 목구멍을 타고 갑갑한 기운이 밀려오는 것을 꾹 내리눌렀다. 지난 주말 선배의 결혼식을 다녀오는 와중에 그에게 온갖 민망한 꼴을 선뵌 일이 여전히 생생했다.

그렇다고 문제를 확인하지 않고 그냥 넘어갈 수도 없는 노릇이었다. 그랬다간 또 아래층 노총각의 '어려서 그러나 본데' 타령을 들어야 할 테니.

"주인집인데요."

잠시의 침묵, 뒤이어 다시 남자가 묻는다.

"무슨 일이시죠?"

"102호 천장에서 물이 샌다고 해서요. 확인 좀 하려고 왔거든요."

또다시 침묵…….

유나는 미간을 찌푸리며 주먹을 쥐고 다시 문을 두드렸다.

"저기요, 문 좀 열어 보시겠어요. 이러고 말하려니 힘드네요."

잠시 후 '철커덕' 자물쇠를 푸는 소리가 들리더니 문이 열렸다. 반쯤 열린 틈으로 202호 입주자의 낯익은 얼굴이 두둥실 떠올랐다.

"죄송합니다. 화장실 수도를 깜빡하고 안 잠가서 물이 넘쳤어요. 그것 때문인가 보네요."

유나는 자기 눈높이보다 한 뼘은 더 위에서 들려오는 목소리에 고개를 들어야 했다. 그러자 자신을 내려다보는 은휘강의 무표정한 얼굴이 보였다.

오른쪽으로 빗어 넘긴 앞머리 아래로 짙은 눈썹이 살짝 브이 자를 그리고 있었다. 깔끔한 미간 아래로 뻗은 콧날은 적당히 굴곡진 것이 남성미가 느껴졌다. 반면에 일자로 다문 입술은 어딘지 모르게 고혹적이었다. 먹색과 적색이 안팎으로 덧대어진 뿔테 안경 너머에선 엷은 갈색빛을 띤 눈이 그녀를 응시하고 있었다. 유나는 어느새 휘강의 얼굴을 넋 놓고 감상하는 자신을 발견하곤 몸서리를 치듯 고개를 흔들며 정신을 가다듬었다.

"그랬구나. 얼마나 넘쳤기에 그래요? 잠깐 볼 수 있을까요?"

그녀는 접대용 미소와 함께 바깥 문고리를 손으로 잡으며 열린 문 사이로 슬그머니 발을 집어넣었다. 하지만 휘강의 완력 때문인지 문은 돌덩이처럼 꿈쩍도 하지 않았다.

"죄송합니다. 지금 당장은 좀 곤란하네요."

"어머, 무슨 문제라도 있나요? 혹시 제가 알아야 할 부분이라 도……."

좀처럼 문을 열지 않으려는 세입자의 태도에 유나는 슬그머니 수상하다는 의심이 일었다. 그것은 경험에서 우러나온 본능적 추측이기도 했다. 303호의 대마 재배범도 경찰이 들이닥치기 전에 이와 유사한 행태를 보였던 기억이 떠올랐던 것이다.

"아뇨, 문제라뇨. 지금 중요한 손님이 와 있어서요. 괜찮으시면 나중에 다시 오면 안 될까요? 10시 이후엔 괜찮을 것 같은데."

휘강은 손목시계를 흘끔 쳐다보며 그녀에게 말했다.

"아, 손님이 계셨구나."

유나는 고개를 주억거리며 복도 쪽으로 시선을 옮기는 척 몸을 틀었다 다시 잽싸게 고개를 돌렸다. 그러자 문 앞에 버티고 선 사내의 팔뚝 사이로 흘끔 집 안 풍경이 보였다. 건물주인 만큼 호실별 내부 구조도 훤하게 꿰고 있는 그녀였다.

102호와 같은 구조인 202호는 문에서 거실을 거쳐 맞은편의 가장 큰 안방까지 일직선으로 이어져 있었다. 그리고 문 사이로 보이는 202호의 안방 문은 마침 활짝 열려 있었다. 거기에는 킹사이즈 침대가 놓여 있었고 그 위에 누군가 앉아 있는 것도 보였다. 아마도 방금 그가 중요한 손님이라 지칭한 인물일 것이다.

짧은 순간이었지만 손님이 여성이란 건 알 수 있었다. 창백한 피부에 호리호리한 몸의 젊은 여자. 고개를 숙인 채 긴 머리를 앞으로 잔뜩 내리고 있어 얼굴까진 확인이 불가했다. 하지만 손등으로 눈 주변을 훔치고 있는 자세나 가늘게 떨리는 어깨로 보아 여자가 울고 있다는 것은 쉽게 짐작할 수 있었다.

유나가 안을 살피고 있다는 것을 알아챘는지 사내는 곧장 자세를 틀어 몸을 잔뜩 수그린 채 그녀 앞으로 스윽 얼굴을 들이밀었다. 놀란 유나는 몸을 뒤로 빼며 반걸음 정도 물러설 수밖에 없었다. 덕분에 집 안은 더 이상 훔쳐볼 수 없었다.

"10시에 뵙죠."

휘강은 불쾌한 듯 인상을 찌푸리며 말했다.

"글쎄요, 일단 1층 상황을 보고 나서 다시 얘기를 하시죠."

뾰루퉁하게 입술을 내밀며 유나는 퉁명스럽게 말했다. 그러나 202호의 현관문은 그런 그녀의 앞에서 매몰차게 닫혀버렸다.

안에선 도로 자물쇠 잠그는 소리가 들렸다. 윗입술을 인중에 가 닿을 정도로 한껏 치켜 올려 이를 드러낸 채로 유나는 소리 없이 입만 재잘거리며 싹퉁머리 없는 사내에 대해 욕을 퍼부었다.

'싸가지, 싸가지도. 누가 집주인이고 누가 세입자인지 모르겠네. 하여간 진작부터 알아봤어. 얼굴만 반반하면 뭐해. 싸가지가 바가지인데. 보아하니 여자 하나 잘못 건드려서 사태 수습 중이구만. 자기 집까지 끌어들인 여자가 저렇게 펑펑 울고 있으면 말 다했지. 옛말 틀린 거 하나 없어요. 잘생긴 것들은 꼭 얼굴값을 한다니까.'

계단을 따라 1층으로 몇 걸음 내려가다 말고 뒤돌아 닫힌 202호 문을 매섭게 째려본 유나는 콧방귀와 함께 다시 몸을 돌려 아래로 향했다. 재수때기 다음엔 투덜꾼 노총각 아저씨의 클레임을 받아줘야 한다는 생각을 하니 자신도 모르게 한숨이 나왔다. 차박차박 화강석 계단을 때리는 슬리퍼 소리만이 그런 그녀의 마음을 대변하듯 어두운 복도 안에 메아리치고 있었다.

　　　　　　　　●　●　●

　카페 테라스에 앉아 바깥을 내다보며 유나는 아이스 아메리카노를 한 모금 들이켰다. 한껏 기세를 올린 정오의 햇살을 테라스 위에 드리워진 접이식 어닝이 꼼꼼히 가려주고 있었다. 어디선가 불어온 산들바람은 길게 늘어뜨린 그녀의 머리카락을 불어 넘겼다.
　테라스 밖 거리를 바라보던 유나는 덥지도 않은지 다정한 포즈로 찰싹 붙은 채 걸어가는 연인들을 바라보며 입을 삐쭉거렸다. 날은 따뜻하고 비는 적은 시기였다.
　덕분에 어딜 가나 다정함을 과시하는 남녀들의 모습을 피할 길이 없었다. 몇 년째 연애라곤 생각조차 못 하고 사는 유나로선 괜한 짜증을 불러일으키는 광경이었다. 카페를 지나쳐 인도 저편으로 멀어져가는 연인에게서 눈길을 떼고 턱을 괸 채 자세를 고쳐 잡으려는데 핸드폰이 문자 메시지 도착을 알렸다.

　　나 거의 도착! 어디야?

규림으로부터의 연락이었다. 유나는 액정을 두드려 답장을 보냈다.

3번 출구 나와서 길 따라 쭉 들어오면 판타즘이란 카페

조금 있으려니 저쪽에서 발랄하게 걸어오는 익숙한 여인네의 모습이 보였다. 유나는 열심히 손을 흔들어 상대를 불렀다.

"여기야, 규림아."

"어머, 오랜만이에요, 망신의 아이콘 최유나 씨."

호탕한 목소리로 그녀를 놀리는 친구의 팔뚝을 후려치며 유나는 미간을 찡그렸다. 올해로 데뷔 5년 차에 접어든 판타지 소설가인 규림은 감금 생활이나 마찬가지인 한 주를 거치며 지지부진했던 마감을 막 마치고 나온 터라 오늘따라 유독 즐거워 보였다.

"너도 주문해. 커피는 마감 기념으로 내가 쏜다."

메뉴판을 내밀며 던진 유나의 공약에 규림은 이번에도 오버스럽게 기뻐하며 음료를 고르기 시작했다.

"난 카페라떼, 당분 충전이 필요해. 크림 없어도 되지?"

"맘대로 하세요."

유나는 히죽 웃으며 손을 들어 직원을 불렀다. 방금 손님이 떠난 자리를 치우던 남자 종업원이 들고 있던 쟁반을 서둘러 카운터 너머로 넘기더니 쪼르르 그녀들 테이블로 다가왔다.

이제 갓 스무 살이나 되었을까, 뽀얀 피부에 그렁그렁한 눈매가 소년 같아 보이는 남자였다. 유니폼을 대신하는 모양인 듯한 하얀색 와이셔츠에 검은 바지, 그리고 그 위로 두른 홍차색 앞치마의 단정한 분위기와 잘 어울리는 외모였다. 주문을 받고 돌아가는 점원의 뒤태를 흐뭇한 눈으로 바라보던 규림이 소곤거리듯 속삭였다.

"이야, 여기에 이런 보물 창고가 있었네."

유나는 못 말린다는 눈으로 친구를 바라보며 타박했다.

"으이그, 또 발동한 거야? 외모 지상주의 본능?"

"이 언니가 누누이 말했잖니, 유나 양. 이건 외모로 사람을 차별하겠다는 것이 아니라, 아름다운 피조물을 경건한 맘으로 찬양하려는 거라고."

카운터 너머 사장으로 보이는 남자에게 주문 내용을 알려주는 점원을 아련하게 바라보는 규림의 눈빛은 정확히 언행일치를 이루는 듯 보였다. 그러다 문득 무언가 떠올랐는지 규림은 시선을 돌려 유나를 마주 보았다.

"맞다, 아까 하던 얘기나 계속해봐. 102호 누수면, 우리 휘강 오빠 집에서 떨어진 물이라는 거야?"

규림은 마치 친한 오빠처럼 202호 총각의 이름을 부르며 다시 눈을 빛냈다. 같은 동네에 사는 데다가 워낙 허물없이 지내는 사이였기에 유나는 넓은 집에 홀로 있는 것이 적적한 밤이면 수시로 친구를 집에 부르곤 했다.

어차피 엎어지면 코 닿을 거리에 사는 처지에다 둘 다 출퇴근 없는 프리랜서와 임대 사업자였기에 규림은 아예 강신 빌라에서 며칠씩 머무르다 가는 경우도 부지기수였다. 그러다 보니 빌라 거주인들에 대한 이야기도 자연스럽게 오갔고 규림이 입주자들과 직접 마주치는 일도 왕왕 있었다.

그러니 미남 스캐너를 자처하는 그녀의 눈이 202호 싸가지를 그냥 지나칠 리 없었다. 언젠가 나란히 빌라 입구에서 스쳐 지나며 202호 남자의 미모를 확인한 규림은 이전 계약 서류를 뒤져 그의 신상부터 캐냈다. 은휘강이란 독특한 이름의 사내는 그녀들보다 3살

연상이었다.

"너의 그 잘난 미남 리스트에서 빼버려, 그 자식. 예전부터 느낀 거지만 아주 몹쓸 싸가지야."

유나가 간밤의 일을 떠올리며 불쾌한 듯 툴툴거렸다.

"왜, 어쨌기에? 말해봐. 어떻게 된 건지, 어서."

흥미롭다는 듯 눈을 반짝이며 규림은 한껏 몸을 앞으로 숙여 보였다.

"연락 받고 우선 그 인간 집부터 갔었거든. 뭐가 잘못된 건지 바로 윗집부터 확인을 해야 하니까. 그런데 날 집에 들이려 하질 않는 거야. 문 앞에 딱 버티고 서선 손님이 와서 곤란하다나? 그래서 문틈으로 슬쩍 보니까 안방 침대에 여자가 하나 앉아서 울고 있더라고."

"여자?"

"그래, 젊은 여자. 게다가 잠깐 보긴 했지만 옷이 물에 푹 젖어 있었어. 생각해보면 누수 건도 이상해. 말로는 화장실 물 잠그는 걸 잊어서 넘쳤다고 하는데 102호 가서 보니까, 물 샌 곳은 안방이었거든. 그 여자가 있던 자리 바로 아래 말이야. 여자한테 물벼락 퍼부으면서 자기가 흥분하는 그런 변태도 있나?"

유나는 목소리를 한껏 낮추고 주변을 둘러보며 물었다.

"글쎄, 내가 아는 한은 들어본 적이 없는 유형이네. 그래도 모르지, 사람 취향은 다양하니깐."

"하여간 그 인간 예전부터 맘에 안 들었어. 사회 부적응에 개 싸가지."

때마침 규림이 주문한 음료가 나와 둘의 대화가 끊겼다. 그런데 이번에 서빙을 온 사람은 방금 전의 앳된 점원이 아니었다.

"여기 주문하신 카페라떼입니다. 그리고 이건 저희 가게에서 직접 만든 복숭아 파인데요, 시식 한번 해보세요."

그렇게 말하며 복숭아 과육이 두툼하게 올라간 파이 조각을 내려놓는 사내는 조금 전까지 카운터 안에서 커피를 만들던 사람이었다. 점원과 똑같은 스타일의 옷차림이었지만 서빙하는 태도나 말투에서 왠지 모를 여유가 느껴졌다.

나이도 점원보다 훨씬 위로 보였다. 짧게 깎은 머리는 젤을 발라 깔끔하게 스타일링을 했다. 단단해 보이는 턱과 선 굵은 콧대, 반면에 쌍꺼풀 없이 길게 찢어진 눈매가 은근히 매력적인 얼굴이었다. 주문을 받았던 점원이 앳된 소년 같은 느낌이라면 이쪽은 남자의 향취가 풀풀 풍기는 와일드한 타입이랄까.

"어머, 감사해요. 혹시, 사장님이세요?"

규림은 파이 접시를 반갑게 받아 들고선 고개를 들어 사내와 아이 컨택을 하며 물었다.

"예, 제가 운영하고 있습니다. 커피도 파이도 직접 준비하고 만드는 거니까 한번 맛보시고 맘에 들면 또 들러주세요."

"그럴게요. 이렇게 친절히 대해주시는데 꼭 와야죠. 여기 단골 틀지도 몰라요. 헤헤. 그런데 유나 넌 어쩌니. 하필 복숭아 파이라서."

규림의 말에 카페 사장이 궁금한 듯 물었다.

"아, 혹시 복숭아 못 드시나요?"

갑작스러운 물음에 유나는 그제야 당황스러운 얼굴로 손사래를 치며 주인 남자에게 해명했다.

"그게, 제가 복숭아 알레르기가 있어서."

"그러셨군요. 그럼 다른 파이로 바꿔드릴까요?"

"아, 아니에요. 괜히 그러지 마세요. 얘 혼자서도 순식간에 해치우 니까."

유나는 맞은편의 친구를 살짝 흘겨보며 주인에게 연신 괜찮다고 말했다. 하지만 남자는 호두 파이 한 조각을 더 가져오고서야 즐거운 시간 되시라는 말과 함께 카운터로 돌아갔다. 괜히 민망해진 유나는 목소리를 낮추며 친구를 타박했다.

"뭐야, 공짜로 준다는데 그런 소리는 왜 해."

"그게 뭐 어때서. 덕분에 하나 더 생겼잖아. 헤헤."

그러나 규림은 태평한 얼굴로 복숭아 파이를 덥석 집어먹으며 키득거릴 뿐이다. 속이 좋은 건지 속이 없는 건지 가끔씩 알 길이 없는 그녀의 모습에 유나는 픽 코웃음을 치고 말았다.

"그런데 여기 직원들은 비주얼이 아주 선량하네. 빛과 소금 같달까? 참, 상호가 뭐라고? 판타즘? 다음부터 약속 장소는 항상 여기로 하자."

규림은 손으로 사각의 프레임을 만들어 보이며 말했다. 그 손을 따라가니 어디선가 나타난 세 번째 직원의 모습이 보였다. 앞의 두 사람과 같은 차림이었다. 큰 키에 호리호리한 몸집의 남자는 방금 구워낸 파이를 조심스럽게 커팅하고 있었다.

아마도 가게 뒤편의 베이킹 룸에 있다가 막 나온 모양이었다. 뒤로 묶은 긴 머리에 뽀얀 피부, 선이 고운 이목구비. 은근한 여성성이 느껴지는 중성적 미인이었다. 직원 세 명의 이미지가 저마다 모두 제각각임에도 개개인마다 차별화되는 매력을 지니고 있다니, 일부러 노리고 직원을 채용한 건 아닌가 하는 생각마저 들었다. 그리고 보니 절반 정도 자리를 채운 가게 손님들 대부분이 젊은 여성들이었다.

'장사 잘하네.'

문득 속물스러운 생각을 하고 있는 자신을 깨달은 유나는 말없이 얼굴을 붉히며 잔에 담긴 아메리카노 쪽으로 신경을 돌렸다.

쿡쿡, 괜한 호두 파이만 포크로 찍어대다가 한 조각을 입에 넣었다. 맙소사, 살짝 눈을 감으며 그녀는 자신도 모르게 미소를 짓고 말았다.

바삭하게 구워진 생지에 속은 촉촉하고 달콤했다. 호두 특유의 고소함도 적절히 살아 있고 더군다나 텁텁한 잡맛은 거의 느껴지지 않는다. 꽃미남 직원들에 천상의 맛이란 찬사도 아깝지 않을 파이까지. 문득, 단골을 뚫기도 전에 조만간 자리 잡기도 힘들어지겠다는 생각을 하며 유나는 파이를 다시 한 입 집어먹었다.

오후의 그늘이 드리워진 주택가 골목, 인적이 드문 좁은 길을 한 남자가 걷고 있었다. 6척이 넘는 키에 당당함이 느껴지는 건장한 체구의 사내였다. 한쪽으로 쓸어 넘긴 앞머리가 살랑살랑 불어오는 바람에 들썩였다.

오른손에 들린 묵직한 봉투에는 식료품들이 가득 담겨 있는 것이 장을 보고 돌아오는 길이 분명했다. 골목을 걷던 사내는 문득 걸음을 멈추고 뒤를 돌아보았다. 마치 누군가 뒤에서 부르기라도 한 듯. 하지만 거기엔 아무도 없었다. 한동안 텅 빈 골목길을 응시하던 그는 잠시 고개를 갸웃거리는가 싶더니 다시 걸음을 옮겼다.

골목을 빠져나와 길을 돌아 들어가자 '강신 빌라'라고 적힌 석판이

나붙은 건물이 나타났다. 빌라 안으로 들어선 남자는 곧장 자신이 살고 있는 2층 두 번째 집으로 향했다. 그는 주머니에서 열쇠를 꺼내 들더니 습관처럼 문 위를 살짝 긁듯이 동그라미를 그렸다. 하지만 곧 남자의 표정이 딱딱하게 굳었다. 그러곤 열쇠를 도로 집어넣은 뒤 문고리를 잡고 돌렸다. 그러자 문은 맥없이 덜컥 열려버렸다.

"왔어?"

반쯤 문이 열린 안방에서 여자의 목소리가 새어 나왔다.

"은휘강 씨 오셨냐고요."

문을 열고 나온 여자가 휘강을 보며 배시시 웃었다. 나이는 스무 살을 갓 넘겼을까. 허리까지 내려오는 긴 생머리를 찰랑거리며 의식적으로 고개를 옆으로 살짝 숙인 폼이 고혹적이었다. 하지만 휘강은 목석같은 표정으로 손에 든 봉투를 식탁 위에 올릴 뿐이었다.

"뭐야, 오랜만에 만났으면 반갑게 인사라도 하고 그래라."

여자는 작고 도톰한 입술을 쑥 내밀며 칭얼거렸다.

"이번엔 또 누굴 등쳐먹으려고 수작질이냐, 황연희."

새로 사온 것들을 넣을 공간을 마련하기 위해 냉장고 안을 정리하며 휘강이 물었다. 연희라 불린 여자는 안방에서 나와 거실 겸 주방 쪽으로 다가왔다.

검붉은 미니 원피스 아래로 검은색 스타킹 차림의 육감적인 다리가 쭉 뻗어 내려왔다. 여자는 일부러 각선미가 드러나게 식탁 의자 위에 다리를 꼬고 앉으며 유혹하듯 어깨를 들썩였다.

"얼굴이라도 제대로 보고 얘기하지?"

그녀의 말에 휘강은 냉장고 문을 소리 내어 닫았다. 뒤돌아선 그는 귀찮다는 표정으로 상대의 전신을 쑥 훑어보더니 여전히 관심 없는 태도를 보이며 다용도실 쪽으로 향했다.

"계속 불청객 취급하기야?"

"말은 바로 하자. 취급이 아니라, 불청객이 맞지."

"자기에게 난 그런 존재였구나."

연희는 실망한 모습을 연기하며 식탁 위에 몸을 기대고 엎드렸다.

"세민 실업이라고 아주 착실하신 중견 기업 창업주 영감님이 목표야. 이번 콘셉트, 오빠가 보기엔 어때? 고전미 넘치지 않아? 난 이런 게 좋더라. 옛날 생각도 나고. 요즘 유행은 너무 인조인간 같아서 정이 안 간다니까."

"창업주라니, 이번엔 대체 몇 살인데?"

다시 한 번 연희 쪽을 돌아보며 휘강이 물었다.

"재작년에 팔순 잔치 하셨다던가? 사람들 참 단순하고 멍청해. 특히 남자들은. 나이 들수록 옛날 기억에만 집착한다니까. 대충 첫사랑 닮은꼴 흉내만 내줘도 눈이 돌아가선 해달라는 대로 다 해준다고. 이번 사장님도 해방 전에 옆집 살던 일본인 아가씨가 첫사랑이었데. 이름이…… 하루코? 엄마가 유명한 게이샤였대. 뭐, 그 시절에도 이 정도는 되어야 먹혔다는 얘기지."

연희는 긴 머리를 뒤로 쓸어 넘기며 일부러 섹시한 포즈를 잡았다. 그녀의 말인즉슨, 이십대 초반의 아가씨가 팔십 먹은 노인네를 유혹하려 한다는 얘기였다. 별거 아니라는 듯 그런 이야기를 하는 연희의 태도에도 휘강은 조용히 눈을 흘길 뿐이었다.

"그런데 여긴 왜 왔어?"

"내가 휘강 오라버니 집에 오는 데 꼭 이유가 있어야 하나?"

"여긴 내 집이자 사무실이야. 네가 맘 내키면 드나드는 놀이터가 아니라."

장을 본 봉투 안에 든 물건들을 하나씩 꺼내며 휘강은 '쯧' 혀를 찼다.

"알았어요. 깐깐하시긴. 휴, 예전 주인 있을 적이 좋았는데. 오라버니는 모르지? 그때 이 빌라가 얼마나 흥미진진했는지. 지금 생각해도 다들 미친 것 같았다니까. 깔깔깔."

쾅一!

휘강의 주먹이 싱크대 상판을 세차게 내리치는 요란한 소리에 연희는 움찔 입을 다물고 말았다. 그녀에게 등을 돌리고 선 채로 휘강은 낮은 목소리로 속삭였다. 하지만 그녀에게 전달되기에 충분한 소리였고, 동시에 매우 차갑고 매서운 목소리였다.

"그때 이야기는 하지 말라고 했지."

"알았어, 미안해. 또 왜 그렇게 정색을 하고 그런대. 안 할게. 안 하면 되잖아. 칫."

상대의 정색에 수가 틀린 연희는 툴툴거리며 자리에서 일어나더니 도로 안방으로 가버렸다. 휘강은 고개를 절레절레 내저으며 작은 비닐 봉투 하나를 풀었다. 봉투 안에 가득 든 붉은 팥을 꺼내 손바닥 위에 올리고선 손가락 끝으로 하나하나 살펴더니 입술을 일그러뜨리며 낮은 탄식을 내뱉었다.

"중국산 섞었네. 그렇게 국내산이라고 우기더니, 그 아줌마."

투덜거리며 휘강은 손 안의 팥을 도로 봉투 안에 쏟아 넣었다. 안방 문틀에 기대어 얼굴만 쏙 내민 연희가 그 모습을 보며 키득거렸다.

"요즘 국산이 어디 있어. 죄다 중국산이지. 그걸 믿고 산 자기도 잘못이라고."

"없긴 왜 없어. 찾아보면 있을 텐데 그걸 속여 파는 사람이 잘못이지."

"그렇게 억울하심 직접 재배를 하시든가."

"너 진짜 안 가냐?"

이번엔 휘강의 목소리에도 살짝 짜증이 묻어 나왔다.

"나도 가고야 싶지. 이렇게 박대를 하는데."

그녀의 대답에 휘강의 한쪽 눈썹 끝이 삐끗 위로 치솟았다. 그러곤 짐을 정리하던 손을 멈춘 그는 안방으로 성큼성큼 걸어갔다.

"솔직히 말해. 무슨 일이야? 그냥 심심해서 들른 건 아니지?"

"그게 말이지……."

연희는 몸을 배배 꼬면서 말끝을 흐린다.

"돌려 말하지 말고, 요점만 간단히."

안방 문간에 기대어 서서 휘강은 낮게 깔린 목소리로 말했다. 안경 너머로 옅은 갈색의 눈이 차갑게 안광을 발하며 연희를 노려보았다. 그 기세에 기가 죽은 듯 그녀는 침대에 새치름히 앉아 휘강의 시선을 피하며 말했다.

"지난번에 물었던 영감탱이가 은근 빽이 세더라고. 그냥 평범한 땅 부자인 줄 알았더니, 무슨 산에 사는 처사하고 연이 있다나?"

"대체 얼마나 뜯었기에?"

"오빠도 알잖아. 내가 탈탈 터는 스타일 아닌 거. 그냥 뒷주머니 넘쳐나는 영감들, 아나바다 정신으로다가……."

휘강은 연희의 말 중간을 끊고 들어가며 짜증스러운 목소리로 말했다.

"사설은 됐고 본론만 요약하라니까. 그리고 내가 왜 네 오빠야."

"어머, 진짜 정 없다. 서로 같은 처지에 가족같이 보듬어주진 못할 망정."

"어째서 우리가 가족이 되어야 하는데. 그리고 애초에 네가 잘못한 거잖아. 죽으네 사네 하는 녀석 맘 잡아줬으면 착하게 살 것이지, 간판만 바꿔 달고 똑같은 짓 벌이는데 뭐가 예뻐서 널 챙겨주겠어."

"간판만 바꾸다니. 누가 들으면 진짜 나쁜 짓 하는 줄 알겠다. 내가 그 사람들 간을 빼먹어, 염통을 빼먹어, 그냥 썩어나는 돈 조금 나눠 쓰는 거잖아."

연희의 변명에 휘강은 허리춤에 손을 짚고 서서 한숨을 내쉬며 물었다.

"그래서 얼마를 하셨는데?"

"한…… 2억? 나도 정확하게는 기억이 안 나네. 시간이 좀 지난 터라……."

"전에도 말했지만, 그 돈으로 집을 하나 사. 허튼 데다 쓰지 말고."

그녀는 짐짓 심각한 얼굴로 휘강을 올려다보았다.

"오빠는 내가 돈 때문에 이러는 거 같아?"

"됐고. 그래서 지금 상황이 어떤데?"

"저쪽에서 잡것들을 붙였어. 어제부터 졸졸 쫓아다니기에 여기로 왔고."

휘강은 안방 창 쪽으로 다가가 창문 너머로 밖을 내다보았다.

"다시 말하지만 여긴 네 놀이터도 아니고 그렇다고 안전 가옥도 아니야. 자꾸 이런 식으로 귀찮은 일 끌고 오면 아예 발도 들이지 못하게 할 줄 알아."

"안 그럴 거면서 또 냉정하게 그런다. 나도 더 조심할게."

애교스럽게 아양을 부리며 연희는 휘강에게 다가가더니 뒤에서 살짝 그를 끌어안았다. 허리를 파고드는 여자의 손을 그러잡아 강제로 떼어놓은 휘강은 도로 돌아서며 여전히 무표정한 얼굴로 연희를 내려다보았다.

"그래서 몇이나 붙은 거야?"

아쉬운 표정으로 한 걸음 물러서면서도 그녀의 눈은 상대의 안경 너머 시선을 마주한 채 고정되어 있었다.

"셋."

"어쩐지 오늘따라 동네 공기가 수상하다 했어."

휘강은 다시 창문 근처로 다가가며 도리도리 머리를 흔들었다. 두꺼운 유리창 너머로 석양에 물든 빌라 앞 골목이 내려다보였다. 골목길 끝 전봇대에 걸린 가로등엔 이미 주황색 불이 들어와 있었다.

그리고 그 불빛이 미치지 않는 골목의 모퉁이, 먼저 어둠이 찾아든 구석에 강신 빌라를 지켜보고 있는 세 개의 그림자가 숨을 죽인 채 해가 지기를 기다리고 있었다.

※ ※ ※

유나와 규림은 버스 정류장에 앉아 차를 기다리고 있었다. 유나는 돌아다니다 구입한 스카프를 펼쳐보다 규림에게 말했다.

"늦었는데 우리 집에서 자고 가."

"안 돼. 이번 주말까지 보내야 하는 원고가 또 있다고."

그녀는 발갛게 달아오른 뺨을 톡톡 두드리며 한숨을 내쉬었다.

저녁을 먹고 2차로 찾아간 바에서 스트레이트나 다름없는 독한 칵테일만 연신 들이켜더니 취기가 오르는 모양이었다.

"바쁘구나. 역시 인기 작가야."

"먹고사니즘 아니겠니. 봐주는 사람 있을 때 많이 써야지."

시니컬한 태도로 한탄하며 규림은 쓴웃음을 지었다.

"가을까지 지금 걸려 있는 원고들 모조리 정리해야지. 그러고 나면 진짜 제대로 쉴 거야. 다 잊어버리고 멀리 떠날 거라고."

규림은 허공에 대고 주먹질을 하듯 팔을 쭉 뻗었다. 그런 그녀의 얘기에 유나는 흥미가 동했다. 그녀 역시 최근 들어 만사가 갑갑하고 지루해 훌쩍 떠나버리고 싶은 기분이 들 때가 많았다.

"어디로 가려고?"

"몰라. 아직 안 정했어. 기왕 가는 거 유럽으로 갈까? 아니면 미국? 나 미국은 한 번도 가본 적 없는데."

"나도 같이 가고 싶다."

"빌라는 어쩌고. 대신 봐줄 사람 있어? 이번엔 나 진짜 길게 다녀올 건데. 그리고 지방만 내려가도 아파 드러눕는 애가 외국은 어떻게 나가시려고."

"그러게, 그게 문제네."

유나는 장탄식을 내뱉으며 들고 있던 스카프를 고이 접어 봉투에 집어넣었다. 아버지의 죽음 이후 천애 고아가 되어버린 입장에서 모든 일을 직접 책임져야 하는 그녀였다.

특히나 지어진 지 제법 시간이 지난 강신 빌라는 소소하게 손이 가는 곳이 많았기에 장기간 집을 비우긴 현실적으로 힘들었다. 빌라에서 오래 떠나 있기라도 하면 몸살이며 두통이며 소소한 증상으로 골골거리는 것은 어쩌면 심리적인 불안이 크기 때문인지도 모른다.

"뭐, 찾아보면 방법이야 없겠어? 여튼 일정 잡히면 꼭 얘기해. 어떻게든 수를 내서 따라갈 테니까."

"알았어. 일단은 원고 마감이나 제대로 마쳤을 때 얘기지만."

수다를 떠는 사이 버스가 정류장에 도착했다. 버스에 올라타는 규림에게 손을 흔들어 보이며 유나는 배웅을 했다. 정류장에서 강신 빌라까지는 천천히 걸어갈 수 있는 거리였다.

규림을 태운 버스가 멀어져가는 모습을 한동안 바라보고 나서야 집으로 향하려 뒤돌아선 유나는 순간 멈추어 서고 말았다. 정류장 반대편 끝에 서서 그녀를 빤히 쳐다보는 남자의 그림자 때문이었다.

"아, 맞다. 아까 저희 가게 오신 손님이시죠?"

티셔츠 위에 얇은 카디건을 걸친 사내는 천천히 그녀 쪽으로 걸어오며 말을 걸었다. 처음엔 낯선 남자의 그림자에 긴장했던 유나도 곧 상대가 누군지 기억해내고 경계의 수위를 낮출 수 있었다. 선 굵은 남성적 외모의 상대는 낮에 규림과 만났던 카페 판타즘의 사장이었다.

"버스에서 내리다 우연히 봤는데 얼굴이 낯이 익어서 보고 있었어요. 복숭아 알러지 있다던 분 맞으시죠?"

남자가 갑작스레 어디서 튀어나왔는지에 대한 의문도 해결되자 유나의 긴장감은 완연히 풀렸다. 그제야 다시금 상대를 찬찬히 살펴볼 수 있었다. 큰 키에 적당히 벌어진 어깨, 단단해 보이는 팔은 적당히 근육이 붙어 얇은 카디건 아래로도 그 움직임이 느껴질 정도였다. 처음 상대의 모습에 놀랐던 것도 그런 건장한 신체 때문이었을 것이다.

"예, 맞아요. 여기서 뵙다니, 우연이네요."

"그러게요. 버스 기다리시나 봐요? 전 이 근처가 집이라서."

그렇게 말하며 허허 웃는 사내의 표정이 천진스러웠다. 웃을 때와 그렇지 않을 때의 느낌이 상당히 다른 사람이라 생각하면서 유나는 함께 미소를 지었다.

"저도 근처 살아요. 친구 배웅하느라 있었던 거고요."

"그랬군요. 아무튼 신기하네요. 손님을 이런 데서 다시 뵙다니. 게다가 같은 동네 사시고. 다음에 가게 오시면 잘해 드려야겠는데요. 동네 주민이시니까."

"그러지 않으셔도 커피도 파이도 전부 맛있어서 자주 가게 될 것 같은 걸요."

유나는 입 안에서 풍부하게 퍼지던 호두 파이의 맛을 떠올렸다.

"감사합니다. 아 맞다. 이것도 인연이라면 인연인데, 잠시만요."

그렇게 말하더니 사내는 들고 있던 가방을 열고 주섬주섬 무언가를 꺼냈다. 그가 불쑥 유나에게 내민 것은 비닐 봉투에 든 쿠키였다.

"이거 받으세요. 가게 막내가 애인 준다고 만들다 남은 건데 저 혼자 먹기엔 양이 많아서. 모양은 볼품없어도 맛은 괜찮을 겁니다."

엉겁결에 받아 든 쿠키 봉투를 만지작대며 유나는 고맙다는 인사를 했다. 그런 그녀에게 남자는 지갑에서 명함 한 장을 꺼내어 내밀었다.

"여기 제 명함입니다. 혹시 가게 예약할 일이 있으시거나 하면 연락 주세요. 생일 이벤트 같은 것도 해드릴 수 있고요. 미리 주문하시면 케이크도 만들어 드립니다."

받아 든 명함엔 '카페 판타즘, 배현도'라는 이름이 찍혀 있었다.

"집이 어느 쪽이시죠? 전 이쪽 방향인데."

남자가 손으로 가리키는 쪽은 강신 빌라와는 반대편이었다. 자신은 방향이 다르다는 유나의 말에 남자는 웃는 얼굴로 조심해서 들어가라고 말하곤 방금 가리켰던 쪽으로 걸어갔다. 기럭지가 길어서일까, 몇 걸음 걷지 않았음에도 어느새 멀리 나아간 사내의 모습은 밤의 어둠 속에서 점차 희미해져 갔다.

> 배현도
> 010-2XXX-XXXX

받은 명함을 다시 확인하면서 남자의 얼굴을 떠올린 유나는 자신도 모르게 열이 오르는 뺨을 손으로 토닥였다.

"으규, 무슨 주책이야. 그냥 영업하는 거잖아."

스스로를 타박하며 유나도 정류장을 벗어나 집으로 향했다.

Chapter 3
요괴와의 근접 조우

　해가 완전히 지자 그늘 속에 숨어 있던 것들이 스멀스멀 밖으로 기어 나왔다.

　건장한 체구의 남자 셋이 강신 빌라 쪽으로 다가오는 것을 확인한 휘강은 안방을 나와 거실 오른편의 작은방으로 향했다.

　"다시 한 번 말하는데, 이번이 마지막이다. 다시는 저런 놈들 달고 오지 마."

　휘강은 미안한 척 자신을 바라보는 연희에게 다시 다짐을 받고선 방 한편에 놓인 장롱을 열었다. 옷걸이에 걸려 있는 옷들을 옆으로 치우고 뒤쪽 벽을 옆으로 밀자 비밀 공간이 튀어 나왔다. 노란색 천으로 마감된 숨김 벽엔 각종 도검류와 표창 같은 암기들이 걸려 있었다.

　한동안 무기들 위로 손을 움직이던 휘강은 그중 하나를 집어 들었다. 그것은 시커먼 나무 몽둥이였다. 한 척 길이 방망이의 손잡이 부분은 둥그렇게 깎여 붉은색 천이 감겨 있었고 끝 부분은 각모로 된 둥근 공이 달려 있어 손이 미끄러지지 않도록 해주었다. 손잡이 위로는 내려다보았을 적에 육각형 모양으로 각이 져 있었고 육각형의 면 부분에는 꼬불꼬불 뱀이 기어간 듯 보이는 도형들이 빼곡하게 그려져 있었다.

"육모 방망이? 멀쩡한 칼 놔두고 그게 뭐야, 폼 안 나게."

"참새 잡는 데에 대포 쓰라고? 괜히 일 키울 일 있어?"

방망이를 그러쥔 휘강이 빌라 밖으로 나오자 골목 구석에 섰던 세 명의 사내가 기다렸다는 듯 다가와 그에게 말을 걸었다.

"보아하니, 그 짝도 사정 다 아는 것 같은디. 상호 간에 피곤한 일 만들지 말고, 그 여시만 넘겨주소."

무리 중 한 명인, 40대로 보이는 통통한 남자가 구수한 사투리로 연희를 넘길 것을 요구했다.

"여긴 자네들 같은 잡배가 들어올 곳이 아니네. 그냥 돌아가시게."

"아따, 지금 뉘를 보고 잡배라 하셨소. 요즘 세상에 천것 상것이 따로 있다던가."

다른 하나가 열이 올랐는지 붉어진 얼굴로 씩씩거리며 다가섰다. 그 모습을 본 휘강은 미간을 찌푸리며 한 손으로 안경을 치켜 올렸다.

"미안들 하네. 그쪽 사정을 모르는 건 아니지만 나로서는 이럴 수밖에."

치켜든 휘강의 육모 방망이에서 아지랑이 같은 기운이 솟아올랐다. 그 모습을 본 세 사내들도 저마다 품에서 칼이며 낫 같은 무기를 꺼내 들었다.

그것은 갑작스레 벌어진 일이었다. 정류장에서 강신 빌라로 이어지는 주택가 골목을 걸어가던 유나는 무언가 이상함을 느꼈다. 초저녁 이른 시각임에도 사위가 너무 어두웠던 것이다. 그러고 보니 언제나 길을 밝히던 골목의 가로등도 꺼져 있었다.

특히 그녀가 있는 곳은 한쪽에 높게 치솟은 돌담의 그림자가 드리워져 가로등이 꺼지자 더욱 컴컴하게 느껴졌다. 어둠에 익숙해지려 미간을 찌푸리며 핸드폰의 손전등 기능을 활성화시키려는 순간 저쪽 모퉁이에서 시커먼 그림자가 나타났다.

처음엔 마침 길을 지나는 사람이라고만 생각했다. 하지만 그런 생각은 곧 버려야 했다. 얼핏 보기에도 그림자는 그 크기나 형체가 보통의 사람과는 너무나도 달랐던 것이다.

거대한 머리와 짧은 목, 그리고 우락부락한 상반신은 기괴할 정도로 근육의 형태가 도드라져 보였다. 한껏 몸을 키운 보디빌더의 몸을 다시 2배 정도 더 부풀린 듯 보이는 몸집은 그 실루엣만으로도 평범한 사람의 것이 아니란 것을 직감하게 했다. 갑작스러운 상황에 어쩔 줄 모르고 주저하는 사이 그림자는 엄청난 속도로 그녀를 향해 다가왔다. 두려움에 뒷걸음치던 유나는 그만 발목을 접질리며 뒤로 나자빠지고 말았다.

발목이 틀어지며 신고 있던 웨지 힐이 벗겨졌다. 넘어지면서 콘크리트 바닥에 쓸린 손바닥과 무릎은 불에 덴 듯 화끈거렸다. 유나는 다시 일어나보려 했지만 다리에 힘이 들어가지 않았다. 그사이 정체불명의 그림자가 코앞까지 다가와 쓰러져 있는 그녀를 덮쳤다.

"아악!"

비명과 함께 질끈 눈을 감은 그녀는 고개를 돌리고 말았다. 귓가에서 거친 숨소리와 함께 뜨거운 기운이 느껴졌다. 그림자가 자신을 올라타고 있다는 것을 유나는 알 수 있었다. 상대의 날숨에선 도저히 인간의 것이라 할 수 없는 기이한 악취가 났다. 눈은 감고 있었지만 다른 감각만으로도 상대의 형상을 짐작할 수 있었다.

숨을 뿜어내는 입과 코는 거대했다. 숨이 뿜어져 나오는 기세나 뜨거운 열기가 닿는 범위로 가늠이 가능했다. 그리고 거기서 역으로 추측할 수 있는 상대의 머리 크기는 자전거 바퀴 정도는 될 것 같았다. 게다가 뺨을 간질이는 억센 털은 수염이나 머리카락이라기엔 너무 굵고 기이한 감촉이었다. 그것은 차라리 동물의 털에 가까운 느낌이었다.

"그르르륵."

다시 한 번 불쾌한 날숨과 함께 맹수가 그르렁거리는 것 같은 소리가 들렸다.

'대체 뭐야. 뭐가 날 공격한 거지?'

두려움에 몸이 얼어버려 손가락 하나조차 움직일 수 없었다. 그럼에도 유나는 눈을 뜨고 자신을 짓누르고 있는 상대의 실체를 확인하고픈 욕망이 일었다. 눈을 떠야 할지 말아야 할지 망설이는 사이 놈은 더욱 가까이 얼굴을 들이밀고선 킁킁거리며 그녀의 냄새를 맡기 시작했다.

'어쩌려는 거야. 정체가 뭐냐고!'

더 이상 참지 못한 그녀는 눈을 떴다. 그러자 자신을 내려다보던 상대가 보였다. 사과만 한 둥그런 눈동자가 가장 먼저 보였다. 옆으로 넓은 주먹코는 코 평수가 어찌나 넓은지 사람 손이 드나들 수 있을 정도였다. 그 아래로는 더욱 커다란 입이 이를 드러낸 채, 쩌억 벌어져 있었다. 위로 솟은 송곳니는 크고 날카로워 그것에 물리면 순식간에 사지가 떨어져나갈 것 같았다.

게다가 얼굴 전체는 굵고 뻣뻣한 털로 덮여 있었다. 그것은 인간의 얼굴이 아니었다. 그보단 호랑이나 사자 같은 맹수의 얼굴에 가까웠다. 그러나 커다란 입이 벌어지며 나온 것은 분명한 인간의 언어였다.

"어떻게 인간이 이 안에 들어왔냐?"

너무도 기괴한 광경에 유나의 머릿속은 엉망진창으로 뒤섞여 버렸다. 괴물의 형상, 야수의 냄새, 사람의 말. 언제나 오가던 친근한 동네 골목길이 순식간에 악몽의 현장으로 뒤바뀌었다.

괴물의 손아귀에서 벗어날 방법은 없어 보였다. 상대가 자신에게 어떤 해를 가할지도 알 수 없었다. 그저 막연한 상상들이 두서없이 떠올랐다. 거대한 입, 날카롭고 튼튼해 보이는 송곳니, 그 안에서 풍겨오는 악취.

호흡이 가빠지고 심장이 요동쳤다. 갑작스럽게 빨라진 호흡과 혈류는 이산화탄소를 과도하게 배출하기 시작했다. 몸이 저려오고 목이 졸리는 것 같은 갑갑함이 밀려왔다. 숨을 쉬려 애를 쓸수록 오히려 숨 막힘과 갑갑함은 심해졌다.

"나를 본 이상 그냥 보낼 순 없지."

괴물의 입이 커다랗게 벌어졌다. 그러자 상어 아가리처럼 날카로운 삼각형의 이빨들이 촘촘히 박힌 내부가 보였다. 그 광경에 유나는 더 이상 견디지 못하고 정신을 잃고 말았다.

유나는 인상을 찌푸리며 한쪽 눈만 찡긋 떠보았다. 따가운 햇볕이 얼굴에 내리쬔다. 이불을 끌어올려 빛을 가려본다. 안개 낀 듯 흐릿하던 정신이 점차 개이면서 그녀는 무언가 이상함을 느꼈다. 얼굴을 가린 이불을 획 치우고선 주위를 둘러보았다.

'내 방이잖아.'

그녀는 혼란스러운 기억을 더듬어보았다. 분명 버스 정류장에서 규림을 배웅하고 집으로 돌아오던 중이었다.

정류장에선 카페 판타즘의 사장을 만났다. 그리고 늘상 다니던 길을 따라 강신 빌라로 오던 중, 골목길의 가로등이 꺼진 것을 발견했다. 무언가 기묘한 느낌에 주위를 둘러보다가 골목 저편에 시커먼 그림자가 서 있는 것을 보았고.

벌떡 침대에서 일어난 유나는 일어서려다 무언가를 밟고선 도로 침대에 주저앉았다. 내려다보니 자신의 핸드폰이었다. 그것을 들어 확인하니 그새 날을 넘겨 아침 9시였다.

분명 규림과 만나고 헤어진 것은 어제의 일이다. 벽에 걸린 거울로 침대에 앉은 자신의 모습이 비친다. 입고 있는 옷도 어제와 같았다. 밤늦게 돌아와 옷도 갈아입지 않은 채 잠이 들었던 것인가.

그렇다고 보기엔 어딘지 아귀가 맞지 않는 듯 찝찝한 기분이 들었다. 무언가 생각난 듯, 여기저기 둘러보던 그녀는 책상 위에 아무렇게나 놓여 있는 핸드백을 집어 들었다.

"분명 여기에 넣었던 것 같은데."

가방 안을 뒤지던 유나는 안쪽 주머니에서 사각형의 종이를 꺼내

들었다.

"있다."

그것은 명함이었다. 명함에 인쇄된 '배현도'란 이름을 손가락으로 훑으며 그녀는 정류장에서 만났던 남자의 모습을 떠올렸다. 분명 꿈이 아닌 사실이었다. 그와 헤어진 후 집으로 돌아온 것도 현실일 것이다. 하지만 그 사이의 과정에서 마지막으로 떠오르는 기억의 편린은 도무지 현실성이 없는 것이었다.

골목길 바닥에 쓰러져 있던 자신, 그리고 그런 그녀를 내려다보던 기괴한 얼굴. 두통을 느끼며 이마를 쓰다듬던 유나는 문득 자신의 손바닥을 보았다. 바닥에 쓸려 벗겨진 찰과상이 남아 있었다. 무릎을 덮은 치마를 걷어 올리자 거기에도 상처가 있었다. 발목이 꺾이며 골목길에 쓰러졌던 일이 꿈은 아니란 얘기였다. 그렇다는 건 이후의 일들도 현실이란 것인가.

"아냐, 그게 현실일 리가 없잖아. 아니, 그보다 어떻게 집까지 온 거야. 기억이 하나도 안 나. 필름 끊길 정도로 술을 마신 것도 아니고."

혼자 중얼거리던 유나는 오싹한 기분에 주방으로 향했다. 조각조각 떠오르는 간밤의 기억들이 꿈이든 현실이든 자신은 정신을 잃었던 게 분명해 보였다. 그럼에도 자기 집에 누워 있다는 것은 누군가 여기까지 데려왔을지도 모른다는 데에 생각이 미쳤다.

마침 눈에 들어온 홍두깨를 거머쥐고 그녀는 집 안을 뒤지기 시작했다. 제법 넓은 집이라지만 사람이 숨어 있을 만한 곳은 빤했다. 얼마 지나지 않아 수색을 마친 그녀는 집 안에 자기 혼자란 것을 확인하곤 안도의 한숨을 내쉬었다.

"그럼 어떻게 된 거야. 나 혼자 집까지 온 건가? 그런데 왜 기억이 안 나냐고. 그리고 그 괴물은 뭐야. 꿈인가? 그럼 어디까지가 꿈이었던 거지?"

다시 손바닥과 무릎의 상처를 확인하며 이어지던 그녀의 혼잣말은 초인종이 울리는 소리에 끊어졌다. 이른 시간에 찾아올 사람이 없는데 누군가 싶어 고개를 갸웃하며 그녀는 현관으로 향했다.

"누구세요?"

"202호입니다."

2층 싸가지였다. 이 시간에 무슨 일인지 궁금해하며 그녀는 문을 열었다.

"무슨 일이세요?"

"돌려드릴 게 있어서요."

돌려줄 것? 202호 남자에게 뭘 빌려준 적이 있었나? 생각해 보았지만 딱히 떠오르는 게 없었다. 열차에 두고 내린 핸드백이야 이미 확실히 받은 터였다.

혹여 택배나 우편물이 잘못 간 게 있나 생각하며 문을 열었다. 그러자 불쑥 그녀의 눈앞에 들이밀어진 것은 눈에 익은 웨지 힐 한쪽이었다.

"그쪽 물건을 또 주워서 말이죠. 이거 본인 거 맞죠?"

202호 입주자인 휘강은 손에 든 신발을 들어 보이고는 '또'라는 단어에 괜히 힘을 주며 말했다. 발목을 잡아주는 스트랩이 끊어진 채 덜렁거리는 웨지 힐 샌들은 분명 유나의 것이었다. 바로 어제 신고 나갔던 신발. 당황해서 신발장을 살펴보니 짝 잃은 나머지 한쪽이 구석에 쓰러져 있는 게 보였다.

"맞……는 것 같은데. 이걸 왜 그쪽이 가지고 계시죠?"

"기억 안 나요?"

"기억이라니, 무슨……."

"어제 골목에 주저앉아 있기에 제가 부축해서 집까지 데려왔는데. 생각 안 나나 보군요. 엄청 취한 것 같던데."

유나는 그제야 대강의 그림이 그려졌다. 어제 규림과 저녁을 먹은 후 칵테일 바에서 럼콕을 두 잔 마시긴 했다. 취기조차 오르지 않을 양이었고 친구를 배웅할 때까지도 멀쩡했었다.

하지만 시나브로 들어온 알코올에 몸이 뒤늦게 반응을 보였던 모양이다. 아마도 문제의 골목길에서 취기에 발이 꼬여 쓰러졌을 것이다. 이후에 괴물 같은 존재에게 습격을 당했던 것은 술에 취해 쓰러져 꾸었던 꿈이고, 그 사이 길을 지나가던 이 남자의 부축을 받아 빌라까지 왔던 거다.

그 상태로 집에 들어와 그대로 쓰러져 잠이 들었을 자신을 떠올리니 얼굴이 화끈거렸다. 휘강에게 또다시 흉한 꼴을 보이며 부축을 당했다 생각하니 지난번 일들과 더불어서 창피함을 더했다.

"그랬군요. 도와주셔서 고마워요."

유나는 애써 남자의 시선을 피하며 망가진 신발을 받아 들었다. 스트랩 역시도 골목길에서 발을 헛디디면서 끊어졌겠지. 그러고 보니 왼쪽 발목이 발갛게 부은 채 시큰거리는 것이 느껴졌다. 어찌 되었든 발목이 꺾인 건 사실이었던 것이다.

"괜찮아요?"

"예, 뭐가요?"

"아니, 상태가 안 좋아 보여서."

휘강의 질문에 유나의 머릿속에서 조금 전 거울에 비친 자신의 몰골이 빠르게 스쳐 지나갔다. 그대로 입고 잠이 들어 쪼글쪼글 구겨진 외출복, 헝클어지고 뻗친 머리에 번들번들 유전 터진 얼굴. 발목은 퉁퉁 부어올랐고 어린애처럼 까진 무릎까지 드러낸, 누가 봐도 심상치 않아 보일 모습이었다. 그녀는 고개를 더욱 푹 숙인 채 빠르게 쏘아댔다.

"아니에요. 별일 없어요. 그냥 어제 넘어져서 좀 다쳤나 보네요. 저 때문에 고생했겠네요. 죄송해요."

"괜찮다니 다행이네요. 그리고 앞으론 좀 조심하세요. 여자 혼자 밤길 다니는 거 위험하니까."

"예, 알겠어요. 걱정해줘서 고맙네요. 안녕히 가세요."

건성으로 인사를 전하며 유나는 슬금슬금 문을 닫았다. 문을 잠그고 돌아선 후에야 휘강의 말을 곱씹을 수 있었다. 그러자 괜히 기분이 나빠졌다.

"아니 지가 뭔데 이래라저래라야. 도와준 건 고맙다 이거야. 그렇다고 밤에 나다니지 말아라 어쩌라 훈수 놓을 자격이 생기는 건 아니잖아. 하여튼 저 싸가지. 으아앗!"

삐죽이 입을 내민 채 거실로 들어서던 유나는 다시 한 번 기겁을 했다. 방으로 향하던 그녀의 얼굴에 갑자기 무언가 척 달라붙었던 것이다. 깜짝 놀라 붙은 것을 떼어내려 팔을 휘젓는 사이, 간밤에 다친 왼쪽 발목이 통증으로 힘이 풀렸다.

결국 거실 바닥에 엉덩방아를 찧으며 주저앉고 나서야 유나는 자신을 놀라게 만든 정체를 얼굴에서 떼어낼 수 있었다. 그것은 부적이었다. 기다란 괴황지(槐黃紙)에 경면주사(붉은색 지하 광물질)로 그려진 복잡한 문양은 시간의 더께가 내려앉아 갈색으로 바래졌다.

"뭐야, 간 떨어질 뻔했네."

착잡한 얼굴로 부적을 바라보며 유나는 중얼거렸다. 부적은 예전에 아버지가 붙여둔 것이었다.

그녀가 태어나기도 전부터 무속에 심취했던 아버지는 굿이나 부적 같은 것에 의미를 크게 부여하는 사람이었다. 강신 빌라의 터를 잡을 적에는 유명한 지관에게 의견을 구했다고 들었다. 집에도 해마다 부적을 갈아 붙이고 곳곳에 귀신을 쫓기 위한 무구들을 가져다 놓는 등 딸 입장에서 보기에도 좀 과하다 싶을 정도였다.

하지만 그것도 아버지가 살아 계실 적의 이야기였다. 거실과 현관 사이 기둥 위쪽과 천장에 걸쳐 붙여둔 부적은 아버지가 돌아가시기 직전에 바른 것이었다. 이후로 4년이 넘게 그대로 방치되어 있던 부적은 색이 바래고 군데군데 삭아 있었다.

그 사이 부적을 붙이는 데 쓴 풀도 말라버리면서 접착력이 떨어졌던 모양이었다. 낡은 부적을 바라보고 있노라니 오래전 아버지와의 기억이 떠올랐다.

"아빠, 그런데 그 부적은 뭐에 쓰는 거야?"

연례행사처럼 부적을 갈아 붙이던 아빠에게 질문을 던진 것은 유나가 중학생 시절이었다. 그때는 지금의 강신 빌라가 아니라 산 아래 자리 잡은 오래된 단독주택이었다.

"수호부란다. 잡귀들로부터 집과 가족을 지켜주는 부적이야."

"잡귀? 아빠도 참. 요즘 세상에 귀신이 어디 있다고."

"영화 같은 데 나오는 귀신은 아니더라도, 사람을 악하게 만들거나 불행을 가져오는 나쁜 기운 같은 게 있단다. 그런 것들은 가능하면 집에 들이지 않는 게 좋겠지?"

"그래요. 뭐 아빠가 그렇다면 그런 거겠지. 근데 그 부적 얼마 주고 샀어요?"

"그런 건 말하는 게 아니다. 부정 타서 효력이 떨어져."

어린 유나의 질문에 헛기침을 하며 괜히 부적 붙이는 일에 더욱 집중하던 아빠의 모습이 생생하게 떠올랐다. 그렇게나 정성이었지만 돌이켜보면 아빠는 결국 불운을 피하지 못했다.

사업은 망했고, 믿었던 이들은 등을 돌렸고, 그 와중에 엄마는 도망쳤다. 결국 마지막엔 병을 얻어 젊은 나이에 돌아가셨으니 결코 행복하다 볼 수 없는 삶이었다. 거기까지 생각이 미치자 손에 들린 부적이 원망스러웠다.

어차피 미신인 걸 알면서도 부적이 제 역할을 하지 못했기에 아빠가 돌아가셨을지 모른다는 생각마저 들었다. 그런 일에 열과 성을 쏟았던 아빠의 삶이 답답하게 느껴졌다. 어느새 흘러내리는 눈물을 얼른 소매로 훔친 유나는 주섬주섬 일어나 식탁 의자를 끌어왔다. 그러곤 그 위에 올라서서 벽에 붙은 나머지 부적들을 마저 떼어내기 시작했다.

유나는 5월의 햇살을 피해 카페 판타즘으로 들어섰다. 가게 안은 지난번보다 손님이 늘어난 듯 보였다.

이른 오후 시간이었지만 가게 안은 제법 붐비고 있었다. 구석에 자리를 잡고 앉은 유나는 허브티와 치즈 파이를 주문했다. 소년 태를 벗지 못한 앳된 점원이 주문을 받고 돌아가자마자 주인인 현도가 그녀의 자리로 와 인사를 건넸다.

"오셨네요?"

"예, 안녕하세요. 장사 잘되시네요."

"그런가요. 너무 북적여도 사실 부담인데. 지금도 인력난에 시달리고 있거든요."

현도는 옆 테이블에 들릴까 그녀의 옆에 바싹 붙어 입을 가린 채 속삭이듯 말했다. 가까이 다가온 남자에게선 진한 커피 향과 은은한 빵 냄새가 느껴졌다. 그가 슬쩍 손으로 가리키는 곳을 보니 여기저기 서빙을 하느라 정신없이 뛰어다니며 진땀을 빼고 있는 젊은 점원이 보였다.

"맘 같아선 사람을 더 쓰고 싶지만 여유가 안 되네요."

"무척 바빠 보이는데, 일 보세요. 괜히 저 때문에 시간 빼앗기지 마시구요."

유나는 난처한 미소를 지으며 말했다. 현도는 아쉬운 표정을 지어 보이며 싱긋 웃었다.

"동네 사람은 챙겨드린다고 약속했는데 죄송해요. 손이 모자라서. 조금 있으면 손님 좀 빠져나갈 거니까 천천히 드시고 계세요."

그렇게 손 인사를 하며 카운터 쪽으로 되돌아가는 현도를 바라보던 유나는 문득 따가운 시선에 주위를 둘러보았다. 다른 자리의 몇몇 여자 손님들이 묘한 표정으로 자신을 흘겨보고 있는 게 느껴졌다.

아마도 사장 현도가 유달리 아는 척을 하는 여자의 존재가 괜히 질투가 나는 모양이다. 카페 판타즘의 사장 이하 직원들에게 어느새 팬들이라도 생긴 걸까. 날아오는 시선을 애써 무시하며 그녀는 핸드폰에 연결된 이어폰을 귀에 꽂고 가방에서 책을 꺼내 펼쳤다.

기억이 뒤틀린 듯 기묘한 필름 끊김을 경험했던 미스터리한 밤을 겪은 후 나흘이 지났다. 그러나 여전히 그날 골목길에서 쓰러진 이후 몇 시간 동안의 일들은 꿈과 현실이 뒤죽박죽으로 얽혀 혼란스럽게 머릿속을 떠돌았다.

왕방울 같은 눈에 주먹코, 커다란 송곳니를 가진 기괴한 얼굴이 자신을 덮쳐오던 순간이 생각났다. 또한 비틀거리다 제 풀에 쓰러져 골목길 한쪽에 취객처럼 쓰러져 있던 자신의 모습도 떠올랐다.

겁에 질려 집까지 도망쳤던 것도 같고, 202호에 사는 은휘강이란 사내의 도움으로 집에 온 것도 같았다. 어쩌면 직접 유나의 귀가를 도왔다는 휘강의 주장 때문에 만들어진 이미지인지도 모른다. 하지만 단편적으로 떠오르는 순간의 기억들은 휘강의 얘기가 사실임을 알려주고 있었다.

특히 난감했던 것은 강신 빌라의 계단을 오르던 기억들이었다. 유나는 자신을 '부축했다'는 휘강의 얘기에 말 그대로 남자의 어깨를 빌린 채 비틀거리며 계단을 오르는 모습을 상상했었다. 하지만 단편적으로 머릿속에 떠오르는 이미지는 그와는 전혀 달랐다.

툭툭 잘린 채 남아 있는 기억의 조각에서 그녀는 휘강의 얼굴을 아래에서 위로 올려다보고 있었다. 그것도 그의 가슴팍에 얼굴을 묻은 채. 그리고 그의 어깨 너머 보이는 풍경은 분명 강신 빌라의 계단참이었다. 만약 그 기억이 사실이라면 202호 남자가 자신을 앞으로 안아 들고 그녀의 집이 있는 4층까지 올라갔다는 얘기였다.

"아닐 거야. 설마. 아무리 술에 취해도 그 정도까지야."

또 하나 마음에 남아 자꾸만 신경을 거스르는 것은 알코올에 관한 것이었다. 아무리 기억을 더듬고 셈을 해보아도 당일 마셨던 술

의 양은 무척이나 적었다. 술에 약한 편인 유나였지만 아무리 그래
도 럼콕 두 잔에 인사불성이 될 정도로 취했을 리 없다.

그보다 훨씬 많이 마시고도 말짱히 혼자서 집을 찾아왔던 적이
있는 그녀였다. 그런데 그날은 뭐가 그리 특별해서 필름이 끊길 정
도로, 그렇게 순식간에 취해버렸던 것일까.

농밀한 치즈 케이크를 음미하며 은은한 향의 허브티로 입가심을
하던 그녀는 메시지 알람 소리에 핸드폰 화면을 활성화시켰다. 문자
를 보낸 것은 규림이었다.

뭐 하삼, 마이 러브?

차 마셔.

판타즘?

ㅇㅇ

ㅋㅋㅋ, 너두 양반은 못 됨.

조용해, 음녀!

친구와 농을 주고받으며 유나는 키득키득 새어 나오는 웃음을 억
지로 참았다. 그런데 뒤이어 날아온 규림의 문자는 의외의 내용이
었다.

나 지금 휘강 씨 발견!

어딘데?

노트북 AS 받으러 시내, 컴 맡겨놓고
밥 먹으러 들어왔는데 저쪽 자리에 휘
강이 딱!

우연이네. 뭐, 좁은 동네니까.

헐, 여자랑 같이 있음. 저번에 그대가
말한 여잔가?

102호 누수가 생겼던 날 밤, 휘강의 집에서 울고 있던 여자를 떠올리며 유나는 다시 질문을 보냈다.

44, 마른 체형, 어깨까지 오는 검은 머리,
수수하고 창백한 얼굴. 맞나?

눈에 그려질 듯 상세한 인상착의 땡스!
아냐, 그 여자 아닌 듯.

또 다른 여자인가? 유나는 괜히 한숨을 내쉬었다. 그런 형편없는 남자에게 매력을 느끼는 여자들이 많다는 사실이 같은 여성으로서 괜히 안타까웠다.

그 사이 휘강과 함께 있는 여자에 대한 규림의 묘사가 이어졌다. 스트레이트 긴 머리, 글래머에 뽀얀 피부, 아무래도 또 다른 여자가 맞는 모양이었다. 역시나 보이는 대로 여자 후리는 게 직업인 호스트나 제비가 분명했다. 그렇게 생각하면 그 싸가지 없던 말과 행동도 대강 설명이 된다.

그녀의 반응이 뚱하자 규림은 다시 문자를 보내왔다.

뭐지, 이 미지근한 반응?

뭐가? 그 인간 여성 편력 알아서 뭐에 쓰게.

뭔가 있구먼.

귀신같은 지지배, 생각을 하며 유나는 인상을 찡그렸다.

십 년 가까이 사귄 사이였다. 게다가 유나보다는 눈치가 빠른 규림이기에 그녀에게 뭔가 숨기는 일은 불가능에 가까웠다.

별일 아냐.

별일 아니니까, 별일이네.

닥쳐.

ㅋㅋㅋ 이실직고해. 무슨 일이야.

유나는 잠시 고민했다. 카페에 앉아서 문자로 미주알고주알 털어놓기엔 그날 일은 복잡다단한 구석이 있었다. 기왕 말이 나온 김에 직접 만나기로 얘기가 나왔다. 규림은 출판사 미팅 약속이 있다며 저녁 늦게 유나의 빌라로 찾아가겠노라 답을 해왔다.

그랭. 그런데 싸가지는 뭐 해?

여전히 여자랑 얘기 중. 둘이 싸우는 것도 같고.

집에 데려온 여자는 울리고, 밖에서 만난 여자와는 싸운다니, 대체 어떻게 생겨먹은 종자인지 슬슬 궁금해졌다. 반면에 사실인지 꿈인지 모호한 간밤의 기억 속 모습은 그런 현실의 이미지와 자꾸만 충돌하고 있었다.

유나는 복잡한 마음으로 휴대폰을 내려놓고 다시 책을 펼쳤다. 하지만 글자가 좀처럼 눈에 들어오지 않았다. 억지로 집중을 해보려 노력해보아도 은근한 두통만 밀려올 뿐이었다.

결국 유나는 짐을 챙겨 자리에서 일어났다. 계산서를 들고 카운터로 향하자 기다리고 있던 현도가 POS 단말기 앞에서 그녀를 맞이했다.

"치즈 파이는 입에 맞지 않나 봐요?"

그녀의 자리에 절반 정도 남아 있는 파이 접시를 보며 그가 물었다.

"아니요. 그건 아니고, 머리가 좀 아파서."

"두통? 어디 안 좋아요?"

그는 걱정스러운 눈으로 그녀를 살폈다. 순간 유나는 묘한 기분이 들었다. 아무리 같은 동네에 사는 사람이라지만 보통 가게 손님에게 이렇게까지 대하나? 하지만 유나는 곧바로 그런 생각을 훌훌 털어버렸다.

'착각하지 마, 최유나. 그냥 고객 관리이고 사람 대 사람으로서 걱정해주는 거야. 봄날 여고생도 아니고 뭐 이런 거에 혹하고 그러니.'

걱정해주는 현도에게 별거 아니라 말하며 유나는 카드를 내밀었다.

카페를 나와 몇 걸음인가 걷노라니 등 뒤에서 문 열리는 소리와 함께 그녀를 부르는 목소리가 들렸다.

"최유나 씨?"

놀라서 뒤돌아보니 현도가 쫓아 나와 있었다. 순간 뭔가 가게에 빠뜨리고 나온 게 있나 싶어 유나가 소지품을 더듬는 사이 바로 앞까지 다가온 그가 무언가를 내밀었다.

"국화차예요. 두통에 좋다니까 집에 가서 드셔보세요."

큼지막한 사내의 손에 들린 쌈지를 한동안 바라보던 유나는 얼떨떨한 표정으로 물었다.

"이걸 왜 저한테……."

'이거 파는 물건이잖아요.'라는 질문이 목까지 치밀어 오르는 것을 유나는 간신히 억눌렀다. 그녀의 맘속에 자리한 천칭 위에선 조금 전 계산대 앞에서 잠시 스쳤던 생각이 착각은 아닐지도 모른다는 쪽에 저울추 하나가 더 올려졌다.

"부담 갖지 마세요. 오픈 행사로 나눠드리고 남은 거니까."

현도는 그렇게 말하며 그녀의 손을 잡아 펴더니 쌈지를 꼭 쥐여주었다. 길고 강인해 보이는 손가락들은 날달걀을 만지듯 조심스럽게 그녀의 손을 조종하고 있었다. 갑작스러운 일에 유나는 잠시 멍한 기분이 들었다. 다시 정신을 가다듬었을 때는 이미 집으로 가기 위해 횡단보도를 건너고 있었다. 손에는 보라색 쌈지가 둥그러니 자리하고 있었다. 문득 유나는 오늘 밤 규림을 만나서 해야 할 이야기가 늘어버렸다는 생각을 했다.

카페 판타즘의 베이커리를 담당하는 도지훈은 카운터로 들어오는 사장을 향해 핀잔을 주었다.

"또 발동 걸리신 겁니까?"

"발동이라니."

에스프레소 머신으로 다가가 스팀 노즐을 천으로 닦으며 현도는 무슨 말인지 모르겠다는 듯 흥얼거렸다.

"아까 아가씨요. 새로운 타깃으로 삼은 거냐고요."

"아니야."

"아니긴 뭐가 아닙니까. 그렇게 표가 나게 행동하시면서."

툴툴거리는 지훈이 재밌는 듯 흘끔거리며 현도가 말했다.

"네가 생각하는 그런 거 아니다."

"글쎄요."

"안 바빠? 손님들 기다리는데 이렇게 막 사장하고 노가리 까고 그러기야? 저기 봐. 우리가 노닥거리는 동안 도민이만 죽어라 뛰어댕기는 거."

정색을 하며 서빙 담당 도민을 턱으로 가리키는 현도의 대응에 지훈은 '후' 하고 한숨을 내쉬었다. 그의 말대로 도민은 손님 응대를 위해 플로어를 오가며 홀로 고군분투 중이었다. 헐거워진 머리 끈을 풀고 긴 머리를 다시 정리해 머리 뒤로 질끈 동여맨 지훈은 쿠킹용 백색 앞치마를 벗더니 도민을 돕기 위해 카운터 밖으로 나갔다. 현도는 개구쟁이 같은 웃음을 지으며 그런 두 사람을 흐뭇하게 바라보았다.

패스트푸드점에 마주 앉은 두 남녀 사이엔 긴장이 흐르고 있었다. 긴 머리에 섹시한 스타일의 여자와 큰 키에 이지적인 용모가 돋보이는 남자. 모르는 사람이 봤다면 사랑싸움을 하는 젊은 연인처럼 보였을지도 모르지만 남에게 들릴까 조심스럽게 주고받는 대화는 심상치 않은 내용이었다.

"나도 몰랐지. 그냥 조무래기 몇이 몰려다니는 거려니 했다고."

연희는 발개진 얼굴로 짜증을 내며 휘강에게 항변했다. 며칠 전 강신 빌라에서 있었던 사건 때문이었다. 사고를 치고 도망친 그녀를 일련의 사내들이 쫓아왔었다. 그리고 그 패거리들을 휘강이 처리하는 과정에서 문제가 발생했던 것이다.

"대체 어떤 인간을 건드렸기에 그런 놈들을 달고 다녀? 본격적으로 일을 벌이려고 그랬는지, 주변에 결계까지 쳐놓고 기다리고 있었다고."

"몰랐다고 말했잖아. 그냥 평범했어. 어느 동네나 서넛은 있을 것 같은 음흉한 노인네."

"평범하다라. 요즘은 평범의 기준이 상향 평준화되었나 보군."

휘강은 비꼬는 투로 말하며 프렌치프라이 하나를 집어먹었다. 평소에도 무뚝뚝하고 불친절한 성격의 그였지만 오늘은 더욱 무거운 기류가 흐르고 있었다.

"외부로 유인했기에 망정이지 하마터면 안가가 들통 날 뻔했다고. 세 놈 상대하느라 고생한 건 별개로 치더라도."

불편한 듯 왼편 어깨를 어루만지는 휘강의 행동에 연희도 참다못해 응수했다.

"참새 잡는 데 대포 안 쓴다던 게 누군데. 괜히 혼자서 똥폼 잡다가 다쳐놓고."

"뭐라고? 똥폼? 지금 네가 그런 소리 할 입장이라 생각하냐."

"알았어. 알았으니까, 작작 좀 하고 밥이나 먹자. 으휴, 그리고 간만에 외식인데 햄버거가 뭐냐. 이렇게 여자 맘을 몰라서 일은 어찌 하고 사나 몰라?"

다시 휘강의 눈썹이 치커 올라갔으나 더 이상 대꾸는 없었다. 타고난 매력과 세 치 혀로 남자를 희롱하고 등쳐먹는 게 재능인 상대였다. 말이 길어지면 길어질수록 자신만 손해라는 것을 그는 경험상 잘 알고 있었다.

"그래서, 들키진 않은 거지?"

한동안 햄버거를 오물거리며 조용하던 연희가 다시 그에게 질문을 던졌다.

"그런 것 같지는 않아. 그랬다면 벌써 뭐가 터져도 터졌겠지."

조금은 누그러진 휘강의 답에 연희는 아까와는 달리 진지한 목소리로 말했다.

"미안해. 정말 그런 놈이 끼어 있을 줄은 상상도 못 했어. 다음부터 조심할게."

"당분간은 너도 강신 빌라로 와 있어. 지금 하는 일도 일단은 접어두고."

"진짜? 그럼 오빠랑 같이 사는 건가."

휘강의 걱정에 금세 밝아진 연희가 애교스럽게 눈을 빛내며 그를 보았다.

"허튼소리 한다. 3층에 빈집 있어. 계약만 하면 바로 들어올 수 있으니 이사할 준비나 해."

"에이, 좋다 말았네. 그런데 오빠 혹시 저쪽 테이블에 앉은 여자 알아? 아까부터 우리 계속 훔쳐보고 있는데."

창밖을 바라보는 척하면서 손으론 휘강의 등 뒤를 가리키며 연희가 물었다. 그는 별일 아니라는 듯 휴지로 손을 닦으며 답했다.

"응, 주인집 아가씨 친구. 이런 데서 만나다니 우연이네. 그냥 모른 척해."

그런 둘의 대화를 알 리 없는 규림은 애써 태연을 가장하며 상대방 몰래 친구에게 문자로 상황을 중계하기에 여념이 없었다.

● ◍ ◔

유나는 달뜬 마음으로 강신 빌라를 향해 골목을 걷고 있었다. 판타즘 사장의 생각지도 못한 행동은 그녀의 맘을 싱숭생숭하게 만들었다. 돌이켜보면 그와는 고작 세 번 마주쳤을 뿐이었다. 하지만 그 순간들을 곱씹자니 별의별 생각이 다 떠올랐다.

그의 행동들은 단순히 고객 관리 차원에서의 친절이었을까? 아니면 남자로서 호감의 표시였을까? 그보다 자신은 현도란 남자를 어떻게 생각하고 있는가. 새삼 하나씩 따져보자면 그는 괜찮은 남자였다. 준수한 외모는 나름의 매력이 있었다. 선이 살아 있는 옷맵시와 살짝 내비치는 건장한 몸으로 짐작컨대 자기 관리에도 소홀하지 않은 사람이다. 앞으로가 기대되는 괜찮은 가게의 사장이고 서비스업종의 특성 때문인지 모르겠지만, 적어도 겉으로 내비치는 모습은 매너와 배려가 넘쳤다.

거기다가 중저음의 목소리 또한 마음을 끌어당기는 구석이 있었다. 어느 하나 빠지는 구석이 없는 사람, 아마도 누구나 첫인상에 좋은 점수를 줄 만한 남자일 것이다. 그리고 그런 남자의 친절은 상대로 하여금 쉽사리 착각을 불러일으키기 마련이다.

'그래. 착각이야, 착각. 애초에 무슨 건덕지가 있어야 썸이 생기는 거지. 그 사람하고 난 사장과 손님 그 이상도, 그 이하도 아니잖아? 그렇다고 내가…….'

유나는 멈추어 선 채 골목길 가장자리에 세워진 차창 위로 비친 자기 모습을 보았다. 오늘은 은행 업무를 보기 위해 외출한 터였다. 고데기로 대충 매만진 머리는 그럭저럭 자리를 잡고 있었다.

꽃무늬 주름 원피스는 지난 여름 창고 세일에서 3만 원에 산 것이긴 했지만 나름 메이커 제품이었다. 거기에 포인트만 강조한 화장까지 대충 꾸미고 나온 폼은 아주 못 봐줄 정도는 아니었다. 그렇다고 배현도 같은 남자가 첫눈에 반할 매력적인 모습이냐고 묻는다면 말문이 막힐 수밖에 없다. 순간 그녀의 뇌리에 무언가 떠올랐다.

"가만, 내 이름을 알려줬었나?"

분명 카페에서 쫓아 나왔을 때 현도는 그녀의 이름을 불렀었다.

'최유나 씨?'

하지만 아무리 생각해도 이전에 그에게 자신의 이름을 알려준 기억은 없었다. 그렇다면 어떻게 이름을 알았을까?

그제야 오늘 계산을 자신의 카드로 했었다는 것이 생각났다. 아마도 카드 정보의 이름을 확인했을 것이다. 그렇다는 건 그때 자신의 이름을 소리쳐 부른 게 한번 떠보려는 수작이었단 얘기다.

카드의 명의자가 정말 그녀인지. 이름을 불렀을 때 아무 말이 없다면 자신의 이름이란 것이고, 다른 명의로 된 카드였다면 어떻게든 의아한 반응을 보였을 테니까. 하지만 이름을 확인하고 싶어 굳이 국화차가 든 쌈지를 들고 나오는 연기를 했다는 걸까? 너무 과한 생각 같았다. 만약 그게 사실이라면 너무 선수 같은 느낌도 있었다.

복잡한 심정에 유나는 한숨을 내쉬며 하늘을 보았다. 무엇보다 혼란스러운 것은 그런 와중에 엉뚱한 인물이 자꾸만 마음 한구석에서 걸린다는 점이었다. 바로 강신 빌라 202호의 싸가지였다. 은휘강, 어째서 그가 자꾸만 생각이 나는 것인지 스스로도 알 길이 없었다.

　몇 년이나 같은 빌라에 건물주와 입주자로 함께 살아오고 있었지만 여태껏 별다른 감정을 느낀 적은 없었다. 하지만 기억이 뒤엉킨 그날 밤 이후로 그의 모습이 끊긴 필름의 파편처럼 순간순간 떠올랐다. 자신을 안아 올리는 모습, 그리고 자신을 내려다보던 슬픈 눈. 그것은 정말 현실의 기억일까? 문득 또 다른 기억의 조각이 망각의 수면 위로 올라왔다.

　'내 목소리를 따라와요.'

　그의 목소리였다. 감정이 실리지 않은 차갑고 건조한 목소리. 그 목소리가 자신의 귓가에 속삭이고 있었다. 하지만 그 말은 묘하게 따뜻했다. 단어 하나하나에 온기가 실린 듯. 아니면, 귓불을 간질이는 그의 숨결 때문일까?

　"어헛, 정신 차려!"

　유나는 고개를 세차게 흔들며 백일몽에서 깨어났다. 어느새 양 볼이 발갛게 달아올라 있었다. 대낮에 길 한가운데에서 민망한 환상에 빠져 들다니 이쯤이면 망상벽 수준이다. 아무래도 요즘 자신의 상태가 정상은 아닌 것 같았다.

　연애에 손을 놓고 산 기간이 너무 길어진 걸까? 억눌린 욕망이 괴상한 쪽으로 발현되는 건 아닌가. 걱정스레 맘을 다독이며 집으로 향하는 걸음을 재촉했다.

　집으로 돌아온 유나는 찬물로 샤워를 했다. 차곡차곡 몸에 쌓인 초여름 열기도, 눅진하게 들러붙은 땀도, 그리고 아마도 착각이나 망상에 가까울 혼란스러운 상념들도 차가운 기운에 모두 씻겨 내렸다.

　샤워를 마치고 나와 냉동고에 미리 넣어둔 보드카와 초코 아이스크림을 꺼냈다. 속내 모를 사내들에 대한 생각으로 복잡한 머릿속을 깔끔하게 비워버릴 요량이었다. 자리를 잡고 앉아 알코올과 당분을 원샷으로 털어 넣으며 티비를 보고 있으려니 초인종이 울렸다.

'이 시간에 누구지? 아, 맞다.'

그제야 낮에 카페에서 규림과 약속을 잡았다는 걸 떠올렸다. 지금 자신의 꼬라지를 규림이 보면 또 한 소리 하겠구나란 생각을 하면서도 유나는 비틀비틀 일어나 현관으로 향했다. 그 사이 다시 초인종이 울렸다.

"알았어. 나가, 나간당."

유나는 술에 취해 혀 짧은 소리를 내며 '철컥철컥' 자물쇠를 풀고 문을 열었다. 하지만 그것은 그녀의 실수였다. 문을 열고 내다본 순간 문 앞에서 그녀를 맞이한 것은 친구 규림이 아니었다.

"최유나 씨?"

거기엔 야구 모자를 깊이 눌러쓴 커다란 덩치의 사내가 버티고 있었다. 탁하고 음험한 목소리에서 심상치 않은 기운이 느껴졌다. 본능적으로 위험을 직감한 유나는 열었던 문을 도로 닫기 위해 문고리를 잡아당기려 했다. 하지만 남자 쪽이 한 박자 빨랐다. 문틈으로 들어온 두툼한 손은 다짜고짜 그녀의 멱살을 잡았다.

"꺅!"

제대로 저항도 해보지 못한 채 외마디 비명과 함께 그녀의 몸이 공중에 떠올랐다. 상대는 괴력의 소유자였다.

아무리 왜소한 체구의 여자라지만 한 팔만으로 그녀의 몸을 통째로 들어 올리는 일은 보통 힘으로는 불가능한 일이었다. 유나는 숨이 막혀왔다. 목을 잡고 있는 손을 풀어보려 잡아당겨 보고 할퀴어도 보았지만 소용이 없었다. 상대의 손은 마치 돌처럼 단단하고 강했다.

"드디어 찾았군."

그녀를 들어 올린 채 한 걸음 한 걸음 집 안으로 들어서며 사내가 읊조렸다. 마치 깊은 동굴 속에서 들려오는 듯 기이하게 울리는 목소리였다. 허공에서 발버둥 치던 유나의 손이 상대의 모자챙을 쳐내자 야구 모자가 벗겨지며 괴한의 얼굴이 드러났다.

기이하게 솟아오른 이마 아래로 화염처럼 시뻘건 빛을 띤 두 눈이 나타났다. 맙소사, 또다시 악몽의 시작인가 생각하며 유나는 방금 마신 보드카를 탓했다. 지난번 골목에서처럼 이번에도 환영인지 악몽인지를 보는 것이다. 이러다 또다시 정신을 잃고 기억이 뒤엉키겠지 생각했다. 하지만 한편에선 이 모든 것이 생생한 현실이란 생각이 들었다.

목을 죄어오는 힘, 숨조차 쉴 수 없는 갑갑함. 손바닥과 무릎에 남았던 생채기가 떠올랐다.

자신을 안아 올리던 휘강의 모습, 귓가에 속삭이던 그의 목소리, 그리고…….

순간 유나는 아이스크림을 퍼먹던 밥숟가락이 여전히 자기 손에 들려 있다는 것을 알았다. 더 깊이 생각할 것도 없이 유나는 숟가락 쥔 손을 앞으로 쑤욱 뻗었다.

"크아악!"

본능에 따른 갑작스러운 공격은 성공이었다. 숟가락은 곧장 괴한의 눈 밑을 파고들었다. 푹, 둥그런 숟가락 끝이 살점을 파고드는 기분 나쁜 감각이 손끝에 전해졌다.

순간 유나는 자신의 몸이 허공을 날고 있음을 알았다. 공격을 받은 괴한이 그녀의 몸을 집어던진 것이다. 거실 가운데 놓인 티 테이블 위로 요란한 소리와 함께 떨어진 유나는 끔찍한 통증이 온몸을 파고드는 것을 느꼈다. 하지만 덕분에 정신은 명료해졌다. 이 통증, 공포, 소리…… 모든 것이 현실이었다. 막혔던 기도가 뚫리며 '캑캑' 기침이 터져 나왔다.

"이년이 기어이 죽으려고!"

현관을 가로막고 선 괴한은 짐승처럼 울부짖으며 분노를 토해내고 있었다. 그리고 다음 순간 사내의 머리와 어깨가 부들부들 떨리는가 싶더니 점점 모양이 변하기 시작했다. 이마가 솟아오르고 광대와 턱뼈가 부글거리며 커졌다. 눈도 코도 입도 함께 커다랗게 벌어지며 얼굴 여기저기 뻣뻣한 털들이 솟아올랐다. 골목길에서 보았던 괴물의 형상이었다. 여전히 환상을 보고 있는 것인가, 아니면 모든 게 현실인가.

의심의 마음으로 혼란스러워하면서도 유나는 이 상황에서 도망칠 방법을 궁리해보았다. 그러나 딱히 떠오르는 것은 없었다. 유일한 탈출구인 현관을 상대가 가로막고 있었고 다른 방으로 피신한들 조금 전의 괴력을 생각하면 헛수고일 것 같았다.

무엇보다 바닥에 내던져진 충격으로 쇼크에 빠진 몸을 제대로 가눌 수가 없었다. 성큼성큼 자신을 향해 걸어오는 괴한의 모습은 점점 더 기괴하게 변해갔다. 입술 밖으로 비죽이 솟은 크고 날카로운 송곳니가 형광등 불빛을 반사하며 반짝였다.

'이대로 죽는구나.'

순간 유나는 체념하며 눈을 감았다. 이해가 가지 않았다.

불과 몇 시간 전만 하더라도 카페 사장이 자신에게 맘이 있는 건 아닌가를 고민하던 평범한 일상이었는데, 어째서 이런 기괴하고 끔찍한 악몽이 찾아든 것인지. 그르렁거리는 괴물의 숨소리는 점점 가까워졌다. 그리고 다음 순간 '큭' 하는 단말마와 함께 놈의 숨소리가 멎었다. 다시 눈을 떠보니 괴물은 바로 그녀의 발치까지 와서 멈추어 서 있었다. 그리고 괴물의 허리춤을 잡은 팔이 보였다.

"크르륵!"

외마디 울부짖음과 함께 괴물의 몸이 붕 떠오르며 옆으로 내던져졌다.

주방 쪽으로 날아간 괴물은 싱크대 위로 떨어지며 '와장창' 식기들을 박살 냈다. 유나는 멍한 상태로 눈앞에 펼쳐진 광경을 보았다. 괴물의 등장만으로도 황당함 그 자체였는데 상황은 또다시 급반전하고 있었다. 맹수를 연상시키는 거대한 괴물을 가볍게 내던지고선 그녀에게 다가와 손을 내밀고 있는 사람…… 그것은 바로 202호 총각 은휘강이었다.

"괜찮아?"

역시 모든 게 현실이었다.

외출을 나갔던 휘강은 연희와 함께 강신 빌라 근처에 다다를 무렵 심상치 않은 기운을 느꼈다. 올려다보니 빌라 주변으로 푸른빛의 기운이 스멀스멀 떠다니고 있었다. 불길한 신호였다.

"4층이야!"

그 말과 함께 휘강은 전력으로 달려나갔다. 연희 역시 당황스러운 표정으로 그의 뒤를 따랐다. 휘강은 한번에 네댓 개씩 껑충껑충 계단을 뛰어 올랐다. 순식간에 꼭대기 층에 도착한 그는 유나가 살고 있는 501호, 유나의 집 문이 활짝 열려 있는 것을 보았다. 앞뒤 생각할 것도 없이 훌쩍 그 안으로 뛰어든 휘강은 가장 먼저 눈에 뜨인 거대한 덩치의 허리를 뒤에서 감싸 안았다.

억센 털과 단단한 근육, 그리고 축사에서나 풍길 법한 역한 냄새가 느껴졌다. 정체를 감지하자마자 그는 다리를 엇갈리게 내딛으며 온 힘을 다해 상대를 내던졌다. 흉측한 괴물의 형상을 한 괴한은 그의 힘에 맥없이 날아갔다. 그러고 나자 거실 가운데 쓰러져 있는 유나의 모습이 보였다.

"괜찮아?"

휘강은 유나를 부축해 일으켰다. 크게 다친 곳은 없어 보였다. 갑작스러운 상황 때문인지 가벼운 쇼크에 빠진 듯 그녀는 덜덜 떨면서 제대로 대답을 못 하고 있었다. 그러나 길게 설명할 시간이 없었다.

이미 주방 쪽에서 부스럭부스럭, 상대가 몸을 추스르는 소리가 들렸기 때문이었다. 현관 쪽을 돌아보니 막 안으로 들어선 연희가 보였다.

"유나 씨 데리고 나가!"

연희에게 소리쳐 지시를 내리자마자 그는 주방의 괴한에게로 몸을 날렸다. 막 일어서려는 상대의 머리를 향해 무릎을 찍어 내렸다. 하지만 상대도 이번엔 채비를 갖추고 있었다. 팔을 들어 휘강의 공격을 막아내더니 그대로 그의 발목을 그러잡았다.

"크아악!"

괴성과 함께 놈은 그의 발목을 잡은 채 팔을 휘둘렀다. 결국 이번엔 휘강이 내던져졌다. 엄청난 기세로 날아간 몸이 콘크리트 벽과 부딪히며 커다란 소리를 냈다. 안으로 움푹 패인 벽지 사이로 부서진 콘크리트 조각이 후드득 떨어져 내렸다.

다음으로 괴물은 그 사이 유나를 데리고 나가려던 연희를 공격했다. 통나무 같은 두꺼운 팔로 쳐내자 아담한 연희의 몸은 순식간에 열린 현관문 밖으로 사라졌다. 다시 유나의 앞으로 와서 선 괴물은 고개를 쳐들고 길게 울부짖었다.

"쿠와아아아!"

"시끄러!"

어느샌가 다시 일어선 휘강이 기합과 함께 원목으로 만든 두꺼운 테이블을 몽둥이처럼 휘둘렀다.

괴물의 몸에 적중한 원목 테이블은 '쩍' 소리와 함께 두 동강이 났다. 괴물의 몸 역시 다시 허공을 갈랐다. 제법 지친 듯 '헉헉' 소리를 내며 휘강은 유나에게 말했다.

"화장실, 화장실로 피해. 거기라면 아직 버틸 수 있을 거야."

거실 안쪽에 자리한 화장실은 현관 반대편이라 괴물의 방해 없이 도망칠 수 있었다. 유나는 겨우 움직일 수 있게 된 몸을 가누며 일어섰다.

그 사이 휘강은 자신의 손가락을 깨물어 피를 냈다. 그러곤 반쪽짜리 테이블 상판에 피로 무언가 휘갈기기 시작했다. 거실 장식장에 가서 처박혔던 괴물은 마치 영화 속 터미네이터처럼 말짱한 꼴로 일어나 그들을 노려보고 있었다.

"어서!"

큰 소리로 유나를 재촉하며 휘강은 피로 휘갈긴 문양이 새겨진 테이블 상판을 방패처럼 한 손에 든 채 괴물에게 달려들었다. 유나는 기다시피 화장실로 향하면서도 흘끔흘끔 뒤를 살폈다.

거실 안에선 괴물과 휘강의 무시무시한 격투가 벌어지고 있었다. 괴물은 칼날처럼 날카로운 발톱을 휘두르며 휘강을 공격했고 그는 테이블 방패로 공격을 막아냈다. 간간이 반격을 시도했지만 아무래도 휘강 쪽이 열세인 것 같았다. 대체 이게 무슨 일인가 싶었지만 더 이상 고민할 여유는 없었다. 유나는 온 힘을 다해 화장실로 향했다.

연희는 비틀거리며 계단을 내려가고 있었다. 복도 계단으로 내던져지며 얼굴을 부딪힌 덕에 왼편 눈은 부어오르고 코에서는 피가 흐르기 시작했다.

위층 유나의 집에선 요란한 소리가 이어지며 싸움이 계속되고 있음을 알리고 있었다. 도저히 그녀가 끼어들 자리가 아니었다. 부상을 입은 몸으론 더더욱.

2층에 도착한 연희는 휘강의 집으로 들어가 작은 방으로 향했다. 그러고는 옷장 안 비밀 벽을 열어 거기에 걸린 칼 한 자루를 집어 들었다. 칼집을 벗기자 두 척이 채 되지 않는 크기의 칼이 황금빛을 발하며 부르르 떨렸다.

칼을 든 채로 빌라 밖으로 나온 연희는 4층을 향해 칼을 겨누었다. '찌르릉' 소리와 함께 그녀의 손 안에서 칼이 떨리기 시작하자 그녀는 온 힘을 다해 칼을 위로 던졌다.

간신히 화장실로 피신한 유나는 조심스럽게 문을 닫았다. 미처 불을 켜지 못한 화장실 안은 암흑처럼 캄캄했다. 그러나 비현실적인 괴물이 활개를 치는 바깥보다는 이쪽이 안전할 것 같았다. 닫히는 문 사이로 괴물과 대치 중인 휘강의 모습이 보였다.

퍽―!

연이은 공격 끝에 적의 주먹이 그의 얼굴을 옆쪽에서 정통으로 후려갈겼다. 유나는 저도 모르게 새어 나오는 비명을 억지로 집어삼켰다. 균형을 잃고 나자빠진 휘강은 그대로 바닥을 미끄러지다 벽에 부닥치고서야 멈추어 섰다.

"하찮구나!"

괴물은 포효하듯 소리치며 껄껄 기괴한 웃음을 내질렀다. 휘강은 벽에 기대어 앉은 채 충격으로 다리가 부러진 안경을 벗으며 쓴웃음을 지었다. 그러곤 낮은 목소리로 중얼거리듯 말했다.

"신세 지는 건 질색인데."

"뭐라고?"

그의 말에 의아한 듯 커다란 눈을 부라리며 괴물이 물었다. '끙' 소리를 내며 일어선 휘강은 부서진 안경을 바닥에 툭 던지고선 옷에 묻은 먼지를 털어내며 말했다.

"모처럼 제대로 할 맘이 난다고 했다."

휘강은 숙이고 있던 고개를 들어 적을 노려보았다. 순간 유나는 다시 한 번 자신의 눈을 의심할 수밖에 없었다. 안경을 벗은 휘강의 눈은 연갈색이 아닌 황금색으로 빛나고 있었다. 눈뿐만이 아니었다. 그의 머리카락 역시 서서히 화려한 금빛으로 물들기 시작했다. 이를 드러낸 채 미소를 지으며 그가 한 손을 옆으로 치켜들었다.

'끼이익', 마치 진공청소기처럼 주변의 공기가 그의 주변으로 몰려드는 느낌이 들었다. 그 기세에 살짝 열어둔 화장실의 문도 서서히 닫히기 시작했다. 문이 닫히기 직전 '와장창' 소리와 함께 바깥으로 통한 거실 창문이 깨지는 것이 보였다.

창문을 깨고 날아든 것은 역시나 황금색으로 빛나는 칼이었다. 자석이라도 붙은 듯 자신의 손으로 날아드는 칼의 손잡이를 잡아챈 휘강은 외마디 기합과 함께 적을 향해 칼을 휘두르며 나아갔다. 다음 순간 화장실 문은 완전히 닫히고 어둠이 유나의 사위를 감쌌다.

🌑 🌑 🌑

규림은 묵직한 봉투를 한 손에 덜렁이며 노래를 흥얼거렸다. 출판사와의 미팅은 순조로웠고 가을에 한국 땅을 벗어나겠다는 계획 역시 순조롭게 진행되고 있었다. 봉투 안에는 맥주와 안주 거리들이 가득했다.

오늘 밤엔 유나의 집에 머물며 밤을 지새울 생각이었다. 급한 마감도 없었고, 더불어 차후로 미루어둔 유나의 남자 이야기도 해야 했다.

은휘강의 이야기가 나올 적마다 정색을 하는 그녀였지만 오히려 그렇기에 규림 입장에선 둘 사이에 무슨 일이 있었는지 더욱 궁금했다. 저편에 강신 빌라가 보이는 골목에 들어섰을 때 규림은 낯익은 인물을 발견했다.

골목 맞은편에서 마주 걸어오고 있는 진주색 프린세스 드레스 차림의 여자는 분명 낮에 패스트푸드 가게에서 휘강과 함께 있었던 사람이었다. 하지만 그때와 달리 지금 여자의 꼴은 말이 아니었다.

원피스는 한쪽이 너덜너덜 해어져 있었고 얼굴 역시 왼편이 세게 얻어맞았는지 퉁퉁 부어 있었다. 한쪽 코는 휴지로 틀어막은 상태였다.

'누구한테 얻어맞은 건가? 설마, 휘강 씨한테? 그 인간 여자한테 주먹까지 휘두르는 거야? 나쁜 남자가 아니라 그냥 나쁜 놈이었구먼.'

그것은 그럴듯한 추측이었다. 여자는 강신 빌라 쪽에서 걸어오고 있었고, 얼굴의 상처는 생긴 지 오래 지나지 않아 보였다. 그리고 빌라에 그 여성과 연이 있는 사람은 규림이 아는 한 은휘강 하나뿐이었다. 휘강에 대한 실망과 함께 어서 이 사실을 유나에게 알려줘야겠다는 의무감이 일었다.

규림은 빌라로 향하는 걸음을 재촉했다. 거의 건물 앞에 도달했을 즈음, 그녀는 뭔가 심상치 않음을 느꼈다. 습관처럼 위를 올려다보니 5층 창문이 깨져 있는 게 보였다. 그리고 그 안에선 사람의 것이라 믿기지 않는 기괴한 비명이 새어 나오고 있었다.

"이게 무슨 일이야!"

그녀는 걱정스러운 얼굴로 호들갑을 떨며 전화기를 꺼내 들고 빌라 입구로 향했다. 순간 5층 창문 너머로 시커먼 물체가 아래로 떨어져 내렸다.

쾅―!

요란한 소리와 함께 주차장에 세워진 차량 위로 떨어진 것은 놀랍게도 사람이었다. 아래로 움푹 꺼진 차량 위에 대자로 드러누운 남자의 험상궂은 얼굴이 눈을 까뒤집은 채 그녀를 향하고 있었다.

"꺄아악!"

눈앞에 펼쳐진 끔찍한 광경을 목도한 규림은 외마디 비명과 함께 결국 혼절하고 말았다.

어둠은 차가운 물처럼 온몸을 감싸 안았다. 유나는 동그랗게 몸을 말고 무릎 사이에 얼굴을 묻었다. 그러자 검고 어두운 물속을 떠다니는 것 같은 기분이 들었다.

쿵, 쿵, 쿵.

어둠의 밖에선 낮고 무거운 진동이 느껴졌다.

거기엔 이 어둠보다 더욱 무서운 것이 있었다. 그녀는 아무것도 할 수 없었다. 발버둥을 친다 한들 이 어둠 속을 혼자 빠져나갈 수 없다는 것을 알고 있었다.

어둠을 벗어나면 보다 끔찍한 일이 벌어질 거란 걸 알고 있었다. 오로지 할 수 있는 것은 기다림이었다. 저 진동이 멈출 때까지, 이 어둠이 저절로 열릴 때까지.

얼마나 기다렸을까, 칠흑처럼 시커먼 공간 저편에서 따뜻한 온기가 느껴졌다. 그것은 점점 가까워졌고 그만큼 따뜻해졌다. 순간 검은 장막 가운데가 세로로 길게 벌어졌다.

그 사이로 하얀 불빛이 스며들었다. 눈이 부셔 유나는 눈을 가렸다. 이제 손만 뻗으면 닿을 만큼 가까워진 온기 너머로 낮고 친근한 목소리가 그녀를 불렀다.

"내 손 잡아, 유나야."

"아빠?"

그녀는 조심스럽게 손을 뻗었다. 그러자 따뜻하고 강인한 팔이 느껴졌다. 손을 마주 잡자 그녀의 몸은 쑥 어둠 밖으로 달려나갔다.

"울지 마. 다 끝났으니까."

그제야 유나는 자신이 울고 있다는 것을 알았다. 그것도 아이처럼 소리 내어 엉엉 울고 있었다. 억지로 울음을 멈추려 하자 딸꾹질이 이어졌다. 목소리는 그녀의 등을 살살 쓰다듬어주며 낮은 목소리로 말을 걸어왔다.

"진정해. 걱정할 것 없어."

유나는 고개를 들었다. 그제야 온기의 정체를 알 수 있었다. 은휘강이었다. 그는 걱정스러운 표정으로 그녀를 진정시키고 있었다. 문득 그의 눈이 아직도 희미하게 황금빛을 발하고 있음을 알았다.

"당신 눈이."

휘강은 피식 웃으며 눈을 내리깔았다.

"이상한가? 안경이 부서져서 말이야."

겨우 딸꾹질을 진정시킨 유나는 주위를 둘러보았다. 분명 자신의 집 화장실 앞이었다. 하지만 거실과 주방은 폭탄이라도 떨어진 듯 초토화가 되어 있었다. 싱크대와 진열장은 형체를 알아보기 힘들 정도로 박살이 났다.

티 테이블도 산산이 부서져 이제는 땔감으로밖엔 사용할 수 없을 것 같았다. 벽 여기저기엔 맹수의 발톱이 훑고 지나간 것 같은 날카로운 흔적이 남아 있었고, 군데군데 철퇴에 맞은 듯 움푹 들어간 곳도 보였다.

"도대체 어떻게 된 거죠?"

"내가 다 설명할게. 그 전에 일단은 급한 불부터 끄고."

휘강은 웅크리고 앉은 유나를 부축해 일으켰다. 그제야 유나는 거실 한쪽에 엉망으로 망가져 간신히 형체만 유지하고 있는 소파를 발견했다. 거기엔 익숙한 인물이 눈을 감은 채 누워 있었다. 그녀는 친구의 이름을 소리쳐 불렀다.

"규림아!"

당황한 유나의 어깨를 그러잡으며 휘강이 차분한 목소리로 설명했다.

"집 앞에서 발견했어. 잠깐 정신을 잃은 모양이야. 난 다시 나가서 확인할 게 있으니까 그동안 옆에서 지켜봐주겠어?"

그렇게 규림의 옆으로 조심스럽게 유나를 데려가 앉힌 휘강은 곧장 밖으로 나가버렸다. 팔걸이가 떨어져 나가고 없는 소파 끄트머리에 엉덩이를 걸치고 앉은 유나는 어지러운 머릿속을 정리했다.

가장 먼저 나흘 전 저녁의 일부터 짚고 넘어가야 할 것이다. 지금까지 꿈과 뒤섞였다고만 생각한 순간들이 어쩌면 모두 실제로 벌어진 일인지도 모른다. 둥그런 눈과 커다란 송곳니를 가진 괴물의 모습은 방금 전 그녀를 공격한 녀석과 비슷한 생김새였다. 그렇다면 그녀를 안아 올리고, 귓가에 말들을 속삭이던 휘강의 모습도 진짜일까.

정말 그가 괴물의 습격으로 정신을 잃은 그녀를 구해주고 집까지 데려왔던 것인가. 조금 전 그랬던 것처럼.

유나는 잠이라도 든 것처럼 조용히 눈을 감고 누워 있는 규림의 이마를 살짝 쓰다듬으며 흘러내린 머리카락을 정리해주었다. 저녁 약속 때문에 자신을 만나러 왔을 것이다. 그러다가 난데없는 소동에 휘말렸고 그 와중에 어떤 이유에서인지 기절을 한 것이다. 혹여 머리를 다친 건 아닌가 싶어 머리카락을 헤집으며 살펴보았다. 다행히 상처나 멍처럼 걱정스러운 흔적은 보이지 않았다.

"이게 다 무슨 일이라니."

아수라장이 되어버린 집 안을 둘러보며 그제야 유나는 긴 한숨을 내쉬었다.

빌라 밖으로 나온 휘강은 주변을 둘러보았다. 골목 저편 가로등 아래에 서 있던 연희가 그를 발견하곤 다가왔다. 퉁퉁 부어오른 얼굴엔 지친 기색이 역력했다.

"일단 진을 쳐서 감췄어. 이 이상은 나한테 무리야."

그녀의 말대로 괴한이 떨어져 박살이 난 자동차는 감쪽같이 사라지고 없었다. 금방의 소동에도 불구하고 이웃에선 동요하는 기색도 없었다.

휘강의 눈이 황금빛으로 반짝였다. 그러자 그의 눈에만 괴한의 시신과 자동차가 보였다.

"수고했어. 이제 내가 정리할 테니까 위로 올라가서 쉬고 있어."

"치, 신경 쓰는 척하시긴. 올라가서 보모 노릇하란 거잖아."

입술을 한껏 내민 채 투덜거리며 빌라로 올라가려는 그녀의 어깨를 휘강은 살포시 잡았다. 그러곤 돌려 세우더니 퉁퉁 부어오른 연희의 왼쪽 얼굴을 손바닥으로 천천히 쓰다듬었다. 그의 손이 닿은 부분이 금색으로 물들며 빛을 내는가 싶더니 상처가 씻은 듯 나아졌다.

치료를 마친 휘강이 그녀의 얼굴에서 손을 떼자 그동안 가만히 서 있던 연희는 괜히 짜증을 부리며 그를 밀어냈다.

"안 이러서도 내가 알아서 치료할 수 있거든!"

"여기 수습해준 데 대한 보답이야. 기브 앤 테이크."

여전히 무뚝뚝한 표정과 목소리로 설명하는 그의 태도에 연희는 샐쭉하며 돌아섰다.

4층으로 올라가니 여전히 열린 현관문 너머로 멍하니 앉아 있는 유나와 그 옆에 누워 있는 친구의 모습이 보였다. 유나는 또 다른 낯선 방문자를 잔뜩 경계하며 슬며시 자리에서 일어섰다.

"안심해요. 휘강 오빠 부탁으로 온 거니까. 아까 잠깐 봤었죠?"

상대의 차림을 살피던 유나는 그제야 '아' 하며 바보 도 트는 소리와 함께 고개를 끄덕였다. 괴물과의 난투 중 자신을 데려가려다 공격을 받고 밖으로 튀어나갔던 여자라는 걸 알아보았던 것이다.

짐짝처럼 수 미터를 날아가 계단참으로 떨어졌을 상대가 멀쩡한 얼굴로 나타난 게 신기했다. 하지만 유나는 그 부분은 더 깊게 생각지 않기로 했다. 그녀 역시 괴한이나 휘강처럼 기이한 인물이려니 생각할 뿐이었다.

"이렇게 된 거, 통성명이나 해요. 난 황연희."

옆으로 다가온 여자는 손을 내밀며 살갑게 말을 걸어왔다.

"최유나예요. 그런데 이게 다 뭐죠? 그쪽은 설명해줄 수 있나요?"

"휘강 오빠가 아무 말도 안 해줬어요?"

연희가 의외라는 듯 물었다.

"예, 나중에 설명할 테니 기다리라고만."

"으이그, 무뚝뚝하기는. 은근 게으르다니까, 휘강 오라버니. 알았어요, 음, 어디까지 이야길 해줘야 하려나. 그래, 그쪽이 물어봐요, 궁금한 게 있으면."

땅에 끌린 흔적과 핏자국으로 지저분한 원피스를 만지작거리며 연희가 말했다. 유나는 그런 상대의 모습을 유심히 살펴보며 어렵사리 질문을 꺼냈다.

"정체가 뭐예요, 당신들."

연희는 의미심장한 얼굴로 그런 유나의 눈을 들여다보았다.

"길게 늘어놓을 수도 있겠지만 알기 쉽게 한마디로 말할게요. 당신들 말을 빌자면 휘강 오빠나 나는 모두 요괴라는 족속이에요."

상상도 못 했던 답에 유나는 어안이 벙벙했다. 요괴라니, 요즘 세상에 듣기조차 힘든 단어였다. 게다가 눈앞의 여자도 그렇고 휘강도 그렇고 요괴란 단어와는 괴리감이 컸다.

유나의 입장에서 요괴라 하면 도마뱀 같은 생김새에 털이 숭숭하니 솟은 기괴한 모습이 먼저 떠올랐던 것이다.

그러고 보니 두 차례나 자신을 습격한 괴물들의 모양이야말로 요괴란 단어에 딱 들어맞았다.

"그럼 날 공격했던 것도 요괴인가요?"

"그래요. 우리하곤 입장이 좀 다른 처지이긴 하지만, 같은 요괴들이긴 하죠."

유나는 다시 머릿속이 복잡해졌다. 애초에 자신이 요괴라는 연희의 주장부터가 도무지 수용이 되질 않았다. 하지만 반대로 그동안 겪은 그들의 기이한 점들이 단번에 해명되는 주장이기도 했다. 황금색으로 빛나던 휘강의 눈이나 괴물에게 얻어맞고도 멀쩡한 연희의 모습 같은 것들은 인간의 범주를 벗어나 있었다.

"좋아요. 요괴라고 치고, 그럼 나를 공격했던 치들은 왜 그런 거죠? 평생 요괴의 '요' 자도 모르고 살았는데 어쩌다 일주일 사이에 두 번이나 공격을 받은 거냐고요."

"그건, 내가 설명해줄 수 있는 부분이 아니네요. 나도 사정을 잘 몰라서. 하지만 처음 사고 부분은 설명할 수 있어요. 그때는 내가 원인이었으니까."

"당신이요? 그러니까…… 음, 연희 씨라고 불러도 되죠?"

"편한 대로 불러요. 지난번 골목에서 유나 씨가 마주친 놈은 그쪽이 아니라 나를 쫓아왔던 패거리였어요. 그 과정에서 우연히 부닥쳤던 거죠."

그녀의 설명에 유나는 인상을 찌푸리며 잠시 생각을 정리했다.

"그러니까 연희 씨 말은, 그런 괴물이 살다보면 우연히 마주칠 수도 있고 그런다는 건가요? 하루에도 수백 명은 오가는 동네 골목길에서?"

"아, 그렇진 않아요. 이것도 설명하기 복잡하네. 나도 자세히 아는 바가 없어서."

연희는 뭔가 알고 있으면서도 특정 질문들은 애써 말을 돌리고 있었다. 유나는 답답한 마음이었지만 괜히 상대의 기분을 거스를 필요는 없다고 생각했기에 질문을 바꾸어보았다.

"그럼 당신하고 휘강이란 사람…… 아니지, 요괴? 아무튼, 둘은 무슨 사이죠? 아까부터 오빠라고 부르던데 남매 간이라도 되는 건가요?"

유나의 질문에 순간 연희는 웃음이 터졌다. 깔깔대며 소리 내어 한참을 폭소하던 그녀가 겨우 진정된 목소리로 답했다.

"아뇨, 남매라니. 휘강 오빠 들었으면 노발대발하겠네. 그냥 아는 사이랄까. 서로가 서로에게 신세 지고 사는 사이랄까? 그렇게만 알고 있으면 돼요."

"누가 누구한테 신세를 졌다는 거야?"

갑자기 끼어드는 목소리에 돌아보니 휘강이 현관문에 기대어 서서 연희를 흘겨보고 있었다.

그 사이 옷을 갈아입고 안경까지 새로 쓴 그는 유나가 이전에 익히 봐왔던 202호의 평범한 싸가지 주민이었다. 저 모습이 사실은 인간이 아니라 요괴라니, 역시나 얼른 와 닿지가 않는다.

휘강은 현관문을 닫고선 집 안을 둘러보며 말했다.

"보아하니 내가 없는 사이 저 녀석이 대강 털어놓은 모양이군."

"아냐. 난 진짜 기본적인 것만 알려줬어."

연희가 손을 흔들며 자신을 변호했다. 유나 역시 그런 그녀를 도왔다.

"맞아요. 제대로 된 설명은 아직 듣지 못했어요."

다시 자리에서 일어난 유나는 휘강 앞으로 걸어가 그와 마주 보고 섰다.

"사실대로 말해줘요. 왜 괴물이 우리 집까지 왔는지, 어떻게 내 이름까지 알고 있는지."

"정말 알아야겠어? 그걸? 모든 얘기를 듣고 나면 지금까지 알고 지내던 것과는 완전히 다른 세상을 살게 될 텐데도? 잘 생각해. 때론 알고도 모른 척 넘어가는 게 좋을 때도 있어."

차갑게 내뱉는 남자의 말에 유나는 외려 더욱 궁금증이 커졌다.

"이미 충분히 알아버린 거 같은데요."

"알겠어. 정 그렇다면야. 우리 정체에 대해선 이미 들은 것 같으니 건너뛰고. 우선 쳐들어온 놈들부터 얘기해야겠군. 두억시니라고, 흔히들 도깨비라 부르는 놈들이야."

"도깨비?"

유나는 얼떨떨한 표정으로 되물었다.

"그래. 하지만 직접 본 것처럼 동화책에 나오는 놈들하곤 달라. 강하고 포악한데다 위험하지. 우리 입장에서도 얽히고 싶지 않은 존재야."

"그런 도깨비가 왜 우리 집 근처를 서성이는 거죠?"

휘강은 그녀를 도로 소파에 앉히더니 자신도 잔해 더미 속에 뒤집어져 있던 의자 하나를 끌고 와 걸터앉으며 말했다.

"이 집, 그러니까 강신 빌라 때문이지. 돌아가신 당신 아버지는 무속이나 풍수에 관심이 많았어. 그건 알고 있지?"

유나는 말없이 고개만 끄덕였다.

"이 건물도 여러 가지 조건을 살펴서 지어진 거야. 흔히 말하는 명당이지. 하지만 사람보다는 우리 같은 존재에게 유용한 명당이라는 게 문제야. 여기를 차지하면 보다 강해질 수 있다는 상징적인 장소란 거지. 영력을 가진 존재라면 누구나 탐낼 만한 곳. 그동안은 결계를 쳐서 감추고 있었지만 최근 들어 보호 장치들의 힘이 약해졌나 봐. 게다가 며칠 전에 저 녀석이 불청객들을 끌어들이는 바람에……."

연희는 자신을 향한 휘강의 시선을 애써 피하며 딴청을 부렸다.

"놈들에게 들통이 난 거야. 그때는 어찌 넘어갔지만 결국 오늘 다시 공격을 받은 거지."

유나는 이해가 가지 않았다. 요괴들을 위한 명당이라니, 게다가 고작 그런 이유로 이런 난리를 피우다니. 그 외에도 여전히 제대로 설명되지 않는 부분은 남아 있었다.

"그럼 당신들을 공격할 일이지 왜 나를 노린 거죠. 내 이름은 어떻게 알아낸 거고?"

"본인이 건물주잖아. 동에서 서류만 떼어보아도 이름은 알아볼 수 있었겠지. 집주인이 어디 사는지도 여기 사는 사람이나 부동산 업자 아무나 붙들고 물어보면 될 일이고."

이번 설명은 유나도 수긍할 수밖에 없었다. 그것은 요괴니 도깨비 니 하는 앞선 이야기보다는 꽤나 현실적인 설명이었다.

"곧장 여기로 올라온 것은 잘은 모르겠지만 아마도 협박을 하기 위해서였을 거야. 당신을 협박해서 건물의 권리를 넘기게 할 생각이 었겠지. 아니면 아예 죽여버리고 가짜를 내세워 자기들이 차지해 버 리거나."

"그게 가능해요?"

"저놈들은 막 나가는 조폭 정도로 생각하면 편해. 생각하는 거나 행동 양식이나 크게 다르지 않으니까. 어떤 식으로든 이 건물의 법 적 권리를 저놈들이 차지하고 나면 나로서도 사실 별다른 수가 없 어. 요괴도 일정 부분 인간들의 규칙에 얽매여 살거든."

"결국 난 고래 싸움에 등 터진 새우란 얘기네요."

맥 빠진 얼굴로 유나는 고개를 푹 숙였다.

"미안한 얘기지만 적절한 비유네. 그래도 고래 한 마리는 새우 편 이란 건 알아줘. 이렇게 까발려진 마당에 우리로선 유나 씨의 도움 이 필요하니까."

도움이라니, 건물에서 쫓아내지 말아달란 이야기일까? 아니면 다 른 이에게 함부로 권리를 넘기지 말라거나? 담보 대출 비율을 줄여 달라는 부탁을 하려는 건지도 모른다. 유나는 또 다른 궁금증에 대 해 그에게 물어보려 했다. 하지만 막 입을 떼려는 순간 누워 있던 규림이 '끄응' 신음을 내며 몸을 뒤척이기 시작했다.

"규림아, 정신 들어?"

"어, 유나야. 여기가 어디야."

자력으로 소파에서 일어나 앉은 규림은 혼이 빠져나간 것 같은 표정으로 주변을 둘러보더니 뒤이어 함께 마주 앉은 휘강과 연희의 얼굴을 확인했다. 그러더니 곧 그녀의 얼굴이 다시 하얗게 질리며 사색이 되었다.

"어떻게 된 거야? 유나야, 이 사람들 여기서 뭐 하는 거야? 집은 왜 이 모양이고. 그리고 아까, 아까 여기 앞에서 올라오려고 하는데 너네 집 창문에서 사람이…… 자동차 위로 떨어졌는데…… 피가, 눈도 뒤집어지고……. 그 사람 아마도……. 진짜 무슨 일이야, 이게."

횡설수설하며 유나의 팔을 잡고 바들거리는 규림을 지켜보던 휘강은 의자에서 일어나 그녀 앞으로 가서 무릎을 꿇고 앉았다. 그의 접근에 흠칫 놀란 규림이었지만 별다른 저항은 하지 못했다. 이미 잔뜩 겁에 질려 제대로 된 상황 판단을 하지 못하고 있는 듯 보였다. 그런 규림의 어깨에 조심스럽게 손을 얹은 휘강은 살며시 그녀를 껴안으며 귓가에 속삭였다.

"침착하고, 이제부터 내 목소리를 들어요. 그리고 내 목소리만 따라와요."

그러자 사시나무 떨듯 하던 규림의 발작이 진정되었다. 그녀의 사지가 축 늘어지더니 눈은 초점을 잃은 채 멍하니 허공을 향했다. 그것은 일종의 최면 상태에 빠진 것처럼 보였다. 그 모습을 보던 유나는 문득 흐릿하던 기억의 조각들이 하나하나 선명해지며 이어지는 것을 느꼈다.

"유나 씨 집에 도둑이 들었어요. 그리고 범행 도중에 유나 씨가 돌아왔고요. 놀란 범인은 창문으로 도주했고, 그 모습을 당신이 목격했어요. 저와 경찰이 추적해서 범인을 잡았으니 이제 더 이상 걱정할 일은 없어요. 알겠죠?"

그의 이야기를 듣던 규림이 넋이 나간 표정으로 고개를 끄덕거렸다. 휘강은 희미하게 황금색으로 빛나는 손가락 끝을 그녀의 이마에 가져가 글자 같은 것을 허공에 휘갈겼다.

그렇게 잠시의 시간이 지나자 규림의 눈빛에 다시 생기가 돌며 의식이 되돌아오는 것을 느낄 수 있었다. 그러곤 자연스럽게 유나를 보면서 입을 열었다.

"유나야, 괜찮아? 진짜 집 안 꼴이 이게 뭐래니. 도둑질을 할 거면 좀 얌전하게 털어가지. 걸려도 아주 더러운 놈한테 걸렸네."

유나는 별다른 말없이 "응, 그래."라며 단답형으로 답했다. 거짓말처럼 규림은 휘강의 암시를 곧이곧대로 믿고 있었다. 심지어 휘강에게 범인을 잡아줘 감사하다며 꾸벅 인사까지 하는 친구의 모습을 유나는 착잡한 심정으로 바라볼 수밖에 없었다.

밤이 깊었다. 규림은 다시 집으로 되돌아갔다. 이런 아수라장에서 어떻게 지내냐며 일단은 자기 집으로 함께 가자고 유나를 잡아 끌기도 했지만, 휘강의 설득으로 결국 그녀 혼자 귀가하는 쪽으로 맘을 돌렸다.

거실과 주방은 엉망이었지만 현관에서 떨어진 안쪽 침실은 멀쩡했다. 자기 집에서 자겠다는 유나의 말에 휘강은 할 수 없다는 듯 고개를 끄덕이며 오늘 하루는 연희와 함께 지내라고 했다.

"보기엔 못 미더워도 없는 것보단 나을 거야."

침실 주변에 임시로 보호부를 붙이며 휘강이 말했다. 그 말이 거슬리지 않는지 연희는 피식 웃고는 유나에게 팔짱을 끼며 친한 척을 했다.

"그럼 오늘은 유나 씨랑 같이 자는 건가? 혹시 내가 요괴라고 신경 쓰이거나 불편한 건 아니죠?"

"아니에요. 연희 씨는 전혀 그렇게 안 보이는걸요. 요괴란 단어도 아직 딱히 와 닿지 않고. 혼자 자는 것보다야 누구라도 함께 있는 쪽이 좋을지도 모르겠네요."

"긍정적이구나. 좋아요, 그런 태도."

눈초리가 길게 이어져 유혹적으로 보이는 눈웃음으로 연희는 유나를 격려했다.

"난 집에 가 있을게. 여차하면 바로 튀어올 수 있으니 걱정 말고 푹 쉬어요."

휘강도 그녀를 안심시키며 밤 인사와 함께 2층으로 내려갔다. 하지만 연희와 함께 침대에 눕고서도 유나는 한참을 뒤척이며 잠을 설쳐야 했다.

차라리 모든 게 꿈이었으면 좋을 것 같았다. 침대에 누웠다 깨면 집으로 쳐들어온 도깨비도, 엉망이 되어버린 거실도, 휘강과 연희의 정체에 대한 고백도 모두 없던 일이 되었으면 하고 바랐다.

그렇게 유나의 25년 인생에서 가장 기이한 하루가 지나가고 있었다.

Chapter 4
웰컴 투 더 요괴 월드

　살다보면 누구나 한 번쯤은 아침에 눈을 뜨며 아쉬움에 한숨지을 때가 있다. 여느 때와 다름없는 하루가 시작되었다는 것에, 간밤 자신의 바람이 이루어지지 않았음에, 끔찍한 현실이 바뀌지 않고 그대로 자기 앞에 버티고 있음에 대해서 말이다.

　창틈으로 새어드는 햇살에 눈을 뜬 유나도 같은 생각을 하고 있었다. 자고 일어나면 모든 게 제자리를 찾아갈 것만 같았던 바람과 달리, 아침에 눈을 뜬 그녀를 가장 먼저 맞이한 것은 옆자리에 누워 쌔근거리며 자고 있는 연희의 모습이었다.

　도깨비와의 싸움 끝에 너덜너덜해진 외출복을 벗고 유나의 수면복으로 갈아입은 그녀는 화장을 지워서인지 지난밤에 본 이미지보다 훨씬 앳돼 보였다. 옆으로 긴 홑꺼풀 눈, 짙고 우아한 눈썹, 도톰한 버선코에 아담한 입술까지. 어제는 경황이 없어서 몰랐지만 가만히 보고 있자니 고전미가 느껴지는 미인이었다. 이런 얼굴로 요괴라니, 당치도 않다는 생각이 들었다. 어제 들었던 모든 이야기가 거짓일지도 모른다는 생각을 잠시 해보았다. 하지만 그러기엔 그녀의 눈으로 직접 목격한 증거들이 너무 많았다. 거실로 나가보니 현실은 더욱 또렷한 모습으로 다가왔다.

"이건 대체 누굴 불러야 하는 거야."

쓰레기 하치장이나 건물 철거 현장을 연상시키는 거실을 힘없이 바라보며 그녀는 중얼거렸다. 두꺼운 고무 슬리퍼를 화장실에서 꺼내와 신은 유나는 조심스럽게 거실과 주방의 잔해를 헤집어보았다.

말 그대로 박살이 나버린 가구와 집기는 건질 만한 것이 거의 없었다. 괴물의 손톱에 깊이 팬 벽이나 기둥도 보수가 필요해 보였다.

하지만 업자를 부른들 어쩌다 그렇게 파손이 되었는지 설명할 생각에 암담해졌다. 한때 거실 장식장이었던 합판 더미들을 들추던 유나의 손길이 잠시 멈추는가 싶더니 그 안에서 무언가를 조심스럽게 꺼내 들었다. 부적이었다. 낡고 바래져 만지면 부서질 것만 같은 부적. 눈에 보이는 것들은 이미 유나가 손수 떼어버린 터였다. 아마도 진열장과 벽 사이 보이지 않는 구석에 붙어 있던 부적인 모양이었다.

문득 어제 휘강이 했던 말이 떠올랐다. 그동안 악한 요괴들로부터 이 집을 지키는 결계가 약해졌다는 이야기. 어쩌면 이 부적들도 그런 목적이었던 건 아닐까란 의심이 들었다.

"일찍 일어났네."

어느샌가 열린 현관문으로 휘강이 들어왔다. 바디 라인이 적당히 드러나는 타이트한 핏의 와이셔츠에 청바지 차림이 역시나 제법 폼이 난다.

붉은색 뿔테 너머 보이는 옅은 갈색의 눈도 전과 달리 묘한 기운이 느껴졌다. 자신을 뚫어져라 살피는 유나의 시선을 의식했는지 휘강은 불편한 내색을 비쳤다.

"뭘 그렇게 쳐다봐. 아직도 내 말이 믿어지지 않나?"

괜히 겸연쩍어진 그녀는 다른 곳으로 시선을 돌리며 툴툴거렸다.

"이 나이에 요괴니 도깨비니 하는 이야기를 한 번에 덜컥 믿는 것도 문제라고요."

"연희는?"

"아직 자고 있어요. 그나저나 이건 그쪽이 다 처리해주는 거죠?"

유나는 엉망진창이 되어버린 집 안을 손으로 가리키며 물었다.

"하지만 당장은 힘들어. 조금만 기다려주면 어떻게든 복구할게."

"요괴라면서 요술이나 도술 같은 건 못 써요? 손가락 한 번 튕기면 모두 원래대로 되돌아 간다거나."

"진심으로 묻는 거야? 그런 건 동화책이나 애들 보는 만화에서나 나오는 이야기야. 몇 가지 술법을 부릴 줄은 알지만 전지전능은 아니라고. 그런 게 가능했으면 어제 망가진 연희의 옷이나 내 안경부터 고쳤겠지."

그렇게 말하며 자신의 안경을 괜히 한번 밀어 올리는 휘강이었다. 유나가 듣기에도 타당한 반론이었다. 그녀는 실망한 기색을 감출 수 없었다.

"지난번 골목길에서 날 구해주었을 적에도 그랬던 거죠?"

"그러다니, 뭘?"

"어제 규림이에게 했던 거 말이에요. 나한테도 그렇게 최면을 걸어서 기억을 지웠던 거죠? 덕분에 기억이 꼬여서 나만 바보 됐던 것이고. 나중에 우리 집으로 신발 가져다준 것도 제대로 최면이 걸렸나 확인하려던 거였어. 내 말이 맞죠?"

"당신 기억을 조작한 게 나란 건 맞아."

"역시 그랬어. 집수리는 못해도 그런 건 가능한가 보네요."

"별 볼일 없는 능력 중 하나지."

그의 말에 유나는 코웃음을 쳤다.

"그러게요. 정말 별 볼일 없는 능력이네. 그날 일 이젠 거의 다 기억나거든요. 규림이도 이렇게 되면 어쩔 거죠? 그때마다 다시 기억을 지워야 하나?"

"그건 당신이 특이 케이스인 거야. 보통은 그렇게 쉽게 풀리는 술법이 아니라고."

"이것마저 내 탓이란 건가요? 내가 특이해서 그렇다고. 참 편리한 변명이네요. 어설픈 기술로 사람 머릿속 헤집고 다니면 즐거워요? 당하는 사람 입장은 생각 않느냐고요?"

어느샌가 곁으로 다가온 휘강이 그녀의 어깨를 감싸 쥐었다. 바싹 붙어 서자 그의 얼굴이 바로 그녀의 코앞까지 다가왔다. 안경 너머 감정이 느껴지지 않는 차가운 연갈색 눈동자가 가만히 유나를 응시했다. 가까이에서 보니 안경으로 가렸음에도 눈동자는 약하게나마 빛을 발하고 있었다.

"왜 이래요?"

유나는 그의 시선을 회피하며 손아귀에서 벗어나려 몸을 비틀었다. 하지만 소용없는 일이었다. 그의 팔은 보기와 달리 강철처럼 억세고, 유나 본인도 어쩐 일인지 마음처럼 힘을 쓸 수가 없었다.

"하나는 확실히 하지. 당신은 특별해. 이 건물만큼이나. 그 사실을 알게 된다면 아마 놈들도 나중엔 건물이 아니라 최유나 개인을

132

노릴지도 몰라. 앞으로는 더욱 위험해질지도 모른다고."

갑작스러운 얘기였다. 무덤덤하게 털어놓고 있었지만 그의 말이 진심이란 것을 유나는 알 수 있었다. 때문에 두려웠다. 어제 일만으로도 감당할 수가 없는 지경인데 이보다 더 심각해질지도 모른다니.

"그래서 내 기억을 지우지 않는 건가요? 앞으로 벌어질지도 모를 일들에 대비하려고."

"아니, 어차피 소용없을 거란 걸 알았으니까 그런 것뿐이야."

잡았던 팔을 다시 풀어주며 휘강은 살짝 옆으로 돌아섰다.

"이게 뭐야. 차라리 다 잊어버렸으면 좋겠어! 어제의 일도, 이 집도, 당신들도."

유나는 결국 참았던 감정을 터뜨렸다. 3년간 정들었던 집과 물건들은 산산조각이 나버렸다. 평범하고 지루하지만 그래도 나쁘지 않았던 일상도, 친구에 대한 신의도 모두 망가졌다.

그리고 그의 한마디에 앞으로의 미래 역시 무너지기 시작했다. 자신의 의지와는 상관없이 망가져가는 것들 앞에서 아무것도 할 수 없다는 무력함에 유나는 스스로가 한없이 초라하고 슬퍼졌다.

그런 그녀를 옆에서 지켜보던 휘강은 오른손 엄지와 중지로 관자놀이 근처를 문지르며 평소보다 느린 속도로 이야기를 꺼냈다.

"아래에서 기다릴게. 얼른 준비하고 나와. 함께 갈 곳이 있어."

그 말만을 던져놓고 휘강은 이번에도 혼자서 훌쩍 밖으로 나가버렸다. 유나는 그 뒷모습을 바라보며 괜한 원망을 던졌다.

'너, 할 말만 던져놓고 나가면 다냐? 내가 가기 싫다면 어쩔 건데. 내가 가라면 가고 오라면 오는 꼬붕이야? 요괴든 요괴 할애비든 저렇게 싹퉁머리가 없어서 어디 써먹겠어!'

그리고 20분 후, 유나는 간편한 외출복으로 갈아입고 빌라를 나섰다. 건물 주변은 전혀 달라진 게 없었다. 올려다보니 박살이 났던 거실 창문도 말끔히 고쳐져 있었다.

신기한 일이다. 조금 전 집 안에서 보았을 적만 해도 창문은 깨진 상태 그대로였던 것이다. 아마 저것 역시 결계인지 방진인지 하는 술수로 헛것이 보이게 만든 게 아닐까 막연히 짐작했다.

"타. 차로 가야 하니까."

집 앞에 세워져 있던 세단의 운전석 창문이 내려가더니 운전대를 잡은 휘강이 그녀를 불렀다. 유나가 조수석에 올라타자 차는 곧장 움직이기 시작했다. 자칭 요괴란 작자가 최신 세단을 운전하는 모습은 어딘지 모르게 묘한 구석이 있었다.

"어디로 가는 거예요?"

"어제 말했지? 결계를 복구해야 한다고. 그래서 도움이 필요해."

"우리 집에 아빠가 붙였던 부적들, 결계랑 관계가 있나요?"

잔해 속에서 꺼낸 부적을 떠올리며 유나가 물었다.

"그래. 아마 대부분이 항마부였을 거야. 악귀로부터 집을 보호하기 위한. 바깥 결계와 집 안의 부적, 2중 보호 장치 같은 거지."

"그럼 아빠는 당신들에 대해서도 알고 있었겠네요."

다음 질문엔 답이 없었다. 휘강은 말없이 운전에만 몰두할 뿐이었다. 그렇게 대답하기 힘든 질문인가? 아니면 단순히 대답하기 귀찮은 걸까? 유나는 궁금했다.

둘의 침묵이 길어지자 그녀가 다시 질문을 던졌다.

"같은 요괴이면서 당신이나 연희 씨는 왜 나를 해치고 빌라를 빼앗지 않았죠?"

"뉴스를 보니까, 어떤 여자가 보험금을 노리고 동거인을 살해했더군. 빌려간 돈을 갚지 않는다고 이웃을 때려 죽인 아줌마도 있었고. 그런데 왜 당신이나 작가 친구는 남을 죽이거나 하지 않지?"

휘강의 뜬금없는 질문에 유나는 피식 웃었다.

"무슨 얘긴지 알겠어요."

"대부분의 요괴들은 인간과의 공존을 원해. 가끔은 얄미운 인간을 속이거나 골탕을 먹이고 겁을 주기도 하지만 직접적으로 폭력을 행사하거나 악독한 술법을 거는 일은 하지 않지. 개중 아주 일부만 강경한 노선을 택하고 있을 뿐이야. 힘과 능력으로 인간들을 제압해서 사리를 채우려는 녀석들 말이야."

"그럼 도깨비들이 다시 쳐들어올까요? 당신 말대로라면 벌써 소문이 퍼졌을 거 아니에요."

"그렇진 않아. 강경파 놈들은 조직력 하나는 알아주거든. 빌라에 관한 정보가 샌 거라면 어제처럼 단신으로 쫄레쫄레 오진 않았을 거야. 아마도 우연한 발견이었겠지."

"두 번이나 연속해서 같은 일이 일어났으면 우연은 아니지 않나."

"처음엔 빌라가 아니라 연희를 쫓았던 거야. 녀석이 사고를 친 게 있어서 말이지. 두 번째는 좀 더 알아봐야겠지만 처음 왔던 패거리와 관계가 있을 거야. 선발대가 당했다는 얘기에 확인을 위해 들러 본 거겠지."

그의 설명에도 유나는 왠지 께름칙한 기분을 떨쳐낼 수 없었다. 콕 집어 말하긴 힘들지만 휘강의 설명은 뭔가 부족했다.

그 사이 차는 좁은 골목길을 지나더니 한적한 산길로 접어들었다. 대낮임에도 숲 그늘로 어두침침한 데다 인적마저 끊긴 주변 풍경에 유나는 으스스한 기분이 들었다.

"대체 여기가 어디야?"

"만나야 할 사람이 있어. 다 왔네. 저기 보이지."

휘강이 손으로 가리키는 곳엔 굉장히 오래되었음 직한 한옥 한 채가 덩그러니 산 아래 자리하고 있었다. 역시나 기와를 올려 만든 예스러운 대문 옆에는 오색의 천을 묶어 만든 깃발이 걸린 장죽이 비스듬히 기울어져 있었다. 그제야 유나는 이곳이 뭐 하는 곳인지 알아챘다.

"무당? 지금 무당 만나러 온 거예요?"

휘강은 무당 집 앞에 조용히 차를 세웠다.

"나와. 같이 들어가자."

"아니 무슨 요괴가 자기 발로 무당을 찾아와."

황당하다는 듯 읊조리면서도 유나 역시 마지못해 차에서 내려 그의 뒤를 따랐다. 나무로 만든 고풍스러운 대문을 지나 마당으로 들어서니 나무살에 창호를 바른 안방 문이 벌컥 열리며 사람 머리 하나가 스르륵 나타났다.

염색을 한 듯 새카만 머리와 대조적으로 얼굴엔 주름이 자글자글한 노파였다. 나이에 걸맞지 않는 요란스러운 눈 화장과 은근히 느껴지는 귀기로 보아 이 집의 주인이자 무당인 듯 보였다. 노파는 방문자를 내다보다 휘강을 발견하더니 안색이 확 바뀌며 헐레벌떡 일어나 대청으로 달려 나왔다.

"아이고, 장군님 오셨습니까."

다짜고짜 마루에 엎드려 휘강을 향해 큰절을 올린 노파는 버선발로 마당까지 걸어 내려오더니 다시 그에게 꾸벅 목례를 했다. 칠순은 되었음 직한 할머니가 장군님을 연발하며 새파랗게 젊은 사내에게 절을 올리는 모습에 유나는 웃음이 터질 것만 같았다.

"그동안 잘 지내셨는가?"

결정타는 휘강이었다. 사극에서나 나올 법한 톤으로 노파에게 맞장구를 쳐주는 모습에 유나는 더 이상 참지 못하고 '풉' 소리를 내며 참았던 웃음을 뿜어내듯 짧게 내뱉고 말았다. 그 모습이 고까웠는지 휘강을 대청으로 안내하던 노파 무당은 흘끔 뒤를 돌아 매섭게 그녀를 노려보았다.

"네년은 뭐기에 감히 장군님 앞에서 실례를 저지르느냐."

말라비틀어진 꼬부랑 할머니라지만 역시 진짜배기 무당은 뭔가 달랐다. 눈을 부릅뜨고 호통을 치니 그 모습과 우렁찬 소리에 유나는 순간 오금이 저렸다. 비질비질 새어 나오던 웃음도 단번에 쑥 들어갔다.

"그러지 마시게. 내가 신세를 지고 있는 사람일세."

"아이고, 장군님이 어찌 저런 애송이에게 신세를 진단 말입니까."

그의 말에 무당은 연신 고개를 조아리며 당황스러워했다. 그런 그녀의 어깨를 다독이며 가까이 다가선 휘강은 한껏 목소리를 낮춰 유나에게 들리지 않게 조아렸다.

"강신 빌라 최 씨의 딸일세."

무당은 충격적인 소식이라도 들은 사람처럼 입을 반쯤 벌린 채 흔들리는 눈으로 유나를 보았다. 그러곤 다시 휘강의 눈치를 살피는가 싶더니 이내 눈썹을 팔자로 만들며 애처로운 한숨을 내쉬었다.

"업일세, 업이야. 장군님 안색이 상하셨다 싶더니."

영문을 모를 말에 유나는 코끝을 실룩거리며 둘의 눈치를 살필 뿐이었다.

"괜한 소리. 그보다 오늘은 자네에게 부탁이 있어 왔네만."

"아이고, 눈치 없이. 어서 안으로 들어가시지요."

그리하여 세 사람은 신당이 마련된 안채로 들어갔다. 여느 무당 집처럼 방 안은 화려한 색으로 치장되어 있었다.

벽을 따라 옛날 갑옷을 입고 큰 눈을 부라리는 인물화가 붙어 있었고, 붉은 천을 씌운 탁자 위엔 과일, 떡 등이 담긴 접시와 종이꽃들이 놓여 있었다. 휘강을 상석에 앉히고 자신은 유나와 나란히 마주 앉은 무당은 제단 아래 쪽 미니 냉장고에서 음료수를 꺼내 내밀었다.

"소개가 늦었네. 여긴 강신 빌라 주인인 최유나. 그리고 이쪽은 한옥화 만신."

"편히 옥화라 부르시게."

휘강의 소개로 유나는 옥화라는 노파와 가벼운 목례를 나누었다. 무당, 만신, 무녀…… 뭐라고 불러도 좋을 노파는 인사가 끝나자 다시금 본론으로 이야기를 돌렸다.

"그래서, 무슨 도움이 필요하신지."

"강신 빌라의 결계를 손봐야 할 것 같아. 최근에 침입이 있었네."

"그러고 보니 거기 줄을 친 것이 벌써 5년도 더 전이군요. 보수를 할 시점이긴 하지요. 하지만 침입이라니, 대체 어떤 잡신이."

"두억시니였네. 그것도 아주 강한."

휘강의 얘기에 무당은 역시나라는 듯 혀를 차며 고개를 주억거렸다. 이후에도 유나로선 맥락을 알 길 없는 이야기가 둘 사이에 한동안 이어졌다.

마침내 얘기가 끝나고 자리에서 일어난 일행은 다시금 대청으로 나갔다. 무녀는 다소곳한 자세로 휘강을 배웅하며 말했다.

"준비할 시간이 필요하니, 사흘 후에 빌라로 찾아뵙겠습니다."

휘강은 노파의 손을 끌어당겨 양손으로 살포시 쥐며 말했다.

"알겠네. 애써주는데 달리 보답할 길이 없어서 미안하네."

"그런 말 마십시오. 언제나 도와주고 계시는 것을."

그렇게 말하며 무녀는 조용히 휘강을 바라보고 있었다. 노회한 몸과 화려한 화장에도 불구하고 노파의 눈에는 소녀 같은 아련한 감정이 스며 있음을 유나는 본능적으로 알 수 있었다. 마치 남의 말 못 할 비밀을 훔쳐보기라도 한 것 같은 쑥스러운 기분에 그녀는 괜히 고개를 돌리고 말았다.

"그래도 정 불편하시면."

무녀는 수줍게 웃으며 뒷말을 붙였다. 그에 휘강도 나름 인자한 표정으로 미소 같은 것을 지어 보이며 물었다.

"하하, 말해보게. 뭐라도 내가 도울 만한 게 있는가?"

"요즘 장군께서 신위들에게 상담을 해주신다 들었습니다. 혹여 바쁘지 않으시면 차후에라도 여기 적힌 신위의 이야기를 들어주실 수 있을는지요."

그렇게 말하며 노파가 건넨 노란 괴황지를 펴보며 휘강은 곧장 답을 주었다.

"그런 거라면 어려울 게 있겠는가. 내 알아서 처리하겠네."

"감사합니다. 만나보면 아시겠지만 불쌍한 신위입니다. 부디 잘 달래주세요."

노파는 다시 한 번 고개를 조아리며 휘강에게 부탁했다. 휘강과 함께 마당을 가로질러 대문을 나설 때까지, 늙은 만신은 대청 끄트머리에 다소곳이 서서 휘강을 배웅했다. 유나는 몇 번인가 뒤를 돌아보며 자꾸만 그 모습을 확인했다.

● ● ●

부스스 자리에서 일어난 연희는 한동안 몸을 비틀며 기지개를 켰다. 해는 이미 중천에 떠 있었고 옆자리는 텅 비어 있었다. 늘어지게 하품을 하며 연희는 핸드폰을 확인했다. 유나와 함께 나간다는 휘강의 문자를 확인하고서야 그녀는 눈을 비비며 침대를 빠져나왔다.

"간만에 무리하긴 했나 보네, 이 시간까지 늘어지고."

잠옷 차림으로 방을 나선 그녀는 눈앞의 아수라장을 보고선 그제야 자신이 어디 있는지 깨달았다. 한낮의 빛 속에서 다시금 마주한 폐허는 간밤과는 느낌이 또 달랐다. 보다 지저분하고 암담했으며 동시에 현실적이었다.

"이 지경에 나만 내버려두고 둘이 나가셨다? 에휴, 천하의 황연희가 집 지키는 강아지 꼴이라니. 대가는 톡톡히 받아드리겠어, 휘강 오라버니."

바닥에 엎어져 있는 밥그릇을 발로 차 저쪽 파편 더미로 보내버리고선 그녀는 다시 안방으로 향했다. 어제 입었던 원피스는 이미 걸레 조각이나 다름없었기에 외출을 위해선 새 옷이 필요했다.

유나의 옷장 여기저기를 한동안 뒤지던 연희의 얼굴이 곧 불만스럽게 찡그려졌다.

"취향이 너무 다르네, 이 아가씨. 하는 수 없지."

결국 가장 무난해 보이는 셔츠와 치마를 꺼내 입고서 방을 나오는데 현관문 여는 소리가 들렸다. 휘강이 돌아온 거라 생각한 연희는 쪼르르 문 앞으로 달려갔다.

"누구세요?"

그러나 문을 열고 들어온 건 휘강이나 유나가 아니라 어제 집으로 돌려보낸 규림이었다. 그녀는 연희를 보더니 집 열쇠를 손에 든 채 놀란 토끼눈을 하고선 누구냐며 경계하는 자세를 취했다.

"아, 안녕하세요. 황연희라고 해요. 휘강 오빠가 여기 좀 지키고 있으라고 해서. 저 기억 안 나요? 어제 잠깐 봤는데."

휘강이 규림의 기억을 조작했다는 것을 염두에 두며 연희는 조심스럽게 이야기를 꺼냈다. 규림 역시도 눈앞의 여자가 아주 낯설지는 않았다.

어디서 봤는지 더듬다보니 패스트푸드 가게가 떠올랐다. 분명 어제 낮에 휘강과 햄버거를 먹으며 투닥거리던 여자다. 게다가 도둑이 들어 난장판이 된 집에서 유나를 위로할 적에 휘강과 함께 옆에 있기도 했다는 것을 떠올리고서야 규림은 긴장을 풀 수 있었다.

"그랬구나. 유나는요?"

"오빠랑 같이 나갔어요. 그런데 무슨 일로 오셨나요?"

"친구 집 오는 데 이유가 따로 있나요. 정리하는 거 도와줄 겸 해서 왔죠. 그런데 진짜 엄청나다. 대체 어떤 도둑이기에 집을 이 지경으로 만들어. 폭탄이라도 터진 것 같네요."

"그러게요. 참 별일이 다 있죠?"

연희는 슬금슬금 현관 쪽으로 걸어가며 맞장구를 쳤다. 유나의 친구라니 집에 들여도 문제가 될 인물은 아닌 듯했다. 오히려 집 지키는 일은 이쪽에 맡기고 맘 편히 나가야겠다는 생각도 들었다. 하지만 규림은 막 돌아서 나가려는 연희의 팔을 덥석 붙잡으며 물었다.

"저기, 그런데 휘강 씨하고는 무슨 사이?"

"예?"

"아니, 그냥 좀 궁금해서요. 보아하니 나이 차도 제법 있어 보이고. 오빠라 부르는데 성씨도 다르기에 무슨 관계인가 해서."

언젠가 유나에게 받은 것과 비슷한 질문에 연희는 당황했다. 아직 그런 부분까지 휘강이나 유나와 입을 맞춰둘 여유는 없었던 것이다. 그리고 이전과 달리 강신 빌라에 당분간 의탁해야 하는 입장에서 어떻게든 둘러댈 필요가 있었다.

"같은 동네 살던 오빠예요. 어릴 적부터 워낙 친하게 지낸 터라, 친남매 같은 사이랄까?"

"그렇구나. 신기하다. 커서도 그렇게 친하기 쉽지 않은데."

고개를 끄덕이면서도 규림의 시선은 여전히 의심으로 가득했다. 그 모습을 보면서 연희는 유나의 친구라는 이 여자의 직업이 판타지 소설가라는 사실을 떠올렸다.

지나치게 상상력이 풍부한 사람들은 외려 의도한 대로 속이기 어려운 경우가 많았다. 그들은 하나를 던져주면 열 가지 경우를 상상해버린다. 그리고 결국 그 와중에 진실에 가까운 해답을 끌어내기 마련이니까.

"글 쓰신다면서요? 유나 씨한테 들었는데."

"아, 예. 걔가 그런 말도 하던가요."

"어떤 글 쓰셨어요? 혹시 제가 읽었을 만한 거 있나요?"

거꾸로 다른 질문을 던지며 연희는 상대의 집중력을 흩뜨렸다. 다행히 규림은 소설 이야기가 나오자 민망한지 딴청을 부리며 어쩔 줄 몰라 했다.

연희는 옳다구나 싶어 새로운 질문들을 이어가며 규림의 일에 대한 쪽으로 이야기의 방향을 완전히 돌릴 수 있었다.

"우와, 그 책을 쓰셨구나. 나 그거 읽어봤어요."

언제가 읽었던 한국의 설화를 소재로 사용한 소설의 제목이 규림의 입에서 나오자 연희는 반색하며 박수를 쳤다. 동시에 그녀는 어디 갔는지 모를 휘강이 빨리 돌아오길 빌었다.

◍ ◍ ◍

되돌아오는 차 안에서 유나는 그동안 궁금했던 것들을 꼬치꼬치 캐묻기 시작했다. 휘강은 성가신 듯 툴툴거리면서도 대답을 게을리 하지는 않았다.

"그런데 좀 이해가 가지 않는 게, 어째서 무당의 힘을 빌리는 거죠? 결계나 술법을 못 쓰는 것도 아니고, 아까 보니까 당신이 훨씬 강한 것 같던데."

장군님이라며 고개를 조아리던 무녀의 모습, 그리고 도깨비와 싸울 적에 테이블 파편에 주문을 걸어 무기로 사용한다던가 황금 칼을 소환하여 싸우는 모습 등을 떠올리며 유나가 물었다.

운전대를 잡은 채 차창 너머 한산한 거리를 바라보며 휘강은 코를 찡긋거렸다. 그는 어디서부터 설명을 시작해야 할지 고민스러웠다.

"결계든 술법이든 모든 일에는 힘이 필요해. 그걸 영력이라고 뭉뚱그려서 부르지. 그리고 당신 말처럼 힘이 강한 상위의 신일수록 더 강력한 술수들을 부릴 수 있고. 물론 그만큼의 영력이 소모되겠지. 하지만 옥화 같은 만신들은 힘을 쓰는 방식이 우리와는 달라."

유나는 휘강의 설명에 관심을 보이며 물었다.

"어떻게 다른 거죠?"

"우리는 자신이 가진 깜냥만큼 술을 부리지. 할 수 있는 것과 없는 것, 그리고 사용 가능한 영력의 양이 정해져 있어. 만신들은 본신의 능력 면에선 우리보다 한참 모자란 인간이지만 대신 고유한 특성 때문에 보다 강한 힘을 부릴 수 있어. 무당을 영어로는 '미디엄(medium)'이라고 표현하지. 영계와 인간계를 이어주는 중간자란 뜻이야. 내림을 받고 계약을 통해 허락을 받은 신들의 힘을 중계할 수 있다는 거지."

유나는 무슨 뜻인지 얼추 이해할 수 있었다.

"그러니까 어떤 신의 힘을 빌려 쓰느냐에 따라서 당신보다 훨씬 강한 힘을 낼 수도 있다는 거네요?"

"맞아. 물론 어디까지나 중간 다리 역할이기에 힘을 쓰는 방법이나 대상에는 제한이 있겠지만."

"아까 그 무당은 굉장히 강한 신을 모시고 있나 보네요."

"휴전선 이남에선 따라올 인간이 없을 만큼 강한 신이지."

유나는 창밖으로 시선을 돌렸다. 빠르게 스쳐 가는 거리의 풍경을 바라보던 그녀는 다시 휘강 쪽을 보며 물었다.

"아빠도 거기에 갔던 거죠? 부적을 쓰러."

"그래."

결계를 보수해야 한다는 말에 무당은 기억을 더듬으며 그럴 때가 되었을 거라 답했다. 말인즉슨 애초에 결계를 처음 설치한 것이 옥화라는 무당이란 얘기다. 그리고 그때라면 유나의 아버지가 살아 있었고, 강신 빌라 역시 직접 관리하던 시기였다.

"우리 빌라가 특별하다는 것도 그런 이유와 관련 있나요? 에너지나 영력 같은."

"맞아, 영력은 모든 생명의 체내에 축적되는 에너지야. 쓰면 쓰는 만큼 줄어들지. 다시 회복하려면 많은 시간이 걸리고. 영력이 전기라면 우리 몸은 배터리 같은 거라고 생각하면 돼. 강신 빌라는 그렇게 보자면 일종의 고속 충전소 같은 곳이지."

"이해가 확 되네! 아주. 진작 그렇게 설명해주지."

퉁명스럽게 되받는 유나의 태도에 휘강은 눈살을 찌푸렸다.

"애당초 너한테 이렇게까지 속속들이 설명할 의무 같은 건 없었어."

그러자 유나 역시 기분이 상했는지 운전석의 휘강을 노려보며 볼을 부풀렸다.

"저기요, 근데 아까부터 거슬렸는데, 말이 너무 짧은 거 아니에요? 나보다 나이가 많은 건 알고 있지만, 그렇다고 우리가 그렇게 말 편하게 할 사이는 아니잖아요?"

그녀의 불만에 휘강은 피식 코웃음을 쳤다.

"억울하면 그쪽도 편하게 말해. 어차피 난 인간 사이의 예절 같은 건 신경 쓰지 않으니까."

"당신이 먼저 말 놓으라고 한 거다. 나중에 딴소리하기 없기!"

잘 걸렸다 싶은지 호기롭게 말을 놓는 유나를 곁눈질로 살피던 휘강은 한마디를 덧붙였다.

"그리고 내 나이 말인데, 애초에 신분증에 적힌 걸 그대로 믿는 건 아니지. 그건 어디까지나 인간들 사이에 섞여 살기 위해 만든 가짜 나이일 뿐이야."

"그러서요? 그럼 원래는 몇 살인데?"

"글쎄, 정확히 나이를 말하긴 힘드네. 일일이 셈하며 사는 것도 아니고. 하지만 내가 처음으로 사람 행세를 시작했던 무렵에 나라를 다스리던 사람은 기억하지."

"누구였는데, 김 씨? 박 씨? 아니면 전 씨?"

"이 씨였지."

휘강의 대답에 유나는 놀란 표정으로 그를 보며 감탄했다.

"1공 시절부터 살았다는 거야? 할아버지치고는 완전 동안이시네요."

"대통령이라고 하진 않았어. 당시 통치자의 이름이 산이었지. 성이라고도 했고."

유나는 그의 말을 곱씹었다. 이 씨 성에 산이란 이름의 통치자. 곧장 하나의 명사가 머릿속에 떠올랐다. 그리고 새삼 자신이 상대하고 있는 자가 평범한 인간이 아니라는 것을 복기했다.

"어우, 쪼잔해. 말 놓는 게 불편하면 불편하다 말을 하지. 그렇게 에둘러서 나이 자랑이 하고 싶을까."

"내가 뭐라 했기에?"

"알겠어요. 존대해드리면 되잖아요. 어련하겠어, 장군님이신데."

그의 이야기를 비꼬는 그녀의 핀잔에도 휘강은 괜한 헛기침을 하면서 딴청을 피울 뿐이었다. 그 사이 어느새 서쪽으로 기울어지는 해를 등진 채 그들을 태운 차는 다시 강신 빌라로 향하고 있었다.

Chapter 5
그들도 우리처럼

규림과 유나는 카페 판타즘의 테라스 자리에 마주 앉아 차를 마시고 있었다. 연희와 함께 집에서 유나를 기다리던 규림은 휘강을 따라 들어오는 그녀를 의미심장한 얼굴로 맞이했다. 그런 규림의 뒤로 어쩐지 어제보다 더 피곤해 보이는 연희가 핼쑥한 얼굴로 손을 흔들었다.

유나는 친구와 대화를 나눌 필요를 느꼈지만 어수선한 집에선 불가능해 보였다. 결국 둘이 밖에서 저녁 시간을 보내기 위해 빌라를 나왔다. 휘강은 그 사이 집 안을 대충이라도 수습해 보겠다며 연희와 빌라에 남겠다고 했다.

"대체 어떻게 돌아가는 일인지 말해봐."

자리를 잡고 앉자마자 규림은 대뜸 이야기를 꺼내며 유나를 잡아먹을 듯 바라보았다.

"워워, 진정하서. 다 털어놓으려고 나오자고 한 거니까."

"뭔가 있지. 둘이 분명 무슨 일이 있어."

자신을 향해 눈을 반짝이는 친구의 모습에 유나는 긴장할 수밖에 없었다. 모두 사실대로 털어놓을 수는 없는 노릇이었다. 요괴 이야기를 꺼내면 미친 여자 취급을 할 것이고, 어제의 사건도 휘강의 기억 조작 때문에 제대로 설명하기는 무리가 있었다.

실제 벌어진 일들에서 초자연적 요소들을 거둬내고 대신에 미스터리한 파괴성애자 도둑놈을 추가한 이야기를 만들어내느라 유나는 진땀을 빼야 했다.

"어쨌든 휘강 오빠가 널 도와줬다는 거 아냐? 도둑도 잡아주고."

"뭐, 결론적으론 그렇지."

대화를 나누는 사이 유나는 간밤에 관한 규림의 기억도 대강 확인할 수 있었다. 그녀의 기억 속에선 어제의 사건이 매우 축약되어 있었다. 유나를 만나기 위해 빌라를 찾았고 빌라 앞에서 어디론가 도망가는 괴한을 목격했다. 그 뒤를 휘강이 쫓았고 그 사이 빌라로 올라와 유나를 만났다는 것이다.

이후에 범인을 경찰에 넘기고 돌아온 것으로 되어 있는 휘강을 만나기까지의 시간이나 갑작스러운 연희의 등장 같은 부분은 조금만 생각해보면 아귀가 잘 맞지 않거나 시간적인 공백들이 있었지만 규림 스스로는 이상함을 느끼지 못하는 것 같았다.

—당신은 특별해.

—어차피 소용없을 거란 걸 알았으니까 그런 것뿐이야.

오늘 아침에 휘강이 한 말들이 떠올랐다. 정말로 그의 술법은 자신에게만 통하지 않는 것인가 하는 생각이 들었다. 잠시 규림과의 이야기가 끊긴 사이 유나는 카페 안을 둘러보았다. 저녁 시간이 되면서 점점 손님이 몰리고 있었다. 소년 같은 외모의 젊은 서빙 직원은 여전히 바쁘게 홀을 오가고 있었고, 카운터 너머에선 긴 머리를 동여맨 미모의 베이커리가 커피를 내리고 있었다.

하지만 현도의 모습은 보이지 않았다. 서빙 직원에게 물어보니 오늘은 일이 있어서 일찍 퇴근했다고 한다. 어제 그에게 받은 국화차 쌈지는 여전히 유나의 핸드백 안에 있었다. 그 전에 받았던 쿠키는 거실 찬장에 넣어두었지만 어제의 난리로 아마 박살이 나서 잡동사니 어딘가에 구겨져 있을 터였다.

규림의 손에 끌려 이곳으로 오긴 했지만 그때의 일을 생각하면 현도란 남자를 어찌 대해야 할지 망설여졌다. 때맞은 그의 부재는 유나 입장에선 다행일 수도 있었다.

그러나 여기까지 와서 그를 보지 못하고 간다는 사실이 내심 아쉽기도 했다. 직접 보고도 싶었지만, 동시에 대하기가 망설여지고 걱정되는 자신의 양가적인 마음에 유나는 머리가 복잡했다. 그것이 자신이 생각하는 종류의 감정인지 아니면 단순한 혼란스러움인지 스스로도 확신할 수가 없었던 것이다.

"그래서 휘강 씨하곤 아무런 썸씽도 없다 이거야?"

"그렇다니까. 도와준 거야 감사할 일이지만, 그 외엔 그냥 싸가지 없는 영감탱이야, 나에겐."

"야, 아무리 그래도 영감이 뭐냐, 영감이. 흐흐흐."

자신도 모르게 내뱉은 말에 유나는 당황했다. 새로이 알게 된 휘강의 나이가 은연중에 신경 쓰였던 모양이다. 그의 말이 사실인지 궁금하기도 했다. 사실이라면 휘강은 못해도 2백 년은 넘게 살았다는 얘기니까. 요괴의 수명이 얼마나 되는지, 그 긴 시간 동안 사람들 사이에서 어떻게 생존해왔는지 궁금했다.

"그럼 오늘은 뭐였어. 뭐 한다고 둘이서 나돌아 다닌 건데?"

"당연하잖아. 어제 일 때문에 경찰서 가서 피해 신고하고 왔지. 휘강 씨도 목격자 자격으로 증언하고, 그리고 집수리할 업체 알아보고. 그러다 보니까 늦은 거야."

빌라로 돌아오는 차 안에서 휘강은 연희의 문자를 받았다. 규림이 집에 와 있다는 소식에 그는 도착 전에 미리 입을 맞춰야 한다고 했다. 그렇게 만들어진 것이 지금 규림에게 술술 풀어내고 있는 핑곗거리였던 것이다.

"아무래도 수상해."

규림은 가늘게 뜬 눈으로 유나의 얼굴을 살피며 말했다. 역시나 십년지기 친구를 속이기엔 급히 꾸며낸 이야기가 부족했나 생각하면서도 유나는 애써 태연한 척 굴었다.

"영 찜찜하단 말이야. 내 촉은 그게 아니라고 말하는데. 너 하는 거 보면 나한테 뭔가 숨기고 있는 게 있는 것 같은데, 그게 뭔지 모르겠단 말이야."

"속이긴. 내가 너한테 뭐하러 거짓말을 하겠어."

일부러 삐친 척 오버하며 유나는 친구의 의심을 부정했다. 그녀 말처럼 요 며칠 사이 규림에게는 숨기고 속이는 일들뿐이었다. 때문에 유나는 내심 미안한 마음이었지만 친구를 위해선 계속 거짓말을 할 수밖에 없는 것도 사실이었다.

다행히 규림의 의심은 진실과는 다른 방향을 향하고 있는 듯 보였다. 이어서 꺼낸 이야기가 황연희에 관한 것이란 점도 그렇다.

"어제 시내에서 본 게 그 여자거든, 황연희. 너랑 같이 살기로 했다며?"

"응. 나 혼자 있기도 좀 그렇고. 3층 빈집 있잖아. 원래 거기로 이사 들어올 계획이었으니까. 당분간만 같이 있기로 했어."

"야, 나도 있는데 생판 모르는 사람을 룸메로 들이다니. 배신이야. 배신. 배반형!"

오래전 영화 속 송강호가 연기한 캐릭터의 성대모사를 해 보이며 귀엽게 투정을 부리는 친구의 모습에 유나는 피식 웃고 말았다.

"넌 바쁘잖아. 게다가 집이 멀쩡하면 모를까, 저 지경인데 어떻게 오라고 하냐. 차라리 내가 너희 집으로 가면 갔지."

애써 둘러댄 핑계를 수긍하듯 고개를 끄덕이는 친구를 미안한 듯 바라보며 유나는 앞에 놓인 블루베리 라떼를 마셨다. 하지만 다른 메뉴들에 비하면 평범한 맛이었다. 다음엔 역시 커피를 주문해야겠다.

이야기는 연희에 관한 것에서 다시 부서진 집의 수리로, 다음엔 집을 그렇게 만든 도둑의 처벌에 관한 것으로, 그리고 곧 새로 나올 규림의 책과 가을의 여행에 관한 것으로 이어졌다.

어느새 테라스 밖은 어둠이 내려앉아 가로등이 켜지기 시작했다. 카페 안이 퇴근 후 직장인들로 채워지기 시작할 즈음 둘은 자리에서 일어섰다.

"어, 유나 씨?"

현도와 마주친 것은 카페를 나와 큰길로 나서던 참이었다. 맞은편에서 걸어오던 그가 먼저 유나 일행을 알아보고 말을 걸어왔다. 아마도 느지막이 가게로 돌아가던 길이었던 모양이다.

감색 티셔츠에 버건디 컬러의 롤업 팬츠와 스니커즈를 매치한 의상은 이전에 보던 유니폼과는 다른 느낌을 풍겼다. 사장님 포스를 풍기던 이전과 달리 가볍고 캐주얼한 느낌 덕분에 훨씬 어려 보이고 동시에 친근한 느낌이었다.

"아, 판타즘 사장님이시구나. 누군가 했어요."

유나가 머뭇거리는 사이 규림이 먼저 인사를 했다. 현도 역시 쑥스럽게 미소 지었다.

"저희 가게에서 나오시는 건가요?"

"예, 사장님 없으셔서 아쉬웠는데, 이렇게라도 뵙네요."

규림의 너스레에 현도는 껄껄 웃으며 맞장구를 쳐주었다. 그러곤 다시 유나 쪽을 보면서 관심 어린 표정으로 물었다.

"유나 씨, 두통은 좀 괜찮아졌어요?"

"예, 덕분에."

여전히 가방 속에 들어 있을 쌈지가 떠올랐다. 두통은 나아진 것도, 사라진 것도 아니었다. 간밤의 소동 속에서 잠시 가방 속 쌈지처럼 어딘가 숨어 있을 뿐이었다.

황금빛으로 빛나던 눈동자처럼, 거대한 송곳니처럼 그 모습을 바꾼 채로.

그런 유나의 마음을 읽어내기라도 한 것일까? 현도는 아쉬운 듯 미소를 지으며 말했다.

"안 드셔보셨나 보다, 제가 드린 거."

깜짝 놀란 유나는 당황스러움에 고개를 숙였다. 그저 넘겨짚은 것일 테고, 한편으로 별것 아닌 인사치레 같은 말일 뿐일 텐데 순간 나쁜 짓을 하다 들킨 아이처럼 심장이 빠르게 뛰었다.

"그게…… 일이 좀 있어서. 시간이 없었어요."

"하하, 아니에요. 아직 몸이 안 좋으신 거 같아서 물어본 건데. 제가 말을 영 잘못 드렸네요. 그나저나 아쉽네요. 가게에 계신 줄 알았으면 좀 빨리 오는 건데."

옆에서 듣고 있던 규림은 여전히 고개를 숙인 채 바닥만 바라보는 유나의 옆구리를 툭 건드렸다. 그 바람에 고개를 든 그녀는 어색하게 웃으며 그를 보았다.

"다음에 또 올 텐데요, 뭐."

"어, 약속하시는 겁니다. 그땐 무슨 일이 있어도 가게 지키고 있을 테니까."

진심인지 농담인지 모를 투로 다음을 약속하며 현도는 카페 판타즘 쪽으로 유유히 사라졌다. 잡지에서 오려낸 듯 우월한 기럭지의 뒷모습이 천천히 멀어져가는 것을 한동안 바라보던 규림은 돌아서더니 유나를 향해 비난의 눈빛을 쏘아대기 시작했다.

"왜, 뭐?"

"요거, 요거, 요거, 아주 여우가 다 됐네. 이제 보니까."

"무슨 얘길 하는 거야."

"모르쇠 하시겠다? 말만 한 처녀께서 갑자기 여중생 코스프레? 어쩜 시치미를 딱 떼고선 앉아 있었대. 난 그것도 모르고 휘강 씨 쪽만 괜히 찔러봤잖아."

유나는 친구의 추궁에 발개진 얼굴로 발끈한다.

"아니야, 그런 거. 그냥 단골 관리하는 거잖아. 아무것도 아니야."

"하늘을 속여라. 내 눈으로 직접 봤는데 아니긴. 사장 아저씨나 너나 둘이서 아주 한류 드라마를 찍고 계시더만."

가로등 불빛으로 하얗게 밝혀진 밤거리를 투닥거리며 멀어져가는 두 여성의 모습을 현도는 카페 기둥에 기대어 선 채 바라보았다. 둘의 형체가 보이지 않을 때까지 그렇게 밤거리를 지켜보며 미소 짓던 그는 아무도 들리지 않을 만큼 작은 목소리로 중얼거렸다.

"오늘은 열어보려나, 내 선물?"

연희는 끙끙거리며 커다란 마대 자루를 501호 현관 근처에 가져다놓고선 그 위에 털썩 주저앉았다.

역시나, 유나의 옷장을 뒤져 꺼내 입은 연두색 트레이닝 바지는 먼지와 얼룩으로 어찌 손을 쓸 수조차 없을 정도로 지저분해져 있었다. 그녀는 거실 가운데 쪼그리고 앉아 파편들을 주워 담고 있는 휘강에게 볼멘소리를 했다.

"오라버니, 아무리 생각해도 이건 아니다. 그냥 사람 불러. 돈 없음 내가 빌려줄게."

"포대에 쓸어 담기만 해. 치우는 건 업자 부를 거니까."

"기왕 부르는 거 한꺼번에 처리하면 되잖아."

"아직 결계가 불안해. 여기저기 놈의 흔적도 남아 있고. 이 사람 저 사람 드나들다 괜한 문제가 생기게 할 순 없잖아."

자신의 이야기를 입증해 보이기라도 하려는 듯, 휘강은 연희가 걸터앉은 자루에 제령을 위한 부적을 붙였다. 곧, 자루 안의 잡동사니들 사이로 짙푸른 기운이 연기처럼 스멀스멀 새어 나오는가 싶더니 부적에 스며들었다.

한숨과 함께 연희가 엉덩이를 떼자 휘강은 한 손에 수인을 맺은 채 부적을 건드렸다. 그러자 '꽉' 소리와 함께 제령부는 푸른색 불꽃과 함께 잿더미로 화하여 흩어졌다.

도깨비와의 싸움 중 여기저기 뿌려진 영력의 흔적과 적의 사념을 이런 식으로 하나하나 제거하는 작업이 우선되어야 한다는 것이 휘강의 주장이었다.

"알았으니까, 그럼 좀 쉬자. 나 더는 못 하겠어."

양손을 들어 보인 채 고개까지 좌우로 흔들던 연희는 그의 대답을 듣기도 전에 밖으로 나가버렸다. 휘강은 흠, 하며 한숨인지 신음인지 모를 소리를 내뱉더니 들고 있던 사금파리를 자루에 툭 던져 넣었다.

"황연희 너답지 않게 오래 참았다."

그럴 줄 알았다는 듯 코웃음을 치며 휘강은 허리춤에 손을 얹은 채 집 안을 둘러보았다. 어지럽게 널려 있던 쓰레기들은 대부분 자루에 담아 치우거나 한곳으로 모아 무더기로 쌓아두었다. 어느 정도 교통정리가 된 거실은 이제 조금이나마 정돈의 흔적이 느껴졌다.

뿌듯한 표정으로 결과물을 살피던 그는 팔과 목에 묻은 먼지를 털어내기 시작했다. 하지만 땀과 섞인 먼지들은 좀처럼 떨어질 생각을 않았다. 푸, 들러붙은 먼지를 불어내기라도 하듯 볼을 부풀리며 숨을 내쉬던 그는 결국 몸에 붙은 먼지를 씻어내기 위해 욕실로 향했다.

유나는 싱숭생숭한 맘으로 한 걸음씩 계단을 오르고 있었다. 매일 오르내리던 4층 계단은 오늘따라 이상하리만큼 길게 느껴졌다. 어제에 이어 오늘도 그녀의 마음속을 복잡하게 만드는 건 아직은 낯선 느낌을 주는 묘한 태도의 사내였다.

열쇠를 찾기 위해 가방을 열어보던 유나는 한쪽 구석에 고이 놓여 있는 보라색 쌈지를 꺼내 들었다.

배현도의 선물.

별거 아닌 물건이었다. 그의 말대로라면 카페 개업 기념으로 나누어주던 홍보물일 뿐이었다. 유나는 쌈지를 꺼내 들고 살펴보았다. 질기면서도 보드라운 천은 자세히 보니 구름무늬가 들어가 있었다.

주둥이를 묶은 붉은 끈도 재질이나 마감에 꽤나 공이 들어간 물건이었다. 카페 홍보를 위한 물건에 이렇게나 정성을 들이나 싶은 생각이 들었다. 그러고 보면 쌈지 어디에도 '판타즘'이란 상호나 이를 연상케 하는 요소가 보이지 않았다.

유나는 조심스럽게 쌈지를 열어보았다. 안에는 국화차 티백이 들어 있었다. 하지만 그보다 그녀의 눈을 잡아끈 것은 대충 접혀 티백 사이에 끼어 있는 종이였다.

"뭐지?"

카페 홍보를 위한 메모인가 싶어 꺼내어 펼쳐보니 당황스럽게도 그것은 카드 영수증이었다.

종이 위에는 어제 저녁 현도에게 쌈지를 받기 직전 판타즘에서 결제한 유나의 카드 내역이 찍혀 있었다. 그리고 뒷면엔 급하게 휘갈긴 손 글씨가 적혀 있었다.

010-2992-4······

그것은 전화번호였다. 순간 유나는 모든 것이 분명해지는 느낌을 받았다. 아마도 카페를 나가는 자신을 보며 현도가 영수증 뒷면에 급하게 적은 번호일 것이다.

하지만 유나는 이미 그의 전화번호를 알고 있었다. 지난번 정류장에서 명함을 받았으니까. 거기엔 가게 번호만이 아니라 사장인 현도의 핸드폰 번호도 인쇄되어 있었다.

그럼에도 따로 다른 전화번호를 줬다는 것은 그가 두 개의 번호를 사용한다는 얘기였다.

가게 업무를 위한 번호와 프라이버시를 위한 번호.

메신저나 각종 소셜 어플들로 번호가 알려지면 별별 메시지와 스팸으로 성가셔지는 요즘이기에 업무상 통화가 잦은 사람은 따로 업무용 핸드폰을 개통한다는 이야기를 들은 적이 있다.

현도 역시 그랬을 것이다. 그리고 자신에게 사생활을 위한 개인 번호를 따로 알려줬다는 것은 분명한 신호였다.

―안 드셔보셨나 보다, 제가 드린 거.

거리에서 마주쳤을 때 그가 국화차 이야기를 꺼내며 아쉬워하던 모습이 떠올랐다. 판타즘의 멀끔한 사장 이야기를 하면서 '이것은 그린 라이트다!'를 연발하던 규림도 생각났다.

'진짜, 녹색 불이 켜진 거야?'

오래간만의 두근거림에 그녀는 수줍게 웃으며 501호 문을 열고 들어갔다.

유나가 신발을 벗고 신발장에 임시로 가져다놓은 슬리퍼로 갈아 신으려는 순간, 거실 반대편 욕실 문이 벌컥 열렸다. 그리고 욕실에서 나오는 휘강의 모습을 보는 순간 그녀는 그대로 석상처럼 굳어버리고 말았다.

"왔어?"

수건으로 머리에 묻은 물을 털어내며 그녀를 바라보는 휘강은 상의를 벗은 상태였다. 아마도 욕실에서 씻고 막 나오던 참이었는지 물에 젖은 채 드러난 그의 상반신은 조각처럼 매끈했다.

넓은 어깨와 군살 없는 허리가 적당한 역삼각을 이루었다. 깊이 팬 근육 사이의 골에 맺힌 물방울들은 미세한 움직임에 따라 저마다 결을 따라 흘러내리고 있었다. 머리를 털기 위해 들어 올린 팔이 움직일 때마다 잔 근육들이 정밀한 기계처럼 연동되며 움직이는 모습이 인상적이었다.

다만 옆구리와 아랫배에 남아 있는 검붉은 멍들만이 간밤의 사투를 떠올리게 했다.

"규림 씨는?"

대충 물기를 닦고 티셔츠를 입으며 휘강이 물었다.

"아, 집, 집에 갔어요. 일이 있어서. 이거 휘강 씨가 혼자서 다 치운 거예요?"

그제야 정신을 차리고 반쯤 벌어진 입을 다문 유나는 현관 발치에 쌓여 있는 자루들을 손으로 가리키며 물었다. 하지만 자신의 얼굴이 붉게 달아올라 있음을 유나는 알 수 있었다. 당황해서 말까지 더듬거리는 자신과 달리 너무나 태연한 휘강의 모습이 유나는 괜히 얄미웠다.

"연희랑 둘이서 했어. 급한 수습은 끝났고 내일 사람 불러서 치우면 될 거야."

"그런데 이걸 다 손으로 직접 치웠어요? 도술인지 마술인지 쓸 줄 안다면서 이럴 때 써먹지 뭐한대. 진짜 요괴 맞아?"

얼굴을 보이기 싫어 쌓여 있는 자루 쪽으로 고개를 돌린 채 유나가 툴툴거렸다.

"영력은 한정되어 있는 거야. 몸 좀 편하자고 아무 데나 막 써버리는 게 아니라고."

"연희 씨는 어디 갔어요?"

"힘들다고 내뺐어. 아마 좀 있으면 돌아올 거야. 난 이만 내려갈게."

"예, 어쨌든 수고했어요. 일일이 치우려면 보통 일이 아니었을 텐데."

"별거 아냐. 내가 어지른 거기도 하고. 그럼 내일 보자고."

유나에게 인사를 건네고 나온 휘강은 계단을 내려가 2층의 자기 집으로 향했다.

202호 문을 열고 들어간 그는 그러곤 등 뒤로 문이 닫히자마자 한 손으로 이마를 감싸 쥐고선 그대로 쪼그리고 앉으며 깊은 한숨을 내쉬었다.

501호의 유나 역시 휘강이 나간 후 얼떨떨한 표정으로 안방으로 들어가더니 침대에 앉자마자 붉게 달아오른 얼굴을 양손으로 가린 채 뒤로 벌렁 누워버렸다.

연희가 돌아온 것은 12시가 다 된 시각이었다. 커다란 여행 가방 두 개와 함께였다. 가방 안은 온통 옷으로 가득했다. 끊임없이 쏟아져 나오는 옷들을 옆에서 지켜보던 유나는 내심 감탄할 수밖에 없었다. 하나같이 고가의 명품들인 것은 둘째로 치더라도 디자인이나 컬러, 재질까지 천차만별 다양하면서도 저마다 세련된 감각이 느껴졌다.

"옷이 많네요?"

"응, 옷을 좋아하기도 하고. 하는 일의 특성상 코디가 중요하거든."

하는 일이라니, 요괴도 일을 해서 먹고 사는 건가 싶은 생각에 유나는 고개를 갸웃거렸다.

"유나 씨 옷만 계속 빌려 입을 수도 없고. 외출할 땐 아무래도 내 옷이 필요할 것 같아서. 보다가 맘에 드는 거 있음 말해요. 어차피 다 입는 것도 아니고 난 또 새로 사면 되니까."

안이 내비치는 부직포 커버에 들어 있는 아이보리색 재킷을 들어 보며 유나는 어색한 표정으로 고개를 끄덕였다. 재킷의 왼편 가슴께에는 명품 같은 데 딱히 관심 없는 그녀도 익히 알고 있는 프랑스 유명 브랜드의 로고가 수놓아져 있었다.

만약 정품이라면 국내에서 원피스 한 벌에 백만 단위는 우습게 넘기는 것으로 알려진 곳이었다. 이쯤 되면 요괴도 일을 하는가의 문제가 아니라 대체 무슨 일을 하기에 이렇게 펑펑 돈을 쓸 수 있는가에 관한 것이 궁금해졌다.

"연희 씨는 어떤 일을 하시는 거죠?"

연희는 질문의 발로를 짐작할 수 있다는 듯 의미심장하게 웃으며 답했다.

"나? 뭐라고 설명을 해야 하나. 직업 백서 같은 데 등재된 일은 아닌지라. 일종의 추억 팔이라고 하면 될까."

"추억 팔이?"

연희는 옷을 정리하던 손길을 멈추고는 화장대 앞에 다리를 꼬고 앉았다. 그러곤 손목시계의 시간을 확인했다.

"정리는 내일 마저 해야겠네. 유나 씨는 남자들의 가장 큰 약점이 뭐라고 생각해요?"

"남자의 약점이요?"

상대의 질문에 얼른 떠오르는 생물학적 지식을 연상하며 유나는 괜히 헤죽 웃고 말았다. 그 모습에 연희도 같은 생각을 했는지 깔깔거리며 말했다.

"아니, 물리적인 약점 말고요. 심리적인 약점. 대부분의 남자를 뒤흔들 수 있는 핵심적인 키워드, 그게 바로 첫사랑이에요. 죽기 직전까지도 인간 남자들이 마음 한구석에서 결코 놓지 못하는 것이 첫사랑에 대한 기억이거든요. 나는 그런 첫사랑의 추억을 파는 게 일이고."

"첫사랑의 추억을 팔다니, 그게 무슨 뜻이에요?"

얼른 이해가 가지 않는 연희의 설명이었다. 유나의 물음에 그녀도 이해한다는 듯 미소 지으며 자세를 고쳐 앉아 유나와 눈높이를 맞추었다.

"내 능력에 대해서 말해준 적 없죠? 잘 봐요."

연희는 화장대 앞에서 자세를 고쳐 앉더니 어깨를 동그랗게 돌리며 몸을 풀었다. 그러곤 눈을 감고 길게 숨을 내쉬었다. 그러자 그녀의 얼굴이 서서히 변하기 시작했다.

영화 속 몰핑 효과처럼 이목구비가 저마다 조금씩 커지고 작아지며 모양을 바꾸었다. 얼굴형은 물론이고 머리카락의 길이와 색, 심지어 체형까지도 스멀스멀 형태를 달리했다.

잠시 후 유나 앞엔 조금 전과는 전혀 다른 모습의 여자가 앉아 있었다.

직접 보고도 믿기지 않는 광경에 유나는 놀란 표정을 감추지 못한 채 연희 아닌 연희인 듯, 연희 같은 모습을 바라보았다.

아까의 연희가 동그란 얼굴에 속꺼풀의 기다란 눈, 복스러운 버선코를 가진 고전적 동양 미인이었다면, 지금의 연희는 섹시함이 넘치는 서구적 얼굴이었다. 짙은 쌍꺼풀의 커다란 눈, 시원하게 이어지는 높은 콧대에 도톰하고 커다란 입술까지. 전형적인 남방계 미인형이었다.

"변신술 같은 건가요?"

유나의 질문에 연희는 말없이 고개를 주억거렸다.

"그럼 원하면 누구든지 될 수 있겠네요."

"그건 아니에요, 이전에 한 번 변한 적이 있는 모습으로만 바꿀 수 있어요. 몸이 변화를 기억하고 있는 거죠."

연희가 입을 열자 미묘하게나마 목소리마저 달라져 있었다. 순간 유나는 내심 또 한 번 놀랄 수밖에 없었다.

"그럼 애초에 변신은 어떻게 하는 건데요?"

연희의 커다란 입이 크게 미소를 지어 보이자 가지런한 치아가 드러났다. 아까의 연희는 살짝 어긋난 것이 매력적인 덧니를 가지고 있었다. 그렇다는 건 골격까지 완전히 변했다는 말이었다.

"상대방의 기억이죠. 나는 이성을 접하면 그의 기억 속 첫사랑으로 변신할 수 있는 능력을 가지고 있어요. 그렇게 상대를 홀려서 원하는 것을 취하는 게 내 특기죠."

유나는 그녀의 이야기가 이해가 갔다.

사랑에 빠진 남자들은 종종 상식적으로 이해하기 힘든 바보짓을 벌인다. 그런 남자의 애정을, 그것도 첫사랑에 대한 감정을 조종할 수 있다면 연희의 말대로 상대의 약점을 틀어쥔 것이나 마찬가지인 것이다.

"그럼 첫사랑인 척 접근하는 거네요."

"아니, 정확히는 첫사랑을 닮은 사람인 척하는 거죠. 사실 방해 없이 털어먹기 쉬운 상대는 돈 많고 정신적으로 외로운 영감들이거든요. 재력, 권력을 쥐고 사회적으로도 존경 받는다는 족속들이 여자 앞에선 얼마나 쉽게 맘을 여는지 알면 유나 씨 실망할지도 모르겠다."

흥미로운 이야기에 눈을 빛내며 유나가 물었다.

"그럼 그렇게 접근해서 돈을 빼내는 건가요?"

"빼내거나 훔치는 건 아니야. 그냥 적당히 구슬리고 난 후에는 간단한 부탁만 해도 척척 돈을 내주거든요. 급하게 갚을 빚이 있다거나, 가게를 하려고 하는데 돈이 부족하다거나."

"음, 이렇게 말해서 미안하지만 그거 완전 사기 치는 거잖아요. 흔히 말하는 꽃뱀 같은."

"아니지, 이건 거래라니까요. 첫사랑의 추억을 보여주고 대가로 돈을 받는. 생각해봐요, 4,50년 전 만났던 첫사랑이 젊었을 때 모습 그대로 눈앞에 나타난다니, 꿈같은 일이잖아요. 일종의 판타지를 실현시켜주는 대가가 돈 몇 푼이라면 저쪽이 남는 장사지."

그렇게 말하며 일어선 연희는 침대로 와서 누웠다. 유나는 그녀가 말하는 판타지에 대해 그림을 그려보았다.

세월의 풍파가 드러나 보이는 팔순의 남자와 갓 스무 살의 생명력 넘치는 젊은 여자의 데이트.

그 데이트가 어디까지를 말하는 것인지는 차마 연희에게 물어보기 민망했다.

하지만 미처 못 이룬 첫사랑의 판타지를 충족시키는 것이 목적이라면 마냥 풋풋한 플라토닉 러브는 아닐 것이다. 깊이 생각할수록 불편함이 짙어졌다.

그런 유나의 심정을 예상한다는 듯 옆자리의 연희는 그녀를 향해 돌아눕더니 유나의 손등 위에 자기 손을 얹었다. 돌아보니 그새 그녀는 처음의 모습으로 돌아와 있었다.

"무슨 생각하는지 알아요. 너무 복잡하게 고민하지 마. 어차피 사람 대 사람의 일이 아니니까. 나는 인간들과는 다른 규칙과 감정을 가지고 사는 존재잖아요. 이런 일이 아무렇지도 않다고. 부끄럽지도 괴롭지도 수치스럽지도 않아. 오히려 바보같이 행동하는 사내들을 골려먹는 재미가 쏠쏠하지. 그리고 이젠 아무리 나이 많은 노인네라도 나보다는 한참 어려요. 겉모습은 이래도 2백 년을 살아왔으니까."

유나는 어색한 미소로 맘을 표현하며 물었다.

"늘 성공하나요?"

"아니, 가끔은 실패하기도 하지. 대부분의 사람들은 내 생각대로 움직여주지만. 가끔은 아닌 사람들도 있으니까. 첫사랑을 첫사랑으로만 남기고 싶어 하는 남자들."

그렇게 말하는 연희의 표정이 순간 어두워졌다. 실패의 기억 때문일까, 아니면 미처 말하지 못하는 사연이 있는 것일까. 거기에 대해 물어보려다 유나는 말을 아꼈다.

"휘강 씨는 무슨 일을 하나요? 보아하니 출퇴근하는 것 같진 않던데."

"왜요? 휘강 오빠도 나처럼 나쁜 짓 하고 다니는 건 아닌가 궁금해서?"

"아니요, 하하. 아까 낮에 만났던 사람이 휘강 씨가 무슨 상담을 해준다는 것처럼 얘기하던 게 기억나서요."

그 말에 연희는 알 만하다는 듯 큭큭거리며 웃었다.

"맞다, 옥화 씨 만났다고 했지. 그 만신 아줌마 잘 지내던가요, 얼굴 본 지도 한참 되었는데."

"글쎄요, 그걸 잘 지낸다고 해야 할지. 건강하신 것 같긴 했어요."

"그럼 된 거죠. 그리고 보니 휘강 오빠하고 상담하고 연결이 잘 안 되긴 하겠다. 그 목석이 상대방 손 붙잡고 당신 마음 이해한다거나 힘내라면서 따뜻한 척하면 소름 돋을 거야."

휘강의 그런 모습을 상상하니 유나도 피식 웃음이 나왔다.

"하지만 사실이에요. 우리처럼 영적인 대상들을 상대로 상담, 자문 같은 거 하는 게 주 업이니까. 인간들이 말하는 상담하곤 좀 다른 느낌이긴 하지만. 굳이 이름 붙이자면 상담 겸 해결사 정도라고 해야 하나."

"요괴들끼리 도와주면서도 돈벌이가 되는 건가요?"

유나는 특별한 직업이 있는 것 같지도 않은데 매번 꼬박꼬박 공과금과 관리비를 지불하고 연비도 그다지 좋지 않은 고가의 신형 세단을 몰고 다니는 휘강의 모습을 떠올렸다.

"그럼요. 인간하고 어울려 살기로 한 이상 우리들도 어떻게든 호구지책을 세우기 마련이니까. 오늘 옥화 씨가 의뢰 하나 했다면서요? 아마도 조만간 미팅하러 갈 모양이니까 궁금하면 그때 저랑 같이 가요. 특별히 위험한 의뢰가 아니면 오빠도 말리진 않을 테니까."

유나는 연희의 제안을 받아들이기로 했다. 그들에 대해 좀 더 알아야 할 필요를 느꼈다.

단순한 궁금증을 넘어, 이곳 강신 빌라와 돌아가신 아버지에 대해 유나 자신이 지금까지 모르고 살아온 부분이 많았음을 알게 되었기 때문이었다.

'알고 싶다'를 넘어서 '알아야만 한다'는 필요성을 느꼈다. 그리고 그 시작은 아마도 휘강이란 남자에 대해 좀 더 관찰하는 것부터일 것이다.

○ ● ○

늙은 무녀는 파헤쳐진 땅속 이리저리 얽힌 나무 뿌리 사이에서 작은 단지를 꺼냈다. 노란 금줄로 봉인된 옹기는 칠흑처럼 검은색이었다.

조심스럽게 줄을 풀어내고 뚜껑에 손을 대자 '쩌억' 소리와 함께 줄이 가며 옹기는 반으로 쪼개지고 말았다. 순간 하얀 연기 같은 기운이 옹기에서 빠져나와 허공으로 흩어졌다.

옹기 안에는 흙으로 만든 인형과 종이 부적이 들어 있었다. 하지만 하얀 기운이 사라지자 그것도 이내 시커먼 잿더미로 화해버렸다.

"근래 크게 충격을 받았군요."

무녀 옥화는 주름 가득한 얼굴을 일그러뜨리며 자신의 뒤에 선 휘강에게 말했다.

"말했다시피, 도깨비가 집까지 쳐들어 왔었네."

"아니요, 그보다 강한 신위의 기운이 느껴집니다."

옆에 놓인 커다란 여행 가방 안에서 쪼개진 것과 똑같이 생긴 옹기를 꺼내며 옥화는 주변을 둘러보았다. 그들이 선 곳은 강신 빌라에서 30여 미터가량 떨어진 건물 뒤편의 작은 화단이었다.

"다른 배후가 있을지도 모른다는 건가?"

"저야 모를 일이지요. 그 도깨비와 한패인지, 아니면 다른 패거리인지."

원래 옹기가 있던 자리에 새것을 정성스레 놓은 뒤 도로 흙을 덮은 무녀는 합장을 하고 머리를 숙여 세 번 절을 했다. 휘강 역시 그 뒤에서 고개를 조아리고 예를 취했다. 의식을 마치고 돌아선 무녀는 송골송골 맺힌 땀을 훔치며 휘강을 보았다.

"다 되었습니다. 제가 할 수 있는 한 최선을 다했으니 당분간은 버틸 수 있을 겁니다."

"고맙네. 하지만 당분간이라니, 그게 무슨 말인가?"

그의 질문에 옥화는 조용히 미소를 지어 보였다.

"보이지 않으십니까? 이 노구, 이제 남은 시간이 길지 않습니다. 제 이름으로 계약된 결계, 제가 없어지면 그 역시 사라질 뿐이지요."

휘강은 흩어져 사라지는 연기를 잡듯 조심스럽게 그녀의 어깨를 감쌌다.

"무슨 약한 소리를 하는가. 아직 할 일도 볼 것도 많이 남아 있네. 나만 두고 혼자 훌쩍 갈 생각인가?"

"늘 그렇게 말하셨지요. 하지만 인간으로 태어나 이만큼 살았으면 이미 충분합니다."

괜찮다는 듯 웃는 그녀의 얼굴을 바라보던 휘강은 고개를 숙인 채 돌아서고 말았다.

"장군님, 격랑이 몰려오는 게 보입니다. 부디 몸조심하시기를."

노파는 휘강의 등을 향해 반절을 올리며 마지막인 것만 같은 작별 인사를 고했다.

Chapter 6
상담 일지 : 어둑시니

　5월도 중순을 넘어 끄트머리에 걸리자 날씨는 본격적으로 더워지기 시작했다. 지하철에서 내려 겨우 5분 정도 걸었을 뿐인데 하늘색 리넨 원피스 아래로 습하게 땀이 차오르는 것이 느껴졌다. 유나는 얼굴 옆으로 들러붙은 머리카락을 새끼손가락으로 걷어내며 앞서 걸어가는 일행을 따라잡기 위해 걸음의 속도를 올려야 했다.

　선두에 선 동행은 남자였고 가벼운 로퍼를 신었으며 180센티미터가 넘는 키만큼이나 넓은 보폭을 가지고 있었다.

　때문에 보조를 맞춰 걸으려면 종종걸음으로도 모자랐다. 하지만 그런 상황을 알기나 하는지 마이 페이스로 성큼성큼 걸어나가는 휘강을 유나는 원망스러운 눈으로 노려보며 다시 몇 걸음인가 달려나갔다. 덕분에 맺힌 땀방울이 또 하나 턱을 따라 흘러내렸다.

　'몇백 년을 살았다면서 상대방 배려하는 매너는 못 배웠나. 힘들어 죽겠네.'

슬슬 숨까지 가빠오는 것을 참으며 겨우 휘강 옆에 가서 선 것은 신호등 대기 신호 덕분이었다. 무심한 듯 전방 주시만 하고 있는 상대를 뱁새눈으로 쳐다보았다. 그렇지 않아도 더운 날, 그것도 최고 기온을 찍을 오후 시간에 그와 함께 시내로 나온 것은 얼마 전의 일 때문이었다.

"휘강 오빠, 옥화 씨한테 부탁 받은 거 있다며?"

501호의 난장판도 대충 수습이 되고 부서진 벽을 가정용 시멘트로 메우는 작업을 하는 와중에 연희는 자연스레 상담 건에 대한 이야기를 꺼냈다. 휘강은 그제야 기억이 난 듯 아차 싶은 표정으로 주머니에서 지갑을 꺼냈다.

그러곤 곧이어 작게 접힌 노란 종이 하나를 꺼냈다. 옆에서 지켜보던 유나는 그것을 알아볼 수 있었다. 지난번 휘강과 함께 무당 집을 찾아갔을 때, 헤어지는 인사를 나누는 자리에서 무녀가 그에게 건넨 종이였다. 휘강은 조심스럽게 종이를 펼쳐 들더니 핸드폰을 꺼내 들었다. 종이에 적힌 글자를 훔쳐보던 유나는 의외의 내용에 한마디를 했다.

"뭐야, 전화번호네?"

"그럼 뭔 줄 알았어?"

휘강이 뚱한 얼굴로 물었다.

"아니, 난 그래도 그쪽 의뢰라고 하기에 뭔가 소환이나 전음 같은 거라도 할 수 있는 부적일 거라 생각했지."

유나의 얘기를 들은 연희가 푸하하 웃음을 터뜨렸다.

"유나 씨 재밌는 사람이네. 전화기 두고 뭐하러 그런 걸 쓰겠어요."

그녀의 얘기에 유나는 괜히 김이 새버렸다. 요괴라고 주장하는 이들

치곤 그녀의 예상보다 신비감이 전혀 느껴지지 않는 두 사람이었다.

"그래도, 종이도 부적이랑 비슷하고 해서. 난 뭐 대단한 거라도 되는 줄 알았지."

"영력은 그렇게 허투루 쓰라고 있는 게 아니야."

핸드폰 숫자 버튼을 누르며 가르치듯 툭툭 말을 던지는 휘강이 유나는 괜히 얄미웠다. 전화를 받은 것은 평범한 여고생의 목소리였다. 물론 무당이 휘강에게 전한 번호이니 진짜로 평범한 학생은 아닐 것이다.

휘강이 옥화의 이름과 함께 자신을 소개하자 상대는 제법 당황한 모양이었다. 한동안의 통화 끝에 상담을 위한 약속을 잡은 것이 사흘 전의 일이었고 오늘은 직접 전화번호의 주인공을 만나 이야기를 나눠보기로 한 날이었다.

땀을 뻘뻘 흘려가며 조금 더 길을 걸어간 끝에 약속 장소인 패밀리 레스토랑에 도착할 수 있었다. 먼저 도착한 두 사람은 예약해둔 자리로 가서 앉았다. 일행이 오면 주문을 하겠다며 서버를 물린 휘강은 무표정한 얼굴로 핸드폰을 꺼내 들고 메신저를 확인했다.

"좀 있으면 도착한다는군."

"그런데 연희 씨는 어떻게 된 거예요?"

유나의 집에 옷 가방만 한가득 풀어놓고선 지난 이틀간 연희는 들어오지 않았다. 이상하게 생각한 유나가 연희의 소식을 묻자 휘강은 잠시 일을 시킨 게 있어서 그렇다며 오늘은 만날 수 있을 거라고 했다.

그리고 나서 곧장 이곳으로 오느라 더 자세한 사항은 물어보지 못했던 것이다.

"상담자와 함께 오기로 했어."

간략하게 답을 하고선 휘강은 메뉴판을 펼쳐 들었다. 사람을 앞에 두고 무관심하게 메뉴 연구나 하는 것이 괜히 탐탁지 않았다. 유나는 손바닥으로 메뉴를 가리며 그의 관심을 끌었다.

"뭐지?"

"심심한데 아무 얘기나 해요."

"무슨 이야기가 하고 싶은데."

"음, 상담 일에 대해서 말해봐요. 연희 씨에게 대강 듣긴 했지만 아직도 뭘 하는 건지 모르겠어."

"인간들이 말하는 상담하곤 다르니까."

"그래요, 그렇게 말하더군요, 연희 씨도. 구체적으로 어떻게 다르다는 건데요. 그리고 무엇에 대해 상담을 해준다는 건지도 궁금하고. 사실 그쪽이 상담사 스타일은 아니잖아요?"

휘강은 메뉴판을 도로 접으며 뚱한 표정을 지어 보였다.

"네가 말하는 상담사의 자질이 뭔지는 모르겠다만. 내가 하는 일은 간단히 말해 인간과의 삶에서 생기는 문제를 들어주고 해결책을 제시하거나 더 나아가서 직접적으로 도와주는 거야. 오래전부터 우리는 너희 인간들 틈에 섞여 살아가는 일이 잦았어. 연희처럼 인간을 이용해 먹음으로써 살아가는 요괴도 있고, 단순히 인간이 좋아서 머무르는 경우도 있지. 극단적으론 인간들을 해하려 숨어드는 놈들도 있고. 하지만 요즘의 인간 세상은 이전과 달리 너무 빠르게, 우리가 미처 예측하지 못한 방향으로 변해가고 있거든. 그래서 종종 해결 못 할 문제에 부닥쳐 곤란해지는 요괴들이 생기지. 그런 이들에게 내가 아는 한에서 도움을 주고 거기에 대한 대가를 받아서 생활비를 충당하고 있고. 이 정도면 대충 설명은 됐겠지?"

"흠…… 어려움이라면 어떤 걸 말하는 건데요?"

이어진 질문에 휘강은 귀찮다는 듯 혀를 차면서도 테이블 쪽으로 몸을 당겨 앉았다.

"다양해. 정체가 들통 나서 급하게 새로운 신분을 구하려 한다거나, 인간과 얽힌 사건에서 요괴란 처지 때문에 제대로 대처를 못 한다거나. 누명을 쓰기도 하고 반대로 의도치 않게 인간에게 피해를 주는 경우도 있지."

그의 설명에 유나는 천장에서 길게 드리워진 조명을 올려다보며 삐쭉 입을 내밀었다.

"그러니까, 탐정이나 흥신소 같은 일을 하는 거네. 그렇게 말하긴 뭐하니까 상담이라고 부르는 거고."

두통이 느껴지는지 살짝 미간을 찌푸리며 휘강은 검지로 이마 가운데를 톡톡 두드렸다.

"네 맘대로 생각해라."

유나는 무언가 떠오른 듯 손뼉을 치며 다시 휘강에게 물었다.

"지난번에! 102호 누수 때문에 찾아갔을 적에 본 여자. 그 사람도 그럼 요괴?"

"아, 역시 그때 집 안까지 봤던 건가? 맞아, 그날도 방문자랑 상담 중이었지."

짧은 한숨과 함께 휘강은 위쪽으로 시선을 옮기며 말했다.

"대체 무슨 상담이었기에 아래층에 그 사달이 났던 거예요?"

유나는 이틀 전 기어이 천장 벽지를 새로 바른 102호 아저씨를 떠올렸다. 물 얼룩이 남은 자리는 역시나 휘강의 안방 침대 바로 아랫

자리였다.

"이사 문제로 찾아온 거였어. 원래 살던 저수지가 매립되는 바람에 다른 곳으로 옮겨야 했는데 새로 이사한 곳에서 텃세에 밀렸던 모양이더군."

"저수지요?"

"응, 그때 봤다는 여자. 물귀신이었거든. 어찌나 울어대던지 덕분에 그렇게 된 거지."

역시나 상상을 초월하는 일의 진상에 유나는 황당함을 감추지 못했다. 한편으로는 역시나 싶은 마음도 있었다. 앞으로는 눈앞에 벌어지는 상황을 있는 그대로 수용하는 태도에 익숙해져야겠다는 생각을 하며 다시 테이블 쪽으로 시선을 떨구었다. 그때 가게 입구 쪽에서 발랄한 여자아이의 목소리가 들려왔다.

"먼저 왔네요?"

유나가 고개를 들어 보니 교복 차림의 낯선 여학생이 그들을 향해 손을 흔들어 보이고 있었다. 그 뒤로는 같은 교복을 입은 또 한 명의 여자아이가 고개를 숙인 채 우물쭈물 뒤를 따랐다.

인사를 건네는 쪽이 상담을 요구한 요괴인가 싶어 어색한 미소를 짓던 유나는 자신에게 다가와 얼굴을 쓱 들이밀며 이를 드러내고 웃는 아이의 행동에 당황했다.

"잘 지냈어, 유나 씨?"

"연희 씨?"

그제야 상황 파악을 한 유나는 여고생의 얼굴을 살폈다. 뽀얀 피부에 짙은 눈썹, 아담한 이목구비에 살짝 처진 눈초리가 보호 본능을 자극하는 생김새였다. 그 역시 누군가의 첫사랑의 모습일 거란 데에 생각이 미치자 다른 쪽으로 상상을 하게 되었다.

한눈에 보기에도 열대여섯이나 되어 보이는 외모인 지금 연희의 모습으로 대체 어떤 남자를 유혹했던 것일까. 괜한 상상을 하게 되자 몸이 근질거리는 느낌에 도리질을 하며 잡념을 날려버렸다. 그러곤 연희의 뒤를 따라 들어온 또 한 명의 여고생을 보았다. 그렇다면 그녀가 바로 상담 대상인 인물이란 얘기다.

"민지라고 했지? 일단 앉자."

휘강은 유나의 옆자리를 손으로 가리키며 말했다. 자연스럽게 연희는 휘강의 옆자리를 차지하고 앉게 되었다. 자리에 앉자마자 연희는 메뉴판부터 집어 들었다.

"일단 밥부터 시킵시다. 배가 너무 고프다."

유나는 요괴들의 식사에 대해서도 연희에게 물어보았었다. 그녀의 말로는 그들도 뭔가를 먹어야 했다. 기본적 대사를 위해서는 음식을 먹어야 하고 영력의 보충은 그와 별개라는 것이다.

그리고 먹을 게 없게 되면 영력으로 얼마간 신체 기능을 유지할 수도 있다고 했다. 식성에 관해선 요괴마다 천차만별이지만 대부분은 인간과 크게 다르지 않은 모양이었다.

물론 가리는 음식은 있었다. 대부분이 영력과 항마적 상징에 관련되어 있는 음식들인데 흔히들 악귀를 쫓는 음식으로 알고 있는 붉은팥이나 복숭아 같은 것이었다.

유나는 주문을 끝내자 가장 먼저 연희 쪽을 보며 어찌 된 일인지 물었다. 이틀간 소식이 없더니 갑자기 다른 모습이 되어, 게다가 교복 차림으로 등장했으니 궁금할 법도 했다.

"현지답사를 다녀왔지. 일단 여기 소개부터 할게. 의뢰를 한 송민지, 이쪽은 나랑 같이 살고 있는 최유나."

옆자리의 소녀는 유나를 아래위로 훑더니 머뭇머뭇 손을 내밀었다. 악수를 하면서 유나는 무척이나 어두운 느낌의 아이라는 생각을 했다. 그리고 보면 볼수록 그 느낌은 구체적인 실체를 가진 듯 점점 크게 느껴졌다. 단순히 표정이나 분위기가 어두운 게 아니라 송민지란 학생에게만 먹구름이 드리워진 듯 그림자가 짙게 깔린 것 같았다.

"인간……이시군요?"

소녀의 질문에 유나는 고갯짓으로 사실을 인정했다. 아마도 요괴들의 회동에 자신이 끼어 있는 것이 저쪽도 신기하게 여겨진 모양이었다.

"보다시피, 민지는 여고생 신분으로 섞여들어 살고 있거든. 그래서 내가 위장 잠입을 시도한 거지. 그 학교에 전학생으로 말이야."

연희는 여고생으로 분한 자신의 모습을 뽐내듯 손으로 한차례 훑어 보였다. 그 모습을 본 유나가 의아함을 드러내며 그녀에게 물었다.

"전학, 그게 가능해요? 존재하지 않는 학생을."

"그런 부분에서 휘강 오빠의 능력이 발휘되는 거죠. 가짜 신분 만들어내는 데에 일가견이 있거든. 이런 일에 유용한 사람들도 많이 알고 있고."

연희의 칭찬에 유나는 휘강의 표정을 살폈다. 그는 여전히 뚱한 얼굴로 창밖을 보고 있었다. 문득 유나는 그가 의식적으로 자신의 시선을 피하는 것 같다는 생각이 들었다. 역시 일터까지 쫓아다니며 귀찮게 하는 불청객이라고 생각하는 것일까?

"통화하면서 얘기하긴 했지만, 현재 상황에 대해서 다시 한 번 말해봐. 뭐가 문제인지."

휘강은 대각선으로 마주 앉은 민지라는 이름의 여학생에게 시선을 옮겼다. 마르고 작은 체구에 혈색마저 좋지 않은 소녀는 커다란 안경과 앞으로 쓸어내린 머리로 자신을 감추듯 얼굴을 가리고 있었다. 음침하기까지 한 기운을 내뿜으며 민지는 '흠흠' 헛기침과 함께 자신의 이야기를 시작했다.

그녀가 송민지라는 이름을 빌어 인간 행세를 하면서 고등학교에 입학한 것은 2년 전이었다. 다시 말해, 지금의 인간 송민지는 고등학교 2학년 학생 신분이었다.

작년 한 해는 고교 생활이라는, 요괴의 입장에서 이전에 겪어보지 못한 새로운 환경에 던져진 채, 역시나 같은 처지인 동기들과 휩쓸려 정신없이 흘러갔었다. 하지만 1년이라는 기간 동안 민지의 이질감을 아이들도 은연중에 인지하기 시작했다.

왠지 모를 어두운 분위기와 조용한 태도, 그리고 아이들과 대화도 통하지 않고 잘 어울리지도 못하는 성격 때문에 그녀는 점점 학급 내에서 소외되어 갔다. 해가 바뀌고 2학년이 되어 새로운 학급이 구성된 후에도 분위기는 바뀌지 않았다.

그래도 아침마다 가볍게 인사를 나누고 점심시간엔 함께 급식 테이블에 앉은 아이들과 몇 마디라도 나눌 수 있었던 1학년 때와 달리 2학년이 된 후에는 아무도 그녀에게 다가오려 하지 않았다. 마음 맞는 아이들끼리 알게 모르게 무리 지어진 관계망 속에서 민지는 어느새 홀로 동떨어진 섬이 되어버렸다. 그리고 그즈음 뭔가 단단히 잘못되기 시작했음을 눈치챘다고 한다.

"민지 걔 좀 어둡지 않니? 가끔씩 눈 마주치면 괜히 기분이 안 좋아."

"민지? 그게 누군데."

"송민지, 몰라? 우리 반이잖아. 맨 앞자리에 앉는 애."

"아, 그 음침이. 걔 이름이 민지였구나. 난 처음엔 그런 애 있는 줄도 몰랐다. 대박!"

"하긴 쌤들도 걔 없는 애 취급하는 거 같더라. 수업 시간에 민지한테 뭐 시키는 거 한 번도 본 적이 없어. 마치 거기 없는 애 취급하더라니까."

"근데 좀 그렇긴 해, 민지 말이야. 작년에도 같은 반이었는데 진짜 찐따였어. 우울하고 어둡고, 이야기를 해봐도 뭔 소린지 모를 말만 하고."

그녀가 없는 자리에서의 수군거림들은 결국 돌고 돌아 민지의 귀에도 들어왔다. 나중에는 심지어 그녀가 보는 앞에서도 그런 대화가 거침없이 오갔다. 하지만 아무도 그것을 멈추려 하지 않았다. 항의하거나 이의를 제기하는 이도 없었다.

그렇게 음침하고 어두운 아이 민지에 대한 이야기가 교내에 번져갈수록 이상하게도 그녀의 존재감은 점점 더 약해져만 갔다. 아이들의 관심은 자신들끼리 은연중에 주고받는 이야기 속 민지를 향할 뿐, 진짜 그녀에 대한 관심은 오히려 점점 더 희미해져갔던 것이다. 그것이 진짜 문제의 시작이었다.

"3반은 귀신이 같이 수업을 듣는대. 출석을 부르면 전부 대답을 하는데 자리는 하나가 빈다는 거야."

"어, 내가 들은 이야기는 다른데. 지난번 야외 견학 때, 단체 사진 찍었잖아. 그런데 거기에 처음 보는 애가 하나 더 있었대. 다른 반 애도 아니고, 아무도 모르는 학생이 검은 그림자처럼 애들 사이에 끼어서 서 있었대."

괴담이 확산되면 될수록 정체불명의 그림자 학생이란 괴담적 존재의 힘은 자꾸만 커져갔다. 그리고 반대로 민지의 존재는 점점 더 아이들의 시선 속에서, 그리고 그들의 기억에서 흐릿해져갔다.

"많은 걸 바라지 않아요. 그냥 보통의 아이들처럼 평범하게 살고 싶을 뿐인데."

자신의 이야기를 털어놓으며 민지는 눈물을 흘렸다. 하지만 그 눈물마저 회색빛의 탁한 기운을 품고 있었다. 문득 유나는 옆자리의 아이가 시커먼 안개처럼 흐릿해 보인다고 생각했다. 그런 모습도 그녀의 사연도 유나 입장에선 남 일 같지 않았다.

어디선가 밀려온 흐릿한 검은 기운이 그녀 주위로 몰려드는 것만 같았다. 심각한 표정으로 팔짱을 낀 채 이야기를 듣고 있던 휘강은 갑자기 팔을 뻗어 민지의 손을 잡아당겼다. 그러곤 길게 내려 입은 교복 블라우스의 소매를 위로 확 걷어 올렸다.

소녀를 잡은 휘강의 손이 흐릿하게 금빛으로 물들기 시작했다. 순간 유나는 '헛' 하며 놀란 숨을 집어삼켰다. 그의 손이 빛남과 동시에 민지의 몸이 정말로 흐릿하게 변하기 시작했던 것이다.

팔꿈치에서 손목까지 드러난 피부가 색을 잃어가더니 군데군데 투명하게 변했다. 그 아래 놓인 접시와 포크가 내비칠 정도였다. 휘강은 이번엔 블라우스 앞섶을 열기 위해 교복 단추를 풀기 시작했다. 그 모습에 당황한 유나는 서둘러 휘강의 손을 찰싹 쳐냈다.

"뭐야."

휘강이 성가시다는 듯 유나를 바라보며 물었다.

"그쪽이야말로 뭐 하는 거예요! 공공장소에서."

혹여 누군가 그 광경을 목격하기라도 했을까 주위를 둘러보며 유나는 낮은 목소리로 휘강을 타박했다. 그제야 휘강도 자신의 행동이 부적절했다는 것을 깨달았는지 머쓱한 얼굴로 머리를 긁적이며 말했다.

"미안, 그렇게 보일 수도 있겠군. 여고생의 모습이니까."

"완전 그렇게 보였거든요!"

"그러려던 게 아닌 거 알잖아. 저걸 확인하고 싶어서 그랬던 거야."

단추가 풀려 벌어진 교복 사이로 내비치는 물건을 손가락으로 가리키며 휘강이 말했다. 그것은 노끈으로 목에 건 네모난 돌조각이었다. 정사각형의 물체는 옥색이었지만 호박처럼 투명했고 표면에는 시커먼 묵색으로 정교한 도형들이 그려져 있었다.

"그것 좀 볼 수 있겠나."

휘강이 손을 내밀자 민지는 목에 건 줄은 풀지 않은 채 조심스럽게 그것을 빼내어 들고선 찬찬히 그의 손에 올려주었다.

"이게 뭐죠?"

은은하게 빛을 발하는 돌을 유나는 신기한 듯 바라보며 물었다.

"부적이야. 어쩐지 이야기가 어딘지 아귀가 맞지 않는다 했지."

혼잣말처럼 중얼거리며 돌에 새겨진 문양들을 손끝으로 짚어가던 그의 손이 다시금 강하게 빛을 발했다. 빛나는 손으로 돌이 안 보이게 움켜쥐자 투명하던 여학생의 몸이 이번엔 순식간에 시커멓게 물들기 시작했다. 그러자 테이블이 흔들리더니 민지가 팔을 올려둔 쪽으로 심하게 기울기 시작했다. 마치 무거운 물체를 올려두기라도 한 것처럼. 그제야 손에 쥔 돌을 놓으며 휘강은 민지에게 물었다.

"자네는 어둑시니인가?"

소녀는 목에 건 돌을 다시 옷 속으로 갈무리하더니 빨대를 물고 컵에 담겨 나온 체리에이드를 한 모금 마시며 조용히 고개를 끄덕였다.

"특이하군. 어둑시니가 학교에, 그것도 학생으로 섞여들 생각을 하다니."

"다들 그렇게 말하더군요."

"그럴 수밖에. 저마다 정해진 자리가 있기 마련이니까. 그걸 억지로 벗어나려 하니 이런 일이 벌어지는 거야. 그건 어디서 구했나?"

돌 부적이 있을 민지의 가슴께를 손으로 가리키며 휘강이 물었다.

"알고 지내던 산신님께 부탁했습니다. 언젠가 기연으로 도움을 드린 적이 있는 처지라."

"어둑시니와 산신이라, 그것도 별일이군. 하긴 그리 별난 인생이니 이런 일에 휘말렸겠지. 하지만 이건 너무 위험한 물건일세. 특히나 자네 같은 어둑시니라면."

민지는 알고 있다는 듯 고개를 끄덕거렸다. 궁금함을 참지 못하고 이번엔 연희가 휘강의 어깨를 쿡쿡 손끝으로 찌르며 물었다.

"오라버니, 대체 저게 뭔데 그래?"

"광명부(光明符)라고 하는 거야. 원래는 인간을 위한 부적이지. 저걸 지닌 사람은 양기가 성하고 매력이 넘치게 되어 다른 이를 매혹하고 절로 존경과 사랑을 받게 되지. 하지만 워낙 강한 부적이라 득보다 실이 많아. 부적을 찬 사람이나 그에게 매혹된 이들이나 점점 그 힘에 끌려 집착하고 이성을 잃게 되기 십상이거든."

"집착한다고? 얼른 듣기엔 괜찮아 보이는 부적인데. 정치하는 인간들은 특히 좋아할 것 같고. 사기꾼이나 제비들에게도 딱이네."

연희가 흥미롭다는 듯 말하자 휘강도 고개를 끄덕였다.

"그래. 그런 자들이 탐하기 쉬운 부적이지. 하지만 끝이 좋지 못해. 필요한 때에 적절히 사용하고 말면 괜찮겠지만 대부분은 그러질 못하거든. 아마도 음기를 끌어당기는 어둑시니의 기운을 역으로 억누르고 사람들에게 좋은 인상을 줄 수 있게 하려 부적을 응용한 것 같은데."

휘강의 이야기를 듣고 있던 민지가 고개를 끄덕이며 말했다.

"전 이전처럼 사람들을 겁주는 것보다는 함께 웃고 떠들며 친해지고 싶었어요. 오랫동안 바라던 꿈이었죠. 그래서 이 부적에 대한 이야기를 들었을 적에 주저 않고 부탁을 했답니다. 하지만 이런 결과가 올 줄은 몰랐어요."

"이런 결과라니, 어떻게 된 거죠? 아까 몸이 투명해 보이던 것도 그렇고 뭐가 문제인 거예요?"

유나의 의문에 다시 휘강이 답을 했다.

"아마도 부적의 부작용일 거야. 애초의 목적과 달리 쓰이면서 어둑시니에게 정해진 운명을 거스르려다 보니 역효과가 난 거지. 학교에 떠도는 건 단순히 괴담이 아니야. 부적이 사람들에게 영향을 미치고 있는 거지. 원래대로라면 부적을 지닌 사람에게 관심이 쏠려야 하지만 태생적으로 어둠의 기운, 즉 음기만을 끌어들이는 어둑시니에겐 부정적인 관심이 몰리게 작용하는 거야. 매혹이 아니라 공포를 느끼게 되는 거지. 그럼에도 본인이 그것을 거부하다 보니 부적의 힘과 그녀의 의지가 상충해 버리면서 둘로 나눠진 것 같아."

이번엔 연희가 대화에 끼어들어 이야기를 정리했다.

"결국 두려움 같은 부정적인 관심은 괴담이라는 외부의 실체로 몰리게 되고 반작용으로 민지 씨의 존재는 점점 사람들 관심에서 멀어져 흐려지고 있다는 거네?"

"그렇지."

휘강의 대답에 연희는 안쓰러운 얼굴로 민지를 바라보며 물었다.

"지금이라도 이전 생활로 돌아갈 생각은 없어? 이틀 동안 애들 틈에 섞여서 이야기를 들어봤는데 정말로 상황이 심각했어. 이건 단순한 은따 수준이 아니야. 정말로 아이들 기억 속에서 잊히고 있어. 전혀 관심을 받지 못하고 있다고. 이대로라면 정말 사라져 버릴지도 몰라."

걱정스럽게 던지는 그녀의 충고에도 불구하고 민지는 단호한 표정으로 고개를 저을 뿐이었다.

"걱정은 감사합니다. 하지만 예전으로 돌아가고 싶지 않아요. 제가 원해서 선택한 길입니다. 결국 그런 끝이 온다면 하는 수 없겠죠."

무슨 상황인지 속사정을 알 길이 없는 유나였지만 지금 이대로라면 민지에게 심각한 일이 벌어질 수도 있음은 쉽게 짐작이 갔다. 그리고 그 원인이 학생으로 위장해 다니고 있는 학교에서의 급우들과의 관계에 기인하며, 해결책 역시 거기에 있다는 것도 알 수 있었다.

"저기, 잠깐만. 사라진다니, 그게 무슨 소리죠?"

유나의 물음에 아무도 쉽게 입을 열지 못한 채 잠시의 정적이 흘렀다. 결국 먼저 설명을 시작한 건 연희였다.

"말 그대로야. 민지 같은 어둑시니는 사람의 호기심과 관심을 먹고 자라는 존재거든. 관심에서 멀어지면 점점 약해져서 결국 그 존재가 사라져버릴 수도 있어."

그것은 무서운 이야기였다. 사라진다고 표현했지만 인간으로 치자면 죽음과 같은 말일 것이다. 휘강은 사라질 위기에 처한 요괴를 바라보며 자신의 답을 내어놓았다.

"자네가 그런 마음이라면 나로선 대책이 없네. 해결책이라면 학생들의 마음을 돌려놓아야 한다는 건데. 그런 문제는 내가 도와줄 수 있는 일이 거의 없을 것 같군."

단호한 어조로 자신이 해줄 수 있는 게 없다고 이야기하는 그였다. 민지 역시도 그런 대답을 예상했는지 체념한 얼굴로 고개를 끄덕일 뿐이었다. 그 모습에 유나는 괜히 욱하는 심정이 들었다.

"뭐야, 대단한 일 하는 것처럼 굴더니. 그렇게 쉽게 포기하면 되겠어요?"

갑작스럽게 튀어나온 유나의 발언에 휘강은 불편한 심기를 드러냈다.

"도와주기 싫다는 게 아니야. 내가 할 수 있는 게 없다는 거지."

"그래도 노력은 해봐야지. 이렇게 단칼에 거절하는 건 아니잖아요. 이대로 두면 없어질지도 모른다면서요. 자세한 사정까지는 모르겠는데, 여하튼 학교에서 이 학생의 존재감이 부각되면 된다는 거죠? 아이들에게 인기와 관심을 얻어서 따돌림에서 벗어나면 된다는 거잖아?"

휘강은 코웃음을 치며 유나를 노려봤다.

"간단히 말하면 그렇지."

"좋아요, 그럼 이 케이스 내가 맡을게요."

"뭐라고?"

"여기 송민지란 학생인지 요괴인지 내가 도와주겠다고요. 그러니까 나한테 넘겨요."

어두운 표정의 여학생의 어깨에 팔을 감싸듯 두른 채 그녀를 자신에게 맡기라며 떵떵거리는 유나의 갑작스러운 행동에 모두가 당황했다. 휘강은 이해할 수 없다는 표정으로 그녀를 노려보았고, 연희는 재미난 구경이라도 하듯 눈을 반짝이고 있었다.

유나에게 안기듯이 한 작은 체구의 여학생 민지는 이 상황에 어찌 대처해야 할지 갈피를 잡지 못하고 얼굴만 붉히고 있을 뿐이었다.

◆ ◆ ◆

"뭐 하는 짓이야!"

상담을 마치고 돌아오는 내내 거친 숨을 내쉬며 불편한 기색을 숨기지 않던 휘강이었다. 그는 강신 빌라로 들어서자마자 대뜸 유나에게 소리를 내질렀다.

"누가 당신더러 끼어들래. 이건 인간이 참견할 문제가 아니야!"

"그럼 어쩔 건데요. 아무것도 안 할 생각이면서. 그대로 사라지게, 죽게 내버려 두겠다는 거잖아. 나라도 나서서 돕겠다는데 왜 성질이에요!"

유나도 지지 않고 바락 고함을 질렀다. 연희는 그런 둘의 눈치를 보다가 슬금슬금 어수선한 주방 쪽으로 향했다. 한 걸음 물러나 싸움 구경이나 하겠다는 듯.

"돕는다고? 그 애한테 당신이라고 도움이 될 거라 생각해?"

"그건 해봐야 알죠. 생사가 걸린 문제인데 부탁받은 이상 뭐라도 시도는 해봐야 하는 거 아닌가요?"

"참 인간적인 발상이군. 길지도 않은 인생에 집착하는 꼴이. 아니, 그래서 더 집착하는 건가? 우리 모두 언젠가는 사라지기 마련이야. 어쩔 수 없이 그런 순간이 온다면 겸허히 받아들이고 다음을 준비하는 것도 필요하다고."

그렇게 말하며 휘강은 휙 돌아서버렸다.

"철학자 납셨네요. 자기 자신이나, 아니면 가까운 누군가가 그런 상황에 처해도 지금처럼 말할 수 있어요? 아무 노력도 않고 손 놓은 채로 죽음을 받아들이라고."

등을 보이고 선 채 휘강은 아무런 말이 없었다.

"난 못 해요. 적어도 최소한의 노력은 보여주는 게 인간으로서의 도리라고 생각하니까. 당신은 요괴라서 입장이 다른지 몰라도 난 그래요. 그러니까 도와줄 거야. 민지란 사람, 아니, 요괴, 뭐가 되었든! 어떻게든 사라지지 않도록 하겠다고!"

휘강은 여전히 말이 없었다. 유나도 하고픈 말을 내뱉고는 쌕쌕 숨을 고르며 그런 상대를 뚫어져라 노려보았다. 연희는 끼어들 타이밍이 아니란 생각에 반쯤 남은 싱크대 잔해에 기대어 선 채 먼 곳만 바라보며 딴청을 부렸다. 잔해와 쓰레기를 말끔히 치운 뒤 썰렁하게 비어버린 거실 가운데로 어디서 들어왔는지 모를 차가운 바람이 눅눅하게 지나갔다.

"그럼 그쪽 맘대로 해, 난 도와줄 생각 전혀 없으니까."

한참만에야 다시 입을 연 휘강은 툴툴거리듯 말하며 그대로 밖으로 나가버렸다. 닫히는 현관문 너머 아래로 내려가는 그를 향해 유나도 지지 않고 소리쳤다.

"도움 필요 없네요! 내가 알아서 잘해낼 거니까. 두고 보라고."

달칵, 현관문이 닫히자 그제야 유나는 주방에 서 있는 연희를 돌아보았다.

"그런데 어둑시니가 정확히 뭐예요?"

기본적인 것도 모르고 무조건 해결하겠다 달려든 유나의 무모함이 드러나는 질문에 연희는 기가 찬 듯 웃으면서도 한편으로 재밌겠다는 생각을 했다. 어차피 도깨비들과 엮여서 당분간 첫사랑 팔이는 개점 휴업 상태일 것이다. 이번 일이라도 도우며 지루함을 달래면 좋겠다는 생각에 그녀는 유나에게 설명을 시작했다.

"요괴라고 뭉뚱그려 말하지만 우리도 나름 장르가 있거든. 지난번 도깨비들처럼 저마다 능력이나 특성에 따라 인간들에게 불리는 이름들을 따로 가지고 있는 경우가 많아요. 민지는 개중에 어둑시니라는 족속인 거지. 유나 씨는 인간이니까 잘 알겠다. 밤에 어두운 곳을 한참 보다보면 한 번씩 무언가 거기에 있는 것 같은 느낌이 들 때 있죠?"

유나는 예전 산 아래 집에 살 때의 기억을 떠올렸다.

당연하게도 가로등 같은 게 없는 산은 밤이 되면 별빛마저 나무 그늘에 가려 완전한 어둠으로 뒤덮었다. 늦은 밤 뒷마당에 서서 시커먼 나무 그늘을 바라볼 때면 가끔씩 무언가 그 안에서 꿈틀거리는 것이 보였다.

곧 착시라고 생각해버리게 되지만 가끔씩은 어둠 속의 존재가 진짜란 생각에 방 안으로 도망쳐버린 적도 있었다.

어둠이란 단어는 또 다른 기억과도 연결되었다.

지난번 도깨비의 습격을 받았을 때 어두컴컴한 화장실에 갇혔던 때. 유나는 과거의 기억이라 생각되는 영상을 엿보았다. 아직 어린 아이였던 자신이 역시나 눈앞조차 분간할 수 없는 어둡고 좁은 공간에 갇혀 있는 기억.

언제인지 어디인지 심지어 실제 있었던 일인지조차 불분명한 끔찍한 기억이었다. 그때에도 어둠 속에서 무언가 자신을 지켜보는 기분이 들었다.

"그럴 때면 거기에 어둑시니가 숨어 있는 거야. 어둠 속에 살면서 자신들이 어둠 그 자체인 요괴지. 그렇게 숨어서 조금씩 존재를 드러내 사람들의 호기심을 불러일으킨 후에 사람이 관심을 보이면 그것을 힘으로 점점 더 몸을 키워나가는 족속이에요. 반대로 상대의 무관심 앞에선 힘이 약해지지. 사람이 관심을 주지 않으면 점점 작아져서 나중엔 사라져버리고."

그제야 유나는 민지가 사라져 버릴지도 모른다는 연희의 걱정이 무슨 의미인지 구체적으로 이해할 수 있었다.

"당신들도 결국 죽는군요."

"응, 모든 것엔 마지막이란 게 있으니까. 하지만 사람들이 생각하는 죽음과는 달라. 우린 그것이 존재의 마지막이 아니라 지금의 형태에서 다른 것으로 바뀌는 과정이라고 보거든요. 물론 지금의 모습이나 순간에 집착하는 애들도 없는 건 아니지만."

"그런데 그런 특성은 어떻게 작용하는 거죠? 무관심 앞에선 약해진다거나 하는 거. 이유를 알면 그렇게 되지 않게 근본적으로 해결할 방법을 찾을 수 있지 않을까요? 체질을 변화시킨다거나 치료 방법을 찾아낼 수 있을지도 모르고."

그녀의 얘기에 연희는 또다시 피식 실소를 터뜨렸다.

"역시 인간스러운 얘기네. 그런데 우리와 인간은 공생 관계라고 하지만 어찌 보면 기생에 가까운 부분도 있어요. 그런 부분 때문에 요괴들이 인간의 규칙에 얽매이게 되는 거고."

"무슨 뜻이죠?"

연희는 생각을 가다듬는 듯 손으로 턱을 괴더니 톡톡 손가락 끝으로 턱 끝을 두드리며 뱅뱅 같은 자리를 맴돌았다. 그리고 한동안 그렇게 뜸을 들인 끝에 다시 설명이 이어졌다.

"요괴라는 존재 자체가 근본적으로 인간의 심상을 전제한다는 거죠. 우리는 탄생의 기억이 없어요. 어릴 적의 기억도 없고. 그냥 어느 순간 나라는 존재가 나타났고, 그때부터 삶이 시작되었다는 것만 기억하죠. 여기에 대해 사람이든 요괴든 똑똑한 부류들이 나름의 해석을 내어놓은 것이, 요괴란 본디 인간의 상상력이 씨앗이 되어 만들어진 존재들이라는 거예요. 나도 휘강 씨도 민지도 심지어 짜증나는 두억시니들도 모두가 본래 사람들의 머릿속에만 있던 존재들이었다는 거죠. 그러던 것이 여러 사람들에게 구전되고 회자되는 사이 집단의식 속에서 점차 구체화되고 어느 순간 결국 실체를 갖게 된 것이 우리 요괴들이란 주장 말이야. 그렇기 때문에 우리의 존재 역시 그렇게 사람들 사이에 구전된 규칙들에 얽매이게 되는 것이고."

이번에는 유나도 그녀의 말이 얼른 이해되지 않았다. 논리나 개념 자체가 생소할 뿐더러 아귀도 맞지 않는 느낌이었다. 귀로 들어온 어휘들을 꾸역꾸역 간신히 정리한 유나는 되물었다.

"잠깐만요. 그러니까 요괴에 대한 상상을 사람들이 자꾸 하게 되면 진짜로 현실이 된다는 건가요?"

"그렇게 주장하는 이들이 있어요. 백 년 전만 하더라도 이 땅엔

많은 요괴들이 있었거든요. 하지만 어느 순간 대부분이 소리 소문 없이 사라져버렸죠. 한국전쟁을 기점으로 변한 것 같아요. 숲이 없어지고 사람들의 생활과 사고가 전쟁통에 빠르게 삭막해져 버렸죠. 그런 상태에서 서양의 문물이 들어왔어요. 그 바람에 기존의 가치관이나 상상력들은 힘을 잃었죠."

그것은 흥미로운 주장이었다. 역사 속에선 심심치 않게 등장하던 초자연적 존재들이 왜 현재엔 코빼기도 보이지 않는지에 대한 설명이 될 수도 있을 것이다.

하지만 사람들의 상상이 구체화되어 그들이 만들어졌다는 논리는 아무래도 수긍하기 어려웠다. 애초에 현실에 존재하지 않는 무언가를 상상하기 위해선 재료가 필요하다. 아무것도 없는 무에서 유를 창조하는 일은 결코 쉬운 일이 아니니까.

그러기 위해선 요괴에 대한 목격이 우선해야 그에 대한 설화나 공포, 또는 규칙들도 만들어질 수 있을 것 같았다. 그것은 마치 닭이 먼저냐 달걀이 먼저냐라는 논란과 비슷하게 느껴졌다.

"아무튼, 그런 주장이 대세일 정도로 우리는 무언의 규칙들에 얽매여 있어요. 대부분 어찌 된 연유인지 인간들도 알고 있는 규칙들이요. 하지만 그것이 어디에서 비롯되었고 어떤 방식으로 작동하는지는 모르죠. 그러니 애초에 원인을 밝혀 해결할 수도 없어요. 그저 규칙들을 파악하고 교묘하게 우회할 방법을 찾을 뿐이죠."

"그건 비합리적이네요. 현실에도 맞지 않는 규칙에 얽매여야 한다니. 민지 씨는 사람들과 친하게 지내고 싶고, 밝아지고 싶은 거잖아요. 그런데 어둡고 공포스러워야만 생존할 수 있다는 규칙이 미리 정해져 빠져나갈 기회조차 없다니 잔인해요."

유나의 불만에 연희는 고개를 끄덕이며 말했다.

"맞아요. 하지만 규칙에 매이는 건 인간도 마찬가지잖아요. 예전엔 사내들이 작은 부인을 몇씩 두는 것이 아무런 문제가 안 되었어요. 그런데 지금은 법으로 금지하고 있죠. 법이 현상을 규제하고, 또한 현상이 법을 만들기도 하더군요. 인간들의 법이 글로 적혀 있다면 우리의 법은 의식 속에 각인되어 있다는 게 다를 뿐이에요."

복잡한 이야기였다. 쉽사리 판단하기도 어려웠다. 게다가 지금 여기서 연희를 상대로 반론을 제기한들 아무런 소용도 없는 일이었다. 당장은 그런 현실을 파악하고 해결책을 만들어야 한다. 유나는 머릿속이 복잡해졌다.

"어떻게 민지 씨를 도울 방법이 없을까요?"

"일단은 내일 다시 민지를 만나요. 당장 해볼 수 있는 건 가장 단순한 방법이니까."

"단순한 방법? 그게 뭐죠."

"그건 내일 확인해봐요."

연희는 눈웃음과 함께 동그랗게 만 입술 위로 검지를 가져가며 말했다.

빌라 앞, 주차장에 그어진 선을 따라 걸으며 유나는 고민에 빠져 있었다. 여러 가지 생각들이 얼기설기 뒤얽힌 채 지저분한 털 뭉치처럼 머릿속을 굴러다니고 있는 것만 같았다. 가장 큰 문제는 내일부터 본격적으로 시작해야 할 어둑시니 민지에 관한 것이었다.

유나는 그것을 존재적 위기에 처한 요괴에 관한 문제보다는 고교 학급 내 따돌림 문제로 접근해야 한다고 생각했다. 교실 안에서 민지의 존재감을 회복하고 그로 인해 교우 관계가 개선된다면 근본적인 문제도 해결이 될 것이다.

다만 그러기 위한 방법이 딱히 떠오르지 않는 게 문제였다. 고교 졸업을 한 지도 벌써 6년이 넘은 그녀에게 요즘의 학교나 아이들의 문화는 도무지 알 길 없는 미지의 영역이었다.

다음으론 역시 휘강에 관한 것이었다. 아무리 그의 일에 끼어들었다고는 하지만 아까처럼 그렇게 버럭 성질을 낼 만큼의 문제인지 괜히 신경이 쓰였다. 그러고 보면 최근 며칠간 자신을 대하는 태도가 이전보다 더 냉랭해졌다는 느낌도 있었다.

어차피 데면데면한 세입자와 집주인의 관계였다고는 하지만 동시에 생명의 은인이기도 했기에 딴에는 그와 친해보려 노력해왔다. 그러나 어느 순간부터 휘강이 의식적으로 거리를 두는 것처럼 느껴졌다.

유나는 고개를 들어 2층, 휘강의 방 창문을 보았다. 희미하게 켜진 불빛만이 그의 존재를 알리고 있다.

일단 도깨비들과 관련한 사안이 깔끔히 끝난 게 아니었다. 때문에 그에게 보호를 받아야 하는 처지이니 먼저 사과를 해야겠다는 쪽으로 생각을 정리했다. 물론 내키는 일은 아니었지만 언제나 급한 놈이 먼저 우물을 파는 법이다. 하지만 무엇보다 유나를 신경 쓰이게 만드는 인물은 따로 있었다.

그녀는 핸드폰을 꺼내 전화번호부를 열어보았다. 그리고 배현도라는 이름을 검색했다. 이름 아래로 세 개의 번호가 등록되어 있었다.

카페 판타즘의 번호, 업무를 위한 핸드폰 번호, 그리고 마지막으로 쌈지에서 찾은 카드 영수증 뒤에 적힌 그의 개인 번호였다. 그 번호를 터치하자 통화 연결을 할지 묻는 창이 나타났다.

유나는 화면 위의 시각을 확인했다. 저녁 8시를 넘긴 시간, 판타즘의 영업 시간은 저녁 9시까지였다. 그렇다면 아직 가게에 있을 시간이었다. 지금이라면 전화를 걸어도 실례가 되지는 않을 거란 생각이 들었다. 하지만 곧이어 일 때문에 바쁠지도 모른다는 생각이 들었다.

'정말 그린 라이트일까?'

대학 시절 마지막으로 연애 비슷한 걸 해본 지도 벌써 5년째에 접어드는 그녀였다. 아버지의 죽음 이후로는 빌라 운영과 자기 앞가림으로 정신이 없어 남자를 만날 엄두조차 나지 않았다.

그렇게 바싹 말라버린 줄 알았던 연애 세포는 하지만 단 한차례의 소나기에 파릇파릇 싹을 틔우고 있었다. 화면 아래 녹색 통화 버튼 주위를 어루만지던 유나는 눈을 꼭 감은 채 화면을 터치했다.

따르르르릉—.

연결을 위한 신호음이 울린다. 곧 신호음이 끊기고 찰칵인지 달칵인지 정하기 애매한 소리와 함께 굵고 정제된 남자의 목소리가 들려왔다.

"여보세요?"

순간, 접착제로 입을 봉하기라도 한 듯 유나는 아무런 말도 할 수 없었다. 그에게 전화를 걸지 말지를 고민하느라 막상 무슨 이야기를 어떻게 할지에 대한 생각은 전혀 해보지 않았던 것이다. 얼굴이 붉게 달아올랐다. 이대로 전화를 끊어 버려야겠다 생각하는데 다시 남자의 목소리가 들렸다.

"유나 씨?"

찌르릉, 미세한 전류가 가슴에서부터 사지로 퍼져나가는 느낌이 들었다. 그는 아직 유나의 번호를 모른다. 당연히 누군지도 모를 전화였을 것이다. 그럼에도 단번에 자신의 이름을 부르다니, 순간 이 상황에 대한 여러 가지 가설들이 뿅뿅 튀어 올랐다. 그러나 그녀의 입에서 나온 답은 너무나도 간단했다.

"예."

"하하하, 열어보셨구나. 쌈지."

"예."

유나는 다시 단답형으로 답하고 말았다.

"다행이다. 걱정했어요. 영영 안 열어보고 버리는 건 아닌가 해서."

빙고! 빙고! 올레! 오른편 귓가 언저리에서 미니어처 유나들로 구성된 이벤트 팀이 축가를 울리기 시작했다. 아무리 보수적 기준으로 평가한다 치더라도 분명 상대는 그녀에게 관심이 있었고 전화번호를 쌈지에 넣어 보낸 이유도 명확했다.

"국화차, 차는 아직 못 마셔봤어요."

유나는 간신히 입을 열어 나름의 장문을 내뱉을 수 있었다. 그나마도 쪽지와 쌈지에서 연상된 국화 티백의 이미지 덕분이었다.

"그랬구나. 뭐 하고 계셨어요?"

"그냥, 산책 중이었어요. 현도 씨는요."

"전 가게 마감하고 있었어요. 혹시 지금부터 무슨 계획 있으세요?"

"아니요, 그냥 자려고 했는데."

앞뒤 계산할 시간도 없이 유나는 있는 그대로 답을 하고 말았다.

"그럼 같이 술 한잔 하실래요. 아, 혹시 내일 출근하셔야 하나?"

"괜찮아요. 직장 나가는 사람이 아니라서."

대답을 하고선 유나는 다시 한 번 후회했다. 맞는 말이었지만 좀 더 그럴듯하게 꾸며서 말할 수도 있었을 텐데. 이래선 그냥 집에서 떵까떵까하는 청년 백수로 오해할지도 모른다.

"정말요? 잘됐다. 그럼 예스란 뜻이죠? 집이 어디세요. 제가 모시러 갈게요."

그의 말을 듣고 보니 얼렁뚱땅 오케이를 해버린 게 되었다. 이제 와서 아니라고도 할 수 없었다. 유나가 집 근처 사거리와 마트 이름을 얘기하자 현도는 곧장 어딘지 알겠다고 했다. 아무래도 같은 동네 주민인지라 근처 지리가 익숙할 것이다. 그제야 유나는 자신의 몰골을 확인하며 그에게 물었다.

"저기, 얼마나 걸리시겠어요?"

"아, 마감할 거 대충 마무리하고 가면 40분 정도 걸리겠네요. 괜찮죠?"

"예."

다시 단답형 대답이 나왔다. 그 이상은 말할 여유가 없었다. 여전히 전화기를 붙든 채 빌라 계단을 오르며 유나는 맘속으로 40분 안에 어찌 외출 준비를 해야 할지, 옷은 무엇을 입어야 할지에 대해 맹렬히 고민하고 있었다.

"근처에 가서 다시 전화드릴게요. 이 번호로 연락하면 되는 거죠?"

"예."

결국 마지막도 단답형으로 끝내고 말았다.

평소 느리게 살기를 신조로 삼는 유나였지만 막상 닥친 현실 앞에선 초인적인 힘이 솟아났는지 아슬아슬하게 시간에 맞추어 준비를 마칠 수 있었다.

헐레벌떡 뛰어 들어와 옷이며 화장이며 치장을 새로 하는 유나의 모습을 황당한 눈으로 바라보던 연희는 얼마 안 가 상황을 파악했는지 음흉한 미소와 함께 그녀의 모습을 구경하기 시작했다. 준비를 마친 유나가 거울 앞에 앉아 마지막 점검을 하며 전화기 화면을 연신 흘끔거리는 모습을 관찰하던 연희는 그제야 느긋하게 얘기를 걸어왔다.

"남자?"

의미심장한 연희의 목소리에 유나는 얼굴을 붉혔다.

"그냥, 아는 사람인데 잠깐 만나서 얘기나 하자고 해서요."

"이러기야 유나 씨? 다른 건 몰라도 이쪽 방면으론 일가견이 있는 요괴거든, 나."

하긴 첫사랑 팔이란 미명하에 산전수전 다 겪은 남자들 등쳐먹는 요괴가 그녀의 실체였다.

"어쩌다 연락처 받고, 이번에 처음 둘이서 보는 거예요."

"아항, 그랬구나. 잘해봐요. 내가 지원 사격해줄 필요는 없죠?"

'어머, 설마요. 딴 사람도 아니고 연희 씨랑 나갔다가 엉뚱한 사랑의 작대기 놓으라고요?'라는 말을 마음속에 묻으며 유나는 괜찮다고 답했다. 다행히 동시에 현도로부터 전화가 왔기에 근처까지 왔다는 그의 연락을 확인한 유나는 서둘러 집을 나섰다.

그녀 앞에 나타난 오늘의 현도는 이전과는 또 다른 느낌이었다. 하얀색 셔츠에 루즈한 리넨 바지, 캔버스화의 조합은 편안해 보이면서도 나름의 분위기가 있었다.

마치 여름철 해변 휴양지를 찾은 헐리웃 스타의 파파라치 컷을 보는 것 같았다. 둘은 지하에 위치한 칵테일 바에 자리를 잡았다. 강신 빌라에선 제법 떨어진 곳이었지만 그래도 도보로 이동 가능한 거리였다. 유나는 여태껏 살면서도 동네에 이런 가게가 있는지도 몰랐던 곳이었다.

"우리 동네도 칵테일 바가 있었네요?"

"나름 있을 건 다 있잖아요, 이 동네. 우리 카페도 있고."

장난스럽게 웃는 현도는 이전보다 훨씬 편안한 느낌이었다.

"유나 씨는 그럼 무슨 일 하시는 거죠? 직장인은 아닌 모양이고, 프리랜서?"

"맞춰보세요."

"음, 왠지 예술 쪽 일을 하실 거 같아요. 음악이나 미술 쪽."

"하하, 전혀 아닌데. 왜 그런 생각을 하셨어요?"

"글쎄요, 풍기는 포스? 우리 가게에 오셔서 혼자 계실 때 보면 항상 뭔가 골똘히 생각하고 있었거든요. 혼자 온 여성분들은 핸드폰만 들여다보거나 노트북 꺼내놓고 과제를 하거나, 그것도 아니면 책이라도 읽는 게 보통인데."

확실히 요즘 고민거리들이 많아서 멍하니 앉아 머리만 돌리는 시간이 길었던 건 사실이었다. 하지만 그게 타인에겐 그런 식으로 비춰지리란 것은 예상 밖이었다.

"예능 쪽은 꽝이에요, 저. 판타즘에 같이 갔던 제 친구가 오히려 그런 쪽이죠. 소설가거든요. 간간이 그림도 그리고. 전 물려받은 빌라가 있어서 그거 관리하는 일이 주 업이에요. 아까 보신 건물."

"아, 그랬구나."

현도는 의외라는 듯 놀라면서도 재밌어했다. 이렇게 젊은 건물주는 처음 뵙는다며 가볍게 농담도 건넸다.

그렇게 한동안 둘은 서로의 신상에 대해 가볍게 정보를 주고받으며 이야기를 이어갔다. 현도는 유나보다 다섯 살 연상이었다. 그녀처럼 양친을 여의고 혼자 상경해 이 일 저 일 하다가 얼마 전에 카페를 개업한 거라고 했다.

자전거와 수영을 즐겼고 재즈를 좋아하며 카페를 운영하긴 했지만 커피보단 홍차를 선호한다고도 그랬다. 그렇게 한참을 즐겁게 떠들며 웃다가 어느 순간 둘의 이야기가 뚝 끊기는 때가 찾아왔다. 말없이 그녀를 바라보던 현도가 문득 유나에게 물었다.

"유나 씨는 사귀는 사람 있어요?"

"왜요? 궁금하세요?"

유나는 이번에는 슬쩍 대답을 회피하며 마이 페이스를 유지한 채 되레 질문을 던졌다.

"궁금하니까 물어보죠. 유나 씨 같은 분이면 있을 가능성이 높을 것 같긴 하지만."

"그거 칭찬 맞죠? 그런데, 없어요. 이런 시간에 싸돌아 다녀도 질투해줄 사람도 없답니다."

양손을 펼쳐 보이며 장난스럽게 받아치는 그녀였다. 현도 역시 그런 유나를 미소 지으며 바라보다가 문득 자신의 빈잔을 들어보였다.

"그러고 보니 늦긴 했네요. 벌써 11시가 다 되었어요."

벌써 그렇게 되었나? 놀라며 유나도 시계를 확인했다. 잠깐 이야기를 나누었다 생각했는데 그 사이 2시간이 훌쩍 지나가버렸다.

바를 나서자 은근 쌀쌀한 밤공기에 부르르 몸이 떨렸다. 가슴이 파인 민소매 원피스는 아직 이른 시기인가 생각하며 몸을 움츠리는데 현도의 팔이 그녀의 어깨를 감쌌다.

"추워요?"

그렇게 말하며 그는 자기 쪽으로 유나의 몸을 슬쩍 끌어당겼다. 따뜻한 체온과 함께 크고 단단한 몸이 와닿는 것이 느껴졌다. 갑작스러운 접촉에 유나가 어쩔 줄 몰라 하는 사이 현도는 고개를 숙여 그녀와 눈높이를 맞추며 말했다.

"가요. 집까지 바래다 드릴게요."

마치 연인처럼 딱 달라붙은 채로 강신 빌라까지 한참을 걸어가는 사이 유나는 쿵덕대는 심장 소리와 달아오른 얼굴을 감추기 위해 애를 써야 했다. 그 때문인지 처음 나설 때보다 되돌아가는 길이 훨씬 더 짧게만 느껴졌다.

빌라가 보이는 골목에 다다르자 현도는 유나의 몸을 감싸고 있던 팔을 그제야 풀어주었다.

"오늘 즐거웠어요, 유나 씨."

"저, 저도요."

의도치 않게 잠긴 목소리가 튀어나오는 바람에 유나는 당황했다.

"혹시, 다음 주 월요일에 시간 되세요?"

"월요일이요?"

"예. 가게 노는 날이거든요. 어디 바람이라도 쐬러 가지 않으실래요."

하릴없는 건물 관리인의 삶에 대해 이미 털어놓은 터였다. 그 외에 이렇다 할 핑계도 떠오르지 않았다. 아니, 굳이 바쁘다는 핑계를 댈 이유도, 대고 싶은 마음도 없었다. 유나는 말없이 미소와 함께 고개를 끄덕여 보였다.

그렇게 현도와의 다음번 만남을 기약하며 그녀는 빌라 계단을 올라갔다. 이미 12시가 다 된 시각이었다. 여전히 불이 꺼지지 않은 강신 빌라 2층 두 번째 방의 창문은 그런 두 사람을 말없이 내려다보고 있었다.

Chapter 7
요괴의 변신은 무죄

이튿날, 유나는 연희와 함께 민지를 만나기 위해 시내로 향했다. 더위가 시작되어 후텁지근한 날씨였다. 빙수 가게에 자리를 잡고 앉은 유나는 이제부터 어찌해야 할지 막막함에 안절부절못했다. 반면에 연희는 아침부터 잔뜩 기합이 들어 있었다.

"민지 씨, 어떻게 할 생각이에요?"

민지의 학교에서 시내로 오는 버스가 도착하게 될 정류장을 건물 2층 창문 너머로 내려다보며 유나가 물었다. 연희는 사기그릇에 산더미처럼 쌓아 올린 빙수를 스푼으로 퍼내고 있었다. 더운 여름 곱게 간 눈꽃 얼음이 당기는 것은 요괴나 사람이나 마찬가지인 모양이었다.

"어제도 말했다시피 간단해요. 심플 이즈 베스트! 아이들의 관심에서 멀어진 것이 문제의 원인이라면 다시 관심을 끌면 되지 않겠어요?"

"저도 그렇게 생각은 하지만, 어떻게요?"

"애나 어른이나 사람들의 관심을 끄는 요소는 단순하잖아요. 아, 저기 민지다."

창 너머로 방금 버스에서 내린 여고생의 모습이 보였다. 학교에서 바로 왔는지 교복 차림에 여전히 음울한 표정의 민지를 다시 보니 유나는 갈 길이 멀다는 생각에 암담한 기분부터 들었다. 멀리 떨어져 있음에도 그녀가 뿜어내는 어두운 기운이 마치 눈에 보이는 것처럼 강렬하게 느껴졌다. 그 기운에 유나는 자신도 모르게 혼잣말처럼 중얼거렸다.

"어두워."

"그러게요, 그러니까 오늘의 목표는 한 가지, 변신. 여자의 변신은 무죄! 알죠?"

연희의 말에 그제야 유나는 그녀가 노리는 수가 무엇인지 알 수 있었다. 그리고 보니 약속 장소로 잡은 장소도 화장품과 옷 가게가 몰려 있는 거리 근처였다.

일단은 옷차림부터 손을 보기로 했다. 요즘은 교복도 수선해서 입고 다니는 것이 기본이라는데 민지의 차림은 정석 그대로였다. 마치 학교 홈페이지에 올바른 교복 착용법이란 코너가 있다면 예시 사진으로 넣어도 좋을 정도로.

"아무래도 밝은 컬러가 좋겠지?"

젊은 층에게 인기라는 셀렉트 숍에서 일단은 가장 밝고 화려한 원단의 옷부터 시작을 해보았다. 아담하고 마른 체형의 민지였기에 디자인이나 핏은 깊이 고민할 필요가 없었다.

애초에 커버해야 할 그녀의 단점은 명확했다. 과감한 형광 노랑의 블라우스에 하얀색 스키니 진을 시착하고 나온 민지가 둘 앞에서 어색한 포즈를 취했다.

'어둡다.'

두 사람은 같은 생각을 하며 새로운 옷을 골라왔다. 라이트 핑크의 긴 남방에 워싱이 들어간 밝은색의 진을 맞춰보았다.

'어두워.'

노출을 해보면 어떨까? 커다란 꽃무늬가 들어간 민소매 미니 원피스로 팔과 다리를 드러내고 머리도 올려보았다. 역시 어두워 보였다. 다음으론 아예 접근을 달리해 형광 핑크에 화려한 프린트가 들어간 운동복으로 활동적인 분위기를 시도해보았다.

'액티브하게 어두워.'

세 시간을 돌아다니며 수십 벌을 갈아입혀 보았지만 이렇다 할 답은 나오지 않았다. 민지의 어두움은 차림이나 분위기 때문이 아닌 태생적인 문제인 듯했다.

"순서를 잘못 잡았어. 일단 기본부터 갑시다."

오기가 생긴 연희는 두 사람을 잡아끌고 VIP로 등록되어 있다는 단골 헤어숍으로 향했다. 다시 택시를 타고 한참을 달려 도착한 숍은 꽃뱀 요괴의 단골 업소답게 방송에도 알려진 유명 업체였다. 연희가 유나와 민지를 달고 들어서자마자 그녀를 알아본 직원이 찰싹 달라붙어 가게 안쪽에 마련된 대기실로 안내했다.

곧이어 원장이 직접 나와 연희를 응대했다. 유나도 방송에서 몇 번인가 본 기억이 있는 여장부 스타일의 원장은 연희를 보자마자 환하게 웃으며 반겼다.

"지나 씨, 오랜만이야. 요즘 뜸하더니, 어디 다녀왔어요?"

지나? 생경한 이름에 유나는 반사적으로 연희를 보았다. 가게에 들어오기 전에 그녀는 다시금 모습을 바꾼 상태였다. 구릿빛 피부에 육감적인 몸매가 돋보이는 혼혈 느낌의 섹시한 여자의 모습이었다. 때마다 모습을 바꾸는 그녀이니 신분도 거기에 맞춰 다양하겠다는 생각이 뒤늦게 들었다.

"일이 바빠서요. 오늘은 저보다도 이 친구 때문에 왔는데."

연희는 민지의 등을 떠밀어 원장 앞에 데려다놓고선 걱정스러운 얼굴로 말했다.

"아끼는 동생인데, 보시다시피 좀 분위기가⋯⋯."

그녀는 슬쩍 말을 흐리며 원장의 반응을 살폈다.

"그러게. 칙칙하다. 미안해요, 학생. 그래도 그렇게 보이니까."

민지는 체념한 듯 무덤덤하게 고개를 끄덕이며 상대의 말을 스스로 인정했다.

"전체적으로 좀 밝아 보이게, 메이크업하고 헤어까지 부탁드릴게요."

연희의 말에 원장은 도전 과제를 받아 든 것처럼 열의에 찬 눈빛으로 민지를 스캔하기 시작했다. 그 광경을 신기한 듯 바라보는 유나에게 연희가 속삭였다.

"그 사이 우리도 관리 좀 받을까요?"

"예?"

"여기까지 와서 그냥 가기 아쉽잖아. 솔직히 헤어나 피부나 푸석하기론 유나 씨도 만만치 않거든. 멍하니 기다리기도 그렇고. 내가 쏠 테니까 제대로 관리 받고 가자."

연희는 유나의 머릿결을 매만지면서 키득거렸다. 유나로선 부인할 수 없었다. 최근엔 관리를 거의 하지 않기도 했거니와 나이는 속이지 못하는지 여러 모로 예전 같지 않음을 스스로도 느끼고 있었으니까. 유나는 마지못한 척하며 연희를 따라 자리에서 일어섰다.

모발 관리와 스타일링, 메이크업까지 연예인이나 받을 법한 풀코스는 한 시간이 넘게 소요되었다. 의자에 앉아 남의 손에 얼굴을 맡기고 있으려니 좀이 쑤시기 시작할 즈음 드디어 다 되었다는 직원의 말과 함께 풀려날 수 있었다. 그렇게 단장을 끝낸 자신의 모습을 거울에 비추어 본 유나는 새삼 시장경제의 위대함을 실감했다.

'어머, 이게 나?'

90년대 순정 만화에나 나올 법한 멘트를 속으로 주워섬기며 유나는 내심 감탄을 연발할 수밖에 없었다. 프레임 주변의 라이트에서 뿌려주는 조명을 받으며 거울 속에서 놀란 표정을 짓고 있는 여자는 생전 처음 보는 인물이었다.

이쯤 되면 화장이 아니라 분장이란 생각을 하며 거울 속의 자신을 바라보는 유나의 뒤로 어느샌가 연희가 다가와 어깨 위에 손을 얹었다.

"유나 씨 너무 예쁘다. 역시 기본이 좋으니까 조금만 만져줘도 포텐이 터지는구나."

"기본은 무슨, 기술이 좋아서죠."

"무슨 소리! 유나 씨 같은 미인이 안 꾸미는 건 남자들에 대한 실례야. 그죠, 선생님."

연희는 옆에서 지키고 서 있던 직원에게 동의를 구했다. 유나를 담당했던 직원은 곧장 고개를 끄덕이며 그녀의 말에 공감했다. 그런 호들갑이 유나도 싫지만은 않았다. 그때 또 다른 직원 한 명이 연희에게 다가와 나긋하게 말을 전했다.

"일행분 끝나셨습니다."

"고마워요. 그럼 가볼까요, 유나 씨?"

건물 2층에 따로 자리한 원장 전용 룸에 들어선 순간 유나는 심상치 않은 기운을 감지했다. 방 안에는 원장을 비롯해 세 명의 스태프들이 있었다. 그중 한 명은 의자에 앉은 민지 옆에서 연신 무언가를 설명하고 있었다. 다른 둘은 방 한쪽 구석에 벌 받는 아이처럼 손을 모은 채 서 있었고 그들 사이로 간이 의자에 주저앉아 있는 원장의 뒷모습이 보였다.

"원장 쌤?"

연희는 그쪽으로 천천히 다가가 원장을 불렀다.

"연희 씨, 왔어? 미안해. 여태 이런 일은 없었는데."

모든 것을 하얗게 불태운 사람처럼 어깨를 늘어뜨리고 고개를 숙인 원장에게서 한 시간 전에 보였던 자신감과 당당함은 찾아볼 수 없었다.

"인정할게. 내 실력이 부족해서야. 나도 뭐가 잘못된 건지 모르겠어. 여태껏 인생 헛살았나 봐."

"아니에요, 선생님. 그런 말 마세요."

옆에서 듣고 있던 스태프 하나가 원장의 팔을 붙잡고 울먹이며 말했다. 유나는 방 가운데 놓인 의자 쪽으로 향했다. 민지의 뒷모습이 보였다. 아까보다 밝은 색깔로 염색된 머리카락이 윤기를 내며 찰랑거리고 있었다.

기대 반, 불안 반의 심정으로 의자 앞으로 나아가 선 유나는 의자에 앉은 민지의 얼굴을 확인했다. 전문가의 손길이 느껴지는 세련된 화장법으로 꾸며진 그녀의 얼굴을 마주하는 순간 유나의 머릿속에 떠오른 생각은 단 하나뿐이었다.

'어두워!'

연희의 시도는 결국 모두 허사로 돌아가고 말았다. 멋지게 치장하고 밝은 톤의 의상으로 갈아입었지만 특유의 어두움은 민지에게서 벗겨낼 수 없었다. 오히려 외면적인 모습과 속에서 풍겨 나오는 기운이 상충하면서 기묘한 느낌만 더욱 강해지는 역효과마저 느껴졌다.

"그래도 예쁜걸요, 내 모습. 이렇게까지 노력해주셔서 감사해요."

건물 유리벽에 비친 자신의 모습을 확인하며 민지는 애써 기쁜 척 말했다. 하지만 유리벽에 비친 반사상에서도 스멀스멀 새어 나오는 검은 아우라가 느껴졌다.

"좀 더 생각해보자. 이건 시작에 불과해. 다른 방안이 있을 거야."

연희는 애써 기운을 북돋우며 민지를 위로했다. 하지만 옆에서 지켜보는 유나의 입장에선 이제 외려 연희가 위로받아야 하는 건 아닌가 싶은 생각마저 들 지경이었다.

"괜찮아요. 이만큼이나 애써주신 걸로도 감사해요. 어차피 큰 기대도 안 했어요. 처음부터 규칙에 매인 몸, 그걸 벗어나려 하는 자체가 멍청한 시도인지도 모르죠."

어둑시니는 애초에 사람들의 공포와 두려움을 먹고 사는 요괴였다. 그런 원칙을 어기고 인간들에게서 애정이란 형태의 관심을 구하려던 시도가 무리였다고 민지는 인정하고 있었다. 그런 어둑시니의 어두운 모습을 보던 연희가 갑자기 언성을 높였다.

"그런 생각 하지 마. 태생이니 규칙이니 미리 정해졌다는 말, 결코 변할 수 없고 변해서도 안 된다는 얘기들은 무시해. 포기하지 말라고. 어디에나 예외라는 건 있기 마련이라고. 너 자신이 그 예외가 될 수도 있는 거잖아."

평소와는 달리 강렬하게 감정을 드러내는 연희의 태도에 유나는
당황스러웠다. 자신들을 규정하고 지배하는 규칙들에 대해 당연하
다는 듯 유나에게 설명하던 이전의 모습과는 너무 다른 태도였기
때문이었다. 무슨 사연이 있는 것일까. 자신의 격분한 모습에 스스
로 놀랐는지 연희는 당황한 표정으로 시선을 돌렸다. 그러곤 잠시
후 민지에게 다가가 살며시 그녀를 안아주었다.

결국 오늘의 시도는 허사가 되었다는 생각에 땅거미가 내려앉기
시작한 번화가를 터덜터덜 셋이서 걷고 있노라니 유나는 사람들의
시선이 자신들에게로 날아와 박히는 게 느껴졌다. 민지를 위한 쇼
핑이었지만 그 와중에 연희도 자기 맘에 드는 옷을 사서 갈아입었
다. 민지와 더불어 유나에게도 새 옷을 입히고 숍에 들러선 셋 모
두 풀 관리를 받기도 한 터였다. 게다가 연희는 섹시한 바디에 건강
미 넘치는 지나의 모습이었고 유나 자신도 평소와 달리 나름 전신
에 예쁨을 뿌린 상태였다. 민지의 다크한 기운에도 불구하고 나란
히 선 셋의 외모는 남자들의 시선을 잡아끌기에 충분했다. 그리고
유나는 그런 상황이 영 익숙지가 않았다.

"연희 씨, 이제 그만 돌아가죠?"

유나의 요구에도 불구하고 연희는 아직도 아쉬움이 남은 듯했다.

"그래도 시내까지 나왔는데 이대로 돌아가긴 아쉽다. 아, 저기 노
래방 있네. 노래방 어때요?"

유나에겐 딱히 가고 싶은 마음이 없었다. 원래 노래를 좋아하는
것도 아니고 하루 종일 쇼핑이다, 숍이다 피곤하기도 했다. 하지만
이런 경우 보통은 다수결의 원칙을 따라가기 마련이었다.

연희는 적극적으로 의견을 제안한 사람이고, 옆에서 듣고 있던 민지는 별다른 반대가 없이 연희를 따랐다. 소극적인 찬성파다. 이런 분위기에서 괜히 반대한들 무시무시한 요괴 둘을 적으로 돌리는 것 외에 유나가 얻을 것은 없었다. 그래서 셋은 '아싸 노래방'이란 간판이 달린 3층 건물로 향했다.

노래방은 2층이었다. 새로 개업한 곳인지 내부는 깔끔했고 새 건물 특유의 화학약품 냄새가 옅게 남아 있었다. 세 사람은 안쪽에서 오른편 두 번째인 8번 방을 배정받고 들어갔다.

시작은 역시나 연희였다. 지금의 섹시한 외모 때문인지 소위 '언니'들의 필수 레퍼토리라는 '애뉘야 난 괜찮나'라거나 '쉐닌한 요자라 나를 욕하지는 뫄' 같은 곡을 부를 줄 알았건만 연희가 선택한 곡은 의외로 더더의 '내게 다시'였다.

"언젠가~ 나도 모르게 들려오는 음악 소리에……."

처음으로 들어보는 연희의 노래는 기교는 없었지만 차근차근 악보를 짚어나가듯 부르는 정직함이 느껴졌다. 음정 박자만 정확하면 기본은 먹고 들어간다던 고등학교 음악 선생님의 가르침이 거짓이 아님을 유나는 연희를 통해 실감했다.

다음으로 유나가 마이크를 잡았다. 어차피 노래에 자신은 없었기에 평소 즐겨 부르던 모카의 'Happy'를 불렀다. 반주는 무시하고 한 음을 내려 부르는 유나의 막무가내에 연희가 키를 조정해줘야 했지만 어찌 되었든 그럭저럭 1절을 소화할 수 있었다. 간주가 나오자 유나는 얼른 취소 버튼을 눌렀다. 그리고 다음으로 민지의 차례가 되었다. 노래를 찾으려 책을 뒤지는 그녀에게 연희는 장난스럽게 '밝은 곡, 밝은 곡'을 연창했다. 그리하여 어둑시니인 민지가 고른 곡은 그 와중에 그나마 제일 최신곡인 아이유의 '너랑 나'였다.

노래 초반, 살짝 무겁게 진행되는 전주에서 유나는 그렇지 않아도 어두운 방 안이 더욱 어두워지는 것 같은 착각을 느꼈다. 뒤이어 코러스와 함께 템포가 빨라지며 노래가 시작되었다.

"시곗 보며 속삭이는 비밀들, 간절한 내 맘속 이야기……."

첫 소절이 시작되는 순간 유나는 일종의 충격을 느꼈다. 음침하기만 하던 모습과 달리 노래를 부르는 민지의 목소리는 너무나 밝고 아름다웠다.

게다가 실력 또한 무척이나 뛰어난 듯 느껴졌다. 그녀가 노래를 부르는 모습에 해바라기처럼 시선을 떼지 못하는 유나의 옆으로 슬쩍 다가와 앉은 연희는 반짝반짝 눈을 빛내며 속삭였다.

"이거다! 그치?"

말없이 고개를 끄덕이며 유나는 드디어 해결책을 찾아낸 것에 공감을 표했다. 노래가 끝나자 유나와 연희는 동시에 박수갈채를 보내며 민지를 얼싸안고 방방 뛰었다.

"민지 씨, 왜 이런 재주를 숨겨서 사람 애타게 했어요?"

한껏 지어진 미소를 감추지 못한 채 유나가 말했다. 질세라 연희도 거들었다.

"그러게, 진작 알았으면 괜히 힘 뺄 필요 없었잖아!"

하지만 정작 당사자인 민지는 이게 무슨 상황인지 이해가 가지 않는다는 듯 얼빠진 얼굴로 두 사람을 번갈아 쳐다보고 있었다.

"무슨 얘긴지……."

"노래 말이야! 이 정도 실력이면 어디서든 어필할 수 있어. 게다가 노래 부르는 동안에는 어두운 기운도 잠시 가라앉는 느낌이었고."

"정말이요?"

"정말이지, 왜 거짓말을 하겠어! 오늘부터 노래 특훈, 아니다, 노래는 이 정도면 충분하고. 어디서 판을 어떻게 벌릴지 그것만 연구하면 되겠어."

연희는 흥분을 감추지 못한 채 다음 계획을 궁리하기 시작했다. 그녀는 검지를 들어 민지의 눈앞에서 흔들어 보이며 물었다.

"학교에서 노래자랑 같은 거 하나?"

"아니요. 무슨 초등학교도 아니고 그런 걸 할 리가."

"그럼, 음…… 방송! 요즘 오디션 프로그램 많잖아. 그런 데 나가볼까?"

"그건 아무래도, 변신 능력이 있는 것도 아니고 얼굴 팔리는 일은 피하고 싶어요."

민지가 난처한 표정을 지어 보였다. 잠시나마 밝아졌던 주변은 다시금 급격히 어둡게 물들기 시작했다.

"맞네, 그건 조심해야지. 아, 뭔가 자연스럽게 노래를 부를 기회가 없을까? 지금처럼 애들 노래방 가는 데 슬쩍 묻어가는 건 어때?"

이번엔 유나가 딴죽을 걸었다.

"지금 상황에선 그런 그룹에 끼는 것 자체가 힘들지 않을까요? 설령 같이 가더라도 워낙 소수라 효과도 미미할 것 같고. 민지 씨, 혹시 학교에서 큰 행사 같은 건 없나요. 수학여행은 언제쯤 가지?"

"학교마다 다른데, 우린 가을에나 가는 것 같았어요."

"휴, 그건 너무 기다려야 하네요."

유나는 다시금 실망하며 손으로 턱을 괴고 다른 가능성을 궁리했다. 그러자 민지가 문득 생각이 났는지 조심스럽게 이야기를 꺼냈다.

"저기, 다음 주에 봄 소풍이 계획되어 있긴 한데."

"소풍! 그거 좋다. 소풍 가면 장기 자랑 같은 거 하죠?"

"일단은, 반별로 모여서 단체 활동을 할 것 같긴 해요. 작년에도 그랬으니까."

유나와 연희는 서로 눈빛을 교환하며 고개를 끄덕였다.

"좋았어. 그럼 소풍날을 목표로 갑시다. 노래자랑이 프로그램에 들어가게끔 내가 손을 써둘 테니까. 민지 씨는 컨디션 관리하면서 노래에만 신경 써."

연희는 어느새 잠입 수사를 위해 사용했던 여고생 모습으로 변신해 보이며 자신감을 나타냈다. 하지만 그 모습을 본 유나는 당황스러움에 웃음을 터뜨리고 말았다.

"어머, 연희 씨 그건 좀. 푸하핫."

"응, 왜 그래요?"

조금 전까지 연희는 까무잡잡한 피부에 육감적인 몸을 가진 모습이었다. 의상과 화장도 그 몸에 맞춘 상태였다. 하지만 여고생 모습으로 변하면서 피부색이 밝아지고 빵빵하던 몸매가 한국 표준 체형으로 바뀌자 기묘한 상황이 벌어졌다.

옷은 가슴 부분이 헐렁해지고 허리는 꽉 끼는 데다가 길이는 전체적으로 길어져 빌린 옷에 억지로 몸을 구겨 넣은 듯 맞지 않게 되었다. 화장 역시 피부 톤과 맞지 않아 붕 떠버려 마치 언니 화장품을 몰래 찍어 바르고 나온 아이 같은 꼴이었다. 뒤늦게 그런 부분을 떠올린 연희는 얼른 섹시 바디의 지나로 돌아갔다.

"깜빡했네. 어차피 몸만 변하는 거라 이런 문제가 생겨."

웃음을 간신히 진정시키며 고개를 끄덕이던 유나는 새로운 사실을 깨달았다. 여태껏 침울한 표정을 벗어나지 못하고 있던 민지가 처음으로 웃고 있었던 것이다. 상대를 배려하기 위해 짓는 억지웃음이 아닌 진짜배기 함박웃음을 띤 그녀의 얼굴은 노래를 부를 때보다 훨씬 밝아 보였다.

민지와 헤어진 후, 연희와 함께 강신 빌라 앞으로 돌아왔을 때 유나는 마침 빌라를 나서는 휘강과 마주쳤다. 날씨에 맞지 않게 더워보이는 검은 정장 차림의 휘강은 평소보다 표정이 더욱 좋지 않아보였다. 지난번 언쟁의 여파가 아직도 남은 것인가 생각하면서 유나는 먼저 그에게 말을 걸었다.

"어디 가요?"

"아, 일이 있어서. 그 어둑시니를 만나고 오는 길인가?"

그는 콧잔등 위로 안경을 밀어 올리며 불퉁스러운 태도로 그녀를 내려다보며 말했다.

"그래요, 연희 씨랑 같이. 제법 괜찮은 해결책을 찾았어요."

허리를 꼿꼿이 세운 채 그를 쳐다보며 자랑스러운 듯 이야기하는 유나의 태도에 휘강은 불편한 듯 미간을 살짝 찌푸렸다.

"고생하는군. 알아서들 잘해봐. 그리고 나 당분간 안 들어올지도 몰라. 타지에 일이 생겨서. 결계는 복구가 끝났으니까 가능하면 빌라 안에 머물도록 해."

"아예 빌라에 안 온다고요? 어디 멀리 가나 봐요."

"응, 오래 걸리진 않을 거야."

"도망치는 건가요? 지난번에는 계속 지켜줄 것처럼 말하다 갑자기 훌쩍 떠나겠다니."

유나의 목소리가 냉랭하게 변했다.

"민지 씨도 그렇고 내 일도 그렇고, 다 해결해줄 것처럼 나섰다가 힘들겠다 싶으면 발 빼는 게 그쪽 특기인가 보네요."

자신을 노려보는 유나를 차가운 표정으로 내려다보던 휘강은 한숨을 내쉬었다.

"맘대로 생각해. 난 바빠서 이만."

건성으로 툭 말을 던지곤 유나를 비켜 지나친 휘강은 그 뒤에 서 있던 연희와 눈길이 마주쳤다. 순간 연희의 표정이 딱딱하게 굳었다. 연희는 그에게 무언가 말을 걸려 했지만 잠시 머뭇거리는 사이 휘강은 스치듯 그녀 앞을 가로질러 가버렸다.

"아오, 결국은 싸가지였어. 일이 잘되었다는데 좋은 말 한마디 해주면 어디 덧나? 자기는 못 하는 거 우리가 잘해낼 거 같으니까 질투하는 거야 저거."

골목 저만치 사라져가는 휘강의 뒤에 대고 유나는 씩씩거리며 쌓였던 불만을 터뜨렸다.

"그런 것만은 아닐 거예요. 진짜로 중요한 일이 있는 거겠지."

연희는 유나를 다독이며 말했다. 그렇게 둘이서 함께 빌라로 들어가는 와중에도 연희는 연신 고개를 돌려 휘강이 사라진 방향을 바라보았다.

조금 전 보았던 휘강의 눈을 떠올리며 그녀의 마음이 복잡해졌다. 오랫동안 알아온 그였고, 극단적인 상황 속에서도 흔들리지 않는 모습을 연희는 익히 보아왔다. 그러나 조금 전 그의 눈빛 속에서 잠시 내비친 것은 분명 불안과 불명 속의 흔들림이었다. 그것이 한낱 기우이길 바라며 연희는 무거운 발걸음을 옮겼다.

Chapter 8
그린 라이트? 레드 라이트?

일요일 밤, 열 시를 훌쩍 넘긴 시각임에도 거리는 사람들로 북적거렸다.

세상 부러울 게 없다는 표정으로 딱 들러붙어 걷고 있는 연인, 와글거리며 무리 지어 다니는 사내들, 어두운 골목 구석에서 몸을 숙인 채 헛구역질하고 있는 여자와 옆에서 그녀를 돌봐주는 남자. 불야성을 이룬 대학가의 모습은 화려한 네온사인 불빛처럼 다채로운 원색이었다.

밖으로 내어놓은 편의점 테이블에 자리를 잡고 앉은 휘강은 생수병을 손에 든 채 안경 너머로 거리의 모습을 살피고 있었다.

"3차, 오케이? 오케이!"

투블럭 컷에 한쪽에 귀고리를 찬 빼빼 마른 청년이 일행들을 향해 고래고래 소리를 지르고 있었다. 시뻘겋게 달아오른 얼굴과 풀어진 눈, 비틀거리는 다리. 이미 충분히 취한 듯 보였지만 집으로 돌아갈 생각도, 잠들 생각도 없어 보였다. 비슷한 모습은 거리 곳곳에서 볼 수 있었다.

전기로 만든 차가운 불이 촛불과 등불의 자리를 대체한 이후, 밤이란 시간은 인간의 삶에서 빠르게 의미가 변해갔다. 어둠이 사라지면서 사람들의 상상력도 약해져갔고, 요괴들의 존재도 위기를 맞고 있었다. 이제 휘강과 같은 신화나 설화 속 존재들은 인간과의 공생이 아닌 기생을 고민해야 했다.

'인간의 탐욕은 끝이 없어. 산과 강이, 들과 바다가 저들 손에 훼손되고 사라져가고 있잖아. 그렇게 우리도 사라져갈 거야.'

언젠가 어느 요괴와 나누었던 대화가 떠올랐다. 그렇게 그들은 위기감에 빠졌고, 어느 순간 공생할 것인가 기생할 것인가의 고민은 지금처럼 숨어 있을 것인가 저들을 전복시킬 것인가의 문제로 뒤바뀌었다.

강경파의 주장은 간단했다. 인간을 지배하고 그들을 먹이로 삼는다면, 그래서 공포와 절망을 인간의 머릿속에 각인시킨다면 다시금 요괴들의 세상이 오리라는 것. 자신들의 근원이 인간이라는 것을 부정하며 당장의 생존에 천착하는 이들이었다. 모든 자연물은 영력을 가지고 있고, 그것은 죽음 이후에도 남아 포식자의 몸속에 점차 축적된다.

때문에 먹이사슬의 정상에 자리하게 된 인간은 가장 농축된 영력을 갖기 마련이다. 그리고 가장 간단히 그 영력을 차지하는 방법은 인간과 같은 방식을 취하는 것이다. 지배하고 사육하고 도축하는 것. 먹이사슬에서 인간보다 높은 최상위 포식자가 되는 것. 그것이 그들이 바라고 취하는 생존의 방식이었다.

생각에 빠져 있던 휘강은 순간 인파 속에서 하나의 얼굴을 발견했다. 허리를 등받이에서 떼고 품속에서 사진 한 장을 꺼내어 방금 발견한 인물과 비교했다. 호리한 체구에 앳된 외모의 청년, 지난 며칠간 찾아다니던 자였다. 자리에서 일어선 휘강은 천천히 표적의 뒤를 밟기 시작했다.

유나의 집을 습격한 도깨비는 선두에서 조종을 당한 꼭두각시일 뿐, 보다 큰 배후가 있을지 모른다는 무녀의 충고를 들은 이후 휘강은 홀로 조사를 해왔다.

심혈을 기울여 만든 이중의 결계를 무력화시킬 수 있을 만큼 강력한 자라면 금세 수면으로 올라올 것이란 기대와 달리 추격의 실마리는 좀처럼 잡히지 않았다. 그러던 와중에 평소 거래하던 약재상에게서 뜻밖의 정보를 얻었다.

얼마 전부터 여기저기서 수상한 물건들을 조금씩 사들이는 자가 있다는 것이었다. 발품을 판 끝에 알아낸 리스트 속 물건들은 약재로는 좀처럼 쓰이지 않을 뿐더러 용도가 애매한 것뿐이었다. 몇몇은 인간들의 법으로 수입이 금지된 물품도 있었다.

하지만 이를 하나로 합치면 큰 그림이 그려진다. 휘강을 비롯한 소수만이 알 수 있는 그림. 그것은 결계를 파해하기 위한 주술을 위한 준비였다. 그것을 확인한 휘강은 곧장 약재상이나 밀매상들 인근의 CCTV를 뒤지기 시작했다. 그렇게 찾아낸 것이 지금 그의 손에 들린 사진 속 사내였다.

지난 며칠간의 추적 끝에 그가 매일 같은 시각에 이 길을 지나다니는 것을 확인했고 기다림 끝에 드디어 뒤를 밟을 수 있게 되었다. 휘강은 열 발짝 정도 앞서 걸어가는 표적을 유심히 살펴보았다.

겉으로 보기엔 스무 살 초반 정도로 보이는 앳된 얼굴의 사내였다. 소년이라 불러도 좋을 정도의 외모. 청년의 신분을 증명하는 서류들은 겉보기에는 그럴듯해 보였지만 나름 전문가인 휘강의 눈에는 꾸며낸 흔적들이 적나라하게 보였다.

불법적인 삶을 사는 인간이거나 아니면 휘강과 같은 부류의 존재란 얘기였다. 어느새 표적은 번화가를 벗어나 한적한 주택가로 접어들었다. 조금만 더 가면 표적이 주민등록상 거주하는 것으로 되어 있는 집이 나온다. 홈베이스로 들어가기 전에 상대를 잡기 위해 휘강은 걸음을 서둘렀다.

그때였다. 보통의 걸음으로 터벅터벅 걸어가던 목표물이 갑자기 몸을 틀더니 전력 질주하기 시작했다.

"이런!"

빠르게 골목으로 사라져가는 사내를 보며 휘강은 외마디 외침과 함께 내달리기 시작했다. 몇 번인가 골목길 모퉁이를 돌아 쫓다보니 결국 둘은 막다른 길에 다다랐다. 내부 공사 중인 건물에 막힌 끝에서 상대는 체념한 듯 어깨를 떨어뜨리는가 싶더니 돌아서서 휘강과 정면으로 마주했다.

"왜 쫓아오는 겁니까?"

소년 같은 용모에 어울리는 중성적인 목소리였다.

"강신 빌라라고 하면 감이 오려나."

"무슨 얘긴지 모르겠군요."

검은색 슈트 상의 단추를 풀어재끼며 휘강은 상대를 노려봤다. 아무래도 거짓말을 하는 눈치는 아니었다. 이번엔 질문을 바꿔보았다.

"최근에 쇼핑하느라 바쁜 모양이던데 그건 어디 쓰려던 거였지?"

이번엔 반응이 있었다. 예상 밖의 질문이었는지 청년은 당황한 기색이 역력했다.

"아무래도 사람을 잘못 보신 것 같습니다."

"그럼 도망은 왜 쳤나."

막다른 벽에 붙어선 상대를 향해 휘강은 한 걸음 한 걸음 거리를 좁혀갔다.

"밤거리에서 검은 옷에 수상해 보이는 사람이 미행을 하면 일단 경계하지 않겠습니까?"

"말은 잘하네."

마침내 상대의 앞에 가서 선 휘강이 청년의 왼팔을 잡아챘다. 청년의 팔을 잡아 쥔 휘강의 손바닥이 황금빛으로 은은히 빛나기 시작하자 상대는 인상을 찌푸렸다. 그리고 서서히 그의 모습이 변화하며 실체를 드러내기 시작했다. 청년의 얼굴이 순간 험상궂게 일그러지기 시작했다. 울룩불룩한 근육들이 올라오며 몸 전체가 부풀어 오르고 얼굴의 형상도 점점 거대하게 변하기 시작했다.

불꽃처럼 붉은 눈이 휘강을 노려보았다. 크아악, 고함을 내지르는 입 사이로 크고 날카로운 송곳니가 번쩍거렸다.

휘강은 상대를 잡았던 손을 놓고 뒤로 몇 걸음 물러섰다. 그는 열린 앞섶 사이에서 육모 방망이를 꺼내들고 방망이를 쥔 채로 수인을 맺었다. 그러자 검은색 옷에 적묵으로 그린 문자들이 빛을 발하기 시작했다. 붉은빛은 팔을 따라 내려오더니 손을 거쳐 방망이로 옮겨갔다. 그것을 본 상대방의 표정이 딱딱하게 굳었다.

"크윽, 당신 대체 뭐야?"

안경을 벗어 안주머니에 집어넣고선 휘강은 흘러내린 앞머리를 뒤로 쓸어 넘겼다. 그의 눈과 머리카락이 어느새 황금색으로 물들어 빛나고 있었다.

"너랑 같은 부류."

실체를 드러낸 도깨비는 휘강의 말이 끝나기 무섭게 달려들었다. 비좁은 골목에서 부닥친 두 요괴 사이에 몇 차례 합이 오갔다. 힘의 우위는 금방 판가름이 났다.

마구잡이로 휘두르는 상대방의 공격을 간발의 차로 피한 휘강은 곧바로 육모 방망이를 이용해 반격을 했다. 허공에서 몸을 회전시켜 힘을 더한 몽둥이질을 엉겁결에 팔을 뻗어 막아낸 상대는 괴성을 지르며 바닥을 굴렀다.

"보아하니 조무래기 같은데, 그만 포기하고 누가 시켰는지 불어. 애초에 나도 네가 저지른 일이라곤 생각하지 않으니까."

방망이에 맞은 팔을 감싸 쥔 채 비틀거리며 몸을 일으킨 도깨비는 분노한 듯 그르렁 소리를 내기 시작했다.

"헛소리, 크아아!"

다시금 달려드는 도깨비의 공격을 옆으로 흘려내며 휘강은 몽둥이에 힘을 실어 휘둘렀다. 하지만 이번엔 그의 공격이 허공을 가르며 허사로 돌아갔다.

헛손질의 기세에 흐트러진 균형을 바로잡은 휘강은 자신이 공격한 것이 허상이란 것을 알아챘다. 아차 하는 사이 상대는 어느새 골목 반대편으로 도망치고 있었다. 황급히 뒤를 쫓은 휘강이 겨우 따라잡을 즈음엔 이미 도깨비는 번화가의 인파 속으로 몸을 숨긴 뒤였다.

"이런……."

우세를 믿고 방심한 자신을 탓하며 그는 조금 전 격투를 벌인 장소로 되돌아갔다. 환영을 향해 헛손질을 한 자리엔 짚으로 만든 인형이 떨어져 있었다. 아마도 그것을 이용한 주술로 그의 눈을 흐렸던 모양이었다.

인형을 주머니에 챙기고 주변을 살피던 그의 눈에 도깨비가 남기고 간 또 하나의 단서가 들어왔다. 검은색 인조 가죽으로 만들어진 작은 지갑을 주워 든 휘강은 그것을 살펴보았다. 명함 지갑이었다.

안에는 홍차색 바탕에 글씨가 인쇄된 명함 십여 장이 들어 있었다. 방망이를 집어넣고 안경을 꺼내어 쓴 휘강은 명함 하나를 꺼내어 내용을 살펴보았다. 곧 그의 표정은 차갑게 식었다. 명함에 적힌 주소 때문이었다. 도깨비가 흘리고 간 명함 속 주소는 분명 강신 빌라에서 얼마 떨어지지 않은 위치였다.

지난번 현도와의 갑작스러운 심야 데이트 이후, 유나는 내심 월요일을 기다리고 있었다. 고작 나흘의 시간이 이렇게 길게 느껴진 건 오래간만의 일이었다.

그 사이 민지의 상담을 해결하기 위해 뛰어다닌 시간이 없었다면 아마도 영겁 같은 기다림에 지쳐 쓰러진 채 미라가 되었을지도 모를 일이었다. 하지만 막상 약속한 날짜가 코앞에 닥치자 그녀의 맘은 다시 분주해졌다. 그리고 정신을 차렸을 때엔 딱히 준비한 것도 없이 월요일 아침을 맞았음을 깨달았다. 언젠가 과학 서적에서 읽은 시간은 정속적이지 않다는 이론을 직접 체감하는 것 같았다.

"연희 씨, 나 좀 도와줘."

당장 급한 불을 꺼줄 사람은 오직 그녀밖에 없었다. 유나는 연희를 붙잡고 사정을 설명하며 코치를 부탁했다. 데이트 상대의 신상을 읊어보라는 그녀의 요구에 유나는 자신이 아는 한 가능한 상세하게 현도에 대한 프로필을 읊었다.

곧이어 연희는 거실에 간이로 설치한 개인 옷걸이에서 몇 벌인가를 꺼내어 보더니 이리저리 맞춰보며 의상을 정해주었다. 그렇게 고른 옷을 연희의 차에 실은 채 다시 부랴부랴 달려간 곳은 지난번 민지와 함께 갔던 뷰티숍이었다.

"아무리 그래도 그냥 평일 데이트인데 풀메는 과한 거 아닐까요?"

얼렁뚱땅 의자에 앉고서도 유나는 망설이는 목소리로 연희에게 물었다.

"그냥 데이트라니, 공식적인 첫 데이트잖아. 오늘이야말로 상대에게 진짜 첫인상을 각인시키는 날이라고. 그렇다고 신부 화장하란 얘기는 안 할게. 쌤에게 믿고 맡겨!"

그렇게 정해진 시각에 맞춰 현도와의 약속 장소에 나갔을 때엔 유나는 머리부터 발끝까지 제대로 무장을 갖춘 여전사의 느낌으로 서 있을 수 있었다.

스물다섯 나이에 데이트 패션까지 코치 받는다는 게 남우세스러운 것도 사실이었지만 생각해보면 수 년 만에 제대로 된 첫 데이트였다. 조금은 풋풋한 새내기 시절의 기분을 내도 좋지 않을까 생각하며 유나는 다시 한 번 핸드폰 카메라로 얼굴과 머리 상태를 확인했다. 역시나 전문가 손길의 위대함을 다시 한 번 느꼈다. 화면 속 자신은 저도 모르게 셀카 버튼을 누르게 만드는 매력이 있었다.

"미안해요. 좀 늦었죠."

머쓱한 웃음과 함께 나타난 현도는 뒷머리를 긁적이며 사과를 했다. 분명 약속 시간보다 5분 늦게 도착하긴 했다. 하지만 오늘 유나는 관대한 썸녀 코스프레를 할 생각이었다. 괜찮다며 미소로 답하고 나서야 그녀는 자신을 보는 현도의 표정이 심상치 않음을 깨달았다.

"왜요? 무슨 문제라도 있어요?"

"아, 아뇨. 유나 씨 오늘따라 좀 달라 보여서."

흐이그, 저도 남자 아니랄까 봐. 생각하면서 유나는 비실비실 얼굴근육을 비집고 올라오려는 웃음을 꾸욱 참았다.

"제가요? 어디가 이상한가요?"

유나는 스스로에게 '참 잘했어요 도장을 찍어주고 싶을 정도의 능청을 선보였다. 현도도 그제야 그녀의 태도에 맞장구를 치며 아름답다, 연예인인 줄 알았다며 찬사를 연발했다.

현도의 차를 타고 향한 곳은 인근의 수목원이었다. 제법 넓은 규모의 부지엔 온실과 숲길은 물론 작은 연못과 인공 늪까지 산책로를 따라 다양한 볼거리들이 들어차 있었다.

한동안 코스를 따라 걷다가 힘들지 않느냐는 현도의 눈치 빠른 제안에 두 사람은 수목원 중간에 자리한 전통 찻집에 자리를 잡고 앉았다.

"여기 어때요?"

찻집 창밖으로 내다보이는 분수 광장을 바라보며 현도가 물었다.

"정말 좋아요. 몇 년을 살면서도 근처에 이런 곳이 있는 줄은 몰랐네요."

"사실 저도 검색해서 알았어요. 다들 괜찮다고 하기에 와봤는데 성공이네요."

시원한 매실차로 입을 축이며 현도는 그녀를 향해 씨익 웃어 보였다. 해맑게 웃는 모습이 참 선해 보인다 생각하면서 문득 유나는 웃음에 박한 싸가지를 떠올리고 말았다. 그런 그녀의 속내가 드러났는지 현도가 유나의 안색을 살폈다.

"어디 불편해요? 표정이 안 좋아 보이네요. 그러고 보니 살짝 피곤해 보이는 것도 같고. 더운데 너무 걸어서 그런가?"

"아니에요, 그런 거. 실은 내일 중요한 일을 앞둔 친구가 있어서 그 생각을 잠시 하느라 그랬나 봐요."

차마 휘강의 이야기를 꺼낼 수는 없기에 유나는 민지에 관한 얘기로 둘러댔다.

"친구요? 무슨 일인데요? 시험 같은 거?"

"아뇨. 어…… 생각해보니 시험이랄 수도 있겠네요. 사람들 앞에서 뭔가 발표 같은 것을 해야 하는데 그게 그 친구에게는 상당히 중요한 의미가 있는 발표거든요."

이번에도 봄 소풍 노래자랑에 나가는 여고생 이야기라고 곧이 곧대로 말할 수는 없었다. 그러다 보니 뱅뱅 돌려서 말할 수밖에 없었다.

"음, 뭔지 몰라도 정말 중요한 일인가 보네요."

"네, 아주 중요한 일이죠. 그 친구한테는."

민지의 사정을 떠올리며 고개를 끄덕이는 유나를 유심히 바라보던 현도가 한마디를 던졌다.

"참 좋은 사람 같네요, 유나 씨."

"그게 무슨 말이세요, 갑자기."

"이렇게 진심으로 누군가를 걱정해줄 수 있다면 좋은 사람 아닐까요? 저도 유나 씨 같은 친구가 있었으면 좋겠어요."

그렇게 말하며 지그시 자신을 바라보는 현도였다. 그 눈빛에 유나는 괜히 쑥스러워져 미소로 무마하며 말했다.

"왜요? 이제 나도 현도 씨 친구잖아요."

"하하하, 그러네요. 맞다. 그럼 유나 씨는 내일 친구 발표하는 데함께 가는 건가요?"

"그렇게 될 것 같아요. 제가 딱히 도움을 줄 일은 없지만 그래도……."

"그래도 함께 있는 것만으로도 힘이 되어줄 수 있겠죠."

유나의 말을 마저 이어 끝맺으면서 그가 다시 웃었다. 쿵덕, 다시금 가슴이 맘대로 뛰려 하고 있었다. 유나는 그의 시선을 피하며 녹차가 담긴 컵을 입으로 가져갔다.

"아, 그러고 보니 전에 함께 오셨던 친구분, 요즘 우리 카페에 자주 들르시던데."

"규림이요?"

유나는 역시나 싶은 마음에 헛웃음을 지었다. 여름이 다가오며 날이 더워지고 있었다. 글이 안 풀리거나 날이 더울 때엔 노트북을 들고 카페로 나가 작업하는 것이 규림의 스타일이었다. 그런 그녀에게 집에서 가까운 데다 커피와 디저트는 맛나고 게다가 심지어 꽃미남까지 구비된 카페 판타즘의 존재는 한줄기 단비 같았을 것이다. 요 며칠 소식이 뜸하다 했더니 그곳에 출근부를 찍으며 작업을 하는 모양이었다.

"유쾌한 분이더군요. 우리 직원들도 친구분을 좋아하더라고요. 재밌는 손님이라고."

재미있는 손님이라니, 유나는 친구가 그 카페에서 대체 무슨 행동을 하고 다니는지 슬슬 걱정되기 시작했다. 그냥 단골집이라면 모르겠으나 바로 지금 여기에서 카페 판타즘 사장과 데이트 중인 입장에선 아무래도 신경이 쓰일 수밖에 없는 것이다. 그러다 문득 그런 생각을 하는 자신이 실없다는 생각에 유나는 피식 웃음을 터뜨리고 말았다.

"우리 너무 남 얘기만 하는 것 같아요."

현도가 의아한 듯 그녀를 바라보았다.

"남의 얘기요? 음, 생각해보니 그런 것도 같네요. 그럼 다른 얘기를 하죠 뭐."

"어떤 얘기요?"

"남 이야기 금지라면, 우리 이야기를 하면 되겠죠."

현도의 답에 유나는 순간 당황하며 반문했다.

"우리…… 얘기요?"

"예, 왜 이런 자리에서 흔히들 하는 질문들 있잖아요. 무슨 색을 좋아하냐, 취미는 뭐냐, 가장 최근에 무슨 책을 읽었느냐 같은 호구조사성 질문들."

그의 답에 유나는 잠시나마 '우리'란 단어에 엉뚱한 상상을 한 자신이 민망해졌다. 유나가 어색한 웃음만 지으며 머뭇거리는 사이 현도가 다시 이야기를 이어갔다.

"제가 먼저 해볼까요? 음, 좋아하는 색은 블루, 취미는 수영, 가장 최근에 읽은 책은……. 이거 만화책도 인정해 주나요?"

잠시 고민하던 그가 유나를 보며 물었다. 그녀는 다시 '퓹' 소리 내어 웃으며 고개를 내저었다.

"안 돼요. 만화책은 따로 질문하겠어요."

"아, 곤란하네. 요즘 책을 읽은 지가 한참 되어서. 뭐였더라…….. 아, 생각났다. 코멕 메카시의 '로드'란 책이요. 그런데 생각해보니 너무 음울해서 오늘 분위기하곤 안 맞네요. 자, 이제 유나 씨 차례."

그가 손으로 유나를 가리키며 코를 찡긋했다. 그녀는 헛기침과 함께 자세를 고쳐 앉았다.

"좋아요. 우선 좋아하는 색은 주황색이요. 취미는, 음…… 인터넷 서핑이라고 하면 너무 우울해 보이려나? 아, 이것저것 배우는 걸 좋아해요. 뭐 하나 제대로 배운 건 없지만. 학원 같은 데 가서 수업 듣는 게 재밌더라고요. 그리고 또 뭐였죠? 맞다, 책. 제일 최근에 읽은 건 아까 말한 친구가 쓴 책인데, 이러면 다시 남 얘기잖아요. 그럼 그거 말고, '파이 이야기'를 최근에 다시 읽었네요."

겨우 답을 마친 유나는 어깨를 으쓱해 보이며 현도에게 물었다.

"다른 건 궁금한 거 없어요?"

"가족 이야기가 궁금해요. 지난번에 부모님 모두 안 계시다고 했잖아요."

그러고 보니 지난번 칵테일 바에서 대화 중에 그런 이야기를 얼핏 했던 기억이 난다. 현도 역시 양친이 일찍 돌아가셨다고 그랬다. 그의 경우는 갑작스러운 사고였다. 그가 대학을 막 졸업한 무렵의 일이었단다. 가족 이야기는 가능하면 피하는 주제였다. 하지만 그가 먼저 자신의 이야기를 터놓았기 때문일까. 현도에게는 부모님에 대한 이야기를 하는 것이 전혀 저항감이 없었다.

"아버지는 4년 전에 돌아가셨어요. 갑자기 건강이 나빠지셨죠. 병원에선 바이러스 감염이 의심된다고 했는데 결국 명확한 사인은 밝혀내지 못했어요. 그냥 급작스럽게 신체 기능이 떨어졌고 합병증으로 돌아가셨다는 것만 알고 있어요. 집에서 쓰러진 뒤 입원해서 2주도 안 된 즈음에 말이에요."

"힘들었겠어요."

"아빠 일 때문에 휴학했다가, 곧바로 복학해서 후다닥 학교 졸업하고 직장 찾아보겠다고 빨빨거리다가 어느 시점에서 전부 손 놓아 버렸죠. 덕분에 지금처럼 빌라 관리인의 삶을 살고 있고요."

유나는 이미 지나간 일임에 자신은 괜찮다는 의미로 살짝 미소 지어 보였다.

"그럼 어머니는요?"

결국 그가 질문을 던졌다. 유나로선 아버지의 일보다 더 꺼내기 힘든 부분이었다. 어째서일까? 고작 첫 데이트인데 이런 질문을 던지는 그나, 거기에 술술 답하는 자신이나 이상하기도 하고 신기하기도 했다. 어쩌면 나이 때문인지도 모른다는 생각이 들었다.

30대에 접어든 현도, 그리고 이제 스물다섯이란 미묘한 시점을 맞이하는 자신. 어린 시절처럼 상대의 조건 따위에 관심 없이 사랑이란 본능에 충실한 게 더 이상 힘든 나이인지도 몰랐다. 현도의 표현대로 이런 식의 호구조사가 선행되는 것이 외려 안심되는 나이가 되어버린 것일까?

"불편하면 굳이 답 안 해도 돼요."

그녀의 침묵 때문일까? 현도가 걱정스러운 목소리로 말했다.

"아니에요. 사실은 저도 잘 기억이 나질 않아서 그래요. 제가 어린 시절에 사라지셨거든요."

"사라지셨다고요?"

사실 사라졌다는 표현은 이상했다. 유나의 모친은 실종되었다거나 갑작스레 납치되었다거나 아니면 차원의 문을 넘어가 버렸다거나 한 적은 없었다. 단지 어린 유나와 남편을 남겨둔 채 어느 순간 홀쩍 떠나버렸을 뿐이었다.

"사정은 저도 잘 몰라요. 아빠가 이야기를 해주지 않았거든요. 그렇게 갑자기 돌아가시지만 않았어도 언젠가는 진실을 저에게 털어놓으셨을지도 모르죠. 아무튼 엄마에 대해 아는 건 내가 6살 무렵에 우릴 버리고 멀리 가버리셨다는 거예요. 어디로 갔는지, 어째서 그랬는지도 몰라요. 어쩌면 새로운 남자가 생겼거나 멀리 외국으로 가버린 건지도 모르죠. 아님 둘 다였거나."

유나는 다시 웃음을 지어보려 했지만 이번엔 맘처럼 되지 않았다. 자신의 얼굴이 이상한 표정을 지어 보이고 있다는 것을 느낀 유나는 곧장 고개를 숙이고 말았다.

"미안해요, 유나 씨. 제가 괜한 질문을 해서."

현도는 그녀 옆으로 다가오더니 긴 팔로 어깨를 감싸주었다. 자연스레 그와 몸이 닿자 유나는 편안한 기운이 밀려드는 느낌을 받았다. 지난번 바에서 나와 집으로 오는 길에서와 같은 기분이었다. 따뜻한 현도의 체온을 온몸으로 느끼며 유나도 이번엔 그의 어깨에 자연스레 머리를 기대었다.

"유나 씨……."

유나의 귓가에 그의 속삭임이 들려왔다. 그녀는 대답 대신에 고개를 돌려 그를 보았다. 순간 그가 몸을 숙이며 유나에게 다가왔다. 어깨와 팔에 느껴지는 체온보다 뜨거운 것이 유나의 입술에 포개졌다.

"흡!"

반사적으로 숨을 집어삼키는 유나였다. 하지만 그뿐이다. 더 이상은 아무런 행동도 취할 수 없었다. 단 한 가지, 조용히 눈을 감는 것 외에는.

● ● ●

다음 날, 현도는 평소보다 조금 늦게 일터로 나왔다. 미리부터 나온 두 명의 직원들은 이미 오픈 준비를 마치고 손님 맞을 준비를 하고 있었다.

"좋은 아침."

현도는 활짝 웃는 얼굴로 손을 흔들며 가게로 들어섰다. 오븐 스위치를 맞추고 나온 베이커리 지훈은 카운터 너머에서 허리를 굽혀 정중하게 그를 맞이했다.

"나오셨습니까."

카운터 아래 수납장에서 앞치마를 꺼내 허리에 두르면서 현도는 가게를 둘러보았다. 그의 눈에 홀 한쪽에서 팔을 뒤로 숨긴 채 우물쭈물하는 홀 서빙 담당의 모습이 보였다. 그렇지 않아도 어려 보이는 외모에 행동까지 그러고 있으니 마치 수업 시간에 벌 받는 학생 같아 보였다.

"야, 곽도민. 너 왜 그래? 일루 와봐."

까닥까닥 현도의 손짓에 도민은 마지못해 카운터 쪽으로 다가왔다.

"팔 이리 내봐."

금방이라도 울 것 같은 표정으로 내민 그의 오른팔에 칭칭 붕대가 감겨 있었다.

"뭐야, 어쩌다 그런 거야?"

"그게, 계단에서 넘어져서⋯⋯."

웅얼거리는 도민의 답변에 현도가 버럭 소리를 질렀다.

"뻥치지 말고. 계단에서 굴렀다고 다칠 팔이야?"

"솔직하게 말씀드려."

뒤에서 지켜보던 베이커리 담당 지훈은 진열장 문을 열고 오늘 판매할 파이들을 집어넣으면서 도민에게 충고했다. 앳된 얼굴의 청년은 손가락으로 귓불을 만지작거리며 망설이다 마침내 입을 열었다.

"그게, 지난주 일요일에 마감하고 집에 가다가 누굴 좀 만났어요."

"만나다니, 누굴?"

"저도 정체는 모르겠고. 지난번에 사장님이 심부름시키셨던 거 있잖아요. 약재상 가서 주문한 물건들 찾아오라고 하셨던 거."

도민의 이야기를 거기까지 들은 현도는 대충 상황을 짐작할 수 있었다. 인상을 찌푸리며 그는 계속하라는 몸짓을 도민에게 보냈다.

"그걸 알고 있더라고요. 그 물건들을 왜 샀느냐고, 누가 시켰냐고 털어놓으라기에 일단 피하고 봐야겠다 싶어서 덤볐는데."

"그랬다가 당한 거냐?"

"당했다기보다는 좀 세더라고요, 저쪽이. 겨우 도망은 쳤는데 팔이 좀처럼 낫지를 않아서."

현도는 '휴' 소리를 내며 코로 숨을 내뿜고는 도민의 다친 팔을 살

퍼보았다.

"그럴 법도 하지. 보통 상처가 아니니까."

붕대를 감은 위를 꾸욱 누르자 도민은 '아아' 소리를 내며 허리를 굽혔다.

"오늘은 쉬어. 그런 몸으로 무슨 일을 하겠다고."

"괜찮습니다. 일하는 데에는 큰 지장 없어요."

도민은 고개를 내저으며 다친 팔을 휘휘 돌려 보였다. 그 모습을 보던 지훈은 진열장 너머에서 한심하다는 듯 도리질을 쳤다. 그때 가게 입구에서 묵직한 목소리가 들려왔다.

"사장님이 쉬라는데도 일하겠다니 참한 직원이네."

현도는 쓴웃음을 지으며 소리가 난 쪽을 돌아보았다. 카페 판타즘의 입구가 열린 가운데 검은 슈트 차림의 휘강이 서 있었다. 천천히 가게 안으로 들어서며 그는 손에 들고 있던 것을 도민을 향해 던졌다. 도민은 엉겁결에 그것을 받아 들고서야 아차 싶은 표정을 지었다.

"그 명함 지갑 돌려주러 왔다. 그날 떨어뜨리고 갔기에. 실은 어제도 왔었는데 가게가 노는 날이더군."

카운터 근처 자리의 의자를 끌어와 앉은 휘강은 도민에게서 현도 쪽으로 시선을 옮겼다.

"사장이라, 네가 우두머리겠구나."

"당연한 얘기 아닌가? 사장이면 우두머리지."

능청스럽게 말하며 현도는 카운터에 몸을 기대고 섰다. 뒤편에서 쇠막대기 같은 것을 든 채 스윽 일어서는 지훈을 본 그는 손을 들어 그의 행동을 저지하며 말했다.

"그쪽이 우리 직원 다치게 만들었습니까?"

"직원이라, 솔직히 의외군. 도깨비 셋이서 이렇게 아기자기한 카페라니. 산속 폐가에서 영감들 혹 떼고 붙이던 시절은 옛말이라 이건가?"

현도는 손을 들어 마른세수를 하며 헛웃음을 터뜨렸다.

"나가서 얘기하시죠. 좀 있으면 손님 받을 시간이라."

"그러지."

휘강이 먼저 돌아서서 카페 밖으로 나가자 현도도 뒤를 따랐다. 도민이 걱정스러운 얼굴로 그런 그를 말려 보려 했지만 현도는 괜찮다는 듯 웃어 보이며 두 직원에게 가게 오픈이나 제대로 하라는 핀잔을 장난스럽게 던졌다.

규림은 묵직한 크로스백을 한 손으로 허벅지 옆에 고정시킨 채 느긋한 걸음으로 걷고 있었다. 목적지는 카페 판타즘이었다. 출간을 앞둔 신작 소설의 원고 수정 작업이 한창인 요즘이었다.

이미 몇 번을 봤던 이야기를 다시 점검하는 지루하고 피곤한 작업이기에 집에선 도무지 진도가 나가지 않았다. 외려 스트레스만 더할 뿐이다. 그래서 찾은 것이 판타즘이었다.

종종 잘생긴 직원들에게 눈이 팔려 작업에서 손을 놓기도 했지만 결과적으론 집에 박혀 꾸물거리는 것보다 속도나 효율성 면에서 훨씬 괜찮은 작업 환경이었다. 덕분에 최근 며칠은 아예 가게의 오픈 시간 무렵에 맞춰 갔다가 이른 오후까지 내리 작업을 하다 퇴근을 하는 게 일상이었다.

지훈이라는 꽃미남 베이커리가 구워내는 파이와 빵들은 맛이나

영양 면에서 한 끼 식사로 충분했기에 뇌를 풀가동시킬 열량 보충
도 걱정이 없었다.

자주 오가다 보니 나름의 지름길도 발굴해냈다. 이전엔 큰길을
따라가다 지하철 입구에서 골목으로 꺾어 들어갔으나 요즘은 아예
자신의 집에서 카페까지 골목을 이용해 최단거리로 이동하고 있었
다. 시간상으로도 세이브였지만 대로변에서 자동차 매연을 마시지
않아도 된다는 장점도 있었다.

어느새 판타즘이 입주한 빌딩이 다른 건물들 사이로 보이는 위치
에 다다랐을 때 규림은 익숙한 목소리를 들었다.

"대체 원하는 게 뭡니까?"

분명 판타즘 사장의 목소리였다. 하지만 유순하고 다정한 평소와
달리 경직되고 딱딱한 것이 무언가 심상치 않은 느낌이었다. 규림은
자기도 모르게 벽에 붙어 서서 기척을 숨긴 채 살금살금 소리가 나
는 골목 쪽으로 향했다.

"그러는 그쪽이야말로 목적이 뭐지?"

귀에 익은 목소리였다. 소리가 들려오는 골목 직전의 모퉁이에서
멈추어 선 채 규림은 얼굴만 살짝 내밀어 보았다. 그러자 허우대 좋
은 남자 둘이 마주 선 채 서로를 경계하고 있는 모습이 보였다.

한쪽은 역시나 유니폼 차림의 판타즘 사장 배현도였다. 그리고
맞은편의 검은 정장 차림의 사내 역시 놀랍게도 규림이 익히 알고
있는 남자였다.

'휘강 씨?'

분명 유나의 강신 빌라 202호에 사는 휘강이었다. 두 사람이 무
슨 일로 저렇게 살벌한 분위기를 풍기고 있는지 궁금하지 않을 수

없는 상황이었다. 규림은 벽 뒤에 몸을 숨긴 채 쪼그리고 앉아 귀에 온 신경을 집중했다.

"목적이라, 당연한 거 아닙니까. 그쪽도 대충 짐작을 하고 온 거 같은데."

"당신, 이제 알아보겠어. 어디서 본 얼굴인가 했더니 며칠 전에 우리 빌라 앞에서 유나를 바래다주던 녀석이군."

어둑시니의 상담 문제로 다투었던 날, 밤늦게 집을 나섰던 유나가 낯선 사내와 함께 빌라로 돌아오던 모습을 휘강은 떠올렸다. 그때도 휘강은 뭔가 알 수 없는 불안을 느꼈다. 낮의 일은 잊은 듯 미소 짓고 있는 유나의 옆에 다정하게 선 낯선 남자의 존재가 아무래도 불편하게 느껴졌다.

생각해보면 그가 서 있던 위치 때문인지도 모른다. 빌라 근처까지 와선 어중간한 거리에서 유나를 들여보내는 모습에서 수상함을 느꼈던 것이다. 분명 그 자리는 빌라 주변의 결계가 미치는 경계였다. 적의를 품은 사념이 접근하지 못하게 하기 위한 금줄, 그것을 넘지 못했다는 것만으로도 상대를 적대시할 이유는 충분했다.

"괜찮은 여자더군요, 유나 씨."

아무렇지 않은 듯 유나를 언급하는 현도의 모습에 휘강은 알 수 없는 분노를 느꼈다.

"그 여자에게서 떨어져. 너 같은 떠중이가 가까이할 사람이 아니야."

"그것 때문인가요, 여길 찾아온 게? 제가 유나 씨와 데이트를 해서?"

"이유 같은 건 알 필요 없어. 떨어지라면 떨어져."

휘강은 위협적인 태도로 상대를 몰아붙였다. 하지만 현도는 아랑곳 않고 느긋한 태도로 그를 도발하고 있었다.

"이제 그러긴 힘들 것 같은걸요. 유나 씨와 저는 상호적인 관계니까요. 제 행동에 관계없이 유나 씨 쪽에서 날 만나길 원한다면 어떻게 할 거죠? 그럼 그녀에게도 지금처럼 위협을 가할 겁니까?"

"그건 네가 신경 쓸 바가 아니지."

"글쎄요. 그쪽이 나에게 이런 이야기를 할 권리가 있나요?"

그의 질문에 휘강은 묵묵부답, 그저 현도를 매섭게 노려볼 뿐이었다.

"유나 씨에게 당신은 그저 빌라 입주자 아닌가요? 단지 계약으로 묶인 사이. 그런데 지금 행동은 마치 가족이나 된 것 같군요. 그게 아니면, 자신이 유나 씨의 보이프렌드라도 되는 줄 착각하고 있는 겁니까?"

"닥쳐!"

화를 억누르지 못하고 휘강이 버럭 고함을 질렀다.

"아무래도 여기서 바로 끝을 내야겠군!"

휘강은 뒤춤에서 육모 방망이를 꺼내 들더니 현도를 위협했다. 그러나 상대는 피식 웃으며 여유로운 태도로 양손을 들어 보였다.

"미안하지만 싸움은 즐기지 않아서. 게다가 여긴 사람들이 많이 다니는 골목입니다. 누가 보기라도 하면 어쩌려고 그래요."

"상관없다."

휘강은 상대를 향해 방망이를 휘둘렀다. 그러자 현도도 그에 맞서 똑같이 팔을 내뻗었다.

그러곤 전광석화 같은 동작으로 몸을 비틀며 방망이를 쥔 휘강의 팔과 손목을 잡아 공격을 멈추게 했다. 선공이 완전히 봉쇄되자 당황한 기색이 역력한 휘강을 바라보며 현도는 나긋나긋한 목소리로 말했다.

"전 상관이 있거든요. 할 얘기는 대충 다 끝낸 거 같네요. 잘 들어요, 은휘강 씨. 당신이 유나 씨 인생에 끼어들어 이래라저래라 할 권리는 없어. 그녀의 의중을 존중해야지. 모든 걸 알려주고 스스로 원하는 바를 선택하게 해야 한다고. 그쪽이 이렇게 막무가내로 밀어붙인다면 나로선 모든 걸 사실대로 알릴 수밖에 없다는 거, 알아? 그리고 그녀가 직접 선택하길 기다리는 거지. 당신인지, 아니면 내 쪽인지. 그렇게 할 수 있겠어?"

현도는 잡고 있던 팔을 놓아주고선 한동안 휘강을 마주 보다가 천천히 카페 쪽으로 돌아가기 시작했다. 그가 사라지고도 한참 동안 휘강은 굳은 표정으로 카페가 있는 쪽을 노려보았다. 그리고 결국 그 역시 뒤를 돌아 어디론가 가버렸다.

"후아아……."

휘강마저 사라지자 규림은 그제야 참았던 숨을 내뱉으며 아예 바닥에 주저앉았다.

"어머, 뭐야 이거. 아주 살벌하네, 살벌해. 그나저나 최유나 이 지지배는 올해 웬 복주머니가 터졌나. 휘강 씨에다가 배 사장이라니. 그 멍충한 게 이걸 알고는 있는 건가? 어쩌지? 말을 해줘야 하나?"

골목 모퉁이에 주저앉아 미친 여자처럼 혼잣말을 중얼거리던 규림은 때마침 지나가던 학생의 자신을 향한 두려움에 찬 눈빛을 마주하고 나서야 머쓱해져서는 자리를 털고 일어섰다. 하지만 도저히 카페 판타즘으로 갈 수는 없었다.

이 상태로 배현도를 마주했다간 조금 전 두 남자의 뜨거운 모습을 목격했다는 사실을 고분고분 털어놓을 것만 같았다. 아무래도 그건 순서가 맞지 않는다. 방금 목격한 사실을 영원히 가슴속에 묻어두겠다는 선서라도 하지 않는 이상, 일단 친구 된 도리로서 유나에게 먼저 말을 하는 것이 순서였다. 규림은 전화기를 꺼내 들고 유나의 전화번호가 메모리된 단축 버튼을 길게 눌렀다.

카페 판타즘으로 되돌아온 현도는 심상치 않은 직원들의 눈빛을 고스란히 받아야 했다. 먼저 입을 연 것은 늘 그래 왔듯 지훈 쪽이었다.

"사장님, 그냥 사랑놀음이 아니었던 겁니까? 소문 쫓는 일은 포기하신 줄 알았는데요."

현도는 머쓱한 듯 머리를 쓸어 넘기며 말했다.

"미안하다. 괜히 너희들 다시 휘말리게 할까 봐 혼자서 움직였어. 우연찮게 괜찮은 실마리를 하나 잡아서 말이야."

이번엔 다친 팔을 가슴께에 부여잡은 도민이 앞으로 걸어 나오며 물었다.

"그래서 찾은 건가요?"

"아직은 확실치 않아. 떡밥은 뿌려놓았는데, 왠지 예감이 좋다. 사냥감이 풍기는 기운도 범상치 않고, 방금 요괴 놈도 그렇고. 알겠지만 위험한 일이야. 꺼려진다면 지금이라도 관두고 제 갈 길 간다 해도 말릴 생각은 없다."

미안해하면서도 굳은 의지를 드러낸 표정으로 둘을 번갈아보는 현도의 모습에 지훈도, 도민도 아무 말 없이 고개만 끄덕일 뿐이었다.

246

Chapter 9
모든 것은 흔들림 위에서

　미리 맞춰둔 알람 시간보다 먼저 눈을 뜬 유나는 얼른 일어나지 못하고 있었다. 아침부터 발그레한 얼굴의 그녀는 전날 현도와의 일들을 곱씹어보는 중이었다.

　수목원 내부의 전통 찻집, 창밖으로 분수 광장이 내다보이는 자리에서 그와 숨결을 나누던 순간이 생생하게 떠올랐다. 현도의 체온, 현도의 호흡, 현도의 체취.

　입 안에서 맴돌던 녹차의 쌉싸래함과 매실차의 시큼함.

　찻집 안에 조용히 깔리던 차분한 국악 멜로디까지. 어느 하나 빠뜨리지 않고 떠올릴 수 있었다.

　'주책이다. 이 나이에 고작 키스 한 번으로 이렇게 설레다니.'

　그랬다. 예상치 못한 순간의 진한 입맞춤이었지만 딱 거기까지였다. 이후로 두 사람은 찻집을 나와 다시 수목원 길을 걸었다. 수목원을 나와선 근처에 있는 유명한 그리스 요리 맛집에서 저녁을 먹었고, 마지막으로 가볍게 맥주를 마신 후 헤어졌다.

그러나 더 이상의 진전은 없었다. 물론 그 사이사이 가벼운 스킨십들이 있었다. 이전과는 다른 부닥침이었다. 더욱 친밀했고 의미 깊었으며, 거침없었지만 동시에 소박했다. 그래서 뜨거워지기엔 2프로가 부족했다. 사춘기 어린애처럼 키스 한 번에 들떠 있는 스스로에 대한 낯 뜨거움은 자연스럽게 현도의 태도에 대한 궁금증으로 옮겨갔다.

'왜 거기서 멈춘 거지? 남자라면 보통 거기서 끝내진 않잖아. 우리가 애도 아니고, 내가 별나게 굴었던 것도 아닌데. 뭐지? 설마 나 입 냄새 났었나.'

한 번 어긋난 그녀의 생각은 가지치기를 하며 엉뚱한 방향으로 계속 나래를 펼쳤다. 배현도 게이설과 아님 독실한 크리스천일지 모른다는 상극의 망상이 맹렬히 충돌할 즈음 방문이 열리며 연희가 나타났다.

"일어나서 준비해. 난 먼저 학교로 갈 테니까."

어느새 여고생 모습으로 변신해 그 또래다운 외출복을 갖춰 입은 모습은 보기에 따라 어린아이 같기도, 어찌 보면 앳된 대학생 같아 보이기도 했다.

어른이든 또래 학생이든 그녀의 실체에 대해선 일말의 의심도 품기 힘들 절묘한 변장에 감탄하며 유나는 침대를 빠져나왔다.

소풍이라곤 하지만 시 외곽의 자연 생태 공원이 목적지였기에 대부분의 학생들은 아침부터 학교에 모여 대절 버스를 함께 타고 이동하게 되어 있었다.

같은 반인 민지와 연희도 그 버스를 탑승하기로 했다. 유나는 시간에 맞추어 미리 빌린 렌터카를 타고 그들이 탄 버스 뒤를 쫓아갈 예정이었다. 놀이공원인 만큼 일반인 관람객들도 많을 터라 현장에서 민지네 무리를 따라다니는 건 큰 걱정이 없었다. 역시 가장 신경 쓰이는 것은 적절한 타이밍에 민지를 아이들 앞에 세우는 일이었다. 연희가 조사한 바로는 현장에 도착해서 점심시간까지는 모두 모여 단체로 행동하게 되어 있었다.

오전 중에는 공원 내에 있는 곤충 박물관 견학이 예정되어 있고 그것이 끝나는 대로 반별로 활동을 하다 점심을 먹고 오후부터 자유 시간을 갖는다는 게 학교 측의 일정이었다. 그리고 반별 활동 시간에 특별히 할 것이 없는지라 보통은 장기 자랑이라도 시키는 것이 관례였다. 바로 이때에 연희가 민지를 추천해 무대에 올린다는 것이 최종 작전이었다.

학생들이 학교에 집결해 다시 버스를 타고 이동하기까지는 시간이 제법 걸리기에 유나는 상대적으로 여유가 많았다. 느긋한 기분으로 외출 준비를 마친 후 차를 몰고 나와 학교에서 공원으로 향하는 사이 노변에 주차를 하고 시간을 확인하니 겨우 10시가 넘은 시각이었다.

라디오를 틀어놓고 느긋하게 앉아서 민지 일행이 탄 버스를 기다리고 있는데 전화벨이 울렸다. 출발했다는 연희의 연락인가 싶어 발신자를 확인하니 상대는 규림이었다.

"여보세요. 웬일이야, 이 시간에."

올빼미형 생활 패턴에 익숙한 규림이었기에 이렇게 이른 오전 시각에, 그것도 그녀가 먼저 연락을 해오는 건 아무래도 드문 일이었다. 게다가 전화기 너머로 들려오는 규림의 목소리는 흥분한 듯 한껏 들떠 있었다.

[유나야, 지금 어디야?]

"나? 일이 있어서 나와 있는데. 왜, 무슨 일 있어?"

[무슨 일이 있냐니. 내가 방금 뭘 봤는지 알기나 하니.]

유나는 이 친구가 아침부터 왜 이러나 궁금했다. 원래도 활달한 성격의 그녀였지만 이렇게까지 격양되어 있는 모습은 좀처럼 볼 수 없었다. 하지만 바로 그때 백미러를 통해 다가오는 대형 버스들이 보였다. 열린 창문으로 고개를 내밀어 돌아보니 선두 버스의 창문 앞에 붙여놓은 'ㅅ여고'라는 푯말이 보였다. 민지의 학교였다.

"규림아, 미안한데 내가 지금 운전 중이라, 좀 이따 통화하면 안 될까?"

[운전 중? 너, 어딘데? 아니, 그보다 너 휘강 씨하고 무슨 일 있었니?]

핸드폰을 스피커 모드로 전환하고 자동차의 핸드브레이크를 풀려던 유나는 순간 동작을 멈추고 핸드폰 화면을 바라보았다. 휘강의 이야기가 갑자기 규림의 입에서 나오다니, 아무래도 뭔 일이 있긴 한 모양이었다.

하지만 여기서 마냥 전화기를 붙들고 있을 순 없었다. 핸즈프리 세트를 챙겨오지 못한 것을 후회하며 유나는 스피커 모드의 전화기를 대시보드 위로 옮겨놓은 뒤, 차를 이동시키기 시작했다.

"휘강 씨는 왜. 별일 없었어. 무슨 일인데?"

[너, 어제 현도 씨랑 데이트 간다고 그랬지?]

이번엔 또 현도의 이름이 튀어나왔다. 대체 규림이 무슨 이야기를 하려는 건지 유나로서는 갈피조차 잡히질 않았다. 세 대가 꼬리를 물듯이 열을 맞춰 나아가는 버스들 뒤로 차를 가져다 붙인 후에야 유나는 다시 전화기에 대고 물었다.

"대체 무슨 일인데 그래, 규림아."

[나 방금 판타즘 가던 길이었는데 가게 근처에서 우연히 두 사람을 봤어.]

"두 사람? 현도 씨하고 휘강 씨 말이니?"

유나는 점점 혼란스러워졌다. 아무리 생각해도 두 남자를 이어주는 연결 고리가 떠오르지 않았다. 그들은 생판 남남이었다. 적어도 그녀가 아는 한에선 그랬다.

[그래, 그 둘이서 카페 옆 골목에서 싸우고 있더라고.]

"싸워?"

유나의 목소리가 높아지며 쉿소리를 냈다. 현도와 휘강이 싸우다니. 요괴로서 휘강의 무지막지한 힘을 직접 목격했던 유나로서는 왜라는 질문을 던지기에 앞서서 불공평한 대진이라는 생각이 먼저 들었다.

[아니, 치고 박고 싸웠다는 게 아니고. 여튼! 둘이 왜 싸웠는지 촉이 오는 게 없어?]

스피커에선 갑갑하다는 듯 한탄하는 규림의 목소리가 흘러나왔다. 어찌 그 이유를 알겠느냐 반박하기 위해 입을 떼려다가 유나는 앞선 버스의 후미 등이 벌건 불빛을 내는 걸 발견하곤 황급히 브레이크를 밟았다.

'끼익' 소리와 함께 급정거에 가까운 조작을 해버린 유나는 왜 운전 중 통화를 법적으로 규제하는 건지 알 수 있었다.

"내가 그걸 어떻게 알아? 애초에 두 사람이 아는 사이인지도 몰랐어."

사고가 날 뻔했다는 충격에 대한 반작용인지 유나의 목소리엔 날이 서 있었다.

[그럼 너, 정말 모르는 거야?]

"모르다니, 뭘?"

버스가 다시 움직이기 시작하기 직전 유나는 앞선 버스의 뒤창으로 돌아보는 연희를 보았다. 우연히도 두 사람이 탄 버스가 가장 뒤에 서 있었던 것이다. 연희 역시 유나를 발견하고는 손을 흔들어 보였다. 동시에 버스가 움직이기 시작하더니 서서히 속도를 올리기 시작했다. 길은 어느새 입체 교차로를 지나 고가도로로 나아가고 있었다.

[이게 어떻게 된 거지? 아무튼 유나야, 두 사람이 싸운 거 아무래도 너 때문인 거 같았어.]

"뭐?"

유나는 깜짝 놀라 소리를 지르고 말았다. 자신 때문이라는 말의 의미가 무엇인지 본능적으로 짐작이 갔던 것이다. 자연스럽게 생판 남일 휘강과 현도 두 사람 사이의 유일한 공통점이 무엇인지도 깨달았다. 그건 바로 유나 자신이었다.

[나도 어떻게 돌아가는 건지 모르겠지만, 두 사람이서 널 두고 다투고 있었어. 그래서 난 휘강 씨하고도 뭐가 있는 줄 알고…….]

"규림아, 나 지금 운전하고 있어서 길게는 얘기하기 힘들고. 조금 이따 다시 통화하자. 나도 이게 무슨 일인지 도무지……. 꺄악!"

통화를 하던 유나가 갑자기 비명을 내질렀다. 동시에 '콰르릉' 하며 무언가 부서지는 듯한 소리가 이어졌다. 갑작스레 터져 나오는 소리들에 기겁을 한 규림은 놀란 토끼눈을 한 채 전화기를 멍하니 쳐다보았다.

[유나야?]

아무런 답이 없었다.

[유나야! 최유나. 무슨 일이야.]

화면상으로 전화 연결은 끊어지지 않은 채였다. 하지만 유나의 답은 없었다. 사색이 되어 전화기에 대고 유나의 이름을 연신 부르는 규림의 옆으로 검은 그림자가 드리워졌다. 반쯤 넋이 나간 표정으로 그녀가 고개를 돌려보니 거기엔 익숙한 인물이 서 있었다.

"이리 줘봐요."

휘강이었다. 그는 규림의 손에서 전화기를 빼앗아 들더니 눈을 감고 들려오는 소리에 집중했다. 웅성거리는 사람들의 소리가 들렸다. 고함과 비명, 119라는 외침도 들렸다. 사고였다. 무슨 일인가 벌어진 것이 분명했다.

전화기를 다시 규림에게 돌려주곤 휘강은 전력으로 달리기 시작했다. 큰길로 나서자마자 그는 거침없이 찻길로 뛰어들었다. 마주 달려오던 오토바이가 갑작스러운 그의 등장에 당황해 비틀거리며 감속을 했다.

휘강은 코앞까지 오토바이가 다가오길 기다렸다가 슬쩍 비켜서는가 싶더니 순식간에 운전자를 끌어내리고 대신 자신이 오토바이에 올라탔다.

짐짝처럼 길 위에 버려진 운전자는 바닥에 주저앉은 채 굉음과 함께 멀어져가는 자신의 오토바이를 바라보며 대관절 무슨 일이 벌어진 건지 이해하려 애를 쓰고 있었다.

소풍을 위해 모인 아이들 사이에서도 민지의 존재감은 여전했다. 연희에게 다가와 말을 거는 아이들조차도 그녀에겐 일말의 관심도 기울이지 않는 듯했다. 교감 선생의 짤막하지만 고루한 훈화가 끝나고 출석을 체크한 뒤 금일 유의 사항에 대한 공지를 마치자 아이들은 버스에 오르기 시작했다.

연희는 민지의 손을 잡아끌고 가장 앞으로 달려나가 1등으로 버스에 올라탔다. 덕분에 둘은 버스의 가장 뒷자리에 앉을 수 있었다.

"우리 둘이 앉는 것보다는 뒷자리에서 다른 애들이랑 함께 있는 쪽이 조금이라도 더 관심을 끌 수 있을 거야."

연희의 주장대로 버스가 출발하기 전에 옆자리에 앉은 세 명의 아이들과 짧게나마 대화를 주고받을 수 있었다. 하지만 전학생인 연희보다 자신의 존재를 더 생경해하는 아이들의 반응에 민지는 의기소침해졌다. 팔이 저린 것처럼 주물거리는 민지의 행동에 연희가 걱정스러운 표정으로 물었다.

"왜 그래? 괜찮아?"

"아무래도 점점 심해지는가 봐요. 어제부터 팔다리가 맘처럼 움직이질 않아요."

주먹을 쥐었다 펴기를 반복하는 그녀의 모습에 연희는 자신들의 생각만큼 시간이 넉넉하지 않음을 느꼈다. 어떻게든 이번 기회를 통해 부적이 만들어낸 괴담 속 허상이 아닌 민지 본인에게로 아이들의 관심을 돌리지 못한다면 조만간 민지라는 존재는 사라져버릴 것이 분명했다.

"힘내. 오늘 무대로 분명히 역전시킬 수 있어."

민지의 손을 꼭 잡아주며 연희는 용기를 북돋아주었다. 순간 스르륵 버스가 멈추어 섰다. 입체 교차로에서 차들이 엇갈리며 생기는 병목 구간이었다. 창밖을 보던 연희는 유나가 합류하기로 한 곳을 지났다는 게 생각났다.

제대로 따라 붙었나 궁금해 뒤쪽 창문으로 밖을 내다보았다. 그러자 버스 바로 뒤에 유나의 차가 서 있는 것이 보였다. 창 너머로 자신을 보고 있는 유나에게 손을 흔들자 그녀도 똑같이 응답을 보냈다.

"걱정 마. 유나 씨도 계획대로 따라오고 있어. 모든 게 잘될 거야."

연희의 말에 민지도 힘이 나는지 입 끝을 올리며 보조개를 만들어 보였다. 다시 버스가 움직이기 시작하자 창밖으로 보이는 옆길이 점점 아래로 가라앉는 것처럼 보이기 시작했다.

차가 목적지로 향하는 외곽 순환도로를 타기 위해 고가도로를 오르기 시작한 것이다. 몇 초가 채 지나지 않아 버스는 속력을 높였고 차창 너머로 보이는 지상은 십수 미터 아래로 낮아졌다. 바로 그때였다. '그와앙' 하는 굉음과 함께 요란스레 치장한 스포츠카 한 대가 차들 사이를 누비며 버스 옆으로 빠져나와 질주하는 것이 창 너머로 보였다.

흔히들 말하는 '칼치기'를 하며 스릴을 즐기는 족속 같았다. 옆 차선으로 들어온 스포츠카는 앞에 선 SUV 차량을 다시 추월하려 하고 있었다. 마침 앞의 버스와 거리가 벌어진 사이로 스포츠카가 급작스럽게 차선을 변경하는 순간, 민지 일행이 탄 버스 앞쪽에서 '꽝' 하는 소리가 들렸다. 동시에 버스는 '끼익' 소리와 함께 좌우로 심하게 요동

치기 시작했다.

"아아악!"

버스 안 여기저기서 승객들의 비명이 터져 나오는가 싶더니 다시 한 번 커다란 소리와 함께 강한 충격이 버스 안을 흔들었다. 아이들의 몸은 맥없이 흔들리다 충격과 함께 앞으로 홱 꺾여버렸다.

●　●●　●

모든 일은 순식간에 벌어졌다. 머플러를 갈아 낀 듯 요란한 소리를 내며 나타난 스포츠카 한 대가 빠른 속도로 유나의 차 옆을 스쳐 지나더니 앞에 선 SUV와 민지네 반 아이들이 탄 버스 사이로 차선 변경을 시도했다.

하지만 버스 뒤에 자리한 유나가 보기에도 도저히 공간이 나올 것 같지 않은 상황이었다. 유나는 반사적으로 브레이크를 밟으며 속도를 줄였다. 아니나 다를까, '쾅' 소리와 함께 버스와 충돌한 스포츠카가 맥없이 뒤집어지며 도로 위를 구르기 시작했다.

"꺄악!"

비명과 함께 유나는 급정거를 하고 말았다. 그녀의 뒤로 다른 차들도 줄줄이 '끼이익' 소리를 내며 멈추어 서기 시작했다. 하지만 거기서 끝이 아니었다.

갑작스러운 충돌에 민지네 반 아이들이 탄 버스 역시 통제력을 잃고 휘청휘청 갈지자 주행을 하는가 싶더니, 어느 순간 고가도로 바깥으로 질주하기 시작한 것이다. '쾅', 폭발이라도 난 것 같은 요란한 소리와 함께 거대한 버스의 몸체가 철제 난간을 뚫고 도로 밖으로 튀어나갔다.

너무 놀란 유나는 아무 말도 하지 못하고 멍하니 그 광경을 바라볼 뿐이었다. 펜스가 제 역할을 한 덕분인지 다행히 버스는 고가 아래로 떨어지지 않았다. 하지만 앞바퀴를 포함한 차체 절반이 이미 길 밖으로 나가버린 상태였다. 시동은 꺼졌는지 동력을 잃은 뒷바퀴는 한 뼘쯤 공중에 뜬 채로 힘없이 돌아가고 있었다. 그제야 유나는 차문을 열고 밖으로 나갔다.

"사고야! 누가 119에 신고 좀 해요."

"어머나, 저거 학교 버스인가 봐. 안에 학생들이 타고 있어."

이미 도로 밖으로 나온 사람들이 버스 주위로 몰려들어 웅성거리고 있었다. 난간에 걸린 버스 너머로는 사고의 원흉인 스포츠카가 배를 드러낸 채 도로 위에 누워 있는 게 보였다.

처참하게 찌그러진 차 밑에서는 놀랍게도 운전자가 비틀거리며 자력으로 기어 나오고 있었다. 남자 두 명이 그쪽으로 다가가더니 운전자의 양팔을 그러잡고 도로 밖 안전한 곳으로 끌어내기 시작했다.

그그그극—.

순간 철판 긁어대는 소리와 함께 버스가 앞으로 기울었다. 차가 걸려 있는 아래 상판 부분이 점점 무너져 내리고 있는 모양이었다. 버스 안에선 몇몇 아이들이 창문을 두드리며 울부짖고 있었다.

"누가 어떻게 좀 해봐요!"

아주머니 한 분이 발을 동동 구르며 소리쳤지만 선뜻 나서는 이는 아무도 없었다. 애초에 모여든 일반인들이 할 수 있는 일이 딱히 없어 보이는 상황이었다. 버스의 유일한 출입문은 고가도로 밖으로 튀어나가 십여 미터 공중에 걸려 있었다.

게다가 차체는 시시각각 앞으로 기울고 있어 언제 아래로 떨어질지 모를 상황이었다. 유나는 버스를 향해 다가가다 옆에서 지켜보고 섰던 남자에게 저지당했다.

"가까이 가지 마세요. 위험해."

"하지만 저 안에 애들이 있어요!"

유나는 버스 뒤쪽 창문을 가리키며 소리쳤다.

"우리라고 몰라서 이러겠어요. 괜히 잘못 건드렸다가 차가 완전히 기우는 수가 있어! 119 불렀으니까 기다려요."

그의 말이 맞았다. 버스로 간다 한들 유나가 할 수 있는 일은 없어 보였다. 그 사이 사정을 모르는 뒤쪽에서는 정체된 도로 상황에 갑갑함을 표시하며 울려대는 차들의 경적 소리가 메아리처럼 들려왔다.

다리 난간에 걸린 버스 안, 연희는 뻐근한 목을 부여잡고 몸을 일으켜 세웠다. 충격 때문에 원래 앉아 있던 뒷자리에서 버스 가운데 통로 쪽으로 튕겨져 나왔음을 깨닫고 주변을 살폈다.

두 번 연이은 충돌의 영향으로 버스 내부는 아수라장이 되어 있었다. 여기저기 정신을 잃고 쓰러져 있는 아이들의 모습이 보였다. 몇몇은 피를 흘리고 있었다.

"어떻게 된 거죠?"

뒷좌석에서 기어 나오며 민지가 물었다.

"어떤 또라이 때문에 사고가 난 것 같아."

순간 '그그극' 소리와 함께 연희는 몸이 쏠리는 것을 느꼈다. 다시 한 번 여기저기서 비명이 들려왔다. 창밖으로 내다보니 버스의 앞쪽 절반이 난간을 뚫고 나가 허공에 걸려 있는 게 보였다. 뒤늦게 눈치챈 앞쪽 자리 아이들이 당황하며 통로로 쏟아져 나오자 또다시 차가 기울었다.

"다들 움직이지 마!"

연희는 버럭 소리를 질렀다. 요기를 실은 일갈에 차내는 일순 조용해졌다.

"갑자기 움직이면 진짜 떨어진다고. 한 명씩 천천히 뒤쪽으로 가."

그녀는 옆자리 아이를 통로로 내보내고 자신이 그 자리에 기대어 섰다. 연희의 지시에 따라 아이들이 뒤로 옮겨가자 이번엔 반대 방향으로 차가 기울기 시작했다.

"놀래지 말고 계속 이동해. 뒤로 기우는 건 괜찮아."

너무나 의연하고 압도적인 행동과 말투에 아이들은 같은 급우임에도 별 의심 없이 그녀의 말을 믿고 따르기 시작했다. 아이들이 모두 버스 뒤로 몰려가자 차체는 어느 정도 안정을 되찾았다.

"선생님은?"

모여 있던 아이들 중 하나가 물었다. 그러자 다른 아이가 답을 했다.

"기절하셨어. 기사 아저씨도 그렇고. 앞자리 사람은 다들 정신을 잃었어."

그 말대로 자력으로 뒤로 옮겨간 아이들은 앞에서 서너 번째 열 이후에 앉은 사람이었다. 앞쪽 자리엔 스포츠카와 충돌 시 직접적으로 충격을 받고 정신을 잃은 채 쓰러진 사람들이 남아 있었다.

"이제 어쩌지?"

"창문으로 나가면 안 되나?"

"이거 안 열리는 창문이잖아."

"깨고 나가면 되지."

아이들이 다시 웅성거리기 시작했다. 이번에도 장내를 정리한 건 연희였다.

"우리가 빠져나가면 차가 다시 앞으로 기울어버려. 쓰러진 애들 다 죽일 셈이야? 어차피 곧 구조대가 도착할 거야. 그때까지 가만히 있는 게 상책이라고. 일단 기절한 애들부터 뒤로 데려와야 해. 민지 야, 나 좀 도와줘."

그녀의 말에 아이들 틈바구니를 비집고 나오는 민지에게 모두의 눈길이 쏠렸다. '우리 반에 저런 애도 있었나?'라고 묻는 것 같은 눈 빛이었다. 그와 상관없이 둘은 앞쪽으로 가서 쓰러진 채 자력으로 움직이지 못하고 있는 아이들을 옮기기 시작했다.

통로는 좁았고 여전히 차의 균형은 앞뒤를 오가고 있었기에 연희 와 민지 외엔 작업을 거들 수 없는 상황이었다. 다리가 부러진 채 신음하던 학생에 이어 통로에 몸을 내민 채 기절한 두 번째 아이를 옮기던 와중에 또다시 요란한 폭음이 아이들을 덮쳐왔다.

쾅―!

이번 폭발은 사고를 일으키고 뒤집어진 스포츠카에서 일어났다. 연료통에서 새어 나온 휘발유에 불이 붙었던 것이다. 고작 3미터 정 도 떨어진 거리에서의 폭발은 버스에도 영향을 주었다. 폭발하는 차체에서 튕겨져 나온 파편 하나가 창문을 뚫고 들어왔다. 그리고 하필이면 그 궤적에 서 있던 연희가 어깻죽지에 파편 덩어리를 맞고 쓰러지고 말았다.

스포츠카의 폭발이 일어난 순간 유나는 버스 뒤쪽에 서 있었다. 멀리 떨어져 서 있던 그녀가 다시 버스 쪽으로 다가간 것은 차량 내부 아이들의 행동 변화를 감지했기 때문이었다. 창문에 붙어 울기만 하던 아이들이 어느 순간 일사불란하게 움직여 버스 뒤로 이동하기 시작했다.

무게가 뒤로 쏠리자 앞으로 기울었던 버스의 무게중심도 이동했다. 50센티미터 넘게 들렸던 뒷바퀴가 다시 아래로 내려오더니 거의 바닥에 닿을 정도가 된 것을 보고 유나는 맘을 다잡고 버스로 향했다. 어떻게든 아이들을 구할 방법을 찾아야 했고, 그러기 위해선 버스의 기울어짐을 잡아낼 방안을 찾아야 한다는 막연한 생각에서였다. 바로 그때 버스 왼편에 뒤집어져 있던 스포츠카가 폭발한 것이다.

순간 그녀는 모든 것이 천천히 흘러가는 것 같은 착각을 느꼈다. 초고속 카메라로 촬영한 영상처럼 엄청난 슬로모션으로 주변 일들을 볼 수 있었다. '피이익', 소리와 함께 스포츠카 연료통에서 새어나온 휘발유에 전기 계통에서 일어난 스파크가 불을 댕겼다.

흘러나온 기름 줄기를 따라 불꽃이 춤추듯 올라가더니 곧이어 연료통이 폭발했다. 영화에서나 볼 법한 화염 구름이 피어오르며 불덩어리와 자동차 파편이 버스 쪽으로 날아들었다.

유나를 향해서도 주먹만 한 크기의 화염 덩어리가 날아오는 게 보였다. 그대로 맞겠구나 생각하는 순간 시커먼 그림자가 그녀와 화염 사이를 가로막고 섰다.

'은휘강?'

유나는 자신의 눈을 믿기 힘들었다. 하지만 뜨거운 열풍이 양옆을 스쳐 지나가는 폭발의 순간, 그녀 앞에 버티고 선 채 폭발을 온몸으로 막아선 것은 분명 휘강이었다.

폭발이 휩쓸고 지나가자 그는 유나를 번쩍 안아 들더니 버스에서 멀리 떨어진 노변으로 향했다.

"괜찮아, 최유나?"

길 위에 유나를 내려놓고는 그녀의 안부를 묻는 휘강의 모습에 유나는 얼떨떨하기만 했다. 어째서 그가 여기에 있는 것인가. 방금 전 통화를 하던 규림은 판타즘 근처에서 그를 봤다고 했다.

머릿속으로 대충 그려봐도 거기서 이곳 고가도로까지는 5킬로미터 정도 거리였다. 그 짧은 시간에 여기까지 달려오는 게 가능할까? 그보다 자신이 여기 있다는 것을 어떻게 알고 온 것일까? 생각할수록 눈앞에 있는 휘강의 존재가 실감나지 않았다.

"내 말 들려? 괜찮으냐고 묻잖아!"

자신에게 소리치는 휘강의 모습에 유나는 겨우 정신을 차렸다. 그의 안색이 좋지 않았다. 무뚝뚝하기만 한 줄 알았던 얼굴에 불안과 걱정이란 감정이 가득했다. 그런 모습이 낯설었지만 싫지만은 않았다.

"소리치지 말아줄래요?"

그녀의 말에 그제야 휘강은 안도의 한숨을 내쉬더니 와락 그녀를 끌어안았다.

"무슨 짓이야. 조금만 늦었어도, 내가 조금만 늦었어도."

그는 더 이상 말을 잇지 못했다. 유나는 휘강의 어깨 너머로 자신이 방금까지 서 있던 버스 뒤편을 볼 수 있었다. 시커멓게 탄 시멘트 도로 위로 스포츠카에서 날아온 파편과 불덩이가 여기저기 굴러다니고 있었다. 그제야 유나는 얼마나 위험한 상황이었는지, 휘강이 아니었다면 어떤 끔찍한 상황이 벌어졌을지 깨달았다.

"고마워요."

그렇게 말하며 유나는 팔을 뻗어 휘강을 끌어안아 그의 머리와 등을 쓰다듬었다. 그러자 파편과 불길로 너덜너덜해진 옷이 만져졌다. 손을 들어보니 시커먼 재와 함께 피가 묻어 나왔다.

"피가 나요. 휘강 씨야말로 괜찮은 거 맞아요?"

놀란 유나가 자신을 안고 있는 휘강을 밀어내곤 그의 얼굴을 확인했다.

"괜찮아. 살짝 긁힌 것뿐이야."

그렇게 말하며 휘강은 천천히 일어났다. 그러곤 난간에 걸린 버스 쪽을 보았다. 폭발로 튄 불똥이 버스에 옮겨 붙어 점점 커져가고 있었다. 차체 아래에서 시커먼 연기가 스멀스멀 피어오르는 것이 심상치 않아 보였다.

"위험해. 시간이 없어."

바로 그때였다. '와장창' 소리와 함께 아직 불길이 옮겨 붙지 않은 버스 오른편의 유리창이 깨졌다. 그 광경을 보자마자 휘강은 버스 쪽을 향해 달리기 시작했다.

민지는 당황스러웠다. 다른 아이들도 마찬가지였다. 방금까지 아이들을 지휘하던 연희가 순식간에 정신을 잃고 쓰러진 것이다. 게다가 날아든 파편으로 깨진 왼편 창문 아래에서 검은 연기가 치솟기 시작하자 아이들은 패닉에 빠졌다.

"어떻게 해. 불이야!"

"엄마, 나 죽기 싫어."

"나가자. 밖으로 나가야 해!"

버스 안은 다시금 삽시간에 혼돈 속으로 빠져들고 있었다. 바닥

에 쓰러져 신음을 내뱉는 연희와 혼란에 빠져 우왕좌왕하는 학생
들을 번갈아보던 민지는 이대로는 아무도 빠져나갈 수 없다는 것을
깨달았다. 깨진 창문 사이로 비집고 들어오는 매캐한 연기에 괴로
워하는 아이들 속에서 그녀의 맘속에 어떤 결의가 차올랐다.

민지는 셔츠의 단추를 풀더니 옷깃 안으로 손을 집어넣었다. 밖
으로 빼낸 그녀의 손에는 옥석으로 만든 광명부가 들려 있었다. 잡
아채듯 부적을 당기자 목에 건 노끈이 끊어졌다.

그녀의 몸에서 떨어져 나온 돌 부적은 이내 빛을 잃어버리더니
탁한 녹색으로 변해버렸다. 그러자 아이들의 공포와 어둠이 삽시간
에 민지의 안으로 밀려들기 시작했다. 그녀는 애써 그것을 통제하며
일어서서 큰 소리로 외쳤다.

"창문을 깨!"

강력한 힘이 실린 일갈이 차 안을 뒤덮었다. 이유를 알지 못할
무시무시한 기운에 아이들은 순간 겁에 질린 얼굴로 민지를 돌아
보았다.

"벽에 걸린 망치로 창문을 깨라고. 어서! 그리고 밖으로 나가."

"하지만 아까 연희가 그러면 버스 떨어진다고 가만히 있으랬잖
아."

앞쪽에 있던 아이 하나가 웅얼거리듯 말했다.

"그건 그때 이야기고. 이대로 있으면 전부 타 죽어. 너희들이라도
어서 나가란 말이야!"

민지는 소리치며 성큼성큼 모여든 아이들 사이를 비집고 뒷자리
로 향했다. 그녀의 말대로 창문 사이에는 비상시 창문을 깰 수 있
는 작은 망치가 걸려 있었다.

플라스틱으로 만들어진 손잡이를 잡고 벽에서 뜯어내다시피 망치를 잡아 뺀 민지가 창문을 향해 그것을 휘두르자 단번에 유리가 박살 나며 바깥으로 떨어져나갔다.

"시간이 없어. 어서 밖으로 나가."

민지가 다른 창문을 연이어 깨뜨리는 사이 아이들은 지시대로 창문을 통해 하나씩 뛰어내리기 시작했다. 그 모습을 본 주변의 사람들이 달려와 아이들을 도왔다. 그러나 하나둘 학생들이 밖으로 나갈 때마다 버스는 점점 앞으로 기울기 시작했다.

민지는 아이들이 보이지 않게 빈 좌석 뒤로 가서 선 채 하반신에 기운을 집중했다. 사고로 인해 버스 주변은 온통 두려움과 떨림으로 가득했다. 그런 감정들을 받아들이기 시작하자 어둑시니로서 민지의 몸과 힘은 점점 크고 강해지기 시작했다.

그녀의 주변으로 어두운 기운이 몰려들기 시작했지만 경황이 없는 아이들은 차를 빠져나가는 일에 신경 쓰느라 미처 그런 부분까지 알아채진 못하고 있었다. 민지는 강해진 기운을 이용해 버스를 내리눌렀다. 그러자 탈출한 아이들 때문에 떠오른 버스 뒤쪽이 다시금 아래로 내려가기 시작했다. 그 사이 마지막으로 남은 학생이 창문으로 빠져나가려다 문득 뒤를 돌아보며 물었다.

"너도 빨리 나와!"

"알았으니까 어서 도망쳐."

민지는 애써 웃음 지으며 소녀에게 말했다. 그러나 그 학생이 밖으로 빠져나가자마자 연기와 불길은 버스 반대편까지 집어삼키기 시작했다. 무사히 도망친 아이들은 그 광경에 안타까운 듯 소리를 지르기 시작했다.

"아직 못 나온 애들이 있어요!"

"걔도 못 나왔어. 마지막까지 남아 있었는데."

"누구 말이야?"

"아까 창문 깨고 나가라고 하던 애. 맨 앞줄에 앉는 그 애 있잖아. 이름이 뭐더라?"

"민지잖아. 송민지. 민지가 아직 못 나온 거야?"

"맞아, 민지! 그 애가 나더러 어서 나가라고 그랬는데, 어떻게 해."

아이들은 서로 얼싸안고 마지막까지 남아 자신들을 밖으로 내보내던 친구를 떠올리며 울음을 터뜨렸다.

휘강은 깨진 유리창으로 빠져나오는 아이들을 받아내 모여든 사람들에게 인도하고 있었다. 그 사이 버스를 덮친 불길은 점점 강해졌다. 게다가 아이들이 밖으로 나오면서 무게중심이 다시 앞으로 쏠리기 시작했다. 시간이 없었다. 그 순간 버스 안에서 심상치 않은 기운이 느껴졌다.

'어둑시니?'

검은 기운이 점점 커져가는 것을 느끼며 잠시 경계하던 휘강은 곧 상황을 파악할 수 있었다. 어둑시니 민지의 기운이 강해질수록 들렸던 버스 뒤쪽이 다시 아래로 내려오고 있었다.

두려움과 공포를 에너지 삼아 자신의 몸을 키워 인간을 겁주는 것이 어둑시니였다. 몸뚱이가 커진다는 것은 영력을 이용해 그만큼 몸을 무겁게 만들 수도 있다는 뜻이었다. 휘강은 버스 안으로 들어갈 기회를 살피며 학생들이 전부 빠져나오길 기다렸다. 하지만 마지막 아이가 나오고 그가 안으로 진입하려는 순간 이쪽 편에도 불길이 치솟기 시작했다.

"이런!"

낭패였다. 어둑시니는 물론이거니와 아직 나오지 못한 사람들과 더불어 연희까지 버스 안에 있음을 휘강은 감지할 수 있었다. 그러나 불길 때문에 그 역시 안으로 들어가기엔 역부족이었다. 어떻게든 진입할 기회를 살피며 불길 사이를 오가던 그의 귓가에 순간 유나의 목소리가 들려왔다.

"소화기가 필요해요. 차량용 소화기 있는 분들, 어서 꺼내 오세요!"

그녀의 말에 주위에 선 사람들은 저마다 자기 차로 돌아가 소화기가 있는지 찾아보기 시작했다. 유나 역시 자신의 차로 달려갔다. 5인승 승용차였지만 렌터카이기 때문인지 트렁크에 소화기가 비치되어 있었다. 그것을 빼들고 버스 근처로 갔을 때엔 이미 대여섯 명 정도의 사람들이 자기 차에서 뽑아온 소화기를 들고 불길을 향해 분사하고 있었다.

몇몇은 비질을 하듯 좌우로 뿌리라며 예비군 훈련에서 배운 요령을 전파하기도 했다. 유나 옆으로 다가온 휘강은 그녀의 머리를 쓰다듬으며 미소 지었다.

"고마워. 난 생각도 못 하고 있었는데."

"여유 부리지 말고, 어서 도와줘요. 저 안에 연희 씨도 있다고요."

그의 손길을 의식하며 유나 역시 웃음 반 걱정 반의 미묘한 표정으로 휘강에게 말했다.

"그래, 나도 알고 있어."

그 사이 버스 우측의 불길이 어느 정도 잡히기 시작했다. 휘강은 그 틈을 놓치지 않고 잽싸게 깨진 창문을 통해 안으로 들어갔다.

가장 먼저 그의 눈에 들어온 것은 역시 민지였다. 이제 그녀는 완전히 어둑시니의 모습으로 변해 시커먼 몸뚱이를 펼쳐 버스 내부를 뒤덮고 있었다. 덕분에 바깥의 불길과 유독가스가 어느 정도 차단되어 시간을 벌어주었다. 휘강은 그 모습을 착잡한 얼굴로 바라보며 말했다.

"결국 이런 식으로 포기하게 되는군."

"이 역시 제가 원해서 한 일입니다."

"그렇다면야 내가 왈가왈부할 일이 아니지. 조금만 더 버텨주게. 사람들을 빼낼 동안."

길게 이야기할 시간이 없었다. 휘강은 가장 앞쪽부터 차례로 사람들을 옮기기 시작했다. 버스 안에 남은 이들은 모두 의식을 잃은 상태였기에 정체를 들킬 염려는 없었다.

양쪽에 하나씩 사람을 품어 들고 창으로 옮긴 뒤 밖으로 밀어내면 아래에서 기다리던 사람들이 받아냈다.

마지막으로 연희까지 모두 9명의 잔류 인원을 내보내는 데에는 채 1분도 소요되지 않았다. 마치 자판기처럼 연신 밖으로 쏟아져 나오는 생존자들의 모습에 내심 당황하면서도 사람들은 일단 그들을 구해내는 데에 전력을 다했다.

한편 뒤늦게 소화기를 꺼내온 사람들은 반대편에서 솟아오르는 불길을 억지하며 구조 작업을 거들었다.

"끝났네. 이제 자네 차례야."

버스 안에 더 이상 남은 사람이 없음을 확인한 휘강이 어둑시니에게 말했다. 그제야 거대한 장막 같던 시커먼 몸통이 스르르 쪼그라들더니 이내 작고 소심한 여학생 민지로 변했다. 어둑시니의 힘에

도 불구하고 직접 불길을 막아선 탓에 그녀의 등은 여기저기 새카
맣게 그을려 있었다.

휘강은 그런 민지를 안은 채 손으로 화상 입은 등을 쓰다듬었다.
황금빛 기운과 함께 이내 화상 부위의 상처들이 아물기 시작했다.
어느 정도 치료를 끝낸 그는 민지를 품에 안은 채 창밖으로 뛰어내
렸다.

"전부 나왔습니다. 다들 물러서세요!"

구조를 위해 버스 주위에 몰렸던 시민들은 그의 일갈에 일제히
물러서기 시작했다. 그러자 기다렸다는 듯 버스 전체가 불길에 휩
싸이더니 앞으로 기울어진 채 고가도로 아래로 떨어져 내렸다.

민지의 감겼던 눈이 파르르 떨렸다. 몇 번을 깜빡거린 끝에 겨우
제대로 눈을 뜰 수 있었다. 하얀 벽과 하늘색 가림막이 보였다. 창
문 밖은 여전히 밝았다. 한 박자 늦게 그녀는 자신이 있는 곳이 버
스 안이 아님을 깨달았다.

고개를 돌리자 자신을 내려다보며 미소 짓고 있는 유나의 얼굴이
보였다. 유나는 그녀의 손을 살짝 그러쥐며 말을 걸었다.

"정신이 들어요?"

"여긴⋯⋯."

"병원이에요."

그렇구나, 민지는 고가도로 끝에 걸린 버스 안에서의 일들을 찬
찬히 돌이켜보았다. 소풍 가는 길, 자기 반 아이들에게 벌어진 일들,

그리고 자신이 했던 선택이 생각났다.

"애들은 어떻게 됐죠?"

"무사해요. 민지 씨 덕분에 모두 무사히 구출됐어요. 부상자는 제법 되지만 전부 경상이래요. 운전사 아저씨만 조금 심하게 다쳤고, 그것도 치료하면 괜찮아질 거라고 하더군요."

"연희 씨는?"

"다른 병실에 있어요. 연희 씨도 크게 다친 건 아니에요."

유나의 설명에 그제야 민지는 안도의 한숨을 내쉬었다. 그러나 곧 그녀의 표정이 다시 어두워졌다.

"부적을 버렸어요."

"알아요. 휘강 씨에게 대강 이야기는 전해 들었으니까."

"아, 휘강 님도 여기 계신가요?"

불길에 휩싸인 버스 안에서 등을 타고 오르는 열기에 어찌할 바를 모르고 있던 순간 기적적으로 나타나 상황을 정리해주었던 휘강의 모습을 떠올리며 민지는 물었다.

"아니요. 복잡한 일에 휘말리기 싫다면서 먼저 도망갔어요. 이번 사건 때문에 언론사에서도 취재를 오고 있거든요. 인터넷에서도 난리인 모양이고, 저랑 연희 씨도 기회를 봐서 피할 생각이에요."

그녀의 설명에 민지는 이해한다는 듯 고개를 끄덕였다.

"너무 실망하지 말아요. 어찌 되었든 사라질 위기는 넘긴 거잖아요. 지금부터 다른 방법을 강구해보면 되지 않겠어요?"

"아뇨. 부적이 없으면 제 힘을 통제할 수 없어요. 단순히 존재감 없는 아이가 아니라 계속 보고 있으면 무서워지는 괴물로 여기겠죠. 예전에 이미 시도해본걸요. 그렇다고 새로 부적을 구할 수 있는 것도 아니고요."

　민지는 풀 죽은 얼굴로 힘없이 고개를 돌렸다. 부적의 힘에 집착하던 데도 다 이유가 있었음을 유나는 이해했다. 하지만 설령 그 부적을 다시 구할 수 있다고 해도 사용하는 것을 권하고 싶지는 않았다.

　그것은 어둑시니인 민지에겐 너무 위험한 물건이었다. 다만 아이들 앞에서의 노래 공연이란 카드는 꺼내보지도 못하고 모든 게 끝이 나버린 부분이 유나는 끝내 아쉬웠다.

　"그래도 난 민지 씨가 무섭지 않아요. 아까부터 계속 옆에 있었고 지금도 이렇게 지켜보고 있지만 아무렇지도 않은걸요."

　애써 밝게 웃으며 유나는 민지를 위로했다.

　"고마워요. 하지만 그건 아마도 유나 씨라서 그런 게 아닐까요?"

　"나라서 그렇다고요?"

　"예, 유나 씨는 다른 사람들보다 영력이 강한 편이거든요. 제가 그런 걸 감지하는 쪽으론 재능이 있는 편이라서 알 수 있어요."

　"하긴 어릴 적부터 기가 드세다는 말은 가끔씩 듣긴 했어요."

　유나의 말에 민지는 작은 소리로 '하하' 웃고 말았다.

　"아니요. 그런 의미는 아닌데, 영력을 머금는 그릇 자체가 일반 사람보다 큰 느낌이에요. 뭐랄까, 남들보다 특별한 재능이랄까?"

　여고생 모양을 한 채 병상에 누운 어둑시니의 입에서 나온 특별한 재능이라는 말에 유나는 순간 얼마 전의 일을 떠올렸다.

　—당신은 특별해.

　기억 조작 능력이 제대로 먹히지 않는 것에 대해 해명하면서 휘강은 분명 그렇게 말했다. 유나가 특이해서, 남들보다 특별한 체질이라서 그런 거라고. 민지 역시 비슷한 얘기를 하고 있었다.

문득 자신에게 정말 특별한 능력이 있는 것인지 궁금해졌다. 거기에 대해 더 물어보려 입을 떼는 순간 병실 문을 두드리는 소리가 들려왔다. 곧 문이 열리고 간호사가 들어왔다.

"아, 마침 깨어났구나. 송민지 환자, 보고 싶다는 사람이 있어서 왔어요."

어디에선가 병문안이라도 왔나 싶어 유나는 자리에서 일어났다. 사고 소식을 접한 언론이 모여들자 마지막까지 아이들을 구하려 생명의 위험까지 감수한 여고생의 미담은 급속히 퍼져나가기 시작했다. 그러자 이번 기회에 얼굴 도장을 찍으려는 높으신 분들이 하나둘 병원에 찾아오고 있었다. 아마도 그런 부류라 생각했지만 정작 간호사의 뒤를 따라 들어온 이들을 본 유나는 그런 생각을 한 스스로가 부끄러워졌다.

"민지야, 괜찮아?"

앳된 얼굴의 소녀들이 우르르 병실로 들어와 병상의 환자에게 말을 걸었다. 얼른 보기에도 민지와 같은 반 아이들이었다. 몇몇은 유나에게도 꾸벅 인사를 했다. 아마도 민지의 언니쯤 되는 모양이구나 생각하는 눈치였다.

"어, 안녕. 무슨 일이야."

갑작스러운 급우들의 방문에 놀란 민지는 힘겹게 자리에서 일어나 앉으며 물었다.

"무슨 일이긴, 병문안하러 왔지."

맨 앞에 있던 아이는 그렇게 말하며 까르르 웃었다. 민지처럼 그녀도 환자복 차림이었지만 팔에 감은 붕대 외에 크게 다친 곳은 없어 보였다.

"고맙다는 인사 하려고 왔어. 너 때문에 버스에서 무사히 나올 수 있었으니까."

"내가 뭘 했다고."

민지는 무척이나 당황스러웠다. 일단 급우들의 병문안 자체가 낯설었다. 그들이 자신을 알아보고 말을 거는 것도 이상한 기분이었다. 심지어 아이들은 그녀의 이름도 제대로 불러주고 있었다.

"뭘 하긴. 마지막에 나 먼저 내보내고도 안에 남아 있었잖아."

그제야 민지는 환자복 차림의 아이를 떠올렸다. 우측 창문이 화염에 휩싸이기 직전에 밖으로 내보냈던 학생이다. 그 후의 버스 안 상황은 다행스럽게도 불길과 연기, 그리고 소화기의 분말 때문에 밖에서는 제대로 본 사람이 없었다. 그렇다고는 해도 지금의 상황은 예상치 못한 바였다.

"나 말고도 다들 너한테 고마워하고 있어. 전학생하고 너, 두 사람 아니었으면 우리 모두 거기서 죽었을지도 모른다고."

사고의 순간 패닉에 빠져 당황하던 아이들이었다. 그리고 마지막으로 휘강과 민지가 빠져나오자마자 버스는 화염에 불타며 고가도로 아래로 떨어졌다. 사고 현장에 있던 아이들은 난간 아래로 떨어져 박살이 난 채 검은 연기를 내뿜던 버스의 모습을 직접 목격했다. 때문에 연희와 민지가 버스 안 분위기를 장악하고 아이들에게 제대로 된 지시를 해주지 않았다면 자칫 엄청난 참사로 이어졌을지 모른다는 사실을 모두가 온몸으로 실감하고 있었다.

"너 진짜 대단했어. 이렇게 작은데 그때는 정말 거인처럼 보일 정도였다니까."

급우의 말에 민지는 민망한 듯 어색한 미소를 지었다. 위기 상황에서 내보인 민지의 카리스마 때문에 착시 현상이 일어난 거라 설명할 수도 있겠지만 사실은 말 그대로 그녀의 몸이 커졌다는 쪽이 맞을 것이다. 그게 바로 어둑시니의 능력이니까.

아이들에게 둘러싸여 이야기를 하고 있는 민지의 모습을 바라보던 유나는 조용히 뒤로 물러섰다. 이제 여고생 민지를 위한 시간을 줘야 할 때였다. 아이들의 이야기에 맞장구를 치며 밝게 웃는 그녀의 모습에 유나는 문득 깨달았다. 지금의 민지에게선 사람을 의심과 공포로 몰고 간다는 어둑시니의 능력이 느껴지지 않았다.

어쩌면 애초에 부적 같은 것은 필요 없었는지도 모른다. 태생을 거스르고 자신이 원하는 모습이 되고 싶다는 의지, 사람들과 함께하고 싶다는 생각과 밝게 웃을 수 있는 마음만으로 충분했던 건 아닐까 생각하며 유나는 병실을 빠져나왔다.

🌙 🌑 🌓

늦은 저녁 지친 몸을 이끌고 되돌아온 강신 빌라 앞에서 유나는 자신을 기다리던 규림과 마주쳤다. 취재진을 비롯한 피해자 가족과 경찰, 보험사 직원 등 관련자들로 북적거리는 병원에서 연희를 데리고 몰래 빠져나와 렌터카를 반납하고 돌아오던 터였다. 빌라 입구 돌계단 위에 쪼그리고 앉았던 규림은 연희와 함께 걸어오는 유나를 보더니 굳은 표정으로 자리에서 일어났다.

"나 먼저 올라가 있을게."

눈치 빠른 연희는 규림의 심각한 분위기를 간파하곤 유나에게 속삭였다. 그리고 규림에게 반갑다며 인사를 건네고는 빌라 안으로 얼른 들어가버렸다. 규림은 그런 연희에겐 눈길 한 번 주지 않은 채 유나만 바라보고 있었다.

"왔으면 전화라도 하지."

유나는 쭈뼛거리면서도 먼저 말을 걸었다.

"연락이 돼야지. 너 전화기 꺼져 있는 거 아냐?"

그 말을 듣고서야 유나는 핸드폰을 꺼내 확인했다. 언제 그랬는지 액정이 대각선으로 쫘악 금이 간 채로 기계는 먹통이 되어 있었다. 아마도 사고 현장에서 이리저리 치이는 와중에 그랬을 것이라 짐작할 뿐이었다.

"미안, 내가 정신이 없어서."

"아까 그렇게 끊기고 나선 연락이 안 되어서 얼마나 걱정한 줄 알아?"

그렇게 말하는 친구의 목소리가 가늘게 떨리고 있었다. 유나는 규림과의 마지막 통화를 떠올렸다. 민지네 버스를 쫓아가는 차 안에서였다. 그리고 사고가 나면서 그대로 통화는 끊겼던 모양이었다.

"어디 다녀온 거야? 아침부터."

"응, 연희 씨 사촌 동생이 발표회를 한다고 해서 거기 같이 다녀왔어."

"발표회? 무슨 발표였는데."

"노래."

"근데 옷은 왜 그래? 아까 통화하다 말고 비명은 왜 지른 거고."

유나는 그 말에 자신의 차림을 보았다. 사고 현장에서 이리저리 뛰어다니느라 옷은 엉망이 된 상태였다. 무릎에 시커먼 기름 얼룩이 묻었고 어깨와 팔꿈치는 시커멓게 그을음이 졌다. 여기저기 하얗게 붙은 가루는 아마도 소화기 분말 같았다.

"어, 그게…… 가는 도중에 사고가 있었거든. 뉴스 못 봤어? 시외로 나가는 고가도로에서 버스 추락한 거. 마침 거길 지나고 있었거든. 너하고 통화하는데 바로 앞에서 사고 났잖아. 거기서 구조 작업 하는 거 도와주는 와중에 묻었나 보네."

대강 아귀를 맞춰 둘러대면서도 유나는 삐질삐질 진땀이 흐르는 것을 느꼈다. 요괴들보다 무서운 눈빛으로 자신을 노려보는 친구 앞에서 자신의 거짓말은 백 퍼센트 들통 날 것만 같았다. 그렇게 되면 또 어떻게 수습을 해야 할 것인가에 대한 걱정까지 들었다.

"너, 요즘 이상한 거 알아?"

"내, 내가 뭐?"

이젠 대놓고 떨리는 유나의 목소리에 규림은 맥이 빠져 한숨을 내쉬었다. 시선을 골목 저편으로 돌린 채 무언가 생각하던 그녀는 주제를 바꿔 질문을 해왔다.

"됐고, 아까 전화로 했던 얘기는 기억나니? 휘강 씨랑 현도 씨 이야기."

유나는 다시 기억을 더듬었다. 사고로 통화가 끊기기 직전 규림은 전화로 그 둘이서 싸우는 모습을 목격했다고 그랬다. 그것도 유나 자신을 두고서.

"응, 기억나. 그런데 그거 정말이야? 둘이서 내 이야기를 했다는 거."

"이야기 정도가 아니었다니까. 너 정말 몰랐던 거야? 휘강 씨가…… 하긴, 네 성격에 그걸 알고 있었으면 속 편하게 현도 씨랑 데이트 다니진 않았겠지."

유나는 무언가 말을 꺼내려다 도로 입을 다물고 말았다. 머릿속이 복잡했다. 한편으론 규림에게 거짓말을 꾸며야 했고 다른 한편으로는 방금 들은 이야기의 진실을 캐물어야 했다. 규림이 무엇을 본 것인지, 어째서 저런 생각을 하고 있는 것인지.

"규림이 네가 하려는 얘기는 그러니까…… 휘강 씨가 나한테 어떤 감정이 있다는 거야?"

"추측이 아니라 직접 이 귀로 다 들었다고, 요것아. 현도 씨 카페 앞에서 둘이 너를 두고 서로 열을 올리면서, 유나 씨를 구속하지 말라는 둥, 너의 선택을 따르자는 둥, 아주 드라마를 찍더라."

유나는 생각지도 못한 이야기에 당황스러움을 감추지 못했다. 발갛게 상기된 얼굴을 손으로 가린 채 시선은 갈 곳을 잃고 사방을 헤매고 있었다.

"연애 세포가 말랐네. 반건조 오징어가 되었네, 투덜거리더니 아주 이번에 작정을 한 거야?"

규림의 질문에 유나는 저도 저절로 손을 내저었다.

"아냐. 현도 씨 일이야 그렇다 쳐도, 휘강 씨는 뭔가 오해가 있는 걸 거야. 절대 그런 거 아니라고."

그 말에 규림은 다시 미간에 주름을 만들며 허리춤에 손을 가져갔다.

"야, 최유나. 너 정말 나한테까지 이러기야! 모른 척 있었더니, 너 그 꼴 된 이유 전부 알고 있거든. 아까 뉴스 화면에 나왔다고. 시민 제보 영상인지 뭔지 해가지고 휘강 씨가 너 감싸 안고 있는 모습 카메라에 다 찍혔어. 모자이크 했는데도 딱 보니까 알겠더라!"

뒤통수를 얻어맞은 느낌에 유나는 백기를 들고 말았다. 애초에 익숙지 않던 그녀의 거짓부렁들은 규림의 반박 한 번에 와르르 무너졌다. 그렇다고 사실대로 이실직고할 수도 없는 노릇이었다. 어떻게 설명한다는 말인가.

휘강의 정체며 오늘 그 사고 현장에 함께 있었던 이유까지, 무엇 하나 맘대로 털어놓을 수 없는 것들이었다. 아무런 말도 못 하고 머뭇거리기만 하는 유나의 모습에 규림은 답답하다는 듯 한탄하며 고개를 내저었다.

"나 정말 모르겠다. 요즘 유나 네가 왜 이러는지. 휘강이란 사람도 현도란 사람도 저 위에 연희 씨까지. 주위에 전부 이상한 인간들에 이상한 일들뿐이잖아."

"미안해, 규림아."

"뭐가 미안한 줄은 아니? 네가 이상한 사람들하고 어울리든, 그러다 뭔가 나쁜 일을 저질렀다고 한들 다 괜찮아. 친구니까. 그런데 왜 나한테 털어놓지 않는 거야. 내가 그렇게 미덥지 않니? 네가 날 그렇게 생각한다는 사실이 제일 화가 난다고!"

규림은 바락 소리를 내지르더니 그대로 유나의 몸을 밀치듯 부딪치며 지나 큰길 쪽으로 멀어져갔다. 작아지는 친구의 뒷모습을 바라보면서도 유나는 끝내 붙잡을 수 없었다.

자신의 집을 침입한 도깨비, 생사가 오가는 휘강의 상담 일. 그런 사건들에 규림을 휘말리게 하고 싶지 않았다. 하지만 이대로 십년지기 친구를 마냥 떠나보낼 수도 없는 일이었다. 이러지도 저러지도 못하는 가운데 괴로워하던 유나는 결국 그대로 바닥에 주저앉고 말았다.

해 질 무렵, 비교적 한산한 카페 판타즘 앞길을 휘강은 당당히 버티고 서 있었다. 그는 정면으로 카페를 바라보고 선 채 말없이 입구를 응시했다. 한동안 그러고 서 있으려니 창 쪽에 앉은 손님 중 몇몇이 그를 보고 수군거리기 시작했다.

버스 사고 현장에서 바로 오느라 그의 몰골은 말이 아니었다. 옷은 여기저기 검게 그을렸고 목과 뺨에는 점점이 핏자국과 검댕이 눌어붙어 있었다. 그런 차림의 사내가 가게 앞을 버티고 섰으니 영업방해로 경찰에 신고해도 이상할 게 없는 상황이었다. 결국 얼마 지나지 않아 문이 열리더니 카페 사장이 직접 밖으로 나왔다.

"뭐 하자는 겁니까?"

현도는 꾀죄죄한 사내를 아래위로 훑어보며 물었다.

"이야기는 아침에 다 끝난 걸로 알고 있는데."

상대의 능글맞은 얼굴을 노려보며 휘강이 말했다.

"맘을 정했다."

"그런가요? 전 처음에 정한 맘 그대로입니다만."

"네놈들 속셈은 대충 짐작하고 있어."

"무슨 꿍꿍이라도 있다는 것처럼 들리네요. 유나 씨에 대한 제 마음을 의심하는 겁니까?"

"너희 도깨비들이 인간을 사랑하다니, 가당치도 않은 얘기지."

현도를 가증스럽다는 듯 흘겨보며 휘강이 코웃음을 쳤다.

"그건 그쪽 생각일 뿐이고, 아까도 말했지만 선택은 유나 씨의 몫이야."

"그랬지. 그건 네놈 말이 맞을지도 몰라. 그렇다면 내가 해야 할 일은 분명해지지. 무슨 수를 쓰더라도 유나가 잘못된 선택을 하지 못하게 막는 거."

"유나 씨에게 어떤 쪽이 좋은지, 무엇이 옳고 그른지 판단하겠다는 겁니까?"

"아니, 그건 유나가 판단할 일이지. 그래, 네 말처럼 그녀가 원한다면 모두 사실대로 알려줘야 할지도 모르고. 내가 그것을 판단하고 통제하겠다는 이야기가 아니야. 그녀가 원하는 대로 하겠어. 그리고 거기에 따를 거다. 그녀의 선택이 올바른 방향을 향하리란 걸 믿겠다는 것이 나의 선택이야."

결연하게 이야기를 전하는 휘강을 바라보며 현도는 입꼬리를 비튼 채 조소를 흘렸다.

"듣기 좋은 말입니다만, 어디 두고 봅시다. 당신 맘처럼 일이 흘러갈지."

"나야말로."

둘은 그렇게 마주 보고 서서 서로를 뚫어져라 노려보고 있었다. 본격적인 선전포고였다.

Chapter 10

밤불 빛나는 숲 아래

휘영청 밝은 달이 비단처럼 매끈한 밤하늘에 걸려 있었다. 가로등 불빛도 은빛 달의 색만은 가리지 못하여 올려다보면 달 그림 안에서 떡방아질을 하는 토끼의 모습을 볼 수도 있었다. 유나는 공원 벤치에 앉아 만월을 올려다보며 요전번 연희에게서 들었던 이야기들을 떠올렸다.

요괴들은 인간들의 상상력의 산물일지도 모른다는 이야기였다. 아마도 먼 옛날 이렇게 검은 하늘의 달을 바라보던 선조들이 그 속에서 형상을 떠올리고 거기에 얘기를 붙였을 것이다.

그렇게 입에서 입으로 달에 사는 토끼에 대한 이야기가 퍼져나가는 사이, 어쩌면 정말로 연희의 얘기처럼 월면 어딘가 절구통과 함께 두 발로 걷는 토끼가 나타났을지도 모른다.

그렇다면 암스트롱이 달에 첫발을 내디뎠을 때에 그 토끼는 어디로 갔을까. 너무 넓어서 찾지 못했던 건지도 모른다. 어쩌면 발견하고도 너무나 황당해서 NASA나 CIA가 비밀로 덮은 건지도. 그것도 아니면 인간이 드디어 달에 도착하여 환상이 현실로 바뀐 그 순간, 전 세계에 흑백 TV로 현장이 생중계되던 바로 그때에 모두의 꿈이 사라져 버렸을지도 모른다.

달 속엔 토끼도 게도 처녀도 아닌 바싹 마른 돌덩이만 있다는 것을 깨닫는 순간 역설적으로 그 속에 있었을 토끼의 절구통도 존재하지 않게 되어버린 게 아닐까.

그렇다면 그건 존재하지 않는 것을 있다고 착각한 것일까, 존재하는 것을 없다고 망각한 것일까. 답이 나올 것 같지 않은 질문들이 송이송이 머릿속에서 피어나는 것을 잊기 위해 유나는 초코 아이스크림 통을 들었다. 한 수저 크게 퍼서 입에 넣고 녹이다가 이번엔 옆에 놓인 팩 소주에 꽂은 빨대를 쪼옥 빨아들였다. 시큼 달달한 액체가 아이스크림과 섞이며 녹아들었다. 보드카보다야 못하지만 그럭저럭 효과는 비슷하겠지 생각하며 쓴웃음을 지었다.

끝내 잡지 못하고 규림을 보낸 후, 강신 빌라 앞에서 훌쩍이는 유나를 데리러 내려온 연희는 밖으로 나가자며 그녀의 팔을 잡아끌었다. 침실과 창고 방을 제외하곤 내부 수리를 하느라 아무것도 없이 황량한 집에 있어 봤자 괜히 기분만 더 꿀꿀해진다는 주장이었다.

이렇게 넓은 공원에 앉아 밤하늘을 바라보며 알코올에 취하려니 제법 괜찮은 선택이었다는 생각도 들었다. 기다란 벤치를 혼자 차지하고 앉은 유나는 다리를 앞으로 뻗고 등받이에 체중을 실은 채 길게 기지개를 켜며 '끄응' 신음을 냈다. 조금 전까지 함께 초코 아이스에 팩 소주를 빨던 연희는 이 조합은 자기 입에 맞지 않는다며 공원 매점으로 간 터였다.

"아가씨구먼."

기지개를 켜느라 잠시 감았던 눈을 뜬 유나는 눈앞에 갑작스레 나타난 인물에 놀랐다. 벤치 모서리에 걸린 체중을 아슬아슬하게 지탱하던 발뒤꿈치가 비틀 미끄러지면서 균형이 무너지자 주르륵 그녀의 몸이 벤치를 타고 흘러내렸다. 그것을 막으려 버둥거리다 민망한 포즈로 등받이를 부여잡고서야 몸을 가눈 유나는 말을 걸어온 상대를 보았다.

그것은 기괴한 인상의 여자였다. 커다란 눈과 역시나 커다란 매부리코, 얇은 입술 사이로 튀어나온 뻐드렁니, 낯빛은 진흙 색으로 어두웠지만 머리는 붉은 기운이 도는 갈색이었다. 어딘가 조류를 연상케 하는 독특한 외모는 나이를 짐작키 어려웠다. 중년인 듯도 하지만 입 옆으로 깊게 패인 팔자 주름과 조글조글한 입술을 보면 그보다 훨씬 윗배인 듯도 싶었다.

"뭐예요?"

엉망으로 흐트러진 자세를 바로잡으며 유나는 여자에게 물었다.

"최유나 양 맞죠?"

대뜸 자신의 이름을 언급하는 생면부지의 존재에 유나는 본능적으로 경계심이 일었다. 기괴한 외모도 그렇지만 사방이 탁 트인 공원 가운데서 땅에서 솟아나듯 불쑥 나타난 것도 미심쩍었다. 그런 생각을 읽었을까, 노파인지 아줌마인지 구분 못 할 여자는 배시시 웃으면서 그녀 옆으로 와서 앉으며 말했다.

"놀라지 말아요. 휘강이 부탁으로 온 거니까."

"휘강 씨요?"

버스 사고 현장에서 먼저 빠져나간 이후로 여태 소식이 없던 휘강

의 이름에 유나는 다시 한 번 놀란 맘을 감추지 못했다. 그렇다는
건 눈앞의 여자 역시 요괴라는 것일까? 그러나 휘강의 이름을 언급
한 것만으로 덜컥 상대를 믿을 수는 없는 노릇이었다.

"부탁이라니, 이상하네요. 할 말이 있음 본인이 직접 하면 될 텐데
굳이 다른 사람을 시키고."

"그럴 만한 사정이 생겼어요. 아무튼 난 휘강이가 있는 곳으로 아
가씨를 데려다달라고 부탁을 받았다우. 최유나 씨하고 또 한 녀석
이었는데 꽃뱀 녀석은 어디 갔죠?"

꽃뱀 녀석이라 함은 아마도 연희를 지칭하는 듯 보였다. 그렇다는
건 상대는 그녀의 존재와 더불어 유나와 함께 있을 거란 걸 알고 있
었다는 얘기다. 진짜 휘강의 부탁을 받은 것일까?

"당신은 누구죠?"

"아차, 소개가 늦었네. 명운이라고 해요. 그냥 편하게 명운 이
모라고 불러요. 인간들하고 부대끼며 살다보니 그게 제일 편하더
라고."

겉늙은 아주머니 외모에 이모란 호칭으로 불러달라니, 동네 국밥
집 사장님이라도 보는 듯한 착각이 일었다. 상대를 어찌 대해야 할
지 곤란해하던 차에 마침 저편에서 연희가 다가오는 것이 보였다.

버스 사고로 다친 팔에 깁스를 한 그녀는 다치지 않은 쪽 손에
맥주 캔과 안주로 묵직한 비닐봉지를 들고선 폴짝폴짝 뛰어오다
가 유나 옆의 낯선 인물을 발견하곤 경계심을 내비치며 그녀에게
물었다.

"누구?"

하지만 대답은 명운 이모라 부르라던 쪽이 했다.

"명운이라고 한다네. 자네가 황연희겠구만. 내가 아는 모습하곤 다르지만, 뭐 천성이 그러하니까."

명운의 자기소개에 연희의 얼굴에 깃든 긴장이 빠르게 수그러드는 것을 유나는 느꼈다.

"명운이라면, 정보통이라던 그분? 그런데 여긴 웬일이죠?"

명운은 연희의 물음에 고개를 끄덕이면서 자리에서 일어섰다.

"휘강이가 자기 있는 곳으로 둘을 데려오라고 부탁했어. 나도 바쁜 처지니 서두릅시다. 저쪽에 차를 세워놨으니 따라와요."

그렇게 말하며 명운은 투실투실한 체구에 걸맞지 않은 잰걸음으로 빠르게 공원 주차장으로 향했다. 빠르게 오가는 대화 속에서 급격히 돌아가는 상황 때문인지 연희와 유나는 더 이상 캐묻기를 포기한 채 얼렁뚱땅 그 뒤를 따라갔다. 명운은 주차장에 세워진 자신의 차 문을 열고 운전석에 앉으며 손짓으로 둘을 재촉했다.

"어서 타요."

그녀가 덥석 올라탄 차는 트랜스포머의 범블비로 잘 알려진 카마로였다. 작은 체구에 노회해 보이는 명운의 아줌마, 아니 쭈그렁 할머니 같은 외양과는 너무나 대조적인 차종에 연희와 유나는 눈빛만 교환하다 결국 쭐레쭐레 차에 올라탔다. 낮고 무거운 엔진 소리와 함께 자동차는 곧장 주차장을 빠져나가 속도를 올리기 시작했다.

"휘강이가 뭣 좀 알아봐달라고 부탁을 한 게 있거든. 그래서 그걸 전해줘야 하는데 갑자기 연락이 안 되는 거야. 그러더니 조금 전에 덜컥 전화를 해선 그러더라고. 두 사람이랑 부탁한 정보를 가지고 와달라고."

밤길을 따라 어디론가 향하는 차 안에서 명운은 자신과 휘강의 일에 대해 유나에게 설명하듯 얘기해주었다. '휘강이가'라며 편하게 말을 하는 것으로 보아 그와 맞먹는 관계이거나 휘강보다 위 연배이리라 유나는 짐작했다.

외모만으로 보자면야 당연한 얘기였지만 그네들의 외모가 나이와는 크게 관계가 없음을 유나도 이미 학습한 터였다. 명운의 설명으론 자신은 휘강이 상담 일을 하는 와중에 필요한 정보나 자료 등을 얻기 위해 활용하는 외부 인력이라 했다. 거기에 연희는 명운이 요괴 사회에서는 정보통으로 이름을 날리는 인물이라고 부연을 하기도 했다.

"낮말은 새가 듣고 밤말은 쥐가 듣는다는 속담 알죠? 거기 나오는 새가 나야. 호호호."

명운은 카마로의 묵직한 핸들을 자유롭게 컨트롤하면서 방정맞게 웃었다. 그 말에 유나는 흘끔 운전석의 명운을 보았다. 코가 불쑥 튀어나오고 미간이 벌어져 새를 연상시키는 얼굴이 기괴했다. 비단 요괴스러운 기괴함이 느껴지는 얼굴만이 아니라 머슬카를 운전하는 아줌마라는 그 자체만으로도 유나는 도무지 적응이 되지 않았다.

"그런데 어째서 직접 오지 않고 명운 이모님에게 부탁한 거죠? 찾아오는 게 힘들면 전화를 걸어도 될 텐데."

연희의 질문에 명운은 고개를 갸웃하면서 여전히 명랑한 어투로 답했다.

"그것까진 나도 모르겠네. 나라고 다 아는 건 아니니까. 만나거든 직접들 물어봐요."

휘강이 그녀에게도 무언가를 숨기고 있음을 유나는 짐작했다. 휘강과 얽히고 난 후부터 주위엔 온통 비밀들뿐이란 생각이 들었다. 자연스럽게 규림과의 갈등도 다시금 수면 위로 올라왔다. 명운의 말처럼 휘강을 만나면 전부 명쾌하게 답해달라고, 규림과의 관계도 깔끔하게 정리할 수 있도록 도와달라고 얘기할 생각이었다.

그 사이 카마로는 한적한 산중에 뚫린 길로 접어들었다. 우거진 나무들로 컴컴한 것이 이런 곳까지 길이 놓였나 싶을 정도로 산 깊숙이 이어진 가파른 포장도로를 오르자 널따란 평지가 나타났다. 그 가운데 눈에 익은 휘강의 세단이 서 있는 게 보였다.

명운의 차가 근처로 다가가며 속도를 줄이자 세단의 문이 열리더니 휘강이 밖으로 나왔다. 그 옆에 차를 세운 명훈이 운전석 문을 열고 나가 덩치에 어울리는 팔자걸음으로 휘강에게 다가가며 너스레를 떨었다.

"아가씨 둘 배달 왔어. 하도 사정해서 이번에만 특별히 해주는 거야. 다음부턴 이런 부탁 사절이라고."

"미안해. 이번 신세는 다음에 꼭 갚을게."

"에이그, 됐어. 갚기는 무슨. 대관절 무슨 일인지 모르겠지만 조심하고 나중에 술이나 한번 사. 아, 그리고 부탁했던 거, 여기."

휘강과 명운은 오랜 친구처럼 친근하게 대화를 나누고 있었다. 유나는 카마로에 기대어 선 채 그런 두 사람을 살폈다. 명운의 손에 들린 건 자그마한 USB 메모리였다. 아마도 앞서 언급했던 휘강이 부탁한 정보인 모양이었다. 나름 요괴라는 명운이었기에 유나가 맘한구석에 갖고 있던 기대는 이번에도 여지없이 무너졌다. 유나는 맥빠진 얼굴로 실소를 내뱉으며 옆에 선 연희에게 물었다.

"저거 USB 메모리 맞죠?"

"응. 뭐야, 유나 씨 이번에도 엉뚱한 거 기대한 거야? 요즘 세상에 두루마리라도 들고 다닐까 봐? 편리성이나 보안적인 측면에서나 디지털만 한 게 없어요."

연희는 깔깔거리며 유나의 팔뚝을 잡고 흔들었다. 그녀로선 그러시냐는 듯한 표정을 지으며 마뜩잖게 고개를 끄덕일 뿐이었다. 한동안 휘강과 뭔가 쑥덕쑥덕 역적모의라도 하듯 비밀스러운 이야기를 주고받은 끝에 명운은 모두에게 인사를 건네며 다시 자신의 차에 올라탔다.

차체를 돌려 왔던 길을 되돌아 나가려던 카마로가 유나의 앞에 멈추어 서더니 운전석 창문을 내렸다. 그러곤 한껏 고개를 내민 명운이 유나를 보며 말했다.

"유나 씨, 사정은 모르겠지만 휘강이 조심해요."

"예?"

상대의 말뜻을 이해하지 못한 유나는 무슨 소리냐는 듯 되물었다.

"저이를 알고 지낸 게 한참인데 이렇게 가까이에 인간을 두고 챙기는 꼴은 처음이거든. 원래 인간들하고는 잘 어울리지도 않는 화상인데 이렇게까지 하는 거 보면……."

뒤에서 잠자코 보고 있던 휘강은 그제야 성큼성큼 앞으로 걸어 나오며 말을 끊었다.

"할망구 흉내만 내더니 진짜로 망령이 났나. 볼일 다 끝났으면 헛소리 말고 어서 가."

평소의 휘강스러운 싸가지를 말아먹은 말투에도 명운은 재밌는 듯 낄낄거리며 슬금슬금 차를 출발시키더니 차창 밖으로 손을 흔들어 보였다.

요란한 엔진 소리가 언덕 아래로 서서히 사라질 즈음에야 유나는 휘강에게로 눈길을 돌렸다. 명운의 마지막 말이 사실이라면, 그리고 규림이 목격했다는 현도와의 일이 사실이라면 그 모든 일들이 어떤 의미일까 궁금했다. 그 궁금증을 밖으로 소리 내어 묻고 싶었고 물어야만 했다.

"저기, 왜 여기로 오라고 한 거예요? 그냥 휘강 씨가 빌라로 오면 될 것을."

"미안해. 사정이 있어서 말이야."

휘강은 차 안에서 태블릿 PC를 꺼내더니 전원을 켜고 방금 받은 메모리를 연결하며 말했다.

"무슨 사정인데요? 얼마나 심각한 사정이기에 그쪽 사정 맞춰서 나랑 연희 씨가 왔다리 갔다리 해야 하는 거냐고요."

"지금은 설명하기 곤란해. 나중에 얘기하고 일단은 차에 타. 갈 곳이 있어."

"왜 설명이 곤란한 건데요? 그리고 대체 어딜 가요? 그쪽이 급하면 우린 또 덜렁 쫓아다녀야 하는 건가요!"

유나는 갑갑한 마음에 땡깡을 부리듯 소리쳤다. 옆에 섰던 연희는 그런 유나를 걱정스럽게 보듬으며 진정하라고 말했지만 속상한 맘은 좀처럼 가라앉지 않았다.

"왜 매사에 자기 멋대로죠? 비밀은 또 왜 이리 많고. 생각하면 할수록 이상한 것뿐이라고!"

그제야 휘강도 열린 차 문을 부여잡고 굳은 얼굴로 유나를 바라보며 말했다.

"갑갑한 거 이해해. 황당하고 이해가 가지 않겠지. 앞으로 차근차근 전부 다 설명할게. 하지만 당장은 정말 시간이 없어서 그래. 미안하지만 내 말을 믿고 따라줘. 지금 말해줄 수 있는 건 상담 일 때문에 뭘 찾으러 가야 한다는 거야. 그런데 빨리 가지 않으면 목표물이 다른 곳으로 가버릴지도 몰라. 그렇게 되면 다시 한참을 기다려야 하는데 의뢰인에겐 그럴 시간이 없고. 유나 네 입으로 그랬잖아. 내가 하는 일 직접 보고 싶다고."

그렇게 말하며 휘강은 차분한 눈으로 유나를 바라봤다. 그의 말대로 상담 일을 구경하고 싶다고 처음 말을 꺼낸 것은 유나였다. 하지만 지금은 그게 중요한 것이 아니었다.

어째서 그들의 일을 규림에게까지 철저히 숨겨야 하는 건지, 그러면서도 현도에게는 왜 찾아갔던 건지, 자신을 향한 그의 마음은 어떤 것인지 묻고 싶었다. 하지만 그 질문만은 좀처럼 말이 되어 입 밖으로 나올 생각을 하지 않았다.

"정말이야. 궁금해하는 것들 모두 말해줄게. 당신이 원한다면."

조수석 쪽으로 돌아가 문을 열어주며 휘강은 유나를 바라보았다. 안경 너머 연하게 금빛으로 반짝이는 눈빛이 속내를 꿰뚫어보는 것만 같아 그녀는 시선을 피하고 말았다. 끝내 유나는 진짜 묻고 싶은 말을 꺼내지 못한 채 조수석에 올라탔다.

연희도 괜한 호들갑을 떨며 올라타자 휘강은 천천히 차를 운전해 나아가며 대시보드에 설치된 내비게이션에 주소를 입력했다. 흘끔 곁눈질을 해보니 'XX읍 산 몇 번지'라는 주소가 보였다. 해도 저물어 캄캄한 밤에 또 다른 산골로 가야 하는 급한 일이 무엇일까 다시 궁금해졌지만 휘강의 말처럼 스스로 얘기할 때까지 두고 보겠다는 생각에 유나는 팔짱을 끼고선 차창 밖으로 시선을 돌렸다.

⚜ 🌸 ⚜

30분 정도 한적한 2차선 도로를 내달린 휘강의 차는 유나의 짐작대로 어느 야산 자락에 다다랐다. 짧지 않은 이동 시간 내내 차내엔 냉랭한 기류가 흘렀다. 유나는 여전히 토라져선 갑갑한 속내를 내비치고 있었고 휘강은 애써 그런 유나를 모른 척하며 운전에만 열중했다.

좌불안석 뒷자리를 지키고 앉은 연희가 분위기를 풀어볼 요량으로 한두 마디 꺼내보긴 했지만 결국 허사로 돌아갔다. 목적지에 도착해 갓길 깊숙이 차를 세우고 모두가 밖으로 나오자 휘강은 트렁크를 열더니 배낭을 꺼냈다.

"간단하게 설명할게. 아까 명운에게 받은 정보는 이 산 어딘가에 밤불이가 살고 있다는 거였어. 사람이든 요괴든 다른 이들 눈에 띄는 것을 싫어하는 녀석인지라 수시로 옮겨 다니기 때문에 가능한 빨리 와봐야 했고."

휘강의 설명에 연희가 눈을 둥그렇게 뜨며 물었다.

"밤불이? 야광 말이야. 정말 그런 게 있었어?"

고개를 끄덕이며 휘강은 배낭 안에서 손전등과 무전기를 꺼내 연희의 손에 들려주었다.

"그래, 녀석을 찾아서 영약을 얻는 게 이번 임무야. 어떻게 생긴 녀석인지 너한텐 굳이 설명할 필요 없지? 나랑 유나가 같이 동쪽 능선을 살필 테니까 넌 따로 서쪽을 찾아봐."

"잠깐만, 어째서 그렇게 조가 나뉘는 건데. 이런 밤중에 연약한 여자 혼자 산을 타라는 거야. 이거 봐, 나 환자라고. 기왕 둘로 쪼갤 거면 나랑 유나 씨가 한 조가 되어야지."

"연약하긴 누가 연약하다는 거야. 겨우 팔 좀 삐끗한 걸로 엄살 부리지 마. 밤불이 말고 산에 사는 요괴는 따로 없다고 확인했어. 귀신이라도 나오면 친구 먹으면 될 일이고. 유나랑은 아까 못 한 얘기도 할 겸 같이 움직일 생각이니까 그렇게 해. 너도 괜찮지?"

깁스한 팔까지 들어 보이며 불평하는 연희를 타박하던 휘강은 갑자기 유나를 보며 의향을 물었다. 갑작스러운 질문을 받은 그녀는 얼떨결에 고개를 끄덕이고 나서 곧 후회했다.

그렇지 않아도 이래저래 어색한 상태인데 어두운 밤길을 둘이서 다니게 된 것이다. 다시 맘을 바꿔 연희랑 함께 가겠다고 말해볼까도 싶었지만 어찌 된 일인지 연희는 조금 전과는 달리 고분고분한 태도로 깁스한 손에 손전등을 끼워 들고선 다른 손으론 무전기를 체크하며 앞장 서 산속으로 잽싸게 들어가버렸다.

마치 두 사람만 남도록 배려하려는 듯. 휘강은 배낭을 둘러매더니 손전등을 유나의 손에 들려주며 말했다.

"나는 딱히 불이 필요 없으니까 이거 들고 조심해서 따라와."

그렇게 둘은 나무 그늘이 짙게 드리운 컴컴한 심야의 산중으로 걸어 들어가기 시작했다.

"그런데, 여기서 찾아야 한다는 밤불이? 그게 뭐예요. 같은 요괴인가?"

길조차 없는 수풀을 휘강이 앞장서며 만든 곳을 따라 얼마나 걸었을까. 어색한 침묵이 갑갑해진 유나가 먼저 얘기를 꺼냈다. 휘강은 품에서 꺼낸 칼로 우거진 덤불을 슥슥 쳐내며 말했다.

"그래, 야광이라고도 불리는 요괴야. 세상으로부터 숨어 사는 데다 야행성이라 좀처럼 보기 힘들지. 그래서 우리들 사이에서도 신비한 존재로 여겨지고."

"그렇게 희귀한 존재라면 연희 씨가 발견해도 못 알아보고 놓칠 수 있는 거 아니에요?"

"별나게 생겨서 누구든 알아볼 수 있어. 여기에 조그만 불덩이가 달려 있거든."

잠시 멈추어 선 휘강은 자신의 정수리를 손으로 가리키며 말했다. 그 말에 유나는 고개를 끄덕거렸다.

"그럼 못 알아볼 걱정은 없겠네요. 그런데 왜 그 요괴를 찾으려는 거죠? 어떤 상담이기에."

"밤불이는 깊은 산속에서 홀로 약초들을 캐며 살아. 그리고 자신만의 비법으로 희귀한 약을 만들지. 항상 옆구리에 작은 주머니를 차고 다니는데 거기에 그렇게 만든 약을 넣어둔다는 거야. 세상 어떤 병이라도 단번에 낫게 하는 영약이지."

"아, 그 약을 찾아달란 거구나. 그런데 요괴들도 병에 걸리나 봐요?"

휘강이 다시 걸음을 옮기기 시작하자 울퉁불퉁 바위가 튀어나온 길을 손전등으로 비추며 조심스럽게 쫓아가던 유나는 다시 질문을 던졌다.

"우리도 아프거나 약해지곤 해. 하지만 이번엔 요괴의 병을 고치려는 게 아니야. 인간을 위해서 구하는 거지."

유나는 그의 말에 의아한 표정으로 손전등을 들어 휘강의 등을 비추었다.

"인간? 사람에게서도 의뢰를 받아요?"

"그런 게 아니야. 요괴가 상담을 했어. 병에 걸린 어머니를 살리고 싶다고."

갈피를 잡기 힘든 이야기에 유나는 다시 고개를 갸웃거리며 물었다.

"그렇다는 건 요괴의 어머니가 사람이란 건가요? 아니, 연희 씨에게 들은 바로는 요괴들은 부모님 같은 건 없다고 그러던데."

"맞아, 이건 특이 케이스야. 날 때부터 인간 손에 길러진 요괴거든. 양자로 들여져서 말이지. 자신이 요괴인지도 모르고 평범한 인간처럼 자라다 사춘기 무렵이 되면 자각을 하게 되는 케이스들이 있어. 종단이라고 하는 부류들. 보통은 그렇게 인간으로 살면서 되려 자신을 키워준 부모들을 타락시키거나 등골을 빼먹는 사악한 요괴들이야."

"그럼 그런 나쁜 요괴를 도와주려고 이 고생을 하고 있다고?"

어느새 목덜미를 타고 흐르는 땀을 손등으로 훔치며 유나가 어이없다는 듯 투덜거렸다.

"당연히 아니지. 상담을 해온 녀석은 특이 케이스였어. 자기 정체를 자각하고 나서도 부모를 지극히 봉양하고 있는 효자라고. 혹시나 싶어서 뒷조사도 해봤는데 어려서부터 지금까지 모범생으로 살면서 속 한 번 썩인 적이 없다더군. 열심히 공부해서 좋은 대학 나와 곧바로 대기업에 취직했고, 인간 나이로는 이제 서른다섯인데 여전히 부모랑 함께 살면서 지극정성으로 위하며 살고 있었어. 그런 와중에 인간인 어머니가 폐암 말기 판정을 받았다는 거야."

밤불이니, 만병통치의 영약이니 하는 요괴들의 이야기는 갑자기 '인간 극장'이나 '사랑의 리퀘스트'로 흘러가고 있었다. 유나는 잠시나마 휘강이 자신을 놀리려 이야기를 지어내는 건 아닌가 하는 의심마저 품었다. 명문대 나와 대기업에 취직해서 부모에게 효도하는 엄친아 요괴라니, 농담 같은 얘기였다.

"그래서 어머니 병을 고치려 영약을 구해달라고 한 거군요."

어느새 경사진 비탈을 비스듬히 오르는 길로 접어들자 유나는 조금 더 신중하게 걸음을 옮기면서 이야기를 이어갔다. 휘강도 길이 가파른 것이 신경 쓰이는지 속도를 줄이며 수시로 유나를 되돌아보고 있었다.

"별난 케이스지. 사실 요괴가 인간사에 너무 깊이 개입하는 건 금지된 일이지만 워낙 특이한 경우라 돕기로 했던 거야. 뭐 개인적으로는 밤불이를 한 번쯤 직접 보고 싶다는 생각도 있었고."

"그런데 그 영약이 그렇게 대단해요? 폐암 말기의 환자도 단번에 치료할 정도로."

"소문으로만 전해 들은 건데, 말이 약이지 기적을 일으키는 주술이라고도 해. 만병통치만이 아니라 죽은 사람도 살려낸다는 얘기가 있을 정도니까."

"죽은 사람을 살려요? 그건 좀 위험한 거 아닌가."

"말이 그렇다는 거지. 사람이 죽어도 영혼은 바로 떠나지 않고 한동안 머무른다고들 하잖아. 그래서 인간들도 며칠씩 죽은 이를 모셔두고 장례를 치르는 거고. 혹여 떠났던 혼이 다시 돌아오지나 않을까 해서 말이야. 그때에 영약을 쓰면 깨어날 수 있다는 거지."

'인간 극장'은 다시금 '토요 미스터리'나 '서프라이즈'의 세계로 넘어오고 있었다. 유나는 또 다른 궁금증에 무언가 물어보려 휘강을 보았다. 순간 발밑이 쑥 꺼지며 그녀의 몸이 순식간에 앞으로 거꾸러졌다.

"까앗!"

외마디 비명과 함께 유나의 몸이 아래로 꺼졌다. 발을 디뎠던 돌부리가 바닥에서 빠졌던 것이다. 그녀의 손에서 벗어난 손전등은 시커먼 비탈 아래로 떨어지며 사방으로 불빛을 뿌렸다. 한참을 떨어지던 불빛은 '퍼석' 소리와 함께 이내 사라졌다.

균형을 잃은 채 손전등을 따라서 깊은 비탈 아래로 유나의 몸이 달려가려던 찰나, 휘강의 억센 손이 그녀의 팔뚝을 잡아챘다. 강력한 완력에 중력을 향해 떨어지던 유나의 몸이 위로 쑤욱 끌려 올라왔다. 그러자 휘강은 다른 팔로 그런 유나의 허리를 감싸 안고서 자기 쪽으로 바싹 끌어당겼다.

"괜찮아?"

당황한 기색이 역력한 휘강의 목소리가 들려왔다. 유나는 쇼크로 벌벌 떨면서도 고개를 끄덕여 답했다.

"위험했잖아. 조심했어야지!"

괜히 거칠게 말하면서도 휘강은 좀처럼 그녀를 놓아주지 않았다. 문득 유나의 눈앞에 그동안 그와 겪었던 순간들이 빠르게 스쳐 지났다. 선배의 결혼식에서 대망신을 당할 뻔했던 순간 모두의 관심을 돌렸던 부서진 얼음 조각, 그 옆에 휘강이 있었다. 그 후로도, 위기의 순간마다 그는 언제나 그녀 옆에 있었다. 빌라로 도깨비가 쳐들어왔을 때에도, 버스 사고에서 폭발의 화염이 덮쳐올 때에도, 그는 온몸을 던져 유나를 보호했었다.

유나는 규림에게 휘강과 현도 이야기를 들은 후, 여태 망설이며 꾹꾹 담아두었던 한 가지 질문에 대한 답을 굳이 그에게 물어볼 필요가 없음을 깨달았다.

"꼭 잡아. 넓은 곳으로 빠져나갈 때까지는 이대로 가자."

휘강은 거의 유나를 안다시피 한 채로 성큼성큼 가파른 비탈을 오르기 시작했다. 유나는 그의 품에 머리를 묻은 채 발갛게 달아오른 뺨을 숨겼다. 얼마간 경사를 오른 끝에 완만한 곳에 도달하자 그제야 휘강은 유나를 놓아주었다.

"다친 덴 없어?"

퉁명스러운 질문이었지만 유나는 그의 진심을 느낄 수 있었다.

"괜찮아요. 그냥 좀 놀랐을 뿐이야."

"역시 손전등으로는 무리인가. 달이 밝아서 괜찮을 줄 알았는데 숲이 생각보다 깊어."

그렇게 말하며 주변을 살피던 휘강은 안경을 벗어 안주머니에 넣었다. 그러자 그의 눈과 머리카락이 금빛으로 물들며 희미하게 빛을 발하기 시작했다. 예전에 봤을 때도 신기하게 생각했지만 캄캄한 어둠 속에서 보니 은은하게 발광하는 금빛의 기운은 더욱 도드라져 보였다.

유나의 안전을 확인한 휘강은 무릎을 꿇고 앉더니 자신의 머리카락 몇 가닥을 뽑아 오른손에 쥐었다. 그러곤 왼손으로 바닥을 훑어 흙 한 줌을 쥐더니 양손을 모아 두 가지를 합쳤다. 대체 무얼 하려는 건지 신기한 듯 바라보는 유나 앞에서 휘강은 모아 쥔 양손을 비비며 그 사이로 입김을 불어넣기 시작했다.

휘강의 손 틈새로 작은 불빛들이 불씨처럼 피어올라 허공에 날아올랐다. 점점 수가 늘어난 금색의 빛들은 살아 있는 것처럼 움직이더니 이내 휘강과 유나 주변을 천천히 맴돌기 시작했다. 마침내 휘강이 손을 털고 자리에서 일어섰을 때에는 수백 개의 불빛들이 반짝이며 두 사람 주변을 환하게 밝히고 있었다.

직경 1미터도 되지 않을 좁은 범위였지만 유나가 맘 놓고 걸어 다니기엔 충분한 빛이었다. 반딧불이처럼 서서히 유영하는 수많은 불빛 조각들을 바라보며 유나는 혼잣말처럼 읊조렸다.

"아름다워."

"그럼 이제 다시 가볼까."

괜히 헛기침을 하며 던지는 휘강의 말에 유나는 그제야 자신이 그에게 기대어 서 있다는 것을 깨닫고는 얼른 몸을 떼었다. 도로 어색해진 둘은 다시 그렇게 천천히 산길을 걷기 시작했다. 다만 아까와 달리 이번엔 아슬아슬한 거리를 두고 나란히 함께였다. 휘강이 만들어낸 금색 불꽃들은 그런 두 사람을 천천히 따라오며 가는 길을 밝게 비추었다.

마침내 휘강이 무언가를 발견한 것은 그렇게 한동안을 더 헤맨 후였다. 갑자기 걸음을 멈추고 자세를 낮추는 그의 모습에 유나는 숨을 죽인 채 휘강의 시선을 좇았다. 그러자 빛이 닿지 않는 저편 덤불 속에서 흐릿하게 일렁이는 청색 빛이 보였다.

"저건가요?"

손가락 끝으로 조심스럽게 불빛을 가리키며 유나가 물었다. 휘강은 고갯짓을 하며 유나의 어깨를 지그시 내리누르더니 그녀에게 말했다.

"여기 있어. 워낙 조심스러운 녀석이라 나 혼자 접근하는 쪽이 좋을 거야."

"위험하진 않겠죠. 조심해요."

유나의 걱정에 휘강은 피식 웃으며 허세 가득한 표정을 지어 보였다.

"위험은 무슨, 낯가림 심한 녀석이라 혹여 도망갈까 그러는 것뿐이야."

휘강은 천천히 소리를 죽인 채 촛불을 연상케 만드는 불빛이 너울거리는 덤불 쪽으로 향했다. 바로 코앞까지 다가간 휘강이 낮추고 있던 허리를 세우고 나뭇가지 사이로 서서히 얼굴을 들이밀려는 순간, 갑자기 청색의 불꽃이 불쑥 위로 치솟으며 둥그런 얼굴이 두둥실 떠올랐다.

"흐압!"

휘강의 입에서 방정맞은 비명이 터져 나왔다. 그만큼 수풀에서 갑작스레 튀어나온 야광의 얼굴은 괴상했다. 얼핏 보면 자글자글 주름이 내려앉은 노인 같았지만 크고 맑은 눈이나 조그마한 이목구비는 아기 같아 보이기도 했다.

U자 형으로 훤하게 드러난 이마 가운데 작고 하얀 등잔 하나가 툭 튀어나와 있었고 거기에서 조금 전 보았던 푸른 불꽃이 파르르 떨며 빛을 내고 있었다. 야광은 올빼미처럼 커다란 눈으로 휘강을 무심히 바라보는가 싶더니 이내 수풀 사이로 쏘옥 몸을 숙이며 숨어버렸다.

"잠깐만."

그제야 휘강은 정신을 차리고 후다닥 그 뒤를 쫓아가기 시작했다. 빠르기로는 남부럽지 않은 그였으나 나무와 덩굴이 우거진 숲에서는 어린아이 정도 체구의 야광 쪽이 훨씬 유리했다. 산짐승처럼 신속하게 요리조리 빠져나가는 푸른 불빛을 쫓는 사이 몇 번인가 나뭇가지에 부딪치고 넝쿨 가시에 옷이 걸렸다.

한두 번은 나무뿌리에 발이 걸려 거하게 자빠지기도 했다. 고요하던 숲 속에 그가 구르고 자빠지며 만드는 요란한 소리들이 울려 퍼지자 푸드덕 화드득 숨어 있거나 자고 있던 산짐승들이 도망가는 소리가 더해졌다.

요란했던 추격전은 튀어나온 돌부리를 밟고 자빠진 휘강이 상대를 놓치면서 끝이 나고 말았다. 엉망진창이 된 채 옷과 머리에 들러붙은 낙엽 조각을 털어내며 휘강은 '쯧' 소리를 내며 혀를 찼다.

"제길, 보통 빠른 놈이 아니네."

야광을 찾아 다시 산을 뒤질 생각에 한숨지으며 휘강은 자신이 만든 금빛 불덩이들이 보이는 쪽으로 되돌아갔다.

"놓쳐버렸어. 다시 산을 뒤져봐야 할 것……."

수풀 사이를 헤집고 나오며 유나에게 말을 걸던 휘강은 순간 말문이 막혔다. 그는 눈앞의 광경을 어이가 없다는 표정으로 바라보며 어깨를 축 늘어뜨렸다.

"아무래도 미인을 좋아하는 모양인데요."

바닥에 앉은 유나는 휘강을 보며 해맑게 웃었다. 그런 그녀의 무릎을 베고 누워 마치 어린아이처럼 유나의 허리를 감싸 안고 있는 것은 방금 전까지 휘강이 쫓아다니던 야광이었다. 녀석은 힐끔 그를 보더니 고소하다는 듯 '큭큭' 소리를 냈다.

휘강으로선 깊은 한숨을 내쉬는 것 외엔 달리 할 수 있는 게 없었다.

휘강과 유나는 이른 아침부터 강신 빌라를 나와 어디론가 향하고 있었다. 지난밤, 밤불이 요괴를 찾아 늦은 밤까지 야산을 돌아다닌 끝에 원하던 물건을 입수할 수 있었다. 유나의 주장으로는 미인계를 사용한 끝에 야광 요괴가 허리춤에 찬 작은 보자기에서 커다란 구슬 크기의 환을 꺼내어 그녀에게 주었다.

그렇게 어렵사리 구한 영약을 들고 산을 내려오자마자 휘강은 이번 일을 부탁한 종단이란 요괴에게 연락을 취해 아침 약속을 잡았다. 그리하여 간밤의 피로로 손가락 하나 까딱이기도 싫다며 빈둥거리는 연희를 빌라에 남겨두고 둘만 종단을 만나러 가고 있는 중이었다.

"이번에도 내 덕분에 상담 해결하는 거네요."

야광의 영약을 옮겨 담은 플라스틱 케이스를 만지작거리던 유나가 문득 생각이 났는지 운전석의 휘강을 보며 말했다. 지난번 어둑시니 먼지 케이스도 그녀와 연희가 해결한 것을 두고 하는 말이었다. 휘강은 무표정한 얼굴로 핸들을 잡고 앞만 바라보고 있었다.

"그런데, 보수는 얼마나 받아요? 이런 일 해주고 나면?"

"건마다 달라. 그냥 생활하기 아쉽지 않을 정도로 번다고 생각해."

"그렇구나. 그러면 이번 일의 보수는 나도 좀 나눠줘야 하는 거 아닌가?"

유나의 물음에 휘강은 괜히 헛기침을 하며 딴청을 부렸다.

"뭡니까. 모른 척하기예요?"

"아, 다 왔다. 저기네."

발끈하는 유나를 무시하며 휘강은 아기자기한 디자인의 레스토랑 건물 앞 주차장에 차를 세웠다. 유나는 차에서 내리는 휘강을 얄밉다는 듯 노려보면서도 뒤를 쫓아 건물 안으로 들어섰다.

"오셨습니까, 휘강 씨."

둘이 가게 안으로 들어서자마자 기다렸다는 듯 자리에서 일어서 다가오는 사내를 유나는 찬찬히 살폈다. 아마도 피상담자인 종단 요괴일 남자는 겉으로 보기엔 전혀 이상한 구석이 느껴지지 않았다. 외려 깍듯하게 휘강과 유나를 맞이하는 모습에선 익숙한 사회인의 습관들이 곳곳에 배어 있었다.

"이쪽은 내 일을 도와주는 최유나 씨입니다."

휘강의 소개에 사내는 유나에게 악수를 청하며 꾸벅 인사를 했다.

"안녕하세요, 처음 뵙겠습니다. 조동진이라고 합니다."

아무리 뜯어봐도 요괴라고는 전혀 여겨지지 않는 상대의 모습에 익숙하면서도 생경한 기분을 느끼면서 유나는 두 사내를 따라 레스토랑 안쪽의 내실로 향했다. 테이블에 자리를 잡고 앉아 직원에게 주문을 마치고 나자 동진이란 사내는 휘강을 보며 조심스럽게 물었다.

"약을 구하셨다고요."

"그래요. 야광에게서 직접 받은 약이니까 효과는 확실할 겁니다. 하지만 그 전에 먼저, 마지막으로 확인하고 싶은 게 있는데요."

영약이 든 플라스틱 상자를 테이블 위에 올려둔 채 휘강은 상대에게 물었다.

"이 약, 정말 어머니를 위해서 사용하는 거죠?"

"당연하죠. 전에도 말씀드렸잖습니까."

"잘못 사용하면 위험한 약이기 때문에 그러는 겁니다. 인간 세상에선 결코 용인할 리 없고, 알려져서도 안 되는 약이에요. 그러니 사용할 때에도 주위 사람은 물론, 환자분 본인도 약의 정체를 눈치채지 못하게 조심해야 합니다."

휘강의 말에 동진은 굳은 표정으로 고개를 끄덕이며 그를 똑바로 바라보았다. 굳은 결의에 차 있는 사내의 얼굴은 수심이 가득했지만 결코 음흉한 흉계가 숨어 있는 것 같아 보이진 않았다. 중병에 걸린 가족에 대한 걱정으로 괴로워하고 있을 뿐이란 것을 유나는 직감했다. 휘강도 그것을 느꼈을까, 약이 든 상자를 맞은편에 있는 동진 쪽으로 밀어주었다.

"감사합니다. 정말 감사해요."

고개를 숙인 채 약상자를 바라보는 동진의 눈에 어느새 그렁그렁 눈물이 맺히기 시작했다. 유나는 뿌듯한 마음에 미소를 지으며 그런 남자의 모습을 바라보았다.

바로 그때 내실 문이 열리며 누군가 안으로 들어왔다. 주문한 음식이 서빙되는 것인 줄로만 알고 돌아본 세 사람 앞에 나타난 것은 검은 옷으로 몸을 감싼 세 명의 남자였다. 밀리터리 스타일의 검정 바지에 역시나 검은색 반팔 셔츠를 유니폼처럼 갖춰 입은 이들은 우르르 몰려 들어오더니 내실 입구를 가로막듯 섰다.

"무슨 일입니까?"

휘강은 늘어선 세 명의 사내를 노려보며 물었다.

"야광의 영약을 거래한다는 첩보를 받고 왔다. 인간들의 생로

밤불 빛나는 숲 아래 307

병사에 관계해선 안 되는 게 규칙이란 걸 모르진 않았을 텐데, 은 휘강 씨."

"뭔가 오해가 있는 것 같은데."

휘강이 몸을 돌려 자리에서 일어나려 하자 검은 무리 중 하나가 성큼 다가와 그의 어깨를 잡고 행동을 저지했다. 험악한 분위기에 뭔가 한마디 하려는 유나를 휘강은 손을 뻗어 저지했다. 말없이 고개를 젓는 그의 눈빛에서 심상치 않음을 느낀 그녀는 조용히 사태를 지켜보기로 했다.

"인간에게 영약을 먹이려 한 건 사실이지만 어디까지나 보은을 위해서야. 이쪽은 종단이라고. 어려서부터 자신을 키워준 인간 부모에게 은혜를 갚기 위해 살리려는 것이니 예외적으로 허용되는 일 아닌가? 예전부터 보은이나 보답은 어느 징도 넘어가며 살았잖아."

침착하게 사정을 설명하는 휘강의 해명에도 상대방은 꿈쩍도 않은 채 스산한 시선을 종단 요괴인 동진 쪽으로 향했다.

"정말 그 말을 믿은 건가? 그쪽이 어디 한번 설명해 보시지. 약을 구하려는 진짜 목적을."

그 말에 휘강은 시선을 돌려 동진 쪽을 노려보았다.

"무슨 얘기야. 정말 다른 목적이 있었던 거야?"

"미안합니다, 휘강 씨."

그제야 동진은 테이블 위로 머리를 조아리며 흐느끼기 시작했다.

"사실은 사귀는 여자가 있습니다. 직장에서 만난 사람이에요. 인간 여자와 결혼까지는 힘들 거라 내심 생각하고 있었지만 망설이는 사이에 그만……."

'끄웅' 신음을 내며 휘강은 머리를 감싸 쥐었다.

"아이가 생긴 건가?"

"5개월입니다. 일단 혼인 신고부터 하자는 사람을 데리고 병원부터 갔지요. 아시다시피 인간하고 요괴 사이의 아이는 빛을 보기도 전에 죽는 경우가 태반이니까. 그랬더니 심장 상태가 심각하다더군요. 기형이라서 정상적으로 출산이 힘들다고. 설령 태어나더라도 한 달을 넘기기 힘들 거라고……."

흑흑, 소리 내어 흐느끼면서도 사내는 자신의 이야기를 하나하나 휘강에게 털어놓았다. 유나는 금세 깨달았다. 이 모든 것이 인간과 요괴 사이에 태어날 아이, 기형으로 얼마 살지 못할 그 아이를 위한 일이었다는 것을.

"미처 거기까지 알아보진 못했군."

스스로가 한심하다는 듯 탄식을 내뱉는 휘강의 옆에 선 검은 옷의 사내가 말했다.

"그럼 그 약부터 내놓으실까. 어차피 이제 쓸 일도 없겠지만."

또 다른 검은 옷이 그렇게 말하더니 동진에게로 다가갔다.

"제발, 한 번만 눈감아주세요. 그냥 평범한 인간으로 조용히 살겠습니다!"

동진은 자신의 손에 쥔 약상자를 빼앗아가려는 상대를 붙잡고 늘어지며 간절한 어조로 애원했다. 하지만 검은 옷은 피식 코웃음을 치며 그런 남자를 한심하다는 눈빛으로 내려다보았다.

"얼빠진 요괴라 그런가, 상황 파악이 느리네. 우리가 여기까지 왔다는 게 무슨 의미인지 모르겠어? 네 여자, 지금 병원에서 중절 수술을 받고 있다고."

그의 이야기에 털썩, 동진이 앉았던 의자가 옆으로 쓰러졌다. 그의 몸도 무너지듯 아래로 쓰러졌다. 바닥에 주저앉은 동진은 넋이 나간 얼굴로 검은 옷의 사내들을 바라보고 있었다.

"어, 어째서……."

"어차피 죽어야 할 목숨 빨리 정리하는 게 좋잖아. 여자하고도 깔끔하게 해결이 날 거고. 애초에 인간 따위에게 연심이라니 한심하기 짝이 없군."

팔짱을 낀 채 이죽거리는 검은 옷을 노려보던 휘강이 분노를 억누르는 듯 으르렁거리며 말했다.

"말이 심하군. 이 얘기에서 굳이 인간들을 폄훼할 필요는 없을 텐데?"

동진을 희롱하던 검은 옷이 재밌다는 듯 웃으며 휘강에게로 고개를 돌렸다.

"의외인데? 소문하곤 느낌이 많이 달라요, 휘강 씨. 상대가 요괴든 인간이든 필요하면 가차 없이 처분하던 선배라고 들었는데 말이야. 그동안 죽은 듯 숨어 사는가 싶더니 그새 인간들하고 정분이라도 나신 건가?"

그렇게 말하며 검은 옷은 의미심장한 눈빛으로 휘강 옆의 유나를 위아래로 훑어보았다. 그 시선을 의식했는지 휘강은 그녀를 한껏 자신 쪽으로 끌어당겼다.

"이쪽은 그저 내 일을 도와주는 조수일 뿐이야. 어찌 되었든 난 이만 가봐도 될까? 보다시피 난 사정을 모르고 벌인 일이고 야광이한테 약을 얻는 자체는 딱히 위법 사항도 아니잖아."

유나는 자신의 귀를 의심했다. 하늘이 무너지는 소식 뒤에 스스로도 위험에 처한 듯 보이는 의뢰인을 버려두고 휘강만 먼저 이 자리를 빠져나가겠다는 얘기였기 때문이다. 무언의 항의로 그의 팔을 꽉 쥔 채로 흔들어 보았지만 휘강은 미동도 않고 검은 옷들만 살피고 있었다.

"그 말을 곧이곧대로 믿으란 말인가?"

"다 엿들었을 거 아니야. 난 그저 약을 구해다 주었을 뿐이라고."

"그건 가서 조사해보면 알겠지. 옆에 아가씨 일도 알아봐야 할 것 같고."

다시 유나에 대한 언급이 나온 순간, 휘강은 유나의 뒷덜미를 잡더니 아래로 숙이게 했다. 그러곤 이어진 그의 전광석화 같은 움직임에 옆자리에 선 검은 옷의 몸이 공중을 날아 저편 벽에 부닥친 후 떨어졌다.

나머지 두 명의 검은 옷은 그 짧은 순간 자세를 잡고 방어 태세를 갖추며 뒤춤에서 삼단 봉처럼 생긴 것을 꺼내 들었다. 휘강 역시 품에 지니고 왔던 칼을 꺼내 들었다. 좁은 방 안에 팽팽한 긴장과 함께 눅진한 살기가 배어들었다. 서로 무기를 겨눈 채 대치한 일촉즉발의 순간, 날카로운 정적을 깬 것은 새로운 인물의 등장이었다.

"다들 무기 내려놔!"

닫혔던 내실 문이 다시 열리며 묵직한 목소리가 들려왔다. 동시에 방 안으로 들어온 것은 목소리처럼 건장한 체구에 부리부리한 눈과 덥수룩한 수염이 인상적인 거구의 사내였다. 그의 명령은 절대적인지, 한마디 말에도 검은 옷들은 곧장 무기를 원위치시키곤 벽 쪽으로 붙어 섰다.

"오랜만이네, 휘강이."

"금와 자네도, 아직까지 이 일을 하고 있는 건가?"

"자네처럼 바지런하질 못하거든. 이렇게 시키는 일이나 열심히 하고 사는 게 내 적성이야. 여긴 내가 처리할 테니까, 너희는 저 녀석 데리고 나가고서 바깥 정리하고 있어."

금와라는 거구의 사내와 휘강은 익히 서로를 알고 있는 듯 친근한 어조로 대화를 나누고 있었다.

상대는 어깨를 으쓱해 보이며 방 안을 둘러보더니 부하로 보이는 세 명의 검은 옷들에게 지시를 내렸다. 말이 떨어지기가 무섭게 셋은 바닥에 쓰러져 있던 동진을 번쩍 집어 들더니 물 흐르는 것 같은 움직임으로 방을 빠져 나갔다. 유나와 휘강하고만 방에 남아 마주 서게 된 금와는 미간을 찌푸리며 심각한 표정을 지어 보였다.

"정말 몰랐던 건가?"

"나도 속은 입장이야. 그렇게 무모한 짓을 벌이려는 걸 알았으면 애초에 딱 잘라 거절했지."

묵묵히 고개만 끄덕거리며 휘강과 유나를 번갈아보던 금와가 다시 입을 열었다.

"알겠네, 믿어보지. 하지만 그게 아니더라도 위에선 자네를 보고 싶어 해. 떠도는 소문은 알고 있지? 휘강을 발견하면 일단 소환하라는 지시가 있었어."

무뚝뚝한 금와의 태도에 휘강은 난처한 듯 머리를 쓸어 넘기며 사정했다.

"어디까지나 소문일 뿐이야. 귀찮아지는 건 싫은데 옛정 생각해서 그냥 보내주면 안 될까?"

다시 한 번 두 사내 사이에 살얼음 같은 침묵이 흘렀다. 금와도 휘강도 더 이상 아무런 말도 없이 서로의 눈만 뚫어져라 바라보며 상대의 속내를 살피고 있었다. 그리고 다시 긴장을 깨뜨린 것은 금와 쪽이었다.

"오늘만은 못 본 걸로 하지. 하지만 이게 마지막이야. 다음에 마주치면 나도 어쩔 수 없네."

그의 답에 휘강은 히죽 웃으며 유나의 팔을 잡아끌었다. 금와의 거대한 몸을 지나 문을 통해 밖으로 나가려던 휘강은 문득 멈추어 서더니 돌아보며 그에게 물었다.

"그런데 야광이의 약은 돌려받을 수 없나? 그거 구한다고 고생 좀 했는데."

"흐흠!"

불편한 듯 찌푸린 얼굴로 헛기침을 하는 금와의 기세에 휘강은 알겠다는 뜻으로 너스레를 떨더니 유나를 데리고 가게를 나왔다. 차에 타자마자 급가속을 하여 현장을 빠져나갈 때까지 묵묵히 휘강을 보고만 있던 유나는 마침내 참았던 말들을 터뜨렸다.

"방금 그게 다 뭐죠? 그 사람들은 뭐고. 동진 씨한테는 왜 그따위로 군 거예요?"

"나도 정신이 없어서 그러는데 좀 있다 얘기하면 안 될까?"

"정신이 없기도 하겠지. 그러니 희망이 무참히 깨진 사람 그렇게 버려두고 훌쩍 나올 수 있었겠죠. 규칙인지 법인지 뭐가 어떻게 돌아가는지 난 모르겠지만 어쨌든 아이 살리자고 그 위험을 무릅쓴 거잖아. 그만큼 소중한 아이였다는 얘기라고. 그런 아이를 잃어버린 사람을 도와주진 못할망정 나는 상관없다며 우리만 빠져나올 생각을 한 거예요?"

성마른 유나의 목소리가 카랑카랑 차내에 울려 퍼졌다. 휘강은 무던한 얼굴로 조용히 답했다.

"나도 갑갑해. 하지만 어쩔 수 없었어. 그 상황에서 괜히 지분거렸다간 우리까지 위험할 수 있었다고. 저치들은 요괴들이 인간이랑 어울리는 것 자체를 못 견뎌 하는 족속이니까."

"대체 뭐 하는 작자들인데요? 그렇게나 무서운 놈들이야? 꼬리 빠진 개처럼 도망칠 정도로?"

"인간들로 치면 비밀경찰 같은 거야. 잘못 엮이면 골치 아파진다고. 내 입장에선 더욱 휘말리고 싶지 않은 부류들이고."

백미러로 뒤를 확인하면서 휘강은 말끝을 흐렸다.

"그 금와인지 뭔지 하는 녀석하곤 친구 대하듯 하던데. 선배 어쩌고 하는 것도 있었고."

"그래, 예전에 나도 저들이랑 같은 일을 한 적이 있었어. 그러니 저쪽 생리는 잘 알지. 일단은 도망치는 게 최선이었어. 그리고 너도 들었잖아, 여자 쪽은 중절 수술을 받았을 거라고. 약을 가져간들 소용이 없단 얘기야. 무용한 일에 매달리느니 조금이라도 실리를 챙겨야지."

그렇게 말하며 휘강은 안주머니에서 무언가를 꺼내 유나에게로 툭 던져주었다.

휘강 일행을 보낸 금와는 대원들이 대기하고 있는 유콘 차량에 올라탔다. 양쪽에서 팔이 잡힌 채 좌석에 앉아 있는 체포 대상은 이미 저항 의지를 상실한 듯 보였다. 맞은편에 자리를 잡은 금와는 한심하다는 듯 혀를 차며 동진을 보았다.

"그러게, 규칙을 알면서 그런 바보 같은 짓은 왜 벌였던 건가. 인간과의 사이에 아이라니, 상부에서 그 일에 얼마나 예민한지 소문

들어본 적 없어?"

모든 것을 체념한 듯한 태도의 사내는 푹 숙인 고개를 좌우로 내
저었다.

"재미 삼아 인간 여자랑 어울리는 거야 그럴 수 있어. 하지만 그
들과의 사이에 2세를 만드는 것은 절대 저질러선 안 될 금기라고.
괜히 그러는 게 아니야. 그만큼 위험한 일이거든. 너도 아다시피 수
태하는 자체도 힘들고, 제대로 세상 빛을 보는 건 더더욱 가능성이
희박하지. 왜 그렇겠어. 그게 다 자연의 섭리인 거라고. 그걸 깨보겠
다고 용을 써봤자 소용없어. 너만 손해란 말이야. 영약으로 아이를
살릴 수 있을 거라 생각했나?"

금와는 손가락을 딱딱 튕기며 부하에게 손짓을 했다. 눈치 빠른
부하는 조금 전 동진에게서 빼앗은 플라스틱 케이스를 잽싸게 꺼내
금와의 손에 조심스럽게 올렸다.

"죽은 이도 살린다는 야광이의 영약이라. 대단한 물건이지만 이것
으로 할 수 있는 것도 한계가 있는 거야."

그렇게 말하며 금와는 불투명한 플라스틱 케이스를 잡고 열어보
았다. '딸깍' 소리를 내며 열린 작은 사각형 케이스 안에 들어 있는
물건을 확인한 그의 표정이 순간 험상궂게 일그러졌다. 무슨 일인
가 싶어 슬쩍 엿보는 옆자리 부하의 눈에 들어온 것은 영약 대신 케
이스 안을 차지하고 들어앉은 동그란 아몬드 초코 볼이었다.

케이스 안의 영약을 놀란 눈으로 바라보던 유나는 휘강에게 물었다.

"그럼, 동진 씨한테 가짜를 주려던 거였어요?"

"나도 확인을 해야 하니까. 지금 같은 사태가 벌어질 위험을 무시
할 수 없었거든. 그러고 나서 다시 진짜로 바꿔줄 생각이었지."

"그래서, 이제 어쩔 건데요. 우리라고 딱히 쓸데도 없는 약이잖아요. 어디 팔아넘기려고?"

그녀의 의심스러운 눈길에 휘강은 쓴웃음을 지으며 핸들을 꺾었다. 사거리를 돌아 들어가자 저 멀리 커다란 건물이 나타났다. 유나는 의구심 가득한 표정으로 회색 건물을 바라보았다. 휘강은 그런 그녀에게로 흘끔 곁눈질을 하며 설명을 더했다.

"상담을 하고 나서 동진이란 녀석과 부모에 대한 일들을 조사했었어. 여자 문제는 숨기긴 했지만 처음 한 이야기도 거짓은 아니더군."

애기를 들은 유나는 착잡한 심정이 되었다. 휘강이 하려는 일이 무엇인지 그녀도 짐작할 수 있었다. 하지만 그의 설명대로라면 또 다른 문제가 마음에 걸렸던 것이다.

휘강은 이미 한 번 와본 적이 있는지 병원 건물로 들어서자마자 곧장 3층으로 올라갔다. 엘리베이터에서 나오니 벽에 커다랗게 붙은 암 병동 팻말이 유나의 눈에 들어왔다. 차갑게 느껴지는 푸른색 글자는 순간 무겁게 유나의 맘을 억눌렀다. 성큼성큼 병실 복도를 걸어가던 휘강은 이내 어느 문 앞에 가서 섰다.

"여긴가요?"

유나는 짧게 물었다. 휘강은 까닥 한 번의 고갯짓으로 답했다. 드르륵 문이 열렸고 유나는 영약이 든 약상자를 양손으로 꼭 감싸 쥐었다. 오전 이른 시간이기 때문인지 1인용 병실엔 마침 환자 외엔 아무도 없었다. 휘강은 병실 가운데 놓인 침대맡에 서서 거기 누운 환자를 내려다보았다.

앙상하게 마른 여성의 이마와 눈가엔 주름이 자글자글했다. 혈색 없는 피부와 아래로 푹 꺼진 볼과 눈, 그리고 뒤집어쓴 산소 공급 장치와 주렁주렁 달린 주사약들은 깊은 병세를 짐작하게 했다. 35년 전, 불임으로 아이를 포기했던 30대 부부의 앞에 갑자기 나타난 동진은 아마도 하늘이 내린 축복 같았을 것이다.

시간이 흘러 이제 칠순을 바라보는 어머니의 얼굴은 병환과 함께 내려앉은 그늘에도 불구하고 왠지 평화로워 보였다.

그 얼굴을 바라보는 유나의 눈시울이 찡해졌다. 한눈에 보기에도 노파의 병세는 깊어 보였다. 지금 당장 숨을 거둔다 해도 이상할 게 없을 정도로. 동진은 그런 어머니와 아직 태어나지도 않았으나 설령 세상에 나오더라도 한 달도 살지 못할 아이 사이에서 저울질을 했을 것이다. 요괴의 셈으로도 인간의 셈으로도 결코 쉽게 결정하기 힘든 계산이었다.

인기척을 느꼈을까. 파르르 떨리던 노파의 눈이 떠졌다. 초점 없는 시선으로 둘을 바라보던 환자의 입이 힘겹게 벌어졌다. 하지만 암으로 인해 떨어진 폐 기능 때문인지 제대로 된 목소리는 나오지 않고 케에엑 하는 잔기침만 새어 나왔다. 휘강은 그런 여인의 어깨를 조심스럽게 그러쥐었다.

"아드님 부탁으로 왔습니다."

옆에서 보던 유나가 말을 거들었다.

"맞아요. 귀한 약을 구했다고 어머니에게 전해달라더군요."

플라스틱 케이스를 열어 야광이 만든 환약을 꺼내어 보이며 유나가 생긋 미소 지었다. 그러자 앙상한 노파의 팔이 이불 밖으로 빠져나오더니 덥석 유나의 팔목을 잡았다. 순간 노인의 안색이 확연하게 나빠졌다. 못 볼 것이라도 본 듯한 표정으로 노파는 고개를 내저으며 유나의 팔을 쳐냈다.

"왜 그러세요. 정말이에요. 아드님이 부탁한 영약이에요. 이것만 먹으면 아픈 것도 감쪽같이 나을 거니까 속는 셈 치고 한 번 드셔 보세요."

하지만 노파는 온 힘을 다해 용을 쓰며 그런 유나의 팔을 내칠 뿐이었다. 그러면서 무언가 말하려 애를 쓰는 듯 보이는 노파의 태도에 휘강은 자신의 팔을 걷어붙였다. 코와 입을 감싼 호흡기를 걷어내고 노인의 가슴 언저리에 얹은 그의 손에서 이내 황금빛 기운이 스멀스멀 피어나기 시작했다.

그러자 거칠었던 환자의 숨소리는 일시적이나마 안정을 되찾았다. 다시금 평화를 찾은 얼굴로 긴 숨을 내쉬던 동진의 어머니는 유나를 바라보며 힘겹게 미소를 지었다.

"그 약, 손주에게 줘요. 늙은이가 살면 얼마나 더 산다고."

그 한마디로 충분했다. 그녀의 의구심을 단박에 풀어주는 노파의 말에 유나는 참지 못하고 끝내 울컥 눈물을 쏟아내고 말았다.

◈ ◈ ◈

톡, 톡, 톡.

버스에서 내리자마자 한 줄기씩 빗방울이 떨어지기 시작했다. 유나는 낭패란 표정으로 하늘을 올려다보며 손바닥으로 머리를 가렸다. 동진의 어머니에겐 약이 하나 더 있다는 핑계를 둘러대며 결국 야광의 영약을 먹게 했다. 아마도 더디게나마 조금씩 그녀의 병은 나아지고 암세포는 사라질 것이다.

그러나 자신의 목숨마저 포기하며 살리려던 손주에 대한 이야기는 끝내 전하지 못했다. 검은 옷의 사내들에게 끌려간 동진이 앞으로 어떻게 될지도 불확실했다. 병이 치유되더라도 그녀의 삶이 행복할 것인지에 대해서는 확신할 수 없었다. 그런 생각을 털어놓는 유나에게 휘강은 말했다.

"여기까지가 우리의 최선이야. 다음은 저들이 고민하고 해결해야 할 일이라고 생각해. 전지전능이 아닌 이상 모든 일을 언제나 해피엔딩으로 끝낼 수는 없는 거라고."

차가운 소리였지만 유나로서도 수긍할 수밖에 없었다. 그가 위험을 무릅쓰고 영약을 빼돌렸음을 알기 때문이다. 그리고 그 위험은 여전히 남은 채 계속해서 휘강의 뒤를 따라다닐지도 몰랐다. 그 때문일까? 병원을 나선 휘강은 먼저 빌라로 돌아가 있으라며 근처 버스 정류장에 유나를 내려주었다.

당분간은 조심해서 다닐 필요가 있었기에 지금의 차도 처분을 할 생각이라고도 했다. 그렇게 그와 헤어진 유나는 혼자서 강신 빌라로 돌아오는 길이었다.

오전까지만 해도 화창하던 하늘은 점점 어두워지는가 싶더니 이젠 짙은 먹구름이 낮게 깔려 있었다. 세차게 부는 바람엔 차가운 기운마저 느껴졌다. 빗방울은 아직 점점이 떨어지고 있었다. 그리고 정류장에서 빌라까지는 그리 멀지 않은 거리였다. 정류장 지붕 밖으로 손을 내밀어 떨어지는 빗방울을 확인하던 유나는 핸드백을 품에 안고 몸을 앞으로 숙인 채 빗속을 달리기 시작했다.

"어?"

잰걸음으로 달리던 유나가 갑자기 멈추어 선 것은 정류장에서 빌라 사이 거리의 절반쯤에 위치한 세탁소 앞이었다. 유나를 막아서

듯 골목 가운데 버티고 선 인물 때문이었다.

"야, 이거 같이 써."

자신이 쓰고 있던 우산을 살짝 들어 올리며 유나를 안으로 불러들인 것은 규림이었다. 친구의 얼굴을 보는 순간 유나는 어젯밤 빌라 앞에서의 일을 떠올렸다.

"나 기다리고 있었어?"

"그래, 아무래도 그렇게 말하고 온 게 신경 쓰이잖아. 원고도 안 풀리고. 나 뭐든 찜찜하게 남겨두고는 못 견디는 거 너도 잘 알지?"

유나는 그동안 벌어졌던 일들을 모두 얘기해주고 싶었다. 하지만 얼른 말을 꺼낼 수 없었다. 사정을 설명하려면 그녀에게 모든 것을 털어놓아야만 했다.

휘강, 연희, 도깨비, 어둑시니, 야광의 영약까지……

문득 한 달도 되지 않는 시간 동안 참으로 엄청난 일을 겪었다는 것을 실감했다. 차마 입을 떼지 못하고 난감한 표정으로 바라만 보고 선 유나의 팔을 잡아당기며 규림이 말했다.

"일단 집으로 가자. 가서 얘기해."

가벼운 옷차림 탓일까, 떨리는 몸을 한껏 움츠리며 둘은 강신 빌라로 향했다.

"으으, 추워. 날씨가 왜 이래? 아침엔 후텁지근하더니."

유나의 집으로 들어서자마자 규림은 부르르 몸을 떨며 호들갑을 떨었다.

"그러게, 찬 바람이 불어. 감기 들기 딱 좋겠다. 앉아 있어. 따뜻한 거라도 마시자."

수건을 꺼내 비에 젖은 머리를 말리며 유나는 주방으로 향했다. 여전히 휑하니 아무것도 없는 살풍경이었다. 엉성하게나마 임시로 수리한 싱크대 수납장에서 한쪽이 우그러진 커피포트를 꺼내 물을 받았다. 역시나 텅텅 비어 있는 거실 가운데 방석을 가져와 깔고 앉은 규림은 창밖으로 내리는 비를 바라보고 있었다.

국화차 티백을 넣은 잔에 뜨거운 물을 부은 유나는 잔을 쟁반에 담아 거실로 가져왔다.

"휘강 씨 얘기부터 해봐. 정말 아무것도 아닌 거야?"

국화차가 담긴 잔을 양손으로 감싸 쥐어 온기를 느끼며 규림이 물었다. 지난번에는 아무것도 몰랐기에 자연스럽게 대꾸할 수 있었지만 이번엔 달랐다. 막연하게나마 휘강에게 무언가 있음을 느낀 유나였다. 때문에 친구 앞에서도 얼른 말을 꺼내기가 조심스러웠다.

"그게, 규림이 네 얘기 듣고 생각을 해봤는데. 아무것도 아니라고 할 순 없는 것 같아."

"그치! 휘강 씨가 너한테 맘이 있다니까. 유나 넌 어때. 현도 씨랑 휘강 씨 둘 중에 누구야?"

그렇게 말하며 규림은 찻잔을 입으로 가져가 국화차를 마셨다. 하지만 한 모금 마시자마자 그녀의 인상이 구겨지며 입에 든 것을 뱉어냈다.

"야, 이거 뭐야. 맛이 왜 이래!"

"응, 국화찬데. 이상해?"

"이상하냐니, 넌 마시고도 모르겠어? 이거 상했나 봐. 사약 마신 줄 알았다."

규림의 반응에 고개를 갸웃거리며 유나는 다시 한 모금 차를 마셨다. 하지만 전혀 이상함을 느낄 수가 없었다. 그저 흔히 마시던

차의 맛이었다. 순간 유나는 찌르르 머리 안쪽에서부터 통증이 퍼지는 것을 느꼈다.

"아앗!"

찻잔을 떨어뜨리며 유나는 한 손으로 이마를 짚었다.

"왜 그래, 유나야!"

놀란 규림이 그녀 옆으로 다가와 뒤로 넘어가려는 유나의 몸을 붙잡았다. 하지만 이미 유나는 발작을 일으키고 있었다. 온몸을 뒤틀며 비명을 지르는 그녀의 모습에 규림은 당황하며 어떻게든 말려보려 유나의 몸을 감싸 안았다.

하지만 그럴수록 몸의 떨림은 점점 심해졌다. 그렇게 한동안 전신을 떨며 괴로워하던 유나는 결국 어느 순간 발작을 멈추더니 긴 숨을 내뱉으며 정신을 잃고 말았다. 규림은 혼절한 유나를 얼싸 안은 채 불안한 눈빛으로 조금 전 그녀가 떨어뜨린 찻잔을 보았다. 방금 전 규림과 함께 마셨던 국화차가 노란 얼룩을 남기며 거실 바닥에 퍼져나가고 있었다.

Chapter 11
세상이 뒤집히다

구급차를 타고 병원에 도착하자마자 유나는 위세척을 받았다. 그리고 각종 검사와 함께 진단을 위한 샘플을 채취한 후 병실로 옮겨졌다. 차를 마신 직후 발작을 일으켰다고 의료진에게 사정을 설명한 규림은 유나와 함께 마신 국화 티백을 병원 측에 넘겼다. 규림 본인도 동일한 검사를 받았으나 아무런 이상도 보이지 않았다. 체질에 따른 알레르기성 쇼크일 수 있다며 검사 결과를 기다려보라는 답만 받았을 뿐이었다.

규림이 옆을 지키고 있는 유나의 병실에 가장 먼저 찾아온 것은 역시나 휘강이었다. 병실 문을 열고 들어온 그를 본 순간 규림은 뭔가 묘한 느낌을 받았다. 아마도 흠뻑 비에 젖은 채 거친 숨을 몰아쉬는 그의 상태가 빌라 앞에서 만난 유나를 닮아 있었기 때문인지도 모른다.

"어떻게 된 겁니까, 유나."

성큼성큼 병실로 걸어 들어온 그는 유나의 이마에 손을 얹으며 규림에게 물었다.

"저도 잘 모르겠어요. 같이 차를 마시고 있었는데 갑자기……."

규림은 휘강의 모습을 살피며 머뭇거렸다.

"차요? 어떤 차였죠."

평소와 달리 무서운 얼굴로 격한 감정을 드러내는 그의 야차 같은 모습에 규림은 병원 측에 시료로 넘긴 것 외에 남아 있는 국화차 티백을 휘강에게 건넸다. 지퍼 백에 넣어와 여전히 축축한 티백을 집어 든 그는 코를 가져다 대고 킁킁 냄새를 맡거나, 살짝 혀를 대어 맛을 보는가 싶더니 티백 안에 담긴 꽃잎들을 뚫어져라 살펴보았다.

"이거 어디서 난 건지 혹시 아나요?"

"아뇨, 딱히 들은 건 없어요. 하지만 짐작 가는 구석은 있네요."

"뭐죠?"

그제야 규림은 침착을 되찾고 손을 들어 휘강의 질문을 막아섰다.

"잠시만요. 그 전에, 대체 이게 뭐 하자는 거죠?"

"뭘, 말입니까?"

"당신하고 유나요. 아시다시피 지난번에 판타즘 카페 앞에서 현도 씨랑 두 분이 다투는 모습을 전부 봤거든요. 지나다 우연히 목격하긴 했지만. 그 광경을 직접 본 입장에서 모른 척 넘어갈 수가 없네요."

팔짱을 낀 채 작고 빠른 목소리로 속사포처럼 쏘아붙이는 규림의 태도에 휘강은 하는 수 없다는 듯 고개를 끄덕였다.

"무슨 얘기가 하고 싶은 겁니까?"

"유나, 좋아하는 거죠?"

"저에게 소중한 사람인 것은 맞습니다."

그의 답에 규림은 콧방귀를 뀌며 다시 물었다.

"무슨 차이죠? 그렇지 않아도 유나한테 물어봤지만. 얘는 어제까지만 하더라도 전혀 감도 못 잡고 있던 모양이던데. 보아하니 당신은 현도 씨와 유나 사이도 알고 있는 거 같았고. 이상하지 않나요? 둘이 같은 건물에 살면서 여태껏 얼굴이나 겨우 익히며 데면데면한 사이였던 남자가 갑자기 튀어나와선 유나랑 썸 타는 다른 남자보고 포기해라 마라 훈수를 두고. 유나가 가는 곳마다 불쑥불쑥 나타나질 않나!"

자신의 목소리가 너무 크다고 생각했는지 규림은 잠시 얘기를 중단하고 심호흡을 하며 맘을 다스렸다. 그러곤 다시 휘강을 쩨려보며 냉정한 목소리로 물었다.

"은휘강 씨, 당신 스토커야?"

그녀의 질문에 휘강은 눈살을 찌푸리며 한숨을 내쉬었다.

"무슨 말을 하고 싶은 건진 알겠어요. 하지만 당신이 보는 것과는 사정이 다릅니다."

"다르긴 뭐가 달라. 아까부터 곰곰이 생각을 해봤는데, 온통 이상한 점투성이야! 최근에 유나 주변에 벌어진 일도 그렇고 당신 행동들도 그렇고. 지금도, 어떻게 여길 알고 왔죠? 난 연락한 기억이 없는데."

규림의 날카로운 질문에 휘강은 말문이 막혔다.

"어제 오전에도, 내 전화 뺏어서 통화하더니 곧장 어디론가 가버렸죠. 그런데 정확하게 유나가 있던 곳으로 갔더군요. 버스 사고 났다는 곳. 내 말 맞죠?"

휘강은 말없이 고개만 끄덕였다.

"그때도 어떻게 유나가 있는 곳을 단번에 딱 찾아낸 거죠? 당신도 그렇고 배현도도 그렇고 다들 수상해. 난 못 믿겠어, 나로선 도저히 이해할 수 없으니까 나가줘요. 면회 사절! 알겠어요?"

그렇게 말하며 규림은 휘강을 병실 밖으로 밀어내기 시작했다. 하지만 휘강은 단단히 두 다리를 딛고 선 채로 돌처럼 꿈쩍도 하지 않으며 심각한 얼굴로 규림을 보았다.

"잠깐, 배현도는 왜죠? 그 자식은 뭐가 수상하다는 겁니까?"

"몰라요. 그런 거 일일이 당신에게 알려줄 의무 난 없으니까 어서 나가라고요!"

휘강은 자신을 밀어대는 규림의 손을 붙잡더니 홱 끌어당겼다. 마치 안기듯 그의 몸에 기대어 선 규림은 당황한 표정으로 휘강을 보았다. 안경 너머 그의 연갈색 눈이 순간 황금빛으로 변한 것만 같은 착각이 들었다.

"중요한 일입니다. 대체 그 사람의 어떤 부분이 이상하게 여겨졌나요?"

한풀 기세가 꺾인 규림이 여전히 화가 난 얼굴로 퉁명스럽게 답했다.

"방금 물어본 거, 그 국화차요. 요전번에 유나가 지나가는 말로 그랬어요. 판타즘 사장한테 국화차를 선물 받았다고."

휘강은 규림을 조심스럽게 놓아주고선 침통한 얼굴로 유나를 보았다. 그러곤 국화차 티백이 담긴 봉투를 주머니에 집어넣고 다시 규림을 보며 말했다.

"원하시는 대로 이만 가볼게요. 유나 씨 잘 부탁합니다. 당분간 절대로 이 병실을 떠나지 않도록 해줘요. 그리고 혹시나 배현도 그 자식이 나타나면 잘 지켜보세요. 지금처럼 아예 병실에 들이지 않으셔도 되고."

규림은 어이가 없다는 듯 콧방귀를 뀌면서도 휘강에게 물었다.

"대체 무슨 일이에요. 뭔가 짚이는 게 있는 거죠?"

"미안합니다. 지금은 말할 수가 없네요. 이해해주세요. 그리고 유나를 부탁해요. 지금 믿고 맡길 사람은 규림 씨밖에 없어요."

휘강은 마지막으로 한 번 더 규림에게 부탁의 말을 남기곤 돌아서서 병실을 나섰다. 병원 밖으로 나온 휘강은 착잡한 얼굴로 하늘을 올려다보았다. 해마저 기울어 시커멓게 변한 하늘에선 이제 제법 굵어진 빗방울이 쏟아져 내리고 있었다. 검은 구름의 흐름을 쫓아가던 휘강의 시선은 어느새 오랜 과거의 어느 순간을 향했다.

"당신에게 진 은혜는 잊지 않고 있습니다. 하지만 지금으로선 이 방법뿐이군요."

병석에 누운 사내가 초췌한 몰골로 그에게 말을 걸고 있었다. 핏기 하나 없는 창백한 얼굴. 앙상하게 말라버린 몸. 운명을 뒤집으려 한 자는 업의 굴레가 죽음의 기운으로 화해 완연히 사지를 뒤덮은 모습이었다.

"도망을 치는 방법도 있소."

"지금인들 도망자가 아니라 할 수 있겠습니까?"

"아니면, 아이만이라도 달리……."

휘강은 차마 말을 잇지 못했다. 사내는 힘없이 웃으며 말했다.

"원치도 않는 연을 맺게 하란 말입니까. 제 욕심 때문에 딸아이가 불행하게 사는 모습을 보고 싶지 않습니다. 한 인간으로서 평범하게 살다 늙어가길 바랄 뿐."

"그렇다고 이런 선택을 할 필요는 없지 않은가."

"늘 하시던 말씀이지 않습니까. 모든 숨 쉬는 것들은 자신의 운명에 순응해야 한다고. 애초에 이것이 제 운명이었던 겁니다. 지금까지의 삶은 그 사람 덕에 빌려 쓴 선물 같은 것이었으니 이것으로도 저는 충분합니다."

"바보 같군."

침통한 얼굴로 고개를 숙인 휘강의 손을 앙상한 사내의 손이 살며시 감싸 쥐었다.

"누구나 바보 같은 짓을 하게 만드는 것이 바로 사랑입니다. 휘강 님은 여전히 이해 못 하시는 눈치군요. 언젠가 아실 날이 오겠지요. 다만 한 가지 걱정은 딸아이가 홀로 남게 된다는 겁니다. 염치없지만, 우리 아이를 부탁드리겠습니다. 지금 제가 믿고 맡길 사람은 휘강 님밖에 없습니다."

"아닐세, 걱정 말게. 내가 잘 보살필 테니."

그것은 한 남자의 목숨을 매개로 한 부탁인 동시에 둘 사이의 계약이었다. 그리고 지금껏 그는 충실히 그 인간 사내와의 약속을 지켜왔다. 계약의 효력이 다할 때까지 묵묵히 상대가 모르게 일을 완수할 생각이었다. 하지만 고작 네 해 만에 다시 모든 것이 일그러질 위기가 찾아왔다.

휘강은 새삼 자신이 왜 그런 계약을 했던 것인지 돌이켜 보았다. 단순히 호기심 때문이었을까. 혹은 더 오래전 그보다 앞서 맺었던 약속 때문인가. 그것도 아니라면 자신조차 모를 또 다른 인과가 작용한 것일까. 모든 것이 혼란스럽고 불확실해 보였다. 다른 한편으로는 묻어두었던 과거가 다시 반복되는 것처럼도 보였다.

그러나 이번에는 스스로 어떤 선택을 해야 할지, 그리고 다른 이들이 어떤 선택을 하는 모습을 보게 될지 짐작할 길이 없었다. 그저 자신이 할 수 있는 일이 무엇인지, 해야 하는 일은 무엇인지에 대해 고민하며 휘강은 쏟아지는 빗속으로 걸음을 내디뎠다.

❂ ❂ ❂

휘강이 나간 후 닫힌 병실 문을 규림은 불만 가득한 표정으로 노려보고 있었다.

"믿을 사람이 나밖에 없다. 말은 누가 그렇게 못 해? 대체 뭔 일인지 얘기도 안 하고 훅 나가버리면 멋있어 보일 줄 아나. 애초에 뭐로부터 지켜주라는 거야. 내가 지 말을 왜 들어야 하는 건데? 스토커 주제에 폼 잡는 건 어디서 학원이라도 다니나?"

"내가 있는 곳을 체크하고 있었어."

등 뒤에서 들려오는 목소리에 규림은 순간적으로 기겁을 하며 펄쩍 뛰었다.

"옴마야! 뭐야, 너 깨어난 거야?"

부스스 침대 위에서 몸을 일으켜 앉은 유나의 모습을 본 규림은 놀란 맘을 진정시키며 그녀에게로 다가갔다. 겉으로 보기에 유나는 말짱해 보였다. 발작을 일으키며 혼절한 사람으로 보이지 않는 건강한 혈색 때문이었다. 하지만 표정은 어두웠다. 왠지 이전과는 느낌이 많이 달라졌다는 기분도 들었다.

"어때, 몸 어디 이상한 데 없어?"

규림은 걱정스럽게 얘기하며 호출 장치를 찾아 침대 근처를 뒤적였다.

"몸은 괜찮아. 그런데 어제 나랑 통화할 적에 휘강 씨하고 같이 있었다고?"

"응, 깨자마자 그런 거 물어보니 멀쩡하긴 한 모양이다. 뭐야, 그럼 방금 휘강 씨하고 얘기 나눈 거, 다 듣고 있었던 거야?"

규림은 휘강과의 대화를 떠올리곤 민망한 듯 손으로 얼굴을 가리며 그녀에게 물었다. 하지만 유나는 심각한 얼굴로 고개를 끄덕이며 무언가 생각에 빠져 있었다. 그 모습이 이상해 보였는지 규림은 유나 옆으로 다가와 걱정스럽게 바라보았다.

"정말 괜찮은 거지?"

"응? 어, 잠깐 생각할 게 있어서."

"하긴 생각이 많겠지. 이게 웬일이라니, 우리 유나도 간만에 봄날이 오나 했더니. 한 놈은 이상한 차를 선물해서 사람 잡을 뻔하지를 않나, 다른 하나는 스토커질을 하질 않나. 야, 지금까지 내가 한 말 모두 취소! 아무래도 너 올해는 망조가 제대로 든 모양이다."

규림의 호들갑에 유나는 힘없이 웃으며 흘러내린 머리카락을 쓸어 넘겼다. 하지만 곧 동작을 멈추고 그녀는 자신의 팔목을 살피기 시작했다.

"이게 뭐지."

"뭐가?"

유나의 혼잣말에 규림도 그녀의 팔목을 살펴보았다. 하지만 별다른 건 없어 보였다. 그저 평소 익히 보아오던 친구의 팔목이었다.

"이 글자 말이야. 언제 이런 게 생긴 거야?"

규림과 달리 유나의 눈에는 왼쪽 팔목부터 팔꿈치 근처까지 손바닥 넓이 정도로 그려진 그림과 문양이 보였다. 경면주사로 쓴 것처럼 붉고 광택이 나는 글자들은 한문 같기도 하고 그보다 더 오래된 고대의 문자처럼 보이는 것도 있었다. 몇몇은 글자보다는 도형에 가까운 것도 있었다. 전체적으로 일종의 부적을 연상시켰다.

"무슨 글자? 난 아무것도 안 보이는데. 유나 너, 아무래도 아직 정상이 아닌 모양이다. 무리하지 말고 다시 누워. 의사 선생님도 사나흘 상태를 지켜보는 게 좋다고 하셨어."

팔목의 문양이 규림에겐 정말 보이지 않는다는 것을 알아챈 유나는 그녀의 말대로 침대에 다시 누운 채 팔목의 문양을 손으로 더듬어보았다. 손가락이 닿자 파동처럼 글자들이 흔들렸다가 다시 제자리를 찾는다. 문득 그것이 무엇인지 알 것만 같은 느낌이 들었다.

다시 처음부터 끝까지 손으로 팔의 문양을 천천히 더듬어보았다. 점자 책을 읽어가듯 그렇게 문양을 손으로 살피자 어느 순간 그 의미가 이해됐다. 완벽한 이해는 아니었지만 그것이 어떤 목적으로 그려진 것인지는 직관적으로 알 수 있었다. 악귀를 쫓아냄과 더불어 부적을 지닌 자의 위치를 아무리 먼 곳에서도 금방 알아챌 수 있게 해주는 일종의 수호부였다.

자연스레 팔뚝 위의 도형을 누가 그렸는지도 짐작할 수 있었다. 그것은 어떻게 휘강이 위기의 순간마다 척척 그녀 앞에 나타났는지에 대한 답이었다. 하지만 동시에 새로운 의문이기도 했다.

'어째서 지금에야 이 부적이 보이는 거지? 그것도 나에게만?'

잠을 청하는 듯 눈을 감은 채로 유나는 다시 생각에 잠겼다. 처음 골목에서 도깨비와 마주친 순간부터 지금까지 벌어진 일들을 천천히 되새겨보았다.

─당신은 특별해, 어차피 소용없을 거란 걸 아니까.
─안 드셔보셨나 보다, 제가 드린 거.
─유나 씨는 다른 사람들보다 영력이 강한 편이거든요.

머릿속 한구석 흐릿하게 남아 있던 것들이 점차 분명해졌다. 휘강의 기억 조작에서 깨어날 때와 비슷한 느낌이었다. 하지만 그보다 더 강력한 힘으로 봉인된 기억이었다. 그만큼이나 중요한 기억이었다. 검은 어둠이 밀려오더니 그녀의 몸을 감쌌다.

한 치 앞도 보이지 않는 어둠 속. 휘강과 도깨비의 싸움을 피해 숨어든 501호 화장실 안이었다. 아니다, 순간 장소는 다시 더 멀리 다른 곳으로 바뀌어갔다. 보다 좁고 어두운 곳. 마루 밑이다. 오래된 주택의 마루 한쪽을 파내어 만든 작은 공간이었다.

입구를 대신하는 목재 마룻바닥 밑에서 쪼그리고 앉아 유나는 벌벌 떨고 있었다. 역시나 지금의 유나가 아닌 어린 시절의 유나였다. 정확히 6살 무렵의 자신이었다. 위에선 웅성웅성 어른들의 목소리가 들려온다. 제대로 알아들을 수 없었지만 몇몇 단어들은 생생하게 기억이 났다.

─아이를 내놔……. 죽여야 한다…….
─저항해도 소용없어……. 모두가 너의 업이다.

유나는 숨죽인 채 눈을 감았다. 얼마나 지났을까, 다시 문이 열리고 밝은 빛이 쏟아져 내렸다. 어린 그녀는 눈이 부서 고개를 돌린다. 크고 따뜻한 팔이 그런 유나를 번쩍 안아 올린다. 믿음직한 사내의 팔이었다. 그리곤 남자는 겁에 질린 아이의 등을 도닥여주었다.

"괜찮다. 다 끝났어."

유나는 사내의 목을 감싸 안으며 울음을 터뜨린다.

"나 너무 무서웠어, 아빠."

유나는 눈을 떴다. 다시 병실이었다. 그새 잠이 들었던 것일까. 이마를 타고 흐르는 식은땀을 수건으로 닦아주며 규림이 걱정스럽게 유나를 바라보았다.

"악몽이라도 꾼 거야?"

그녀가 물었다.

"응."이라고 대답했지만 유나는 그것이 단순한 꿈이 아님을 알고 있었다.

팔목에 그려진 수호부를 다시 살펴보며 그녀는 자신에게 무엇인가 큰 변화가 일어났음을 인정했다. 그리고 그 모든 변화의 시작은 바로 현도가 선물한 국화차였음을 직감했다. 유나는 몸을 일으켜 침대에서 빠져나왔다. 팔에 연결된 링거 줄이 아래로 덜렁덜렁거렸다. 갑작스러운 행동에 놀란 규림은 다급히 그녀를 말렸다.

"야, 너 갑자기 왜 그래? 화장실 급해?"

"가야 해. 가서 만날 사람이 있어."

"만나다니, 누구?"

규림은 애써 그녀를 침대 위에 앉히며 물었다.

"사실을 알 만한 사람들."

"그게 무슨 소리야? 사실이라니? 휘강 씨나 현도 씨에 대한 것 말이야?"

"아니, 나에 대해서."

갑자기 잠에서 깨어 영문을 알 수 없는 이야기를 늘어놓는 유나의 기세에 규림은 당혹감을 숨길 수 없었다. 무엇에 홀린 듯 마구잡이로 행동하는 모습에선 약간의 두려움마저 느껴졌다. 이 역시 문제의 국화차나 발작의 후유증인가 하는 생각도 들었다. 바로 그때 다시 병실의 문이 열리며 또 다른 방문자가 들어왔다.

"안녕하세요?"

인사와 함께 안으로 들어선 것은 연희였다. 평소와 달리 오늘은 수수한 차림이었다. 게다가 깁스를 한 오른팔은 삼각건으로 고정한 채였다.

규림은 저도 모르게 '세상에나!' 소리를 하며 연희의 상태를 살폈다. 이마에도 커다란 밴드가 붙어 있었다. 큰 사고라도 났던 걸까. 문득 그녀도 버스 사고 현장에 있었다는 것을 기억해냈다.

"연희 씨? 팔은 어쩌다가. 연희 씨도 버스 사고에서 사람들 구하다 그런 건가요?"

"아, 예. 뭐 그렇죠."

규림의 질문에 머뭇거리며 그녀는 유나의 눈치를 살폈다. 규림은 순간 무언가 머릿속을 '쾅' 치고 지나가는 것 같은 기분이 들었다. 두 사람 모두 사고 현장에서 구조 업무를 도왔을 가능성은 있었다. 아마도 사실일 것이다. 하지만 그러고 나서 저 모양을 하고 조카인지 동생인지의 발표회를 갔다는 건 말이 되지 않는다.

"유나야, 너 나한테 어제 일 관련해서 숨기는 거 있니?"

규림은 믿기지 않는다는 얼굴로 친구를 바라보았다. 그제야 유나도 정신을 차린 듯 그녀의 손을 잡으며 말했다.

"미안해, 다 설명할게. 어쩔 수 없는 상황이었어."

"대체 그 상황이 뭔데? 나한테는 거짓으로 둘러대고, 겨우 며칠 전에 만난 사람하고만 이 모양이 되어서 돌아다니는 이유가 뭐냐고."

규림의 목소리가 점차 격양되었다. 어딘지 이상했던 최근의 일들이 하나 둘 떠오르면서 유나에 대한 의심이 커져갔다. 그녀의 집에 해괴한 도둑이 들어서 집 안이 엉망진창이 되었던 사건까지 거슬러 올라가 그 역시 수상하다는 생각이 든 순간 갑작스럽게 두통이 찾아왔다.

"아얏."

편두통이 온 듯 한쪽 머리를 감싸 쥐는 규림의 머리 위에 도형 하나가 떠오르는 것을 유나는 보았다. 자신의 팔에 그려진 부적과 같은 느낌이었다. 다만 규림에게 그려진 도형은 황금빛을 띠고 있었다. 그녀의 기억을 봉인할 때 휘강이 허공에 무언가를 그리던 모습이 떠올랐다.

유나는 규림에게 다가가 그녀의 이마를 손으로 짚었다. 그러자 도형은 물결치듯 흔들리더니 보다 작은 문양들로 흩어지기 시작했다. 그것을 하나씩 손으로 짚어가는 사이 유나는 그 의미들을 하나하나 이해할 수 있었다. 흩어진 문양들을 하나하나 퍼즐 맞추듯 옮기자 반짝거리는 스파크와 함께 도형은 사라졌다. 동시에 규림 역시 정신을 잃고 쓰러졌다.

"유나 씨, 방금 뭘 한 거야?"

쓰러진 규림을 부축하려 다가온 연희는 방금 전의 일이 믿기지 않는 듯 놀란 토끼 눈으로 유나를 바라보았다. 두 사람이 규림을 유나의 침상에 눕히는 사이 입구 쪽에서 또 한 사람의 목소리가 들려왔다.

"결국 눈을 뜨고 말았군요."

유나는 목소리의 임자를 보았다. 조금 전 잠에서 깨어난 후 자신의 변화를 깨닫고 처음 그녀가 떠올렸던 사람. 이 상황에 대한 정보를 알고 있을 거라 생각했고, 그래서 만나러 가려던 인물이었다. 정신을 잃은 규림을 안전히 침상에 눕힌 유나는 상대에게 고개를 숙여 인사를 했다.

"직접 만나러 가려고 했어요."

"그래서 직접 왔지요."

무녀 옥화는 자글자글한 입가에 미소를 머금으며 유나에게로 다가왔다.

"유나 씨를 만나야겠다면서 날 찾아왔어. 그래서 같이 온 거야."

연희가 상황에 대한 설명을 부연했다. 유나에게 지금 같은 일이 벌어지기도 전에 미리 알고 움직였다는 얘기이다. 역시나 무당이니 만신이니 하는 것이 허명은 아니구나 생각하며 유나는 옥화에게 물었다.

"그럼 제게 벌어진 일도 아시겠네요."

"무엇을 원하는지도 알고 있지요."

"답을 해주실 수 있나요?"

"긴 이야기가 될 겁니다."

Chapter 12
잊혀진 이야기

방문객용 의자를 끌어온 노파는 나이에 걸맞지 않게 똑바른 자세로 정좌를 한 채 눈을 감고 잠시 숨을 고르더니 다시 눈을 떠 유나를 보며 입을 열었다.

　"휘강 님이나 여기 연희 씨처럼 영계에 속한 이들은 인간보다 훨씬 강하게 인과에 묶여 있습니다. 우리가 흔히 숙명이니 운명이니 부르는 것이지요. 이 세상에 나올 적부터 이유와 목적이 정해져 있기에 그 틀에서 벗어나는 것은 위험하고 또한 불경스러운 일이라 여긴답니다. 개중에 저들이 가장 경계하는 일 중 하나가 인간과 혼의 약속을 맺는 것입니다. 서로의 영혼을 묶는 계약, 우리가 결혼이라 부르는 행위 말이지요."

　한 치의 흔들림도 없이 고고하게 앉아 차근차근 말들을 뱉어내는 기세에 유나는 무겁게 몸이 눌리는 기분이 들었다. 꿀꺽 침을 삼키며 그녀 역시 자세를 바로 하자 이야기가 다시 이어졌다.

"지금부터 20여 년 전, 그 터부를 어기고 부부의 연을 맺은 요녀와 인간 남자가 있었습니다. 세상의 눈을 피해 둘만의 가정을 꾸렸고, 어느새 둘은 셋이 되었지요. 하지만 세상의 인과는 그것을 깨뜨리려 할 때 언제나 반작용을 일으키는 법. 아이가 태어난 날부터 이들에게 불행이 시작되었습니다."

유나의 눈빛이 흔들렸다. 노파 역시 그것을 눈치채고 있었다. 옆에서 조용히 이야기를 듣고 있던 연희도 굳은 표정으로 유나의 얼굴을 보았다.

"그 아이가 바로 최유나 씨, 당신입니다."

남자가 있었다. 그리고 여자가 있었다. 남자는 사람의 몸이었으나 여자는 그렇지 않았다. 그리고 둘은 사랑에 빠졌다. 인간과 요괴의 생을 정하는 세계의 틀은 둘의 연을 허락지 않았다. 때문에 둘은 숨었고 부부가 되었고 귀한 아이를 낳았다.

세상 어떤 보화를 준다 해도 바꾸지 않을 아름다운 딸이었다. 아이가 어미의 몸을 나와 첫 울음을 울었을 때, 아비는 기뻤다. 하지만 어미는 마냥 기쁠 수 없었다. 이미 태어난 아이에게서 어두운 그림자를 보았기 때문이었다. 어미는 울었다. 왜 그러느냐고 아비가 물었다.

"우리의 죄가 아이에게 닿쳤습니다."

부부의 연을 죄라 칭하는 부인의 모습이 남자는 괴로웠다. 그는 대체 아이에게 닿쳤다는 업이 무엇이냐 물었다. 어미는 '재능'이라

하였다. '그릇'이라고도 하였다. 인간인 아비는 이해할 수 없었다. 타고난 재주가 크고 많으니 기뻐할 일이 아니냐고 물었다. 어미는 그것이 너무 크다고 답했다.

"인간의 몸에 영계의 혼이 담겼습니다. 인간보다 큰 그릇에 요괴보다 강한 운명을 가지고 태어났으니 쓰임에 따라 그 누구보다, 그 무엇보다 강한 신을 받을 몸입니다."

아이는 신의 힘을 받을 운명이었다. 자신의 깜냥에서 움직이는 요괴와 달리. 그리고 아이는 그 누구보다 큰 그릇을 가지고 있었다. 여느 인간들의 몸과는 달리. 그래서 재능은 불행이었다.

"어째서 불행이란 말이요?"

"너무나 강한 힘은 모두에게 위협입니다. 더군다나 이 모든 것이 우리가 운명을 거스른 결과. 다른 이들이 알게 되면 분명 아이의 능력이 눈을 뜨기 전에 죽이려 들 것입니다."

아비는 기우라고 생각했다. 단지 소질만으로 미래를 점치는 것은 우습다며. 아이가 어떻게 성장할지는 자신들의 책임이라며 괜찮다고 위로했다. 영계의 힘들이 눈치채지 못하도록 조심하며 평범한 인간으로 숨어 사는 삶은 그렇게 계속됐다.

아이의 나이 여섯이 되던 해, 걱정하던 일이 벌어졌다. 잠자던 아이의 힘이 싹을 틔우기 시작한 것이다. 너무나 강한 힘은 둘의 능력으로 숨길 수 있는 성질의 것이 아니었다. 어느 날, 그들 앞에 '칼 든 자'가 나타나 아이를 내어놓으라 했다.

"그 아이가 얼마나 위험한 존재인지 자네들도 알 터. 둘의 혼인은 묵과하기로 약조하니 아이를 내어놓게."

칼 든 이는 순리를 거슬러선 아니 된다며 둘을 타일렀다. 그러나 어미는 차마 아이를 내어놓을 수 없었다. 결국 칼 든 자와 어미는 맞부딪치게 되었다. 긴 싸움 끝에 어미는 부상을 입고 쓰러졌다. 아비는 몸으로 막고 서서 아이를 지켰다.

하지만 강한 힘 앞에서 평범한 인간은 무력할 뿐이었다. 그러나 마침내 칼끝이 아이의 목을 치려는 순간 기적이 일어났다. 원칙만을 앞세우며 언제나 일도양단하던 강직한 칼끝이 아이의 눈을 본 순간 미세하게 흔들린 것이다. 어미는 그 순간을 놓치지 않았다.

"힘을 봉인하겠습니다. 아직 완전히 열리지 않은 힘이니 다시 닫는 것 역시 가능한 일. 당신만 눈감아주면 아이는 조용히 평범한 인간으로서 천수를 누릴 수 있을 겁니다."

"당치 않은 일. 업의 화로 태어난 아이, 여태 누구도 보지 못한 재능을 무슨 수로 막겠다는 말인가. 그리고 나 하나가 눈감아도 뒤에 또 다른 이가 올 터."

하지만 칼 든 이가 미처 생각지 못한 것이 있었으니 요괴에게도 모성이 있음이었다. 어미는 자신의 명을 잘라 일생의 술을 완성시켜 아이의 힘을 봉인했다. 그리고 자신의 심장을 꺼내 칼 든 이의 손에 쥐어주었다. 그것을 아이를 죽인 증표로 대신 쓰라 하였다.

힘없는 아비는 인간으로 태어남을 원통해하며 그 모습을 지켜만 봐야 했다. 그렇게 인간과 혼인한 요괴도, 그로 인해 태어난 아이의 존재도 이승에서 사라진 채 서서히 세간의 기억에서 흐려져갔다.

"이것이 제가 알고 있는 이야기입니다."

노파는 여전히 꼿꼿한 자세를 유지하며 침울한 눈으로 유나를 응시했다. 하지만 앞으로 모아 쥔 고목 같은 양손은 미미하게 떨리고 있었다.

유나는 믿을 수 없다는 표정으로 그런 노파의 얼굴을 쳐다보고 있었다. 이야기가 의미하는 바는 너무나 선명하고 또한 잔인했다. 자신을 버리고 떠난 줄만 알았던 엄마에 대한 진실을 알게 되자 유나는 가슴 한구석이 깊게 패여나가는 것만 같았다.

동시에 자신의 어미가 요괴였다는 것이, 그런 어머니에게서 난 자신의 몸속에도 요괴의 피가 흐르고 있다는 사실이 너무나 충격적이었다. 도무지 믿기지 않는 일이었지만 지금의 일들을 가장 잘 설명해주는 이야기이기도 했다.

"내 몸 안에 잠재되어 있다는 힘, 그것이 지금 눈을 떴다는 건가요?"

유나는 만신 옥화에게 물었다.

"스스로도 느끼고 있을 겁니다. 조금 전 저 아가씨의 기억 봉인을 직접 풀지 않으셨습니까. 장군님의 술을 그렇게 간단히 풀어내는 이는 처음 보았습니다."

그 말대로였다. 병원에서 깨어난 후, 전에는 보이지 않던 것이 보이고 생전 처음 보는 그것들을 단지 손으로 만져보는 것만으로 해석하고 해체할 수 있었다. 모르긴 해도 평범한 능력은 아닐 것이다. 실제로 봉인을 푸는 유나의 모습을 본 연희는 헛것이라도 본 표정이었다.

"그럼 이제 다시 저를 쫓는 이들이 생기겠군요."

"이미 나타난 것으로 알고 있습니다."

가장 먼저 현도의 모습이 떠올랐다. 몸에 변화가 생긴 것은 그가 선물한 국화차를 마신 후부터였다.

"어머니가 남긴 봉인이란 것이 약으로 풀릴 수도 있습니까?"

"아닙니다. 생을 걸고 묶은 봉인이니 그리 쉽게 풀릴 이유는 없습니다."

"그렇다면 왜 지금 능력이 나타난 거죠?"

노파는 처음으로 난색을 드러내며 고개를 갸웃했다.

"모르겠습니다. 나 역시 모든 것을 알 수는 없는 일이니까요."

자리에서 일어난 유나는 침대를 돌아서 창가로 향했다. 해가 지고 밤이 찾아든 밖은 캄캄했다. 새카만 어둠 속에서 비 오는 소리만 잔잔하게 들려올 뿐이다. 유나는 조금 전 꿈에서 보았던 어린 시절의 기억을 떠올렸다.

밤보다 짙은 어둠 속에서 공포에 떨던 어린 자신. 그리고 그런 그녀를 어둠 속에서 꺼내준 아빠의 손길. 무엇인가로부터 보호하려는 듯 유나의 작은 몸을 꼭 얼싸안던 아빠의 등. 엄마의 희생으로 봉인된 힘과 함께 묻혀 있던 그날의 기억들이었다. 그러나 유나를 얽매고 있던 봉인이 이제는 깨지려 하고 있었다.

창밖 어둠 속에 있을 누군가가 그것을 눈치채는 순간 그녀의 삶은 다시금 위험 속으로 던져질 것이다. 그리고 이제 그녀에겐 어머니도 아버지도 없었다. 순간 하늘 멀리서 밝은 빛이 번쩍인다. 곧이어 우르릉 불길한 굉음이 병실 안을 가득 채웠다.

굳게 닫힌 카페 판타즘의 출입문에는 검은색 바탕에 굵은 고딕체의 하얀 글씨가 적힌 간판이 내걸렸다. 보조 조명만 밝혀 어두침침한 실내 가운데 세 남자가 심각한 표정으로 둘러앉아 있었다.

"봉인이 풀린 건 확실합니다. 강신 빌라 근처에 힘의 흔적이 남아 있었어요."

판타즘의 베이커리 담당인 지훈은 손으로 턱을 괸 채 심각한 표정으로 말했다. 항상 묶고 다니던 머리를 풀어헤치고 셔츠에 베스트를 걸친 모습이 평소와는 무척 다른 이미지를 연출하고 있었다. 날카롭게 쏘아보는 눈빛에서도 예사롭지 않은 기운이 느껴졌다.

"그런데 흔적이 사라졌다는 거지?"

맞은편 자리의 현도가 피곤한 듯 고개를 뒤로 젖히며 말했다.

"예, 병원까지는 쫓을 수 있었는데. 거기서부터 사라졌습니다."

"다시 봉인을 복구한 걸까요?"

홀 서빙 담당 도민은 특유의 천진한 얼굴로 아리송한 듯 물었다. 여전히 한 손엔 붕대를 감은 상태였다. 그의 질문에 지훈은 답답하다는 듯 미간을 찌푸렸다.

"일단 풀리면 그렇게 쉽게 되돌릴 수 없을 거야."

"하지만 깨는 건 쉽게 해내셨잖아요."

"말처럼 쉬운 일이 아니라니까. 사장님이었기에 가능한 일이었다고 몇 번을 말했냐."

말귀를 알아먹지 못하는 후배의 어수룩함에 지훈은 가슴을 탁탁 치며 짜증을 부린다.

"아무튼, 더 이상 흔적이 없다는 건 누군가의 도움을 받고 있단 얘기네."

현도는 다시 원래 이야기로 돌아갔다. 이틀 전, 유나와 연락이 되지 않기에 직접 찾아간 강신 빌라에서 그간 원하던 흔적이 희미하게나마 남아 있는 것을 발견했다. 봉인이 풀리며 쏟아져 나온 유나의 영력이 남긴 잔상이었다.

주위에 수소문 끝에 며칠 전 비가 쏟아지던 저녁, 그녀가 쓰러진 채 구급차에 실려나가는 것을 보았다는 주민의 증언을 확보했다. 흔적을 찾아내고 추적하는 데에 뛰어난 지훈을 시켜 유나를 쫓았지만 이송된 병원에서 단서가 끊겨버렸다. 어느 순간 칼로 무 썰듯 깔끔하게 잘려나간 흔적은 누군가가 애써 그녀를 감추고 있다는 의미였다.

"휘강인가."

현도는 혼잣말처럼 중얼거렸다. 소문에 따르면 고지식할 정도로 원칙에 충실한 사내라지만 일이 터진 이상 일단은 그녀를 다른 요괴들의 이목에서 떨어뜨려야 할 필요를 느꼈을 것이다. 하긴 이번이 처음은 아니었다. 죽은 줄로만 알았던 그녀의 존재가 4년 전 잠시나마 드러났을 때, 대부분은 믿지 않는 눈치였다.

헛소문이거나 괴담이라며 다들 반신반의하는 가운데 현도만은 그녀의 실체를 추적하는 데에 적극적으로 나섰다. 인간과 요괴 사이에 태어나 세상이 수용 못 할 큰 재능을 타고난 아이. 훗날의 재앙을 막기 위해 아이를 죽여야 한다는 것이 요괴들 사이의 일을 관장하는 윗선들의 중론이었다.

하지만 현도는 다른 마음을 품고 있었다. 재앙의 아이는 계집이었다. 만약 아이가 살아 있다는 게 사실이라면 그의 야심을 위한 이용가치가 있었다. 하지만 아이에 대한 소문들은 어느 지점에서 모두 막혀버렸다. 무언가 강력한 힘이 작용하는 것처럼. 인간으로 위장한 채 카페를 개업한 곳은 마지막 단서가 포착된 인근이었다. 모든 단서가 끊긴 막다른 골목이니 언젠가 새로운 단서가 새로이 시작되는 곳도 이곳일 것이라고 생각했기 때문이었다.

그리고 한 달 전, 운명처럼 그녀가 가게로 들어섰다. 미묘한 영력을 풍기는 여자, 분명 인간의 냄새를 풍기고 있었으나 무언가 범상치 않은 기운이 느껴졌다. 시험 삼아 내간 복숭아 파이에도 별다른 반응을 보이지 않았다. 알레르기가 있다고 했지만 그것이 요괴란 증거가 될 수는 없었다. 그래서 그녀 몰래 뒤를 밟았고 그 과정에서 기이한 광경을 목격했다.

또 다른 도깨비 패거리와 황금 눈을 가진 사내였다. 도깨비 패거리는 요괴에게 사기를 당한 인간이 복수를 위해 고용한 양아치들이었다.

사욕에 물들어 흔하게 굴러다니는 잡것들. 하지만 황금 눈의 사내는 얘기가 달랐다.

황금 눈 사내가 도깨비의 공격에 혼절한 여자를 데리고 돌아간 빌라는 여느 잡신이라면 인지조차 하지 못할 정도로 강력하고 교묘한 결계로 둘러싸여 있었다.

그리고 사전 작업으로 여자에게 준 명함과 쿠키 봉투에 숨겨 넣은 부적으로 조금이나마 빌라 내부에 대한 정보와 그녀에 관한 것도 알아낼 수 있었다.

덕분에 현도는 유나라는 여자가 자신이 찾아다니던 그 전설의 아이라는 심증을 가졌다. 하지만 보다 확실한 증거가 필요했다. 그날 여자가 쿠키를 먹었다면 좀 더 빨리 일이 풀렸을지도 모른다. 쿠키나 국화차나 모두 동일한 술수였으니까.

만약 소문의 아이라면 강력한 봉인이 걸려 있을 것이다. 특정 장소나 사물이 아닌 살아 있는 인간에게 걸리는 봉인을 깨는 가장 단순한 방법은 관계를 파고드는 것이었다.

쿠키에도 국화차에도 현도는 자신의 몸에서 뽑아낸 영력의 정수를 조금씩 심어두었다.

무엇인가를 경계하고 그로부터 스스로를 숨기려는 봉인은 단단히 잠긴 문과 유사했다. 맞는 열쇠가 없다면 밖에서 아무리 두드리고 부수려 해도 깰 방법이 없다.

하지만 본인이 안에서 직접 문을 열어준다면 얘기는 달라진다. 이를 위해서는 자신에 대한 상대의 경계심을 풀고 인간들이 사랑이라 부르는 감정을 이용해야 했다. 때문에 대가 없는 선물이란 형태에 미묘한 감정적 흔들림의 상황을 부여했던 것이다. 그리고 그의 작전은 성공한 듯 보였다.

"봉인이 풀렸다면 힘은 점점 강해질 겁니다. 조만간 어떤 형태로든 드러나겠지요."

지훈의 추측에 현도는 고개를 끄덕이면서도 내심 불안함을 거두지 못했다.

"그렇겠지, 문제는 다른 녀석들보다 먼저 찾아내야 한다는 거야. 슬슬 소문이 퍼지고 있어. 휘강 놈에 대한 이야기도 돌고 있고. 아마도 저쪽에서 벌써 자객을 풀었을지도 몰라. 놈들 손에 여자 목이 날아가기 전에 우리가 선수를 쳐야 한다."

사장이자 우두머리인 현도의 얘기를 듣고 있던 지훈과 도민은 결연한 태도로 고개를 끄덕였다.

이틀을 내리 퍼붓던 비가 그치고 맑게 갠 하늘 위로 하얀 뭉게구름이 떠갔다. 살랑살랑 불어오는 바람은 대문 옆 장죽에 걸린 색색의 천을 불어 날려 하늘하늘 춤추게 만들었다. 대청마루에 나와 앉은 유나는 마당 가운데 괸 웅덩이 위로 날아다니는 하얀 나비를 눈으로 좇고 있었다.

너무나 평온한 일상의 모습에 자신에게 벌어진 일들이 모두 꿈인 것처럼 느껴졌다. 그러나 조금만 눈을 들어보면 투박한 돌담 위로 그려진 복잡한 문양들이 꿈틀거리는 게 보인다. 활짝 열린 대문 위에도 자물쇠를 닮은 둥그런 형상이 단단히 자리한 채 외부로부터 집 안을 차단시키고 있었다.

　—임시로나마 결계를 쳤으니 집 안에 있는 이상은 들킬 염려가 없
　　을 겁니다.

병원을 찾아온 날 아무도 모르게 유나 일행을 빼내어 이곳 자신의 집으로 데려온 무당 옥화는 사정을 설명하며 유나에게 당분간은 이곳에 머물러야 한다고 했다. 봉인이 풀리면서 점점 활성화되어 커져가는 그녀의 기운을 다른 요괴들에게 감지당하지 않기 위한 조치였다. 그러나 이 역시 임시방편일 뿐이라고도 했다.

　—아직은 봉인이 완전히 깨어지지 않은 상태입니다. 덕분에 저의
　　술법으로 저들의 눈을 속일 수 있겠지만 시간이 지날수록 유나

씨의 힘은 점점 커질 겁니다. 결국 균형이 무너지면 저로서도 방법이 없지요.

이후엔 어떻게 해야 하느냐는 질문에 무당은 휘강을 기다려보자는 말로 대답을 대신했다. 옥화는 유나가 입원한 병원을 찾아내어 그녀를 빼내고 이곳에 미리 결계를 쳐놓을 수 있었던 것은 모두 휘강의 언질 덕분이라 했다. 그러나 그날 병원에서 규림에게 유나를 맡긴 채 사라진 휘강은 사흘이 지난 아직까지도 아무런 소식이 없었다. 유나는 방구석에 굴러다니는 자신의 핸드폰을 쳐다보았다. 이곳으로 옮겨오면서 일행은 모두 핸드폰 전원을 꺼야 했다. 이 역시 사전에 휘강이 지시한 것이었다.

요괴들은 유나의 영력을 쫓거나 술법을 쓰는 등 그들만의 방법만이 아니라 핸드폰 위치 추적 같은 인간의 방법도 동원할 거라고 했다. 상황이 이렇다 보니 유나 일행은 이곳에 몸을 숨긴 채 막연히 그의 연락을 기다리는 수밖에 없었다.

"지루하지?"

민소매에 핫팬츠로 팔다리를 훤히 드러낸 차림의 연희가 유나의 옆에 와 털썩 주저앉으며 물었다. 다시금 처음 만났던 때의 모습으로 돌아온 요괴는 버스 사고에서 다쳤던 상처가 모두 아물어 있었다. 강신 빌라나 무당의 집처럼 영력이 모이는 곳에선 회복 역시 빠르다는 게 그녀의 설명이었다.

"지루하기보다는 불안해요. 바깥일이 어떻게 돌아가는지 모르니까."

"그런가? 휘강 오라버니는 대체 어디서 뭘 하고 있기에 감감무소식이람."

"휘강 씨는 언제부터 이 일에 관련되었던 건지 연희 씨는 혹시 알아요?"

유나는 지나가는 말처럼 휘강에 관한 것을 물었다. 이미 옥화에게도 물어본 질문이었다. 자신의 가족사에 얽힌 이야기에서 휘강은 언제부터 개입되었는지. 부모님의 일과 어머님의 죽음에 관련된 이야기들은 이전에 결계와 관련하여 유나의 아버지를 돕는 과정에서 직접 전해 들은 것이라고 옥화는 설명했다. 그렇다면 휘강에 관한 것 역시 알고 있을 터였다. 그러나 유나의 거듭된 질문에도 그녀는 장군님께 직접 들어야 할 부분이라며 답을 피하기만 했다.

"나도 잘 몰라. 휘강 오빠랑은 강신 빌라에 상담소 열고 나서부터 가까이 알고 지낸 사이니까."

"휘강 씨에게 상담을 받으러 왔던 건가요?"

그녀는 멋쩍게 웃으며 고개를 끄덕였다. 유나는 문득 자신의 처지에 체념하는 어둑시니 민지의 앞에서 흥분하던 그녀의 모습을 떠올렸다.

"혹시 금기를 깨려고 했었나요, 연희 씨도?"

"어떻게 알았어? 무섭네."

"지난번에 민지 씨 앞에서 그랬잖아요. 어디에나 예외는 있는 것이니 포기하지 말라고."

"그랬었나. 그땐 좀 흥분했었나 봐. 나도 그런 때가 있었으니까. 금기에 반해서 그것을 깨뜨리려 노력하던 시절이."

유나는 흥미로운 듯 그녀를 바라보았다.

"어떤 금기요? 무슨 일이 있었는지 얘기해줘요."

한동안 말없이 담장 너머를 바라보며 망설이던 연희는 벽에 기대어 앉은 채 다리를 쭉 뻗더니 유나를 바라보며 이야기를 꺼냈다.

"어둑시니가 어둠 속에서 사람들의 공포를 먹고 사는 것처럼. 나는 사람들, 그중에서도 남자들을 속여서 부와 행운을 빼앗는 게 정해진 운명이야. 첫사랑의 모습을 흉내 낼 수 있는 것도 그러기 위한 재능이지."

유나는 이해한다는 듯 고개를 끄덕였다.

"민지하곤 다르게 난 그런 삶에 만족하는 편이었어. 남자들 골려 먹는 것도 재밌고, 그렇게 사기 쳐서 땡긴 돈으로 흥청망청 놀러 다니는 것도 좋았거든. 어쩌면 당연한 거겠지. 천성이 그러하니까. 우리들 대부분은 정해진 운명에 걸맞게 태어나거든. 민지 씨 같은 경우는 별종인 셈이지. 하지만 몇 년 전, 그런 나를 혼란스럽게 만드는 남자를 만났어."

"어떤 남자였는데요?"

옛날 일을 떠올리며 연희는 생긋 미소를 지었다.

"순박한 남자였어. 마흔이 넘었는데도 아이같이 웃을 줄 아는 사람이었어. 당연한 얘기겠지만 돈도 많았어. 과학자였는데 무슨 특허가 비싸게 팔려서 벼락부자가 된 케이스였지. 일단은 예전에 써먹던 몸으로 접근했어. 첫사랑에 대한 기억을 복제하려면 신체 접촉이 필요했거든. 그렇게 모습을 복제하고 나면 그 인물에 대한 정보를 캐내서 적절하게 매력적인 인물상을 만들어내는 거지. 그런데 그 남자는 아무리 접촉해도 변신할 수가 없었어."

"남자의 첫사랑으로 변하지 못했다고요?"

"응, 흔한 경우는 아니지만 종종 그런 때가 있어. 내 능력에도 분명한 한계가 있으니까. 예를 들어 상대의 첫사랑이 여자가 아니라면 절대 흉내 낼 수 없겠지."

그녀의 말이 무슨 뜻인지 파악한 유나는 알겠다는 의미로 '아' 소리와 함께 피식 웃었다.

"그때도 그런 줄로만 알았어. 여자를 좋아하는 사람이 아니구나. 그래서 포기했지. 그런데 이번엔 그쪽에서 자꾸 나에게 접근하는 거야. 이상했지. 그건 분명 사랑에 빠진 남자의 모습이었거든. 그리고 뒤늦게 깨달았어. 그 남자는 첫사랑이 없었다는 것을. 바로 내가 그의 첫사랑이었던 거야. 그러니 아무리 몸을 바꾸려 해도 처음 그의 앞에 섰을 때 모습 그대로일 수밖에 없었지."

"마흔이 넘은 나이에 첫사랑이었다고요?"

유나는 그녀의 이야기에 놀라움을 금치 못했다.

"응, 평생 공부와 연구에만 몰두한 남자였어. 여자 보기를 돌같이 했다기보다는 애초에 이성으로서 여자를 생각해본 적이 없던 사람이었지. 그런데 난생처음으로 사랑에 빠졌던 거야. 사랑이란 감정 자체를 모르고 살던 남자가."

그렇게 말하는 연희의 모습은 왠지 슬퍼 보였다.

"처음엔 가볍게 생각했어. 어차피 돈 뜯어내고 차버리는 건 똑같다고. 그래서 그의 구애를 받아줬지. 하지만 시간이 갈수록 그의 순수함에 끌렸어. 이전의 사내들과는 달라서 그랬을까. 첫사랑에 대한 감정은 시간이 지날수록 환상과 집착으로 바뀌기 마련이야. 그리고 그런 환상을 충족시켜주면 간단히 남자를 속일 수 있지. 하지만 이 남자에겐 나 자체가 첫사랑이잖아. 왜곡되고 자시고 할 게 없이 있는 그대로의 나를 사랑했던 거지. 그제야 난 깨달았어, 나 역시도 여태 진짜 사랑이란 감정을 접해본 적이 없다는 사실을. 그 즈음, 남자에게 나 말고도 거머리들이 꼬이고 있다는 걸 알았어. 그렇게 순진한 사람이 갑작스레 큰돈을 벌었으니 노리는 자들이 모여들기 마련이잖아. 그리고 어느 순간 정신을 차려보니 내가 그런 놈들로부터 남자를 보호하고 있더라고."

"사랑에 빠졌었군요."

"그게 나의 금기였던 거지."

한껏 몸을 뒤로 젖힌 채 연희는 한탄을 내뱉었다.

"이제 유나 씨도 알겠지만, 금기를 건드리고 운명을 거스르면 그것을 바로잡으려는 반발이 작용해. 운명의 장난이지. 내가 쳐내면 쳐낼수록 그이에게 불운의 그림자가 더 크게 몰려들기 시작했어. 이전보다 더 악질적인 사기꾼이 꼬이거나, 다니던 직장에서 탐탁지 않은 이유로 퇴사 당하거나 하는 식이었지. 그래서 휘강 오빠 찾아갔어. 이런 문제를 도와준다고 하기에."

유나는 최근 접했던 휘강의 상담 상대들을 떠올렸다. 광명부를 썼다가 존재를 위협받은 민지, 그리고 인간과의 사이에서 생긴 아이를 살리려다 결국 태어나는 모습조차 보지 못한 동진.

"그래서 해결책을 내주던가요?"

"그냥 그 남자를 내버려두라고 하더라. 나 때문에 그 사람이 더 불행해지는 거라고. 하지만 그럴 순 없었어. 그이를 포기하기 싫었거든. 결국 불운을 막아주는 주문을 이용하기로 했어. 완전한 해결책은 아니지만 일종의 대증요법처럼 내가 관리할 수 있는 정도의 불운만 닥칠 수 있게 완화시켜 보려던 거였지. 결국 실패로 돌아갔지만."

연희는 몸을 웅크려 자신의 무릎을 끌어안았다. 무릎 위에 턱을 올린 채 마당을 바라보는 그녀의 눈이 촉촉하게 젖어들고 있음을 유나는 알 수 있었다.

"어떻게 됐죠?"

"사고가 났어. 교통사고. 확률적으로 거의 있을 수 없는 해괴한 사고. 결국 그이는 죽었어. 그리고 나서야 깨달았지. 지금까지 그렇게도 비웃던 인간들과 똑같은 행동을 내가 그 사람에게 하고 있었다는 걸. 사랑이 아니라 집착이었던 거야. 그를 위해 놓아주었다면 민지 씨처럼 다른 결말을 맞았을지도 모르지."

그녀의 이야기에 유나는 맘이 무거워졌다. 마냥 즐겁고 활기찬 모습만 보아온 터라 연희에게 그런 사연이 있을 거라고는 생각지 못했다. 민지의 사연에 묘하게 다른 태도를 취하던 휘강과 연희, 둘의 입장도 어느 정도 이해할 수 있었다. 동시에 돌아가시기 전 초췌한 모습으로 병상에 누워 있던 아빠의 얼굴이 떠올랐다. 금기니 규칙이니 하는 단어들, 운명이라 정해진 어떤 틀을 벗어나는 것이 그렇게도 위험한 일인가.

엄마의 이야기를 들은 이후부터 수시로 떠오르는 걱정이 다시금 유나의 맘을 사로잡았다. 자신을 살리기 위해 스스로를 희생해 봉인을 만든 엄마처럼 아빠의 죽음 역시 그녀 때문이었던 건 아닌가 하는 의심. 그것을 알기 위한 질문에 무당 옥화는 끝내 답을 피했다. 질문에 대한 답을 구하기 위해선 휘강을 만나야 했다. 그에게 물어볼 것이 너무나 많았다.

"힘들었겠네요."

"어쩌면 그래서 더 적극적으로 나서는 건지도 모르겠다. 민지 일도 그렇고, 유나 씨 문제도 그렇고. 내가 성질이 더러워서 그런가? 꼭 보고 싶었거든. 금기니 운명이니 하는 걸 멋지게 깨부수는 모습."

주먹을 휘두르는 시늉을 하는 연희의 모습에 유나는 웃음을 짓고 말았다. 그녀의 말이 진심임을 알 수 있었다. 그때 대문 바깥에서 재잘재잘 사람 목소리가 들려왔다. 장을 보러 나갔던 옥화와 규림이었다. 집 밖으로 나갈 수 없는 유나와 그녀 옆을 지켜야 하는 연희였기에 둘이서만 시장을 갔다 오는 길이었다.

"오셨어요. 많이 덥죠?"

미안한 마음에 유나는 벌떡 일어나 마당을 가로질러 대문 앞까지 달려나갔다. 비닐봉지를 양손에 든 채 마당으로 들어서는 옥화와 규림에게서 짐을 받아 들려던 유나는 두 사람의 뒤를 따라 들어오는 이를 발견했다.

뿔테 안경 너머 연갈색의 눈동자가 유나를 바라보고 있었다. 순간 여러 가지 감정이 유나의 가슴속을 휩쓸고 지나갔다. 가만히 선 채 말없이 지켜보고만 있는 유나 앞에 선 휘강은 먼저 안부의 말을 꺼냈다.

"잘 있었어?"

"지금 상황에서 뭐라고 답해야 할까요. 아무튼 돌아와줘서 고맙네요. 물어보고 싶은 게 가득인데."

유나는 내심 그를 다시 만나면 욕을 한 바가지 정도는 퍼부어주고 시작하려 생각했다. 하지만 문지방을 넘어서는 휘강을 보는 순간 그런 맘은 금세 수그러들었다. 이틀 만에 나타난 휘강의 모습은 예전 어떤 광고에서 쓰던 카피가 딱 어울리는 것이었다. 아마 '집 떠나면 개고생'이란 문구였을 것이다. 어디서 어떤 일을 겪고 왔는지 모르겠으나 거지꼴을 하고 있는 휘강을 보면서 유나는 요괴들도 수척하니 살이 빠진다는 사실 역시 알 수 있었다.

"좀 더 빨리 왔어야 하는데 사정이 여의치 않았어."

"일단 들어가서 씻고 뭐라도 좀 드시지요, 장군님. 꼴이 말이 아닙니다."

옥화는 연희에게 자신의 짐을 들리곤 휘강의 팔을 잡아끌며 말했다. 그제야 유나도 양팔을 들어 보이며 일단 가보라는 제스처를 취했다. 목욕을 하고 새 옷으로 갈아입은 휘강은 밥부터 먹는 게 어떠냐는 옥화의 부탁에도 불구하고 곧장 유나의 방으로 향했다. 유나는 함께 방을 쓰는 규림과 소반을 사이에 두고 마주 앉아 한창 이야기를 나누는 중이었다. 휘강이 방문을 열고 들어서자 얘기를 멈춘 규림은 두 사람의 눈치를 살피더니 슬금슬금 일어났다.

"잠깐 자리 피해줄게요."

방을 나가기 전 규림은 문간에 서서 다시 한 번 유나를 돌아보며 응원의 눈빛을 보냈다. 문이 닫히고 방 안에 둘만 남게 되자 휘강은 조금 전 규림이 있던 자리에 주저앉으며 물었다.

"규림 씨도 상황을 다 알고 있는 건가?"

유나는 말없이 고갯짓으로 긍정의 뜻을 표했다. 그녀가 휘강의 기억 봉인의 술을 파해한 이후 규림은 원래의 기억을 되찾았다. 혼란스러워하는 그녀에게 유나는 지금까지의 일들을 빼놓지 않고 전부 이야기했다. 당연하게도 처음엔 받아들이기 힘들어했었다. 하지만 역시나 판타지 소설 작가답게 규림은 이 기괴한 상황에 빠르게 적응할 수 있었다.

"거짓으로 속이는 건 더 이상 사양이니까요."

유나는 소반 위에 놓인 유리컵을 만지작거리며 퉁명스럽게 말했다.

"뭐든지 물어봐. 전부 사실대로 얘기할 테니까."

"왜 이제야 온 거죠? 옥화 만신도 그날 곧장 오는 줄 알고 있었던 모양이던데."

"봉인이 깨어진 이후에 당신을 찾는 눈들이 많아졌어. 당연하게도 그 눈은 나 역시 주시하고 있고. 들키지 않게 오려니 많이 우회를 했지."

휘강은 이곳까지 오느라 겪은 고생들을 떠올리며 고소를 띠었다.

"그랬군요. 옥화 만신이 어머니에 대한 이야기는 모두 해줬어요. 하지만 아빠의 죽음이나 당신의 일에 대한 건 직접 물어보라고 하더군요."

"직접 듣는 편이 좋다고 생각했겠지. 예전부터 사려가 깊은 사람이었어."

고개를 끄덕이며 휘강은 소반 모서리를 손끝으로 쓰다듬었다.

"전에 그랬죠. 당신 오래전부터 인간들 사이에서 살았었다고."

"그래."

"그렇다면 우리 부모님이 결혼하실 적에도 그랬겠네요."

"음."

"그리고 지난번 동진 씨를 잡으러 온 화상들이랑 마주쳤을 적에. 휘강 씨도 예전에 그런 일을 한 적이 있다고도 했어요."

다시 한 번 고개를 끄덕이는 것으로 대답을 대신하며 휘강은 안경을 고쳐 썼다. 둘 사이엔 묘한 긴장감이 흐르고 있었다. 휘강은 유나가 무슨 질문을 하려는지 예감하고 있었다. 유나 역시 그가 자신의 질문에 어떤 대답을 할지 짐작하고 있었다. 하지만 어디까지나 서로의 서로에 대한 추측일 뿐이었다. 그것을 말로 내어 확인하기 전까지 달라지는 것은 없었다.

"제일 궁금했던 질문부터 할게요."

"말해. 사실대로 모두 답할 테니까."

유나는 꿀꺽 침을 삼키며 긴장을 풀었다. 그러곤 휘강을 똑바로 쳐다보며 물었다.

"우리 엄마를 죽이기 위해 왔던 자객, 그거 당신이었죠?"

드디어 옥화의 이야기를 듣는 내내 유나가 가지고 있던 의문이 말이 되어 밖으로 뱉어졌다. 휘강은 그녀의 질문을 온몸으로 받아내기라도 하듯 긴 날숨과 함께 고개를 아래로 숙였다. 그리고 곧 그의 대답이 목소리가 되어 유나에게 전해졌다.

"맞아. 내가 유나 씨의 어머니를 잡으러 갔었고, 그녀의 죽음을 함께했어."

휘강의 답을 들은 유나는 순간 눈을 감았다. 봉인되어 있던 기억의 마지막 조각이 선명하게 드러났다. 캄캄한 비밀 장소에 숨어 있던 유나를 아빠가 꺼내 들고 온몸으로 감싸 안는다. 하지만 이내 거대한 힘이 아빠를 밀어내고 유나를 낚아챈다.

제발 딸을 살려달라 애원하는 부모님의 외침에도 힘은 묵묵히 날카로운 칼날을 그녀의 목에 갖다 댄다. 어린 유나는 자신을 죽이려는 자의 얼굴을 바라보았다. 상대가 무엇을 하려는 것인지 모르는 채. 거기엔 차갑고 흔들림 없는 황금빛 눈이 그녀를 말없이 내려다보고 있었다.

"말해줘요. 그 후에 어떤 일들이 있었던 건지. 전부 다."

다시 눈을 뜨고 휘강에게 질문을 던지는 유나의 목소리가 가늘게 떨렸다.

"모친의 희생으로 당신 능력을 봉인하고 죽음을 위장했어. 그때 나를 바라보는 어린 아이의 눈을 보는 순간 모든 게 혼란스러워졌지. 난생처음 있는 일이었어. 규칙과 신념을 버리고 금기를 저지른 이를 보호했어. 나에게 그 일에 나서달라 지시했던 이들에게도 거짓말을 했지. 하지만 무엇보다 나 스스로가 그때의 행동을 납득하기 힘들었거든. 그래서 영계의 인연을 끊고 철저히 인간으로서의 삶을 위장했어. 그러고 나서 간간이 안부를 살피던 너의 부친에게 이상이 생긴 게 4년 전의 일이었지."

그녀의 아버지는 갑작스럽게 쓰러졌다. 의사들조차 원인을 제대로 밝혀내지 못한 괴질이었다. 하지만 돌이켜보면 아버지는 이미 죽음을 예견하고 있었던 것도 같았다.

"아빠의 죽음은 단순한 병이 아니었던 거죠?"

바닥으로 시선을 돌린 휘강은 침통한 표정이었다.

"내가 미처 생각지 못한 부분이었어. 정말 사실을 알고 싶니? 때로는 모르고 사는 게 오히려 좋은 일들도 있는 법이야."

휘강의 걱정에도 불구하고 그녀의 태도는 분명했다.

"사실대로 말해주겠다고 약속했잖아요."

"알겠어. 약속은 약속이니까. 하지만 먼저 말하자면 네 어미가 남긴 봉인은 여태껏 누구도 보지 못한 강력한 것이었어. 바꿔 말하면 그것의 원리나 앞으로의 일을 예측할 수 있는 이 역시 아무도 없다는 말이지. 변명 같지만, 그건 누구의 잘못도 아니었어."

"서론이 기네요. 본론만 말해주세요."

냉정하게 휘강의 말을 자르는 유나였다. 하지만 그녀의 눈빛과 목소리에 깃든 불안의 기운은 감출 수 없었다. 휘강은 그런 유나를 애처로운 눈빛으로 바라보다 다시 이야기를 시작했다.

"대부분의 봉인은 지속적으로 에너지를 소모해. 보통은 우리 주위에 흐르는 미미한 영력만으로도 유지가 되지만 네 경우엔 가두는 대상이 강력한 데다가 봉인 자체도 불안정했던 게 문제였지. 일반적인 경우보다 훨씬 많은 힘을 필요로 했던 거야. 본인 스스로는 느끼지 못했겠지만 몸속의 힘을 가둔 봉인을 유지하기 위해 모르는 사이에 주변의 기운들을 조금씩 흡수하고 있었을 거야. 그리고 그 과정에서 가장 많은 에너지를 빼앗긴 것은 아마도 가장 가까운, 그리고 가장 오래 함께한 사람이었겠지."

무릎 위에 놓인 유나의 손이 꽉 주먹을 쥔 채 미미하게 떨리기 시작했다.

"전에 말했지. 요괴에겐 영력을 담는 그릇이 있다고. 인간의 경우엔 그것이 생명력의 형태를 갖추고 있어. 그리고 네 아버지의 그릇에선 봉인을 유지하기 위한 기운이 시나브로 네 쪽으로 흘러나가고 있었지. 아이가 자랄수록 몸 안의 그릇도, 그 기운도 커졌고 당연하게 봉인이 요구하는 힘도 커져갔다. 그리고 어느 순간 아슬아슬하게 균형을 이루던 아비의 그릇과 봉인 그릇의 균형이 무너졌지. 그 결과로 유나 너의 아버지는 쓰러지고, 봉인은 불안정한 상태가 되어 조금씩 무너지기 시작했어. 내가 연락을 받고 왔을 때엔 이미 돌이킬 수 없는 상황이었지."

"그 말은…… 아빠의 죽음이 바로 나…… 때문이었다는 건가요?"

"아니야. 방금 말했듯이 그건 누구의 잘못도 아니었어. 아무도 예측할 수 없는 결과였다고. 자신의 몸에 이상을 감지한 순간 네 아버지는 나와 옥화에게 찾아와서 부탁했다. 봉인을 지속적으로 유지할 수 있는 방법을 강구해 달라더군. 그리고 때마침 아버지 소유인 강신 빌라의 지기가 유난히 왕성하다는 것을 발견했지. 그래서 거기에 봉인을 보조할 수 있는 동시에 외부의 잡신으로부터 너를 감출 수 있는 결계를 만들었어."

유나는 병상에 누운 아버지가 유언처럼 남긴 말을 되새겼다.

―강신 빌라를 잘 간수해라. 그게 네가 살 길이야.

지금까지 수도 없이 떠올리면서도 딸의 호구지책을 걱정한 아버지의 현실적이고 멋대가리 없는 이야기라고만 생각했던 그 말에 유나가 상상치도 못했던 이야기가 숨어 있었던 것이다. 강신 빌라는 유나의 존재를 세상으로부터 지켜주기 위해 아버지가 마지막으로 남긴 유산이었다.

"그 후로 나 역시 빌라의 입주민으로 위장한 채 너를 지켜보고 있었어. 봉인에 이상이 생기진 않았는지, 혹여 너의 정체를 알아채는 이는 없는지. 하지만 결국 이렇게 되어버렸구나."

유나의 볼을 타고 주르륵 한 줄기 눈물이 흘러내렸다. 그녀는 앞으로 몸을 숙인 채 소리 죽여 흐느끼기 시작했다. 모든 게 자기 때문이었다. 엄마의 죽음도, 아빠의 죽음도. 모두가 자신을 보호하기 위해 희생했던 것이었다. 심지어 지금 앞에 앉아 있는 요괴 역시도 아빠의 유언을 지키려 자신을 보호해온 수호신이었던 것이다. 아무것도 모른 채 지루한 삶을 투정하며 무력하게 살아온 스스로가 너무나 한심했다. 그리고 미안했다.

"어째서, 어째서 이렇게 된 거야. 나 따위 어떻게 되든 상관없는데."

울먹이며 내뱉는 유나의 독한 말에 휘강은 그녀 옆으로 다가가 조용히 안아주었다. 흐느낌과 함께 들썩이는 그녀의 어깨를 다독이며 휘강은 조용히 속삭였다.

"네가 이 사실들을 알게 하고 싶지 않았어. 가능하면 영원히 모른 채로 살기를 바랐지. 네 아버지도 그걸 원했고. 하지만 금기를 깬 업은 그리 쉽게 비켜갈 수 있는 것이 아닌 모양이다."

묵묵히 자신을 지켜봐온 황금 눈의 사내 품에 안긴 채, 유나는 한참을 울었다. 바로 이 순간 오직 그것만이 그녀가 할 수 있는 유일한 감사였고 진혼이었다.

🌑🌑🌑

유나를 비롯한 일행은 무당 집 대청에 옹기종기 모여 앉아 앞으로의 일을 의논하고 있었다. 다섯의 구성은 누가 보기에도 이상했다. 남자 하나에 여자가 넷, 노인 한 명에 젊은이가 넷, 그리고 인간 셋에 요괴가 둘이었다.

"이제 어쩌실 생각입니까?"

겉으로 보기엔 가장 연장자인 옥화는 휘강에게 깍듯이 존대를 하며 공손히 질문을 하고 있었다. 가장 어려 보이는 연희는 그런 휘강을 오빠라 부르며 애교를 부렸고 동시에 규림과 유나에겐 친구처럼 행동하니 모르는 이가 보면 도저히 이해 못 할 광경이었다.

"단순하게 생각하면 두 가지 길이 있네. 봉인을 복구하거나 아니면 저들을 직접 상대하거나."

휘강의 답에 연희는 입을 삐죽거리며 물었다.

"우리 힘으로 상대가 되겠어?"

"아마도 힘들겠지."

둘러앉은 일행을 둘러보며 휘강이 답했다. 연희는 다시 그에게 물었다.

"그런데 현도란 인간, 아니 그 도깨비는 대체 어떻게 봉인을 깬 거고, 목적은 뭐야?"

"봉인을 깬 방법은 정확히는 알 수 없어. 유나가 마셨다는 국화차가 원인인 건 분명한데. 약재상에 물어봐도 평범한 국화차라고 했어. 다만 희미하게나마 놈의 기운이 남아 있는 것으로 보아선 아마도 영력을 실어두었을 가능성이 있어."

그의 얘기를 들은 옥화가 끼어들었다.

"집히는 바가 있습니다. 사람에게 강력한 술을 건 경우에 그것을 깰 목적으로 정제된 기운을 불어넣는 방법이 있다더군요. 다만 상대의 허락이나 동의를 구하는 단계가 필요하지요. 자칫 잘못될 경우 술을 받은 자의 몸이 버텨내지 못하는 경우도 있고요."

차를 마신 유나가 발작을 일으키며 병원으로 실려갔으니 그럴듯한 추측이었다. 규림도 무언가 생각났는지 손을 마주치며 말했다.

"맞다. 그거 유나에게 선물로 준 거고, 유나도 호의를 담은 선물인 줄로만 알았으니 일종의 동의를 구한 거라고 볼 수 있겠네요."

"처음부터 노리고 수작을 걸었군."

그 말에 연희가 분하다는 듯 어깨를 들썩였다. 현도에 대한 이야기를 유나에게서 전해 들었으면서도 일말의 의심을 하지 못했던 것이 생각나서였다.

"그럼 대체 무슨 수작을 부리려고 그랬다는 거죠? 내 봉인을 푼다고 해서 자기에게 무슨 득이 된다는 건가요."

유나의 질문에 휘강은 팔짱을 끼며 불편한 듯 끄응 소리를 냈다. 차마 자기 입으로 설명하기 어려워하는 그의 맘을 읽어낸 옥화가 설명을 대신했다.

"유나 씨의 몸은 인간과 요괴들 세상의 중간에 걸려 있습니다. 그런 유나 씨 몸의 상태는 저희 무당들과도 유사하지요. 신을 받을 수 있는 그릇이란 겁니다. 그런데 그 크기가 너무나 커서 보통의 인간은 엄두도 내지 못할 강력한 신을 모실 수 있어요. 그 점을 신위들은 두려워하는 겁니다. 그들 힘으로도 어쩌지 못할 강력한 신이 유나 씨의 몸을 빌려 풀려 나와 통제를 벗어나 버릴까 봐."

유나는 그 점이 이해가 가지 않았다.

"아무리 강력한 신이라도 제가 들이지 않거나, 설령 들이더라도 좋은 곳에 힘을 쓰면 되는 것 아닌가요? 어째서 그렇게 경계하는지 그게 이해가 가지 않아요. 제 인간성을 그렇게 나쁘게 생각하는 건가요."

"아니지요. 걱정하는 이유는 다른 데에 있습니다. 누군가 유나 씨와 그 몸에 내린 신의 힘을 통째로 조정하게 될지도 모른다는 가능성 말입니다."

"아니, 내가 그렇게 강력한 힘을 가진다면 누가 나를 조정할 수 있다는 건가요?"

"당신과 혼인하는 남자라면 가능합니다."

"혼인이요?"

유나는 깜짝 놀라 되물었다. 여기서 더 놀랄 일이 남아 있다는 사실이 신기할 지경이었다.

"그렇습니다. 아마도 그 도깨비가 노리는 바도 그것일 겁니다. 결혼이란, 글자 그대로 두 사람의 영혼을 맺는 의식입니다. 그렇게 되면 유나 씨의 몸이 들인 힘을 부부의 연을 맺은 상대 역시 다룰 수 있게 되는 것이지요. 다시 말하지만 유나 씨의 몸은 그릇일 뿐입니다. 본인이 강해지는 것이 아니라 강한 힘을 빌려 쓰는 겁니다. 바로 저처럼요. 그러니 유나 씨보다 강한 자가 어떤 식으로든 혼약을 맺고 힘을 공유한 채 유나 씨를 조종한다면 그 힘은 그자의 것이 되는 거지요."

옥화의 설명에 유나는 기분이 상한 듯 볼멘소리를 했다.

"애초에 내가 원치도 않는 결혼을 할 리도 없거니와, 그렇게 되더라도 상대 남자 맘대로 내가 휘둘리지 않으면 되는 거잖아요. 아님 이혼을 해버리거나."

"이 경우의 결혼은 우리 인간 사회에서처럼 서류상으로 정리되는 법적인 약속과는 다릅니다. 일단 혼을 맺게 되면 죽기 전까지 둘은 그 약속을 공유하게 됩니다. 그리고 유나 씨의 의지가 아무리 강하다 한들 저쪽이 술수를 부린다면 어떻게 될지 모를 일이지요. 거짓으로 속일 수도 있고, 정신을 빼놓을 수도 있고, 허상으로 유혹할 수도 있어요. 우리가 상대해야 하는 건 갖가지 능력을 가진 요괴라는 걸 잊지 마세요."

그녀의 설명에 유나는 긴 한숨을 내쉬었다.

"그럼 이제부터 어떻게 해야 하죠? 대항하는 건 불가능하다 하고, 그렇다고 다시 봉인을 할 수 있는 것도 아니라면."

"금방의 설명에 답이 있지 않습니까."

의미심장한 눈빛으로 자신을 바라보며 던지는 옥화의 질문에 유나는 고개를 갸웃거렸다. 현도의 목적에 대한 추측을 설명한 옥화의 이야기 어디에도 사건 해결을 위한 단서는 없었기 때문이었다.

옥화의 수수께끼 같은 말을 먼저 풀어낸 것은 외려 규림이었다.

"맞네, 그런 방법이 있군요! 하지만 그건 아무래도 좀, 유나 입장도 생각해야 하지 않나요."

답을 찾아내어 기뻐하는가 싶더니 이내 고민에 잠긴 표정을 지어 보이는 친구의 모습을 유나는 얼떨떨한 기분으로 바라보았다. 반면 옆에 앉은 연희도 답을 생각해냈는지 묘한 미소를 지으며 유나의 어깨를 툭 치며 물었다.

"정말 모르겠어?"

"무슨 소리하는 거예요?"

유나는 영문을 모르겠다는 듯 되물었다. 한편 여전히 떨떠름한 표정인 규림에게 옥화가 설명을 덧붙였다.

"말했다시피, 인간 사회의 결혼과는 다른 의미입니다. 유나 씨가 마음만 먹는다면 별개의 것으로 유지될 수 있어요. 이쪽의 결혼은 애초에 없는 것처럼 인간으로서의 삶을 유지할 수 있다는 겁니다."

그제야 유나도 그들이 무슨 이야기들을 하는 것인지 알 수 있었다.

"우리 쪽에서 먼저 결혼을 해버리면 된다는 건가요?"

"그래요, 유나 씨도, 그리고 다른 신위들도 두루 믿을 만한 이를 내세워서 결혼을 하고 이후에 유나 씨의 힘으로 세상에 개입하지 않겠다, 약조를 한다면 이 복잡한 문제를 해결할 수 있을지도 몰라요. 힘을 제거하려는 측은 설득하고, 그것을 이용하려는 무리들은 애초에 가능성의 싹을 잘라버리는 거지요."

유나는 다시 조심스럽게 무녀를 보고 물음을 던졌다.

"그 믿을 만한 사람이란 게……."

"그야 당연히 장군님이시지요. 그동안 유나 씨를 지켜보고 보호해오신 분인 데다, 강직하고 공명정대하기로 소문난 신위이십니다. 아마 저쪽에서도 장군님 정도라면 믿고 맡겨볼 만하다고 판단할 가능성이 높아요."

말없이 오가는 이야기를 듣고만 있던 휘강은 멋쩍은 듯 흠흠 소리를 내며 먼 산을 바라보았다. 유나는 뜨거워진 낯으로 그런 그를 흘겨보며 말했다.

"아무리 그래도 혼인을 그렇게 쉽게……."

"잠깐만, 유나야. 일단은 이야기를 들어보자고. 목숨이 달린 문제인데 그깟 결혼이 대수니. 그리고 만신님이 그러잖아. 인간들의 규칙하곤 다른 문제라고. 당장 급한 불부터 끄고 나중에 너 좋은 사람 만나서 혼인 신고서 도장 찍어도 하등 문제 될 게 없다는 거라고. 제 말이 맞죠?"

규림의 질문에 옥화는 가만히 고개를 주억거렸다.

"야, 너는 자기 일 아니라고 그렇게 쉽게 말하면 어떻게 해?"

"쉽게 말하는 게 아니야. 이대로 죽거나 아니면 사악한 괴물한테 홀려서 이용당하는 것보다야 이 방법이 훨씬 괜찮은 선택이잖아. 그런데 이쪽 결혼이란 게 어떻게 하는 건가요? 정화수라도 떠놓고 같이 절하면 되는 건가."

이번 질문에 입을 연 것은 연희였다.

"요괴들끼리의 혼인이란 게, 흔치는 않지만 절차는 간단해. 인간들 방식하고 크게 다르지도 않고. 잡다하게 거치는 의식들이야 간소하게 치르면 되고, 그거야 여기서도 충분히 가능하니까. 다만 한 가지 걸리는 게……."

"뭐가요, 한 가지 걸리는 게 뭔데요?"

친구의 결혼 이야기에 은근 신이 나는지 두 눈을 반짝이며 던지는 규림의 질문에 연희는 장난스러운 표정으로 두 사람을 보았다. 여전히 딱딱하게 굳은 표정으로 딴청을 피우는 휘강과, 불안한 눈빛으로 연희를 바라보던 유나의 모습에 큭큭대던 그녀가 마침내 질문의 답을 내어놓자 유나는 벌게진 얼굴로 벌떡 일어나 방으로 들어가버렸다.

유나는 복잡한 심경으로 방 안을 왔다갔다 분주히 돌아다니고 있었다. 휘강과의 결혼이라는 해결책만으로도 난처한데 연희가 설명한 결혼의 방법이란 것이 그녀를 더욱 당혹스럽게 만들었다.

찰칵, 문 여는 소리와 함께 뒤늦게 따라 들어온 휘강이 쭈뼛거리며 그녀에게 다가왔다. 그 모습에 유나는 손을 들어 그를 저지하며 소리쳤다.

"잠깐, 일단 거기까지. 거기서 얘기해요."

휘강은 그녀의 말에 방 가운데 머쓱하게 선 채로 얘기했다.

"미안해, 당황스럽다는 거 충분히 이해해. 나 역시도 생각지 못한 전개라 마찬가지 기분이야. 그래도 진지하게 생각해주지 않겠니. 지금으로선 이것이 최선의 방법인 것 같거든."

그의 말에 유나는 어이없다는 듯 혀를 차며 시선을 돌렸다.

"최선의 방법이라니 무슨 말이 그래요. 애당초 말이 이상하지 않아요? 세상을 설득시키려 형식적으로 하는 결혼이라면서 그 필수 조건이 초야를 치르는 거라니!"

휘강도 머쓱한지 머리를 긁적이며 괜히 창밖을 바라보았다.

"말했다시피 우리는 태어나기보다는 만들어지는 것에 가까운 존재라서 생식이란 개념에 보다 의미를 부여하는 경향이 있어. 우리에겐 드문 일이니까. 사실 인간들의 결혼이라는 것도……."

다시 한 번 양손을 들어 휘강의 말을 중지시키며 유나는 미간을 찡그렸다.

"알겠어요! 그러니까 더 이야기 안 해도 돼요. 그럴수록 더 이상하니까."

둘 사이에 그 어느 때보다 어색한 기류가 흘렀다. 유나는 휘강을 알 수가 없었다. 어릴 적 자신을 죽이러 왔다가 맘을 바꾸고 돌아간 자객. 삼십대 한량의 겉모습이면서 수백 년을 인간과 함께한 요괴, 싸가지 없는 입주자로만 알았더니 그간 자신을 지켜온 수호자. 서로 상충되는 이미지들 속에서 그녀를 향한 그의 마음을 가늠한다는 것은 불가능한 일이었다.

반대로 자신에게 그가 어떤 존재인지도 확신할 수 없었다. 그런 가운데 느닷없이 결혼 이야기에 초야를 치러야 한다니, 그것이 살아남기 위한 유일한 방법이라니, 너무나 잔인한 얘기였다.

"일단 생각할 시간을 줘요."

유나는 마지못한 듯 말하며 팔로 몸을 감쌌다.

"그래, 천천히 생각해봐. 결국 너의 삶이니까. 난 유나 너의 선택대로 따르도록 할게."

그 말을 남기고 휘강은 터벅터벅 방을 나갔다. 홀로 남은 유나는 혼잣말처럼 중얼거렸다.

"내가 하자는 대로 하겠다니, 그게 무슨……."

서쪽 하늘로 완연히 기운 해를 보며 휘강은 긴 한숨을 내쉬었다. 옆에서 마당에 심어놓은 나무들을 살피던 옥화는 주름진 입가에 엷은 미소를 띤 채 그런 휘강을 보았다.

"아직 답이 없으신 거지요?"

생각할 시간을 달라는 유나의 이야기를 들은 지 만 하루가 지나고 있었다. 물론 하루 만에 뚝딱 결정할 문제는 분명 아니었다. 그러나 그들에게 허락된 시간이 얼마 남지 않은 것도 사실이었다. 유나의 봉인은 시시각각 약해지는 중이고 그녀를 쫓는 세력은 언제라도 문 앞에 닥칠 수 있었다.

"정말 다른 방법은 없겠나?"

"저도 고민해봤지만 양쪽이 원하는 바를 얻을 방법은 이것밖에 없습니다."

"그렇겠지……."

심란한 얼굴로 돌담을 둘러보던 그는 다시 장탄식을 내뱉었다.

"장군님 마음은 어떠신지요?"

"내 마음이라. 당연하지 않나? 저 아이가 무사하길 바랄 뿐이야."

옥화는 천으로 나뭇잎 위에 앉은 먼지들을 닦아내며 다시 물었다.

"그런 이야기 말고요. 유나 양을 향한 마음 말입니다."

"뭐가 궁금한 건가, 그 사람 참……."

휘강은 쑥스러운 듯 군소리를 늘어놓다가 흠흠 헛기침과 함께 대청 쪽으로 발길을 돌렸다. 그 모습이 재미나는 듯 늙은 무당은 입을 가리며 소녀처럼 작게 웃었다. 그때 작은 방의 문이 열리며 유나가 대청으로 나왔다.

"맘을 정했어요. 하겠습니다. 휘강 씨와의 결혼, 그렇게 하도록 하죠."

이어서 신당 쪽 문도 벌컥 열리더니 유나의 목소리를 들은 연희와 규림이 후다닥 밖으로 뛰쳐나왔다. 옥화 역시 미소 띤 얼굴로 그녀 쪽으로 다가갔다. 대청 끝에 걸쳐 서 있던 휘강은 기쁜 표정으로 그런 그녀를 넌지시 바라보다 훌쩍 대청 위로 올라가 유나를 살포시 안아주었다.

"자, 잠깐만요. 그렇다고 아직, 그러니까 당장 이러는 건……."

"결정을 내려줘서 고맙다."

휘강의 품에 안겨 당황하던 유나는 그의 말에 한풀 누그러진 태도로 가만히 휘강을 바라보다 결국 그에게 몸을 기대었다. 하지만 그녀의 눈빛만은 여전히 여러 가지 감정으로 복잡하게 흔들리고 있었다.

Chapter 13
도망친 신부

"상황이 상황인 만큼 의례적인 순서는 모두 생략하도록 하겠습니다."

혼례 의식을 주관하는 주례를 맡은 옥화는 푸른 무복으로 갈아 입고선 휘강에게 말했다. 역시 의관을 갖추어 입고 집의 동편 쪽문 앞에 선 휘강은 짐짓 긴장한 얼굴로 마당 가운데 단출하게 갖춰진 초례상을 살폈다.

바닥엔 자리를 깔고 그 위에 사각의 탁상을 금색 천으로 싸서 올린 초례상 위에는 나무를 깎아 만든 기러기와 촛불, 그리고 정화수 그릇이 놓여 있을 뿐이었다.

유나가 결정을 내리자 식의 준비는 일사천리로 진행되었다. 여느 혼례와 달리 인간의 시간이 끝나는 일몰 후에야 진행되는 요괴들의 결혼식 시간에 맞추기 위한 이유도 있었다. 필요한 의복과 집기는 이미 준비되어 있었다. 없는 것은 임시방편으로 최소한의 형식에 맞추어 변통을 했다. 오늘따라 밤하늘은 맑았고 보름에 가까운 둥그런 달이 하늘 가운데 걸려 있었다.

"행친영례(行親迎禮)."

옥화의 외침과 함께 휘강은 마당을 가로질러 대청 끄트머리로 향했다. 그가 다가오는 것을 확인한 규림과 연희가 천장에 건 하얀 천을 거두었다. 그러자 그 뒤에 서 있던 유나의 모습이 은색 달빛 아래에 드러났다. 화려한 색의 한복에 연지 곤지는 없었지만 나름 머리를 올려 족두리에 비녀, 앞 댕기까지 모양을 갖춘 자태에 휘강은 넋을 놓고 그녀의 모습을 바라보았다.

"흠, 흠!"

연희의 헛기침에 겨우 정신을 차린 휘강은 유나와 맞절을 했다. 그가 초례상의 서쪽에 가서 서자 유나는 규림과 연희의 도움으로 동쪽 자리에 마주 섰다. 일반적인 혼례와는 반대로 뒤바뀐 자리는 둘의 사정을 그대로 설명해주었다.

"행교배례(行交拜禮)."

옥화의 신호에 따라 신랑, 신부로서 서로에게 절을 나눈 둘은 미리 준비한 서약패를 교환했다. 그 사이 규림은 책상 위에 놓인 술잔에 술을 따랐다.

"행근배례(行謹盃禮)."

하나의 잔에 담긴 술을 나누어 마시는 것으로 짧은 식은 끝이 났다. 다급하게 최소한의 모양만 갖추어 진행한 식이었으나 그 의미와 효력만은 유효했다.

"이로써 식은 끝났습니다. 이제 두 분이서 처소로 들어가시면 됩니다."

휘강은 여전히 어색한 걸음으로 상을 지나쳐 유나에게로 다가갔
다. 그녀는 다소곳이 고개를 숙인 채 가만히 그런 휘강을 곁눈질할
뿐이다. 순간 뒤에서 구경하던 연희와 규림이 장난스럽게 연호하기
시작했다.

"안아줘, 안아줘, 안아줘!"

옥화는 입을 가린 채 웃었고 유나는 찡그린 얼굴로 그런 둘에게
손을 내저으며 그만두라는 신호를 보냈다. 그 순간 휘강이 그녀의
뒤로 돌아들어 가는가 싶더니 번쩍 유나의 몸이 공중으로 들어 올
려졌다.

"어맛!"

휘강의 품에 안긴 유나는 엉겁결에 그의 목을 감싸 안으며 짧은
비명을 내질렀다. 화끈 달아오른 얼굴로 다른 곳을 쳐다보는 그녀
를 흘끔 내려다보더니 휘강은 곧장 대청으로 올라가 둘을 위해 준
비한 안방으로 향했다.

"오오!"

마치 걸 그룹 무대를 접한 국군 장병처럼 괴성을 지르며 박수를
치는 연희, 규림을 뒤로하고 신방의 문이 닫혔다.

"내려줘요."

유나의 말에 휘강은 조심스럽게 그녀를 바닥에 내려주었다. 방 가
운데 소반에는 나름 주안상이 차려져 있었다. 소주에 마른안주와
과자들이 담긴 그릇은 누구의 센스인지 짐작할 수 있는 구성이었
다. 소반을 앞에 두고 나란히 앉은 둘 사이에 다시 침묵이 흘렀다.
어찌해야 할지 모른 채 난감한 표정으로 괜히 방 안을 두리번대던
유나가 어색함을 참지 못하고 먼저 입을 열었다.

"그런데 이 결혼 자체도 금기라면서 반대하진 않을까요?"

"괜찮아. 유나 너는 어찌 되었든 절반은 다른 피가 흐르는 반인반요니까."

유나는 피식 웃었다.

"웃기네요. 상황에 따라서 자기들 편한 대로 인간이랬다 요괴랬다가. 이젠 내가 누군지조차 모르겠어요."

"복잡하게 생각할 필요 없어. 최유나는 그냥 최유나일 뿐이니까. 네가 원하는 대로 선택하고 그 선택에 후회 없이 최선을 다하면서 살면 되는 거야."

휘강은 잔에 담긴 소주를 단숨에 비우더니 사모를 벗었다.

"이 선택은 바른 선택일까요? 제가 잘한 건가요, 정말?"

"그건 남이 판단해주는 게 아니잖아. 스스로 생각하기에 어떤지가 중요해."

유나는 휘강의 얼굴을 보았다. 침침한 조명 아래 그의 눈이 희미하게 빛을 발하고 있었다. 도깨비의 습격에서, 버스 사고의 폭발에서 자신을 구하기 위해 뛰어들던 때의 눈이었다. 그에게 이 결혼은 어떤 의미일까. 정말 그가 말했던 것처럼 오로지 유나 자신을 지키기 위한 의무감 때문인 건가 하는 생각이 들었다.

"하지만 이건 다르잖아요. 난 휘강 씨 생각도 중요해요. 이 결혼, 후회하지 않나요?"

순간 휘강의 입술이 그녀에게 포개졌다. 유나는 자연스럽게 눈을 감고 말았다. 목 뒤에서 자신을 받쳐주는 커다란 손이 느껴진다. 다른 손은 그녀의 팔을 타고 내려오더니 그 끝에 닿아 유나의 손을 마주 잡았다. 입술을 통해 그의 체온과 숨결이 전해진다. 조심스럽게 한편으로는 수줍게 유나를 열고 들어오는 입술의 움직임에 그녀의 가슴이 요동치듯 뛰기 시작했다. 분명 눈을 감고 있음에도 유나는 휘강의 모습을 볼 수 있었다. 온몸이 금색으로 빛나는 그에게선 따스하고 온화한 기운이 뿜어져 나와 유나의 몸을 감쌌다.

"하아……"

거우 그의 입술이 떨어지자 유나는 길게 숨을 내쉬었다. 그런 그녀의 이마에 다시 입맞춤을 하며 휘강은 족두리와 비녀를 차례로 벗겨냈다. 그의 손길이 닿을 때마다 유나는 온몸에 전기가 통하는 것만 같은 느낌이 들었다.

심장박동이 빨라지고 숨은 거칠어진다. 몸 속 어딘가에서 뜨거운 기운이 스멀스멀 올라와 등줄기를 타고 사지로 뻗어간다. 그녀는 자신도 모르게 휘강의 옷깃을 부여잡고 강하게 끌어당기고 있음을 깨달았다. 또다시 길고 달콤한 키스를 끝낸 휘강은 유나의 뺨을 살며시 어루만지며 그녀의 눈을 응시했다. 안경 너머로 보이는 태양빛 눈동자 속으로 빨려 들어가는 기분을 느끼며 다시금 그의 품에 안기려는 순간 휘강이 속삭였다.

"내가 지켜줄게."

순간 유나의 표정이 어두워지는가 싶더니 휘강의 몸을 밀어냈다. 그러곤 황급히 자리에서 일어나더니 떨리는 목소리로 말했다.

"미안해요. 역시 안 되겠어요."

"왜 그래, 유나야?"

"이건 아무래도 옳은 선택이 아닌 것 같아요."

울먹이면서 휘강의 시선을 피하던 유나는 그대로 문을 열고 밖으로 뛰쳐나갔다. 그녀가 나가버린 방 안에 홀로 남은 휘강은 말없이 자리에 앉아 있을 뿐이었다.

"무슨 일이야, 휘강 오라버니!"

연희가 어리둥절한 얼굴로 휘강을 보며 물었다. 신혼부부를 위해 다른 방으로 자리를 피해 있던 연희 일행은 갑작스러운 소란에 놀라 밖으로 나온 참이었다. 신방의 문은 활짝 열려 있고 망연자실한 얼굴로 앉아 있는 신랑과 대문 밖으로 뛰쳐나가는 신부의 모습은 이들을 황당하게 만들기에 충분했다.

"일단 유나 씨부터 잡으세요. 대문 밖으로 나가면 위치가 드러날 수 있어요."

늙은 무당의 지시에 규림이 후다닥 밖으로 뛰쳐나갔다. 그 사이 연희는 휘강에게 다가가 그의 어깨를 흔들며 물었다.

"대체 어떻게 된 거야?"

"아무래도 이 방법은 포기하는 게 맞는 것 같다."

딱딱한 표정과 목소리로 읊조리며 천천히 자리에서 일어난 그는 사모관대를 벗기 시작했다. 안에 받쳐 입은 일상복이 드러나자 휘강은 밖으로 나오더니 옥화에게 다가갔다.

"지난번에 말한 것을 준비해 주시게."

"하지만 장군님 아직은……."

"이제 정말 시간이 없어. 최악의 사태에 대비해야 하지 않겠나?"

순간 휘강과 연희 그리고 만신인 옥화 셋은 동시에 흠칫 놀라며 방금 유나와 규림이 빠져나간 대문 쪽을 보았다.

"이 기운은?"

"놈들이 기어이 이곳을 찾아낸 모양이군. 정말 시간이 없네. 어서 그 준비를 해주게. 그리고 연희야, 너에게도 중요한 부탁 하나만 해야겠다."

연희를 붙잡고 말하는 휘강의 눈에서 절실함이 느껴졌다. 연희는 그것이 차마 거절할 수 없는 부탁임을 직감할 수 있었다.

유나는 집을 뛰쳐나와 아래로 뻗은 산길을 내달렸다. 귓가에는 마지막 휘강의 목소리가 메아리쳤다. 지켜주겠다는 다짐의 말을 하던 그의 얼굴이 눈앞에 아른거렸다.

그녀로서는 고맙고 기뻐해야 할 말이었다. 하지만 그 순간 모든 것이 명확해졌다. 그동안 혼란스럽기만 하던 그의 마음도, 그리고 휘강을 향한 자신의 마음도 분명하게 정리가 되었다. 그의 맘속에서 자신이 차지하는 부분과 유나 본인의 가슴속에 차지한 휘강의 자리가 다르다는 것을 알았다. 그럼에도 불구하고 억지 결혼을 진행하는 것은 그녀로서는 도저히 수용할 수 없는 부분이었다.

"유나야! 야, 최유나!"

뒤늦게 고래고래 고함을 지르며 뒤를 쫓아오는 친구의 존재를 깨닫고 유나는 겨우 멈추어 섰다. 숨을 헐떡이며 눈물을 흘리는 유나의 모습을 본 규림이 걱정스럽게 그녀를 바라보며 물었다.

"어떻게 된 거야? 왜 갑자기 뛰쳐나온 건데."

"아니야. 이건 도저히 못 하겠어."

"왜 그래. 뭐 때문에 그러는 거야?"

유나는 친구의 품에 안기어 흐느끼며 속삭이듯 말했다.

"그 사람 날 사랑하는 게 아냐. 단지 날 보호해야 한다는 의무감으로 결혼에 응한 거야."

유나의 울먹임에 새삼스럽다는 듯 고개를 내저으며 규림이 말했다.

"바보야, 그거 모르고 결정한 거 아니잖아. 그리고 누누이 말하지만 그게 뭐가 중요해. 눈 딱 감고 결혼식 올린 다음에 문제 해결되면 나중에 네가 좋아하는 사람 만나서……."

유나의 등을 도닥이며 거기까지 말하던 규림은 그제야 유나가 뛰쳐나온 이유를 깨달았다.

"너 진짜로 좋아하는구나, 휘강 씨."

규림의 품 안에서 유나는 천천히 고개를 끄덕였다.

"아오, 멍청아. 그렇다고 이게 뭐 하는 거야. 순진해 빠져가지구. 이럴 땐 눈 딱 감고 이용해먹는 거야. 그깟 남자 따위……."

유나를 타박하던 규림은 순간 말을 멈추고 인상을 찡그렸다. 저 멀리 달빛 아래 무언가 움직이고 있었다. 사람의 형상이었다. 나란히 서서 자신들을 향해 걸어오는 세 개의 인영이 그녀는 왠지 눈에 익었다. 그림자의 정체를 깨달은 규림의 표정은 일순 차갑게 굳었다.

"유나야, 일어나. 돌아가야 해. 그 자식들이야."

그제야 유나는 고개를 들고 규림이 손으로 가리키는 곳을 보았다. 거기엔 낯익은 세 명의 사내가 서 있었다. 유나와 시선이 마주치자 그중 가운데 선 사내가 손을 흔들어 보이며 능글맞은 미소를 지어 보인다. 한밤중 달빛 아래에서도 그 얼굴만은 쉽게 구분할 수 있었다.

"겨우 찾았네요, 유나 씨. 제가 드린 차는 맛나게 드셨어요?"

배현도와 카페 판타즘의 두 점원이었다. 비틀거리며 자리에서 일어난 유나는 무거운 한복 자락을 걷어들고 뒷걸음질 치기 시작했다.

"무서워 말아요, 당신 다치게 하려는 거 아니니까."

"거짓말 마, 당신들 목적이 뭔지 다 알고 있거든!"

규림이 바락 소리를 지르자 현도는 짐짓 놀란 표정을 연기하며 그녀에게 말했다.

"이런, 이제 사정을 다 알고 계신 모양이네. 게다가 유나 씨는 혼례복까지 갖춰 입으시고. 설마 그 목석 덩어리랑 결혼하려던 건 아니죠? 그렇구나. 유나 씨가 생각하기에도 아니다 싶어서 이렇게 도망쳐 나온 건가 보네. 맞죠?"

"그런 거 아냐! 그러니까 저리 꺼져."

다시 규림이 고함을 내지르며 유나의 손을 잡아당겼다.

"거 참, 아줌마가 고래고래 시끄럽네."

현도가 눈빛을 보내자 순간 뒤에 서 있던 도민의 몸이 총알처럼 튕겨 나오더니 규림을 저만치 뒤로 던져버렸다. 호를 그리며 허공을 날던 규림의 몸은 빗물이 고여 생긴 진창 위로 철퍼덕 요란한 소리와 함께 떨어졌다. 그 모습에 유나는 비명을 지르며 규림 쪽으로 달려갔다. 하지만 이내 쫓아온 도민에게 길이 막히고 말았다.

그녀를 가로막고 선 도민의 얼굴엔 이미 소년 같은 앳된 모습은 사라지고 커다란 눈과 날카로운 송곳니를 내세운 도깨비의 모습이 대신하고 있었다. 유나는 긴장하지 않고 침착하게 상황을 살피며 도망갈 기회를 살폈다. 그 사이 나머지 두 사내와의 거리도 점차 줄어들기 시작했다.

"기왕 준비도 다 된 마당에 그러지 말고 나랑 결혼합시다. 정말 행복하게 해드릴 수 있는데."

유나는 빨갛게 충혈된 눈으로 가증스럽다는 듯 현도를 노려봤다.

"당신이 끔찍한 괴물인 줄 알았더라면 애초에 상대조차 않았을 거야."

"한쪽 말만 듣지 말고 생각을 해봐요. 누가 괴물인지. 저치들은 결국 당신 죽일 생각만 하는 놈들이야. 휘강이란 놈도 여차하면 당신 목에 칼을 들이밀 거라고. 반면에 난 세상 누구보다도 당신이 소중하지. 사랑이 별건가? 상대가 없으면 아무것도 아닌 거, 그게 바로 사랑이잖아?"

현도의 궤변에 유나는 질색을 하며 어떻게든 세 도깨비들 사이를 빠져나가보려 했다. 그러나 세 방향에서 감싸고 서서 조금씩 거리를 좁혀오는 그들에게서 도망칠 구석은 보이지 않았다.

순간 유나의 뒤편에서 퍽 소리와 함께 도민의 신음이 들려왔다. 흠칫 돌아보니 길 밖 덤불 속으로 나가떨어지는 도깨비의 모습이 보였다. 휘강이었다. 어느샌가 활동하기 편한 옷으로 갈아입은 그가 조금 전까지 도민이 서있던 자리를 대신하고 서서 현도를 노려보고 있었다.

"휴, 이제 그만 좀 하시지. 자기 입으로 그러지 않았나? 유나 씨 선택에 따르겠다고. 보아하니 그쪽은 버림을 받은 모양인데. 그럼 나에게도 기회를 줘야지."

친절한 태도로 말하고 있었지만 결국 비아냥 가득한 현도의 얘기에도 휘강은 흔들림 없이 버티고 선 채 유나를 자신의 뒤로 숨겼다. 그 사이 진창에서 뒹굴던 규림은 뒤이어 나온 연희의 도움을 받아 무당 집으로 돌아가고 있었다.

"너도 어서 돌아가. 여긴 내가 막을 테니까."

휘강의 말에 집으로 되돌아가며 유나는 계속 뒤를 돌아볼 수밖에 없었다. 그러나 그녀가 볼 수 있는 건 산길 가운데 홀로 서 있는 그의 뒷모습뿐이었다. 그리고 그 앞에는 본색을 드러낸 흉측한 모습의 도깨비 셋이 기대한 덩치를 뽐내며 그를 노리고 있었다.

"도민아, 여자부터 잡아."

조금 전 휘강에 의해 내쳐진 도민이 덤불 속에서 기어 나오자 현도가 명령을 내렸다. 특유의 스피드로 다시 유나의 뒤를 쫓으려던 그는 그러나 채 얼마를 가기도 전에 거꾸러지고 말았다.

"크아아!"

다리를 감싸쥔 채 데굴데굴 구르는 도민의 손 사이로 붉은 피가 뿜어져 나왔다. 휘강은 도깨비의 다리를 벤 황금 칼을 한 번 세차게 휘둘러 날에 들러붙은 피와 살점을 떨쳐냈다.

"결국 이렇게 되는군."

도깨비의 모습으로 흉측하게 변한 현도는 '그르릉' 소리를 내며 등 뒤에서 검은 쇠몽둥이를 꺼내 들었다. 옆에 선 지훈 역시 손도끼를 양손에 거머쥐고 세차게 휘두르며 휘강을 위협했다. 그 모습을 바라보던 휘강은 쓰고 있던 안경을 벗어 안주머니에 넣었다. 그의 눈과 머리카락, 심지어 몸 전체가 밤의 어둠 속에서 밝은 황금빛을 발하기 시작했다. 휘강은 양손의 칼을 고쳐 쥐며 소리쳤다.

"와라!"

"크와아앗."

한적한 산길 위에서 요괴들 간의 살벌한 혈전이 벌어졌다. 서로가 전력을 다해 싸우는 가운데 몇 차례 공수가 오가면서 형국은 점차 휘강에게 불리하게 흐르기 시작했다. 하나가 중상을 입었다고 하지만 역시나 수에서 밀리는 입장이었다. 몇 번인가 절묘한 공격으로 휘강은 현도의 얼굴과 지훈의 팔에 깊은 상처를 남길 수 있었다.

그러나 자신 역시도 그보다 서너 배 많은 공격에 얻어맞으며 나가 떨어지기를 반복해야 했다. 게다가 그는 상대를 제압하는 것과 동시에 무당 집으로의 행로를 막아야 한다는 두 가지 임무를 완수해야 했다. 그러니 시간이 흐를수록 휘강이 불리해지는 건 당연한 일이었다.

"무모하게 혼자서 버티고 섰다니, 간단한 산수 정도는 하고 살았어야지."

현도는 거칠게 숨을 내몰아 쉬면서도 휘강을 조롱했다. 한쪽 무릎을 꿇은 채 주저앉은 휘강은 칼을 바닥에 꽂아 지지대를 대신하며 겨우 몸을 가누고 있었다. 조금 전 현도의 방망이에 얻어맞은 옆구리에선 강한 통증이 밀려왔다.

이대로라면 얼마 버티지 못하고 쓰러질 게 분명했다. 휘강은 흘끔 시계를 확인했다. 조금 더 막아내야 할 것 같았으나 지금으로선 손가락 하나 움직일 기운조차 없었다.

"당신도 참 고지식해. 저런 여자를 옆에 두고도 써먹을 욕심조차 내지 않다니."

꿇어앉은 휘강의 앞에 선 현도는 피식거리며 몽둥이로 휘강의 어깨를 툭툭 건드렸다.

"생각해봐. 저 여자를 품게 되면 누리게 될 힘을. 나로선 상상하기도 힘든 신의 능력을 부릴 수 있단 말이야. 세상을 전복시킬 수도 있는 힘. 우리들 세상으로 만들 수 있는 능력. 대의를 위해서도 이쪽이 맞는 거 아냐?"

휘강은 쿨럭 기침을 하며 고개를 숙였다. 검붉은 피가래가 입에서 튀어나왔다. 텁텁한 피 맛을 느끼며 휘강은 고개를 들어 현도를 노려보았다.

"인간은 지배의 대상도, 우리를 지배하는 존재도 아니야. 우린 서로 인정하고 공생해야 하는 관계라고. 누가 위이고 아래인지 따지는 순간 너의 패배인 거다."

"철학자 납셨군. 지금껏 너처럼 이상론에 규칙만 중시하는 꼰대들 많이 봤어. 그 끝이 어땠는지 알아? 하나같이 모가지가 날아가더군."

그는 쇠몽둥이를 하늘 높이 들어 올려 휘강의 목을 노리고 강하게 내려쳤다.

쾅—!

현도가 휘두른 몽둥이는 갑자기 어디선가 나타난 육모 방망이에 막힌 채 허공에서 멈추었다. 놀란 현도는 공격을 거두고 물러서며 자신을 막아선 상대를 보았다.

복면으로 얼굴을 가린 다섯 사람이 저마다 무기를 손에 들고 현도 일행을 향해 공격을 퍼붓기 시작했다. 상대는 수적으로나 힘에 있어서 압도적이었다.

도깨비 패거리는 상대를 향한 공격은커녕 제대로 된 방어조차 못해본 채 순식간에 제압을 당했다. 번개처럼 날아드는 공격들이 수십 번 이어지는 사이 그들은 모두 정신을 잃고 바닥에 쓰러졌다.

마침내 세 도깨비들이 모두 포박을 당한 채 바닥에 쓰러지자 휘강은 복면 쓴 인물들에게 손짓을 하며 말했다.

"도와줘서 고마워."

"은휘강?"

무리들 중 선두에 선 사내가 앞으로 나오더니 복면을 벗으며 휘강의 이름을 불렀다. 그러자 수북하게 수염을 기른 맘 좋은 동네 아저씨 같은 얼굴이 드러났다. 바로 금와였다. 그는 새삼 놀란 표정으로 휘강을 내려다보다가 몸을 숙여 그를 부축해 일으켜 세웠다.

"결국 소문이 사실이었군. 그동안 아이를 숨긴 채 보호해온 것이 자네라는 얘기 말일세."

금와의 말에 휘강은 맥없이 고개를 주억거리다 인상을 찡그리며 신음을 내뱉었다.

"이놈들을 처리하기 위해서였나? 이제 와서 우리를 유인했던 건."

정신을 잃은 채 포박을 당한 도깨비들을 바라보며 금와가 다시 물었다. 휘강은 몸을 앞으로 숙인 채 몇 차례 잔기침을 하더니 겨우 숨통이 트인 듯 몸을 세우며 말했다.

"아이를 이용하려던 놈들일세. 이번 일이 아니더라도 언젠가 한 번은 사고를 칠 작자들이야."

지난 며칠간 도망을 다니면서도 휘강은 카페 판타즘을 비롯한 현도의 동선을 따라 금와 패거리가 노릴 만한 단서들을 뿌려두었던 것이다. 그런 휘강의 말에 금와는 못마땅한 듯 그와 도깨비 무리를 번갈아 보다가 다시 물었다.

"아이는 어디 있나? 여기 같이 있는 거지. 그러니 이놈들도 이렇게 몰려든 거겠지."

"위에선 아직도 아이를 없애야 한다고들 생각하는가?"

"이 꼴을 보고도 그런 소리를 하나? 명령을 어기고 사라졌던 건 자네야. 지난번에도 말했지만 휘강을 발견하면 당장 소환하라는 명령도 들었어. 하지만 순순히 아이를 넘기면 자네는 그냥 보내주겠네."

털보 금와의 말에 휘강은 고민에 빠진 듯 묵묵히 생각에 잠겼다.

"머리 굴릴 생각 말게. 긴 시간을 줄 수는 없어. 자네도 결국 저 놈들과 같은 범죄자일세. 이런 제안도 한때의 동료로서 마지막 배려를 하는 걸세."

그제야 휘강은 체념하듯 고개를 숙이며 중얼거렸다.

"이래선 방법이 없군. 혹시나 맘들이 바뀌진 않았을까 생각했는데. 유나는, 그러니까 그 아이는 다른 안전한 곳에 숨겨두었네. 결계를 쳐서 흔적이 새어 나가지 않도록 보호하고 있지."

"우릴 바보 취급하지 말게. 여기 근처에서 이미 아이의 기운을 감지했어."

"그건 저놈들을 유인하려고 만든 미끼였네."

쓰러져 있는 현도 일행을 가리키며 말하는 휘강의 태도에 금와는 실망스럽다는 듯 깊은 한숨을 내쉬었다.

"어째서 그런 거짓말을 늘어놓는가. 예전에 알던 은휘강은 어디로 간 거야? 다들 저기 있는 집을 수색해. 아이는 집 안에 있을 거다."

그때 뒤에 서 있던 복면조 하나가 갑자기 손을 들어 보였다.

"팀장님, 방금 2조한테 연락이 왔는데 뒷길로 차 한 대가 빠져나 갔습니다. 차에서 영력이 감지되는 데다 아이로 보이는 인물이 타고 있답니다."

"시간을 벌려던 거였나?"

금와는 이젠 경멸스럽다는 듯 인상을 찌푸리며 휘강을 노려보았다.

"잘들 생각해보게. 무작정 잡아 죽이는 것만이 해결책은 아니야. 다른 방법이 있을지도 모르…… 큭!"

외마디 비명과 함께 휘강은 배를 부여잡았다. 그의 하복부에 한 뼘 길이의 단도가 깊숙이 파고들어가 있었다. 금와의 칼이었다. 휘강이 그대로 무릎을 꿇으며 바닥에 쓰러지자 상대는 다시 그의 배에 꽂힌 칼을 뽑아냈다. 칼이 빠지고 벌어진 상처에서 울컥 피가 뿜어져 나왔다.

"실망스럽군, 은휘강. 출발, 우리도 차를 쫓는다. 혹시 모르니 너는 여기 남아서 집 안을 수색하도록."

금와의 명령에 복면 대원들은 일사불란하게 움직였다. 집 수색을 명령받은 한 명을 제외하곤 나머지 인원과 포박당한 현도 일행까지 순식간에 자취를 감추었다. 쓰러진 채 정신을 잃은 휘강을 발로 툭툭 건드려보던 복면 대원은 주변을 살피며 천천히 무당 집을 향해 걸어 올라가기 시작했다.

집 안은 환하게 불이 밝혀져 있었다. 하지만 인기척은 느껴지지 않았다. 아마도 아래에서 휘강이 싸우는 사이 나머지는 급하게 집을 빠져나갔을 것이라 생각하면서 복면은 하나씩 방들을 확인하기 시작했다.

그러나 유나와 규림이 사용하던 작은방 근처로 가려는데 집 뒤쪽에서 인기척이 들려왔다. 돌아보니 무복 차림의 옥화가 부채를 펼쳐 들고 무섭게 치켜뜬 눈으로 침입자를 노려보고 있었다.

"이곳이 어디라고 함부로 들어온 게냐!"

옥화가 부채를 휘두르자 대청의 네 귀퉁이에 붙어 있던 검은 부적들이 살아 있는 것처럼 허공을 날아 복면의 몸에 가서 붙었다. 마치 밧줄에 꽁꽁 묶인 사람처럼 옴짝달싹도 하지 못한 채 허둥대던 복면은 뒤통수를 얻어맞고는 그대로 쓰러지고 말았다. 그 모습을 확인한 옥화는 복면의 뒤통수를 내려친 이를 보더니 깜짝 놀라 허둥지둥 달려왔다.

"장군님! 괜찮으십니까."

휘강은 육모 방망이를 바닥에 떨어뜨리며 노파의 몸에 무게를 의지했다. 더 이상은 서 있는 것조차 힘들어 보이는 모습이었다. 그럼에도 휘강은 거친 숨을 몰아쉬며 옥화에게 물었다.

"준비는 다 되었는가?"

● ● ●

운전대를 잡은 규림은 어두운 산길을 라이트 불빛 하나에 의존한 채 조심스럽게 나아가고 있었다. 옥화의 집 뒤쪽에 세워둔 차를 타고 덤불이 우거진 숲길을 조금 빠져나가자 뒤쪽으로 난 다른 산길로 진입할 수 있었다.

규림은 옆자리를 흘끔 쳐다보았다. 조수석에 앉은 유나가 걱정스러운 얼굴로 무당 집 쪽을 자꾸만 돌아보고 있었다. 다시 정면으로 규림이 시선을 옮긴 순간, 시커먼 그림자 두 개가 길 가운데를 막고 섰다.

"으앗!"

놀란 규림은 반사적으로 브레이크를 밟았다. 급정거에 앞으로 몸이 쏠린 둘은 '끄응' 소리를 내며 고개를 들었고, 창문 밖에서 자신들을 내려다보는 검은 복면들을 보았다. 그중 하나가 핸드폰을 들어 화면 속 사진과 조수석에 앉은 인물을 비교하더니 다른 하나에게 오케이 사인을 보냈다. 사인을 받은 복면이 팔을 크게 휘두르며 어딘가를 향해 소리쳤다.

"목표 확인했습니다."

그러자 곧이어 어디선가 또 다른 대원들이 우르르 차 주변을 감싸고 섰다. 그리고 개중 복면을 쓰지 않은 털보 사내가 조수석 앞으로 다가오더니 벌컥 문을 열어젖혔다.

"밖으로 나와, 최유나."

금와의 지시에 조수석에 타고 있던 여자는 주춤주춤 밖으로 나왔다.

그러나 밖으로 나온 건 유나가 아닌 다른 여자였다.

조금 전 핸드폰 사진으로 얼굴을 확인하던 대원이 당황한 듯 허둥대며 다시 핸드폰 화면을 활성화시켰다. 그러나 화면 속 인물과 차에서 내린 인물은 분명 다른 사람이었다.

"이상하다, 분명 확인했습니다. 방금까지도."

"젠장! 은휘강 무슨 요술을 부린 거냐. 넌 대체 뭐야?"

금와는 차에서 내린 여자의 멱살을 잡으며 소리쳤다. 그러자 운전석에서 내린 규림이 그에 지지 않고 바락 고함을 질렀다.

"당신들이야말로 뭐야? 갑자기 길은 틀어막고, 경찰에 신고할 거야!"

휘강은 방 안에 조용히 누워 있는 유나의 옆에 가서 앉았다. 그녀는 마치 깊은 잠에 빠진 듯 눈을 감은 채 낮게 숨을 쉬고 있었다.

혼례복 차림인 모습은 여기저기 흐트러져 있음에도 여전히 아름다웠다.

그녀의 뺨을 어루만지려던 휘강은 자신의 손이 피로 물들어있음을 깨닫고는 얼른 거두어들였다.

"정말 하실 생각이십니까."

"연희로 눈을 속이는 건 잠시일세, 곧 그들이 다시 들이닥칠 거야. 시간이 없네."

"하지만, 지금 상태로는 자칫 위험할 수도……."

"위험이라니, 무엇이 위험하단 말인가? 이전에 이 술법을 쓰던 것을 직접 옆에서 지켜보았네. 그때 술법을 행하던 자도 나처럼 심하게 부상을 입은 상태였어. 하지만 봉인에 성공했지. 나도 실패하지 않을 자신이 있네. 그것 외에 다른 걱정이 무슨 소용이 있겠나."

휘강의 말에 노파는 치밀어 오르는 슬픔을 억누르며 조용히 물러섰다.

"봉인이 완성되고 난 후의 일들은 자네가 잘해주리라 믿네. 연희도 많은 도움이 될 걸세."

"이 몸이 먼저 작별 인사를 드릴 줄 알았는데."

끝내 참지 못하고 옥화는 눈물을 보였다. 깊게 패인 주름을 타고 굵은 눈물이 방울져 흘러내렸다.

"작별은 무슨, 누누이 말하지 않았나. 사라지는 게 아니고 다른 모습으로 변할 뿐이라고. 잠시 이별하는 것뿐일세."

그렇게 말하며 휘강은 가부좌를 하고 앉아 유나의 이마에 손을 얹었다. 곧이어 그의 몸이 환한 빛을 내며 불꽃처럼 일렁이기 시작했다.

눈을 감고 누워 있는 유나의 모습을 마지막으로 바라보며 휘강은 속삭였다.

"내 선택에 후회는 없어. 그러니 부디 행복하게 살아야 해."

그의 몸이 점점 더 밝게 빛나더니 하나의 거대한 기운으로 변해 갔다. 19년 전 이루어진 것과 같은 방식으로 새로운 봉인이 유나의 몸에 스며들기 시작했다.

Epilogue

다른, 그리고 또 같은

유나는 창가에 기대어 앉아 바깥을 바라보고 있었다. 작은 창 너머 보이는 풍경은 반으로 나뉘어 있었다. 위쪽은 푸른빛을 띤 하늘, 그리고 그 아래엔 밝은 크림색의 구름이 정확히 경계를 이루며 맞붙어 있었다. 시야가 닿는 끝까지 몽글한 구름들이 펼쳐져 마치 그 위를 미끄러져가고 있는 듯한 착각이 들었다.

분명 굉장히 빠른 속도로 이동하고 있을 것임에도 좀처럼 변화가 없는 풍경 탓에 가만히 하늘에 서 있는 것만 같은 기분도 들었다. 유나는 창틀에 머리를 기댄 채 목에 건 펜던트를 밖으로 꺼내보았다. 황금빛 보석 주변을 은으로 감싼 펜던트는 태양을 연상시키는 디자인이었다. 그것을 가만히 손으로 감싸 쥐어보았다. 그러자 따뜻한 기운이 손바닥을 타고 전해졌다.

"아이고, 삭신이야. 얼마나 남았어?"

막 잠에서 깬 규림이 옆자리에서 조심스럽게 기지개를 켜며 물었다.

"거의 다 왔을걸. 한 시간 정도 남은 거 같아."

아직 잠이 덜 깬 눈으로 끄덕거리며 규림은 하암, 늘어지게 하품을 한다. 하던 일들을 끝내면 떠나겠노라 공언했던 규림의 해외여행 계획에 동참하게 된 것은 유나 자신의 의지보다는 주변의 부추김 때문이었다.

친구 혼자 해외에 덜렁 내보내고 남은 네가 맘이 편하겠냐는 규림의 협박, 그리고 빌라 관리는 자신이 알아서 할 테니 한 달이든 두 달이든 맘껏 떠나라는 연희의 푸시에 유나는 못 이기는 척 규림의 한 달짜리 유럽 여행의 동행이 되었던 것이다.

영국에서 시작해 프랑스, 네덜란드, 이탈리아를 거쳐 그리스까지 패키지로 갔냐는 농을 들을 정도로 팍팍한 여행 일정을 소화하면서 한동안 마음을 복잡하게 했던 일들도 잠시 내려놓을 수 있었다.

한 달간의 여행이 끝나고 다시 한국으로 돌아오는 비행기, 창밖으로 내려다보이는 구름 아래로 곧 익숙한 땅이 나타나리라 생각하니 문득 4개월 전, 만신 옥화가 운전하는 지프 안에서 정신을 차렸던 순간이 떠올랐다. 처음엔 어떻게 된 일인지 상황을 파악하는 데에 혼란을 겪었다.

분명 자신은 현도 패거리로부터 도망쳐 무당 집으로 향하고 있었다. 그리고 대문을 지나 마당으로 발을 내딛는 순간부터 기억이 끊겼음을 깨달았다.

"어떻게 된 거죠?"

"깼어요? 걱정하지 말아요. 이제 쫓길 염려는 없으니까."

무당의 말에 그제야 무언가 달라졌음을 알았다. 병원에서 깨어난 이후로 계속해서 몸속을 돌며 점점 강해지는 것이 느껴지던 기운의 흐름이 더 이상 느껴지지 않았다.

"힘이 느껴지지 않아요."

"다시 봉인을 하는 데 성공했어요. 지난번보다 강력한 봉인이고 약점도 잘 알고 있으니 앞으로 조심하면 평생 이 상태를 유지하며 사는 것도 가능할 겁니다."

지프의 핸들을 앙상한 팔로 힘겹게 돌리며 답하는 옥화의 표정이 좋지 않았다. 왜일까? 유나는 의아했다. 그녀의 말대로라면 모든 게 잘 해결되었다는 말인데.

"연희 씨랑 규림이는요?"

"당분간은 만날 수 없어요. 미행이 붙은 모양입니다. 감시를 포기할 때까지는 조심해야 해요."

"미행이요? 잠시만, 그렇데 어떻게 봉인을 되살린 거죠. 거기서 도망은 어떻게 나온 거고요. 그리고……."

유나는 가장 중요한 것을 빼먹고 있음을 깨달았다.

"휘강 씨는? 어디 있는 거죠. 휘강 씨도 도망 중인가요?"

무당은 노변에 차를 세우더니 시동을 끄고 유나 쪽으로 고개를 돌렸다. 오가는 차나 가로등도 없는 한밤중 국도변의 어둠 속에서 그녀의 눈이 달빛을 받아 반짝이고 있었다. 그제야 이 늙은 무녀의 눈에 눈물이 가득 고여 있음을 깨달았다.

"제 말을 잘 들어주세요. 장군님께서 유나 씨가 깨어나면 전해달라는 말입니다. 얼마간은 강신 빌라와 거리를 두어야 합니다. 현도라는 도깨비가 이미 알고 있는 곳이니 곧 다른 쪽도 알게 될 테니까요. 이제부터 저와 가시는 곳에서 당분간 숨어 지내면서 새로운 위장 신분을 만들 예정입니다. 요괴들에게 인간으로서 살 수 있는 신분을 만들어주는 업자 중에 믿을 수 있는 이를 선발해 두었으니 그 부분은 너무 걱정할 필요 없을 겁니다. 강신 빌라는 그동안 연희 씨가 관리하게 됩니다. 시간이 지나 감시의 눈길이 줄어들면 위장 신분을 이용해 새로운 입주자로서 강신 빌라로 돌아갈 겁니다. 당장은 그렇게 지내겠지만 길게는 빌라를 처분해서 새로운 곳으로 거처를 옮기는 게 좋겠다고 하셨습니다. 그리고 봉인의 경우엔……."

"잠시만요. 왜 그쪽에게 이 이야기를 듣고 있어야 하죠? 휘강 씨는 어떻게 됐어요. 연락도 힘들 정도의 상황인 건가요?"

유나의 질문에도 무녀는 하던 이야기를 계속했다.

"봉인의 경우엔 제가 당분간 관리를 하게 될 겁니다. 강신 빌라를 벗어나면서 영력의 소모가 문제 될 터인데 거기에 대해선 이미 생각해둔 바가 있습니다. 지금 가는 거처도 나름 지세가 강한 곳이니 큰 문제는 없을 것이고요. 이것 외에도 당신을 노리는 눈길을 피하며 봉인을 유지하기 위해선 힘든 일이 많겠지만 잘해낼 거라 믿는다 하셨습니다. 이 모든 것이 유나 씨 본인의 선택임과 동시에 휘강 장군님의 선택이기도 하다는 것을 꼭 전하라고도 하셨습니다."

"그만! 그런 말 그만해요, 이거 꼭 유서 읽어주는 것 같잖아요. 말해줘요, 어떻게 봉인을 되살린 건지."

소리를 내지르는 유나의 눈시울이 붉게 물들었다. 잠시 말을 잊지 못하던 옥화는 그런 유나의 팔에 자신의 손을 얹었다. 다시 이야기를 시작하는 만신의 목소리는 가늘게 떨리고 있었다.

"19년 전, 유나 씨의 모친께서 능력을 봉인할 적에 휘강 님도 함께 계셨습니다. 때문에 그 술의 방법을 모두 알고 계셨죠. 그리고 이후에 꾸준히 그것이 어찌 이루어질 수 있었는지에 대해서도 연구를 해오셨습니다. 유나 씨를 제 집으로 모셔오는 시점에 이미 장군님의 생각 속에 이런 사태에 대한 안배가 있으셨겠지요. 최선책도 차선책도 모두 소용이 없어질 경우 최후의 순간에도 유나 씨를 구해낼 수 있는 방법 말입니다. 아까 연희 씨 일행이 추격자들의 눈을 돌리는 사이에 다시금 봉인을 위한 술을 펼치셨습니다. 봉인은 성공했고 적들이 다시 오기 전에 집을 빠져나온 거고요."

"다시 봉인의 술을 펼치다니. 그 말은 그러니까……."

무당의 입에서 나오는 말들을 믿을 수 없다는 듯 고개를 내저으면서 유나는 말끝을 흐렸다. 옥화 역시 차마 그 말을 밖으로 내뱉지 못하고 망설이다 결국 휘강이 자신에게 마지막에 해주었던 이야기로 대신했다.

"끝이 아니라 하셨습니다. 사라지는 것이 아니라 새로운 모습으로 변하는 과정이라고."

유나는 결국 대시보드에 엎어진 채 울음을 터뜨렸다. 자신 때문에 또 하나의 소중한 사람이 희생되었다. 엄마처럼, 아빠처럼, 휘강도 그녀의 잘난 봉인을 위해서 목숨을 던진 것이다. 이제 다시는 그를 볼 수 없게 되어버린 것이다.

이후의 시간들은 빨리 감기로 영화를 보듯 후다닥 지나가버렸다. 두 달 동안 어느 산속에 마련한 거처에서 무녀와 생활하며 봉인을 관리하기 위한 지식들을 습득했다. 지금 유나의 목에 걸린 펜던트도 그때 옥화에게서 받은 것이었다. 그녀는 어느 날인가 그것을 유나에게 건네주며 늘 몸에 지니고 다니라 했다.

"영력을 축적할 수 있는 돌입니다. 알기 쉽게 말하자면 봉인을 위한 배터리 같은 겁니다. 영력이 강한 지역이나 인물을 만나면 이 돌이 그 에너지를 흡수해 축적을 할 겁니다. 그리고 주변의 영력이 약해지는 때에는 그렇게 축적된 힘을 조금씩 방출하게 되지요. 물론 무한정 나오는 것은 아니니 정기적으로 충전이 될 수 있도록 관리를 해주세요."

말처럼 핸드폰 배터리 관리와 크게 다르지 않았다. 강신 빌라처럼 지기가 강한 곳에 머무르면 돌의 색은 점점 밝아지며 영력이 쌓이고 반대의 경우엔 봉인을 위한 힘을 제공하는 사이 돌의 빛이 점점 탁해진다.

덕분에 한 달이나 해외를 돌면서도 봉인이 깨지거나 아니면 함께 다니는 규림이 생명력을 빨려서 건강이 나빠진다거나 하는 불상사를 피할 수 있었다. 강신 빌라를 오래 벗어나 있으면 늘 찾아오던 두통이나 어지럼증도 사라졌다.

그렇게 옥화와 함께 있는 사이, 유나는 자신의 몸이 봉인을 다시금 하기 전과는 미묘하게나마 달라졌다는 것도 알게 되었다. 처음 그 변화를 눈치챈 것은 옥화가 거처 바닥에 그린 부적의 흔적을 발견하면서부터였다.

이전에 규림의 이마에 그려진 휘강의 술을 찾아낸 것처럼 일반인은 결코 볼 수 없는 종류의 것이었다. 그 사실을 안 옥화는 한동안 그녀의 상태를 살핀 끝에 봉인이 거의 열리는 경험을 하는 사이 유나의 몸이 그릇에 맞춰 변화를 겪은 흔적일 것이라 추측하며 크게 걱정할 필요 없다는 결론을 내렸다.

단지 영력을 읽어내는 안력이 남들보다 높아졌다는 것이다. 이전처럼 부적이나 봉인을 단순히 보는 것만으로 깨우침을 얻는 놀라운 능력은 아니지만 적어도 옥화 같은 무당들이 보는 정도의 안력은 갖게 되었다. 옥화는 그런 변화를 긍정적으로 평가했다.

"생각해보면 유용한 변화입니다. 이 정도의 영력으로 요괴들의 의심을 받을 이유는 없지만 동시에 유나 씨 쪽에선 이전보다 빨리 수상한 기운을 알아챌 수 있을 테니까요."

하릴없이 숨어 지내는 동안 그렇게 부적이나 결계들에 관한 것을 공부하고 이 능력을 적절히 활용할 수 있도록 나름 훈련을 하며 시간을 보냈다. 이번 유럽 여행을 하면서도 유적지 곳곳에 옥화의 집이나 강신 빌라에서 본 것과 유사한 주문들이 남아 있는 것을 발견하고 남들은 모르는 재미를 느끼기도 했었다.

그렇게 시간이 흐르면서 휘강에 대한 마음도 조금씩 무뎌져갔다. 적어도 여행을 떠나기 직전 장기간 부재에 따른 빌라 관리 문제를 상의하기 위해 연희를 만났을 때까지는 그랬다. 빌라 근처의 공원을 걸으며 이런저런 얘기들을 나누다 보니 대화는 자연스럽게 그날의 일들에 관한 것으로 넘어갔다.

"규림 씨에게 들었어요. 그날 밤 왜 신방에서 뛰쳐나갔는지."

"바보 같았죠. 휘강 씨 맘이야 어찌 되었든 그냥 받아들였어야 했는데. 그랬다면 휘강 씨도 무사했고 모두 잘 해결되었을 텐데 말이죠."

무덤덤하게 말은 했지만 그날을 곱씹으니 다시 한 번 가슴 한구석이 아려왔다.

"이 얘길 해야 하나 망설였는데. 그래도 유나 씨가 꼭 알아야 한다고 생각했어요."

정색을 하고 말을 꺼내는 연희의 태도에 당황하며 유나는 무슨 이야기인가 싶어 그녀의 말에 귀를 기울였다. 그러고도 한참 말을 돌리며 망설이던 연희는 결국 결심한 듯 유나를 바라보며 말했다.

"유나 씨가 잘못 생각한 거였어요. 유나 씨에 대한 휘강 오라버니의 마음. 물론 유나 씨를 보호하고 싶다는 심정, 아버님과의 약속을 지키겠다는 의무감도 있었을 거예요. 하지만 그날 혼례를 치르러 자리에 섰던 것은 분명 그런 이유만은 아니었어요. 휘강 오라버니도 유나 씨와 같은 맘으로 함께했던 거예요."

그녀의 말을 유나는 곧이곧대로 믿기 힘들었다. 물론 자신을 위해 목숨마저 내버린 휘강이었다. 그만큼 그가 자신을 아꼈음은 분명하다.

하지만 굳이 따지자면 그것은 부모가 자식을 사랑하는 것과 비슷했을 것이다. 그런 이야기를 하자 연희는 갑갑한 듯 한숨을 내쉬며 반대했다.

"그날 저와 규림 씨가 그 복면 자식들을 어떻게 유인했을까요?"

"제 영력을 담은 물건을 지니고 갔다면서요. 옥화 씨가 얘기해줬어요. 그래서 적들이 착각을 하고 그쪽을 쫓아갔던 거라고."

"그것도 맞아요. 하지만 요괴들도 인간들만큼이나 단순해요. 영력은 감각이 예민한 자가 아니라면 그것이 누구의 기운인지 구분해내기 힘들다고요. 그것도 멀리 떨어진 거리라면. 대신에 보다 확실하고 간단한 단서를 먼저 포착하죠."

그렇게 말하며 연희는 보는 이가 없는지 주변을 살피더니 지그시 눈을 감았다. 순간 그녀의 모습이 스르륵 다른 이로 변했다.

새로운 연희의 변신을 눈앞에서 본 유나는 자신의 눈을 믿을 수 없었다. 그녀의 변신 능력에 대해 잘 알기에 더더욱 믿기 힘든 광경이었다.

"이제 제 말 믿겠어요?"

그렇게 말하는 연희의 얼굴은 바로 유나 자신이었다.

[우리 비행기 잠시 후 인천 공항에 도착하겠습니다. 승객 여러분 께선 잊으신 물건이……]

한국 도착을 알리는 방송이 흘러나왔다. 비행기 안의 기압이 변 하면서 귀가 먹먹해지며 서서히 아래로 가라앉는 기분이 들었다. 과 거의 기억을 더듬던 유나는 현실로 돌아와 다시 의자를 바로 세우 고 짐들을 챙겼다.

"드디어 한국이네. 기분이 어때?"

규림의 질문에 유나는 문제없다는 듯 한쪽 눈을 찡긋거렸다. 자 신을 찾아다니는 이들에 대한 걱정에서 벗어날 수 있었던 한 달이 끝나가고 있었지만 왠지 이제는 한국에서도 문제없이 잘해낼 수 있 을 것 같다는 근거 없는 자신감이 솟아났다. 목에 걸린 펜던트처럼 한국을 벗어나 낯선 땅을 돌아다니는 동안 유나 자신의 마음 역시 충전을 마친 건지도 모르겠다.

발치에 내려놓은 가방에 엠피쓰리를 넣으려던 유나는 문득 이상 한 것을 보았다.

'응? 이게 어째서.'

자세를 바로하고 앉은 그녀는 영문을 알 수 없다는 얼굴로 자신 의 팔을 들여다보았다. 무언가를 찾는 듯 뚫어져라 자기 팔을 살피 는 유나의 모습을 본 규림이 어깨로 툭 그녀를 건드리며 물었다.

"왜 그래, 뭐 묻었어?"

"아니, 그런 건 아니고……."

뭔가 말을 하려다 유나는 말끝을 흐리며 어색하게 웃고 말았다.

'아니지, 잘못 본 걸 거야.'

방금 보았다고 생각한 것은 금세 사라지고 없었다. 유나는 순간적으로 착각을 한 것이라 생각하며 허튼 생각을 날려버렸다. 그리고 비행기는 드디어 공항 활주로에 안착했다.

한 달간의 여행 동안 더욱 덩치가 커진 짐들을 카트에 실은 채 밀면서 입국장 출구를 나서던 유나는 공항 로비에서 다시 한 번 걸음을 멈출 수밖에 없었다.

쏟아져 나오는 인파로 북적대는 가운데 떡하니 버티고 선 유나의 모습을 이상한 듯 보며 규림이 눈치를 줬다.

"야, 여기서 이러면 위험하잖아. 어서 나가자."

하지만 유나는 미동도 않은 채 심각한 얼굴로 자신의 팔을 들여다보며 혼잣말처럼 중얼거리고 있었다.

"이럴 리가, 이럴 리가 없는데."

"뭔데, 뭐가 이럴 리가 없다는 거야. 혹시 지갑이라도 빠뜨리고 온 거야?"

도무지 상황을 알 길이 없는 규림은 갑갑한 듯 유나의 옷깃을 당기며 말했다. 하지만 규림의 말은 더 이상 유나의 귀에 들어오지 않았다. 그녀는 자신의 팔뚝을 내려다보며 손으로 더듬어보았다.

아까 비행기 안에서 본 것은 착각이 아니었다. 이번엔 보다 선명하게 확인할 수 있었다.

팔목 근처에서 팔꿈치까지 손바닥 크기 정도로 그녀의 팔에 새겨진 복잡한 문양들.

이제 유나는 그 도형과 글자를 읽을 줄 안다.

그것이 무슨 목적을 가지고 있는지, 어떻게 작동하는지, 그리고 누가 새긴 부적인지, 더불어 종이에 쓰거나 돌에 새긴 문자가 아니라 이렇게 영력으로 남긴 술법은 그것을 행한 자가 사라지면 함께 힘을 잃는다는 것도 알고 있다.

때문에 지우지 않고 남겨 두었음에도 무당 집에서의 마지막 밤 이후로 다시는 이 부적을 볼 수 없었던 것이다.

하지만 바로 지금, 거짓말처럼 부적은 다시 그녀의 눈앞에 나타났다. 게다가 그 글자들은 시간이 갈수록 점점 더 선명해지고 있었다.

부적의 용도는 분명했다.

그것이 새겨진 사람이 어디에 있든 찾아낼 수 있는 부적.

"야. 너, 우니? 왜 그래, 사람 무섭게."

사정을 알 리 없는 규림은 어찌할 줄 모른 채 난감한 표정으로 유나를 다독였다. 유나는 그런 친구의 손을 꼭 잡은 채 주위를 둘러보기 시작했다.

마침 여러 대의 비행기가 착륙한 탓에 입국장 주위는 마중을 나온 사람들로 북적였다.

로비에 가득 늘어서 있는 인파를 살피던 유나의 눈은 어느 지점에 가서 멈추었다.

사람들 사이로 한 뼘 정도 껑충하게 올라선 머리가 보였다. 황금빛으로 반짝이는 머리카락이 보였다. 그 아래 눈을 가린 선글라스와 오뚝한 콧날도 보인다. 무뚝뚝하게 한일자로 다물어진 입술이 보였다.

순간 유나는 선글라스 너머 상대의 눈과 마주쳤다. 선글라스의 검은 렌즈 너머로 희미하게 빛나는 황금색 눈동자가 비쳐 보였다.

그 순간 다물고 있던 사내의 입술이 벌어지더니 밝게 웃었다. 유나도 눈물을 훔치며 미소로 답했다.

작가 후기

'처음'이란 언제나 상반된 감정을 불러일으킵니다. 기대되고 설레는 떨림이 있다면 다른 한편으로는 미지의 무언가에 대한 두려움과 망설임도 가지게 되지요. 이 책에 실린 이야기를 쓰는 내내 이런 복잡한 감정들의 연속이었습니다.

처음 요괴에 대한 글을 써봐야겠다는 생각을 하게 된 것은 인터넷 서핑을 하는 와중이었습니다. 어느 블로그의 글들을 읽다가 '괴물 백과 몬스터 사전'이란 항목을 보게 된 거죠. SF 소설가인 곽재식 작가가 직접 운영하는 블로그엔 우리에게 낯선 한국의 요괴들이 잔뜩 소개되어 있었습니다.

『삼국사기』,『용재총화』와 같은 옛 문헌 속에서 발췌했다는 요괴들은 한국적이면서, 개성이 넘쳤고 독특했습니다. '이 요괴들을 활용할 방법은 없을까'란 착안은 이전에 가졌던 『트와일라잇』 같은 외국 작품들을 읽으면서 한국적 소재를 이렇게 일반적인 이야기로 풀어내면 어떨까란 발상과 겹쳐졌고, 곧이어 현대를 배경으로 요괴들과 얽히는 여주인공의 이미지를 떠올렸습니다.

여자 주인공과 남자 캐릭터들과의 로맨스 코드를 중심으로 하는 이야기는 이전에 써오던 글들과는 전혀 다른 분야였습니다.

책을 모두 읽은 분이라면 로맨스랄 것도 없지 않느냐 웃을지도 모를 설정들이지만 저에겐 모든 것이 처음이자 큰 도전이었답니다. 때문에 이런 난점을 돌파할 방법이 필요했습니다.

글을 쓰면서 이전에 익숙하게 읽어왔고 다루었던 미스터리 장치들을 가져왔고 인물들의 캐릭터 역시 직간접적 체험들 속에서 빌려와야 했습니다. 아마도 장르에 익숙한 분들 또는 저와 개인적으로 친한 분들이라면 사이사이 익숙함을 느끼며 키득거리실지도 모를 일입니다.

그렇게 이야기의 대강의 틀을 잡을 즈음, '인터파크 도서 K-오서 어워즈'라는 공모전 소식을 접했고 마침 모집하는 분야와 지금의 글이 어울리겠다는 생각에 도전을 결심했지만 접수 마감일까지는 채 20

일도 남지 않은 시점이었습니다. 속전속결로 글을 써야 했고, 많게는 하루에 원고지 300장 분량을 쓰기도 했습니다.

매사에 느긋하다 못해 게으른 저에겐 그토록 짧은 기간에 공모전 분량에 맞춘 장편 원고를 완성하는 것 역시 처음 있는 일이었습니다. 당연히 당선에 대한 큰 기대도 없었고, 여러 작품을 선정한다는 연재 후보군에만 올라도 대성공이라 생각했었죠.

'처음'에 대한 이야기를 계속해보겠습니다. 장편 원고로 공모전에 당선되는 사건 역시 이번이 처음이었습니다. 당선 소식을 전해 들은 것은 지금에야 고백하자면 어느 공중화장실에서였습니다. 낯선 전화번호를 확인하고 보험이나 투자나 새로운 이통사 서비스를 권유하는 광고 전화일 거라 생각하면서 무심코 통화 버튼을 눌렀던 것 같습니다. '인터파크'라는 말에도 내가 뭘 구입했었나부터 생각을 했죠. 하지만 곧 당선 소식을 전해 들었습니다. 얼마나 놀랐는지 핸즈프리를 차고 있다는 사실도 잊은 채 핸드폰에 대고 말을 하는 바람에 공모전 담당자님께서는 멀리서 들려오는 제 목소리를 간신히 들으며 통화를 하셔야 했지요.

이후로도 이 책이 만들어지기까지, 당연한 얘기겠지만 나란 사람에게 있어 처음 벌어지는 일들의 연속이었습니다. 그리고 제 이름이 홀로 찍힌 장편소설이 종이 책의 형태로 독자들에게 선뵈는 것도 처음입니다.

다시금 '처음'이란 단어가 던지는 감정들을 곱씹어봅니다. 지금 이 순간 여전히 그 감정들이 제 맘속에서 상충하고 있기 때문입니다. 이야기는 제 안에서 끝이 났고, 유나도 휘강도 규림이나 현도도 0과 1이 아닌 종이와 잉크의 모습으로 나를 떠났습니다. 그들을 만나고 제가 쓴 이야기를 접함으로써 역시나 처음이란 경험을 하셨을 독자분들께서 부디 즐겁고 행복한 결론을 내리셨길 희망해봅니다. 그리고 나 역시 또 다른 처음을 향해 나아가는 것을 꿈꿔봅니다.

이것으로 끝이 아니길 바랍니다. 그저 새로운 모습으로 변해가는 과정일 뿐.

이 페이지를 빌어 고마운 분들께 감사의 말들을 다시 한 번 전합니다. 언제나 힘이 되어준 가족들, 생활의 활력이 되어준 친구들, 글 쓰는 일이 외롭지 않게 해준 '매드클럽'과 네이버의 작가님들, 스승과도 같은 이종호 작가, 김종일 작가, 이재익 작가님, 『완벽한 요괴를 만나는 방법』을 시작할 수 있게 도움을 주신 곽재식 작가님, 계속 나아갈 수 있게 만든 애증의 오 양, 결국 이야기의 끝까지 쓸 수 있게 한 원동력이자 부족한 작품을 뽑아주신 '인터파크 도서 K-오서 어워즈' 심사 위원님들, 그리고 그 부족함을 세련되게 다듬어주신 테라스북 담당자님들까지 모두에게 감사드립니다.

김준영 드림

완벽한
요괴를
만나는 방법

초판 1쇄 인쇄 2014년 8월 7일
초판 1쇄 발행 2014년 8월 28일

지은이 김준영 ｜ 펴낸이 강성욱 ｜ 책임 기획 전주예 ｜ 기획 디자인 이선영 ｜ 기획 편집 송진아
마케팅 손주영 ｜ 로고 김미현 ｜ 교정 서진영, 류혜선
펴낸곳 테라스북 ｜ 등록 제25100-2013-000012호
주소 (134-826) 서울특별시 강동구 동남로 65길 13 2층
전화 070-4794-5826 ｜ 팩스 0505-911-5826
블로그 http://terracebook.blog.me ｜ 전자우편 terracebook@naver.com
ISBN 978-89-94300-39-9 （03810）

ⓒ 김준영 2014 Printed in Korea

테라스북은 오름미디어의 임프린트 브랜드입니다.

이 도서의 국립중앙도서관 출판시도서목록(CIP)은 e-CIP 홈페이지(http://www.nl.go.kr/ecip)에서
이용하실 수 있습니다. (CIP 제어번호 : CIP2014023304)